U0115404

語言文字叢書

宋代語音及其與現代
漢語方言的對應

孔薇涵　著

基金項目

黃岡師範學院博士基金

二〇二〇湖北省社會科學基金後期資助項目
　　——宋代語音及其與現代漢語方言的對應

目次

表次

第一章
緒論

　　本著作研究重點可分成兩方面，第一是「宋代音的系統」，由於古代韻書、韻圖等記錄語音的資料有侷限性，所以主要是以宋代的共同語系統為研究主軸。第二是宋代音如何與現代方言對應。本章先交代研究動機與目的、研究成果回顧、研究論題與章節安排、研究材料與範圍、研究方法與理論基礎。

第一節　研究動機與目的

　　「聲韻學」這門學科可以分為漢語語音史和漢語語音學史兩個部分。語音史的關注焦點在於「語音如何演變」。漢語語音學史的研究範疇則是在歷代學者研究語音演變及他們如何詮釋語料。本著作的研究焦點在於「語音史」，並且聚焦在宋代的語音現象。另外，依據歷史語言學理論以及結構主義語言學理論，語音的歷時演變會表現在共時平面上，因此，筆者也試圖從現代方言觀察宋代語音遺留的痕跡。以下敘述本著作的研究動機與目的。

一　研究動機

（一）宋代音在漢語語音史上如何表現其過渡地位

　　聲韻學家對於漢語語音史的分期主張彼此之間有些許不同，王力

在《漢語史稿》[1]中以語法特點為主要分期標準，旁及音韻發展特點，將漢語的發展分成四期，宋代在「中古期」。董同龢在《漢語音韻學》[2]中以語音的發展為標準，將漢語發展分成五期，宋代在第三期「近古音」，並且明確指出這一期是由中古音到近代音的橋梁。鄭再發〈漢語音韻史的分期問題〉[3]：分為上古、中古、近代三期，宋代在「中古音」。何大安《聲韻學中的觀念和方法》[4]從音節結構上的差異來看，漢語可以分成三個大的時期：上古漢語、中古漢語、近代漢語，宋代在「近代音」時期。魏建功《古音系研究》[5]先從音韻沿革上談，漢語音韻史約略分為七期，宋代在第五時期，約當西元十一世紀至十三世紀。錢玄同《文字學音篇》[6]將古今字音分為六期，宋代與隋唐並列在第四期。前輩學者對於漢語語音的分期，在第二章將會較詳細地敘述。從這些漢語語音史的分期主張來看，宋代究竟是屬於中古音，與隋唐音相同時期，或者應該獨立成一期，學者們的看法有些許不同。從中古音到國語的演變進程來看[7]，語音的幾個重要變

---

1 王力《漢語史稿》（北京：中華書局，2004年9月）頁40-44。

2 董同龢《漢語音韻學》（臺北：文史哲出版社，2002年10月）頁7-8。

3 鄭再發〈漢語音韻史的分期問題〉，《中央研究院歷史語言研究所集刊》36.2：635-648，1966年。

4 何大安《聲韻學中的觀念和方法》（臺北：大安出版社，1993年8月）頁256-261。

5 魏建功《古音系研究》（北京：中華書局，1996年12月）頁3。

6 錢玄同《文字學音篇》（臺北：臺灣學生書局，1964年7月）頁2-4。

7 此處的「中古音」，指的是共同語而言。從魏晉時代第一部韻書──李登《聲類》產生以來，六朝時期，由於音韻之學十分發達，韻書也大量出現，但至今都失傳了。依據《切韻序》所言：「……以（古）今聲調既自有別，諸家取捨亦復不同。吳楚則時傷輕淺，燕趙則多涉重濁；秦隴則去聲為入，梁益則平聲似去。又支（章移反）、脂（旨夷反）、魚（語居反）、虞（語俱反）共為一韻，先（蘇前反）仙（相然反）、尤（於求反）、侯（胡溝反）俱論是切。欲廣文路，自可清濁皆通；若賞知音，即須輕重有異。呂靜《韻集》、夏侯該《韻略》、陽休之《韻略》、李季節《音譜》、杜臺卿《韻略》等各有乖互。江東取韻與河北復殊。」竺家寧在《聲韻學》也提到，南北朝韻書多半在記一地方音，所謂「各有土風，遞相非笑」，不像

化，在宋代已經開端了。諸如輕唇音的產生、正齒音的合併、濁音清
化、非敷奉合流、知照合流，而零聲母的範圍在宋代也逐漸擴大。而
韻母方面，三四等界限漸趨模糊，舌尖元音也開始產生。因此，宋代
應該可以說是漢語語音史的過渡時期，從以《切韻》音系為代表的中
古音系，過渡到近代音的代表《中原音韻》。正因為宋代音具有這樣
的特性，所以，本著作以宋代作為斷代語音史的研究範圍。

（二）歷時語音演變和共時地理平面上的對應與分布

　　根據歷史語言學的理論，語音的演變軌跡會殘留在共時的方言
上，故筆者除了從表現宋代語音的文獻觀察宋代音的特點及其在漢語
語音史的過渡性質之外，也從現代方言中尋找宋代音所表現的特點。
也就是說，在歷史語言學的理論基礎上[8]，本著作試圖發掘宋代音的
語音特徵與現代方言的對應關係，換句話說，每一個音類的歷時演變
有其規則，在歷史上的演變過程已經無法具體地、直接地得知，但是

《切韻》能各兼顧各地，所謂「酌古延今，折衷南北」，適合各地的需要和應用，
在「是非、通塞」之間，加以「捃選、除削」。同時，也因為中國人的心理，一向
喜歡博大，這種兼容並納的韻書一出現，所有六朝韻書都銷聲匿跡了。（臺北：五
南圖書出版公司，2001年10月，頁185）此外，研究漢語史與現代方言的對應關
係，《切韻》音系是最重要的支柱，而比較法則是重要的研究方法。張光宇在〈羅
杰瑞教授與漢語史研究〉提到：「《切韻》不是在田野調查的基礎上做成的調查報
告，它是古今南北韻書的彙編，大一統思想觀念下的產物；《切韻》根據的那些地
方韻書（各有土風）才是以實際語言為基礎的作品。現代漢語方言沒有一個不像
《切韻》，也沒有一個方言全像《切韻》（悉照所給反切發音）；一般方言如此，閩
方言也不例外。現代方言的較早源頭應是那些各有土風的、地方韻書代表的方
言。」（《東華漢學》第18期，2013年12月）中古音研究以《切韻》為基礎，而《切
韻》是綜合當時各大方言的音系；因此，這段論述足以解釋，何以留在現代方言中
的語音現象，足以推斷古代的語音面貌。

8　歷史比較法的重點之一是：語言的空間差異反映語言的時間發展，也就是說，語言
　　的發展同時表現在空間和時間兩個方面。詳本章「第五節　研究方法與理論基礎」。

可以透過共時方言的分布和書面文獻得知此音類演變的過程，再者，依據語言共性，便可以得知此音類在各個方言之間演變速度的快慢。

二　研究目的

基於上述研究動機所提出的問題意識，本著作的研究目的有以下幾點：

（一）探討宋代音的現象

從記錄宋代語音的文獻中歸納宋代語音演變的現象。基於音韻學家對漢語音韻史的分期，宋代或與隋唐放在同一期、或獨立一期，音韻學家對於宋代音在漢語語音史究竟應該放在哪一個階段仍有不同的意見，這牽涉到宋代語音現象在漢語史上所扮演的角色，也就是說，漢語語音史從中古音到現代音的演變過程，語音在宋代發生了什麼變化，讓現代國語的面貌漸漸形成。

（二）釐清宋代音與現代漢語方言的對應關係

語言的歷時演變會表現在共時平面上。從文獻中歸納宋代語音現象之後，從現代方言觀察這些語音現象與在共時平面（方言）對應。包括分布的範圍以及分布的趨勢。另一方面，藉著宋代音的現象在現代方言中的分布狀況，也可以觀察一項音變機制在漢語方言中的演變速度。

從另一個角度來解釋「語言的歷時演變會表現在共時平面上」。現代漢語方言或多或少保留了古音，但是分析語音來源時，必須將「邏輯過程」與「歷史過程」分開來看。張光宇在《閩客方言史稿》中提出：

高本漢在研究漢語語音史的過程當中曾經留心過漢語方言的形成問題。他有段論見認為現代漢語方言（除了閩語之外）都是從《切韻》演化過來，這個學說影響廣被，閩語源自上古漢祖語的說法即從中導出。……高本漢的說法是韻書中心說，就是透過方言與《切韻》的比較所獲得的保守與創新的一種體認。他的說法無非是認為閩語是所有的漢語方言當中最保守的，其形成時期應在《切韻》（西元601年）以前，其他漢語方言應在《切韻》成書以後。語言科學中的歷史比較法只能顯示語言發展的邏輯過程，也就是相對年代。高本漢所說閩語比其他漢語方言古老一點是對的，其古老成分從上古時代一直沿用至今也不成問題。若說閩方言形成於上古時代，那就不免混淆邏輯過程與歷史過程。[9]

筆者在論文中提到漢語方言與宋代文獻中表現的語音現象時，並不直接斷言漢語方言的某現象與宋代音的某現象相同，所以漢語方言的某現象是保留了宋代音。雖然語言演變在特定的條件下有規律可循，但是，當我們看到某音類表現為某音值，不能單純就文獻與方言呈現相同的音值，就斷言方言中的形式就是在文獻的時代保存下來的，只能說，方言中音類的形態與文獻年代距離或遠或近。

（三）探討宋代音文獻本身所呈現的過渡性

除了語音演變之外，記錄語音的文獻在編輯時，作者的角度也和傳統有些不同，最主要是對於《切韻》音系的倚賴程度在此時也有了改變。宋代文人在編輯韻書和韻圖時，對於《切韻》音系時而遵從，

9　張光宇《閩客方言史稿》（臺北：南天書局，2003年3月）頁56。

時而在文獻中呈現與《切韻》音系不同的語音系統。此外，對於漢語音節的分析，宋代文人也在文獻中重新思考與安排，表現了與中古音不同的視角。宋代語音文獻所呈現的過渡性和創新，也是筆者研究目的之一。

由於漢語的歷時演變往往會反映在共時的方言上，古音和今音具有可比性，故筆者擬從古音和今音的對比，觀察漢語語音演變的速度如何反映在現代方言中。以本著作研究的範疇──宋代音來說，研究的目的是漢語語音發展到了宋代所呈現的特點，如何反映在現代方言中。如下圖所示，表示音類X在不同時代的音值A、B、C……，觀察音類X中，宋代的音值F如何與現代方言相同音類的不同音值對應。

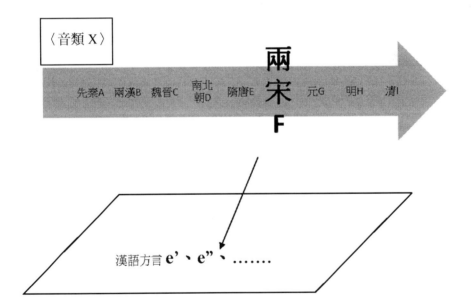

第二節　研究成果回顧

　　依據竺家寧〈論近代音研究的方法、現況與展望〉[10]指出，以往，臺灣學術界對於宋代音的研究主要有三種類型：一是在文學作品的押韻韻腳方面進行歸納，二是針對某一語音演化現象為專題，三是就某一部宋代語料綜合研究。由於〈論近代音研究的方法、現況與展望〉一文中所歸納的宋代音研究成果時代為1950年～2000年國內的研究成果，筆者在這篇文章所分類的三種類型基礎之上，補上1950年以前以及2000年以後國外相關的研究成果。另外，這一部分研究成果的回顧除了以研究主題分類之外，也由研究者所在的地區來分類，並不特別區分論文的形式是期刊、專書，或是學位論文，原因在於想要尋繹出不同國家的學術界對於宋代音的研究所著重的點有何差異；再者，論文的列舉順序以年代先後排序，以期看出學術發展的時間脈絡。宋代音研究的三種類型如下：

一　在文學作品的押韻韻腳方面進行歸納

　　以下先列舉論文並敘述內容概要，最後再綜合評述。

　　柯淑齡〈夢窗詞韻研究〉[11]比較清真詞韻與夢窗詞韻，可見宋代前後二大詞家用韻大致吻合。其間有相異者，或因為時代一為北宋，一為南宋，語音稍有變化使然；或者各自遷就方音；或者拘泥於《廣韻》所致。大抵而言，夢窗詞多見為廣押韻而合韻之例，其用韻較清

---

10 竺家寧〈論近代音研究的方法、現況與展望〉，《漢學研究》第18卷特刊，2000年12月。

11 柯淑齡〈夢窗詞韻研究〉，《慶祝婺源潘石禪先生七秩華誕特刊》（臺北：中國文化學院中文研究所中國文學系），1977年。

真詞稍微寬。歸納夢窗詞韻腳，再與《廣韻》、清真詞韻及《詞林正韻》比較，發現吳、周二家用韻與《詞林正韻》分部相近，與《廣韻》則甚遠，因此作者認為《廣韻》並非代表一時一地之韻書。

耿志堅《宋代律體詩用韻之研究》[12]提出宋人作詩，其韻部之通轉，北宋初，多為五代遺老，用韻多限鄰韻互叶，雖然有旁出它韻的情況，僅限於一、二首，同首律體之作，三韻通押，此時亦可略見。到歐陽修以後，合韻情形增多，通用範圍也較廣；到了南渡以後，朱熹、楊萬里更不拘格律。理宗之後，所見方音通叶的例子就更多了。

金周生《宋詞音系入聲韻部考》[13]提出詞韻音系中的入聲字，仍保存中古《切韻》音系 -p、-t、-k 三種韻尾，將宋詞入聲分為九部，認為宋詞音系入聲韻部之源頭可上推至隋唐《切韻》系韻書，卻與宋代西北方音、汴洛方音或南方之朱熹口語音不合。唯明代初年所編《洪武正韻》的入聲韻系統與作者所考定的九部幾乎符合，因此，宋詞入聲音系在明代韻書中可見其遺跡；再者，宋詞作者以南方人為多，南宋又建都於浙江杭州，因此，宋詞入聲音系分九部，上而推之，既可與《切韻》系韻書入聲分部對照，知其音變之規律，其下又可與《洪武正韻》音系相應和，那麼，漢語史中兩宋文人所習用的南方讀書音由是得顯，除了證明宋詞、元曲分屬兩種不同的音韻系統之外，也可以改訂明清以來詞韻分部的得失。

林育旻《吳潛詞用韻研究》[14]將吳潛詞作用韻與《廣韻》比較其分合狀況，將吳潛詞韻分為十三部，並對照魯國堯的宋詞分部、鄭宇珊《稼軒詞韻考》、王佳蘭《王重陽、丘處機詞韻考》比較其差異性。在陽聲韻方面，吳潛詞韻分部第五「寒」，因為吳潛在該部合用

12 耿志堅《宋代律體詩用韻之研究》國立政治大學中文研究所碩士論文，1978年。
13 金周生《宋詞音系入聲韻部考》（臺北：文史哲出版社，1985年）。
14 林育旻《吳潛詞用韻研究》臺北市立教育大學中國語文學系碩士班2012年碩士論文。

狀態中，主要是 -n 韻尾的元、寒、刪、先、仙占多數協韻，只有少量 -m 韻尾，添、鹽韻混押，因此在吳潛用韻分布中，將添、鹽納入寒部。陰聲韻方面，吳潛詞分部第三「支」，是包括支、脂、之、微、齊、灰、咍（以平賅上去聲）與去聲韻祭、泰。由於吳潛詞中，屬祭、泰韻之用韻字皆與支、脂、之、微、齊通押，故將祭、泰歸進第三部，不另外獨立一部。比較的各家皆有歌戈部，由於吳潛詞中並未出現歌、戈韻的用韻字，故吳潛詞作用韻分部無此韻部。入聲韻方面，吳潛詞作用韻分部第十三「質」有 -p、-t、-k 大量通押現象，因此將混押合用的入聲韻歸於此部。

　　邵明理《李清照《漱玉詞》用韻之研究》[15]將李清照《漱玉詞》用韻分為十八部。其平聲韻與仄聲韻和《詞林正韻》大致相合，入聲韻則相差較大。茲將觀察到之現象如下：詞韻共十八部，但與《詞林正韻》近似，相同的有：第一部（東部）、第二部（江部）、第四部（魚部）、第六部（真部）、第七部（元部）、第八部（蕭部）、第九部（歌部）、第十一部（庚部）、第十二部（尤部）、第十三部（侵部）、第十四部（覃部）、第十五部（屋部）、第十六部（覺部）。與《詞林正韻》的出入的有：李清照第三部（支部），將「灰」與第五部（佳部）合用。李清照第五部（佳部）又將從「圭」得聲之字，併入第十部（麻部）。李清照第十七部（質部），含《詞林正韻》第十八部「物、沒、迄、曷、末、黠、鎋、葉、帖」等韻。李清照第十八部（月部）為「月、屑、薛」三韻獨立。

　　楊坤榮《宋南渡時期詞人詞作入聲用韻之研究》[16]以唐圭璋《全

15　邵明理《李清照《漱玉詞》用韻之研究》國立臺中教育大學語文教育學系2012年碩士論文。

16　楊坤榮《宋南渡時期詞人詞作入聲用韻之研究》國立彰化師範大學國文學系2011年碩士論文。

宋詞》所收的詞作為研究對象。首先從詞人籍貫來看，在《全宋詞》中屬於宋南渡時期詞人詞作押入聲韻腳詞作有1417闋，宋南渡時期詞人出現「入聲押韻詞作」的184位作者中，有21位省份不詳，若扣除這21位則有163位省份可考。在現今省份劃分上，以上163位作者分布於浙江、江西、江蘇、河南、福建、山東、四川、安徽、湖北、山西、河北、湖南、陝西等13省份。根據系聯的結果，宋南渡時期「入聲詞」的入聲韻部可以分為屋、覺、質、月四部，而在各省份的入聲韻部分部上也大多如此，以分四部居多。在韻書、韻圖的比較上，可以發現入聲韻部的分合較寬鬆，而與各家入聲韻部的比較上，亦多分為四部，僅是名稱上的差異。認為宋南渡時期詞人詞作入聲韻用韻之塞音韻尾可能僅剩〔-k〕與喉塞音〔-ʔ〕。

　　陳建安《周邦彥詞用韻之研究》[17]將周邦彥詞韻分為十七個韻部，其中包含陰聲韻七部、陽聲韻五部與入聲韻五部。陰聲韻中，「蟹攝」之「齊」韻與「止攝」混用，而「灰」韻雖仍與「佳半、皆、咍」三韻合用，但已與「支、脂、之、微、齊」五韻出現通押，此發展情形與爾後《中原音韻》之齊微部、《詞林正韻》相同；「流攝」之「尤」韻中唇音聲母字業已與「遇攝」之「魚、虞、模」三韻合用，與《中原音韻》吻合。「假攝」之「佳」韻有部分字失其-i韻尾，與「麻」韻通轉合用，並未出現「果假合攝」。陽聲韻中，已出現合併簡化，其中「山攝」、「咸攝」歸為一部，「臻攝」、「深攝」歸為一部，-m 韻尾已消失或向 -n 韻尾靠攏。「深攝」、「臻攝」、「梗攝」與「曾攝」出現通押之例，可提供陽聲韻部相混之證明。同時亦有「宕江合攝」、「曾梗合攝」之現象。入聲韻合併現象秉持陽入相承之理，仍強烈保留 -k 韻尾，-p 韻尾已消失或向-t韻尾靠攏。周詞中亦

17 陳建安《周邦彥詞用韻之研究》國立臺中教育大學語文教育學系2011年碩士論文。

有入聲韻與陰聲韻相互通押之例，與後來的《中原音韻》記載相同，亦可視為近代音之開端源流。然詞中並未出現 -k 韻尾、-t 韻尾與 -p 韻尾相互通押，故周邦彥之語音中或許尚未出現喉塞音 -ʔ 韻尾。

　　張珍華《北宋江西詞人用韻之研究》[18]、以北宋江西詞人詞作為研究對象，考察晏殊、歐陽修、王安石、晏幾道以及黃庭堅五位詞人詞作用韻情形，研究其韻部系統。經整理北宋江西詞人詞作用韻，並將之歸納為十九部，希望能夠反映出當時的實際語音與韻書之間的差距，更藉以一窺北宋時代語音之使用梗概。

　　柯辰青《蘇東坡詞用韻之研究》[19]探究蘇東坡詞用韻的現象，在反映語音實際變化的基礎上，作專家詞韻之探討，並進一步與蘇東坡時代相近之詞人用韻作橫向的綜合比較；與五代詞以及宋代韻文用韻作縱向的歷史對照，藉以確定蘇東坡詞所反映的韻部系統的性質，從而窺見漢語語音由五代至宋的變化與發展。論文依蘇東坡詞押韻之實際情形，將其用韻分為十七個韻部，即陰聲七部、陽聲七部、入聲三部。又從蘇東坡詞韻中異部通押的現象，可以看出現代四川語音與蘇東坡詞韻所反映的語音現象並不完全相應，然而這些異部通押卻可從閩東話、吳語及贛語等方言得到旁證，尤其是在閩東話裡。究其原因，可能是兩地有部分相同的移民，兩方音有相似的形成過程。

　　此外，相同類型的研究尚有許金枝〈東坡詞韻研究〉[20]、任靜海《朱希真詞韻研究》[21]、黃瑞枝〈王碧山詞韻探究〉[22]、金周生〈元

---

18 張珍華《北宋江西詞人用韻之研究》國立彰化師範大學國文學系2009年碩士論文。
19 柯辰青《蘇東坡詞用韻之研究》國立彰化師範大學國文學系2004年碩士論文。
20 許金枝〈東坡詞韻研究〉，《國立臺灣師範大學國文研究所集刊》第23期，1978年，頁775-854。
21 任靜海《朱希真詞韻研究》國立臺灣師範大學國文所碩士論文，1987年。
22 黃瑞枝〈王碧山詞韻探究〉，《屏東師院學報》第3期，頁44-83，1990年。

好問近體詩律「支脂之」三韻已二分說〉[23]、耿志堅〈全金詩近體詩用韻（陰聲韻部分）通轉之研究〉[24]。均是歸納詩詞用韻，藉此觀察當時的音韻特徵。

　　藉著歸納文學作品的押韻韻腳而探討宋代語音的論文主要集中在臺灣，討論內容可分為兩類，其一，特定文人的詩詞押韻研究。這一類研究主要是從文學家的作品中歸納出押韻分部，如蘇東坡、周邦彥、李清照、朱希真、吳潛，這一類的研究凸顯的是詞人創作的個人押韻特色，具有較強的個人色彩，雖然研究者在論文中舉出其他詞人的作品押韻與研究的對象比較，但若要以某一文學家的作品押韻特色就論定宋代的語音特徵，恐怕是有難度的。其二，某一特定族群文學家作品的押韻特色，例如南渡詞人、江西詞人。由於觀察樣本具有同質性，樣本數也較多，因此，可以從中得知當時當地的語音現象。

　　此外，在這一類的研究中，研究者常用到「通押」一詞，在此略論其適切性。誠如上述論文中所言，詞的用韻本無韻書，或以詩韻湊合，或按鄉音取諧，而唐、宋詩人、詞人於詩、詞中押韻的依據，應是當時通行的語音，甚至是方音[25]。宋詩用韻，向有官修禮部韻做標準，無從看出唐宋音韻之演變情形，惟獨曲詞之押韻，當時並無韻書限制，故學者咸信詞韻合於自然口音[26]。也就是說，宋詞的押韻是依照詞人的口語而定，詞人個人的口語，無論是當時的標準語或是鄉音，即是他們填詞押韻的標準，並不是像詩韻有既定的韻書為押韻的

23　金周生〈元好問近體詩律「支脂之」三韻已二分說〉，《輔仁學誌》第20期，1991年，頁187-194。

24　耿志堅〈全金詩近體詩用韻（陰聲韻部分）通轉之研究〉第十屆聲韻學學術研討會論文，1992年，高雄：國立中山大學。

25　張珍華《北宋江西詞人用韻之研究》國立彰化師範大學國文學系2009年碩士論文。

26　金周生〈元好問近體詩律「支脂之」三韻已二分說〉，《輔仁學誌》第20期，1991年，頁187-194。

標準。後代所編的詞韻，如清代戈載的《詞林正韻》也是依照前人的詞作押韻歸納而成，他在書中說明此書的編輯理念是「取古人之名詞參酌而審定」。既然是經過參酌審定而成，就無法兼顧宋代的各種押韻情況。再者，所謂「通押」指的是異部之間例外押韻的情況，在上述論文中，研究者常以後代歸納的詞韻、詩韻（如《詞林正韻》、《廣韻》）去看宋詞的押韻，若是宋詞中的押韻與詞韻不合，即認為這是通押的情況，如邵明理《李清照《漱玉詞》用韻之研究》中，將李清照詞作的十五部擬為入聲「屋」部，包括《廣韻》的「屋、沃、燭」三韻，主要是詞作中未見「屋、沃、燭」與其他韻通押。筆者認為，「通押」是以後代的角度去看前代的押韻，若是站在宋代詞人的立場，既然是依照口語押韻，就沒有「例外押韻」的問題。

二　針對某一語音演化現象為專題，進行分析討論的論文

臺灣研究成果有：竺家寧《九經直音韻母研究》[27]列舉九經直音中的例證以說明《切韻》時代至宋代韻母的轉變大勢。並提出九經直音的韻母系統，以宋代其他語音材料印證。可知許多轉變的現象不是單一的僅存在於《九經直音》中，而是宋代的普遍情況，由這樣的相互印證，使宋代語音之特徵與輪廓益為明顯確定。

竺家寧〈九經直音聲調研究〉[28]由《九經直音》所注的字音歸納，發現無論在聲母、韻母、聲調各方面都顯示了《切韻》音系到近代官話轉變的痕跡。中古時代的入聲字具有 -p、-t、-k 韻尾，到了宋代，這些入聲字發生了變化，在《九經直音》中，-p、-t、-k 韻尾的字可以互相注音，又以陰聲字配入聲，可知入聲字的這些韻尾都已經

---

27 竺家寧《九經直音韻母研究》（臺北：文史哲出版社，1980年）。
28 竺家寧〈九經直音聲調研究〉，《淡江學報》第17期，1980年，頁1-20。

消失，但是仍保留大部分入聲的特性，因此《九經直音》的入聲字可能只剩下一個弱化的喉塞音韻尾，另外有少數字連弱化的喉塞音也不存在了；濁上歸去在《九經直音》中也大量出現，但是仍有少數全濁上聲字在《九經直音》仍讀上聲。

竺家寧〈九經直音的聲母問題〉[29]討論「全濁聲母的混同」、「唇音的變化」、「舌根塞音與擦音的關係」、「顎化作用」、「古聲母的殘留」，研究結果發現，宋代的濁塞擦音與濁擦音的界限十分模糊，正跟今天吳語的情況類似，這樣的情形，也為中古音床、禪二母的關係提供了很好的解釋。輕唇音的非、敷、奉三母已有逐漸合一的傾向，為國語唇齒清擦音f-的形成過程，提供了歷史的說明。舌根清塞音與清擦音正如今天的許多方言，在宋代也有互相借用混雜的情況。某些聲母在細音韻母前受到顎化的影響，不過數量很少，顯然沒有影響聲母系統的改變，只是個別現象而已。舌音類隔、齒音類隔（精照互用）的現象，這種古音的殘餘，在宋代還有部分方言保留下來，有可能是保留在當時的讀書音中。

薛鳳生〈論支思韻的形成與演進〉[30]從宏觀的角度指出舌尖元音的演變過程，第一階段是止攝精、莊兩系的開口字變為舌尖元音，時間大約是在南宋滅亡之前；第二階段是止攝照三開口字，以及臻、深兩攝的照二系入聲開口字變為舌尖元音，時間在《中原音韻》之前；第三階段是止攝知系開口字；第四階段是蟹攝三等知、照系開口字；第五階段是散見於臻、深、梗、曾各攝的知、照兩系入聲開口字。

竺家寧〈九經直音知照系聲母的演變〉[31]就《九經直音》舌上音

29 竺家寧〈九經直音的聲母問題〉，《木鐸》第9期，1980年，頁345-356。

30 薛鳳生〈論支思韻的形成與演進〉，《書目季刊》第14卷第2期，1980年，頁53-76。

31 竺家寧〈九經直音知照系聲母的演變〉，《東方雜誌》第7卷第14期，1981年，頁25-26。

知系字與正齒音照系字的關係加以探究。《切韻》時代的「知系」、「照二系」、「照三系」聲母到了宋代混為一類,可能是一套舌尖面音,到了國語變成捲舌音。研究結果發現,照二與照三兩系的合併、知照兩系的合併是整個系統的合併,不是某幾個聲母的偶合。值得注意的是跟濁音相混的例子都是不送氣清音,可能這一系的濁音清化後,都變成了不送氣清塞擦音。

龔煌城〈十二世紀末漢語的西北方音(聲母部分)〉[32]利用《番漢合時掌中珠》裡的漢夏對音資料,擬測了十二世紀末漢語的西北方音(聲母部分)。方法是以漢語中古音為出發點,參照對音資料,觀察中古漢語的聲母在十二世紀末西北方言中的分合情形,藉以了解當時語音演變的狀況,然後根據漢語與西夏語聲類對應的關係,擬測漢語聲母。研究結果發現,從七世紀初的中古音,到十二世紀的西北方音,在聲母方面比較重要者有以下數點:1. 全濁音的送氣與清化。中古的濁塞音與濁塞擦音聲母,不分聲調,都變為送氣的清塞音及清塞擦音。濁擦音聲母則變為清擦音,但其中有濁塞音變為送氣清塞擦音或清擦音者,也有濁擦音變為清擦音者。2. 次濁音的分化,中古的鼻音聲母分化為鼻音及鼻化濁塞音,有如現代某些閩南方言,只不過分化條件不完全相同而已。現代閩南方言的濁塞音一般認為不鼻化,故兩者有差異。3. 舌上音與正齒音的合併。中古知系字與照二、照三兩系字在《番漢合時掌中珠》的漢夏對音裡已合而為一,合併情形與現代國語頗多類似之處。但在國語裡這三系字合併成為捲舌音,而在十二世紀末的西北方音裡擇合併成為舌面前塞擦音。4. 輕唇音的產生。在中古音裡唇音尚未分化,唐末沙門守溫,唇音只有「不、芳、並、明」,但在十二世紀末的西北方音,唇音受三等介音的影響已發生分

---

32 龔煌城〈十二世紀末漢語的西北方音(聲母部分)〉,《中央研究院歷史語言研究所集刊》第52卷第1期,1981年,頁37-78。

化，加上濁音清化的影響，非、敷、奉母已合成一類，變成f-音，如現代國語。

竺家寧〈近代漢語零聲母的形成〉[33]提出《切韻》系統所代表的中古音，聲母方面有一個零聲母，就是喻四。到了中古後期的三十六字母時代，它和喻三合併了，這是中古以後零聲母範圍的第一次擴大，時間在第十世紀；王力根據《中原音韻》的情況，又發現在十四世紀時，疑母也轉為零聲母，影母的上去聲也一樣失去了輔音聲母，這是中古以後零聲母的第二次擴大。至於現代國語的零聲母除了包含「喻、疑、影」之外，還包含了「微、日（兒耳二等字）」兩母，這是中古以後零聲母的第三次擴大。第二階段「喻、疑、影」的合流，王力認為發生於元代，竺師根據《九經直音》推測第二階段的發生應該提早到宋代。

竺家寧〈宋代語音的類化現象〉[34]提出漢語語音的演變，有時不是由「音」本身所發生的，而是受了「字形」類似的影響，可以稱之為「字形的類化音變」，這樣的類化作用在宋代《九經直音》就已經存在了，這篇論文中，將《九經直音》中的類化作用分成兩類討論，第一是直接的類化，指原本不同音的兩字，由於具有相同的聲符，而變讀為同音。第二是間接的類化，指的是某字受另外一些字的影響而改變音讀，而這些字在字形上有關聯。

竺家寧〈近代音史上的舌尖韻母〉[35]指出舌尖元音韻母的產生可以推到宋代，但不是所有國語這類字都是在同一個時候一起出現，而是經歷了相當長的時間逐步形成的，這篇論文觀察了《聲音唱和圖》、《韻補》、《詩集傳》、《切韻指掌圖》、《古今韻會舉要》、《中原音

---

33 竺家寧〈近代漢語零聲母的形成〉，《中語中文學》第4輯，1982年，頁125-133。

34 竺家寧〈宋代語音的類化現象〉，《淡江學報》第22期，1985年，頁57-65。

35 竺家寧〈近代音史上的舌尖韻母〉，《聲韻論叢》第3輯，1990年，頁205-224。

韻》、《韻略易通》、《等韻圖經》、《五方元音》等語料，歸納出舌尖元音韻母的演化過程，並推周祖謨〈宋代汴洛語音考〉與薛鳳生在〈論支思韻的形成與演進〉所提出舌尖元音產生於北宋的說法，認為舌尖元音應產生於南宋初年（西元十二世紀）。元初（西元十三世紀）有一部分知照系字開始產生舌尖後韻母，這些字主要是中古的莊系字。十四世紀，ʅ韻母的範圍繼續擴大，除了中古莊系字之外，入聲字也開始轉變為舌尖元音，國語的ɚ韻字這時已由i韻母轉變為ʅ韻母。十五世紀的明代，ʅ韻字的範圍繼續擴大。十六世紀末的明代，《等韻圖經》首見ɚ韻母。

　　竺家寧〈宋代入聲的喉塞音韻尾〉[36]探究 -p、-t、-k 三種韻尾消失以前的狀況。觀察入聲字在現代漢語方言的分布，可以發現南部方言（如粵、客、閩南）保留入聲的三種區別，中部方言（如吳、閩北）入聲完全變成喉塞音收尾，北部方言入聲多半消失，這樣的現象很可能反映了歷史的變遷，在 -p、-t、-k 消失前，有一個喉塞音收尾的階段，從宋代詩詞、《九經直音》、《詩集傳》、《古今韻會舉要》、《聲音唱和圖》、《四聲等子》、《切韻指掌圖》、《切韻指南》等語料，發現宋代的入聲正是處於這個喉塞音韻尾的階段。

　　有關宋代入聲字的研究，竺家寧還有〈宋元韻圖入聲探究〉[37]、〈宋元韻圖入聲排列所反映的音系差異〉[38]、〈宋元韻圖入聲分配及其音系研究〉[39]等論文，研究結果都顯示了入聲在宋代共同語中 -p、-t、-k 已經沒有分別，但是尚未失去入聲的特徵，從語言演變過程來看，極有可能是合併成喉塞音了。

---

36 竺家寧〈宋代入聲的喉塞音韻尾〉，《淡江學報》第30期，1991年，頁35-50。

37 竺家寧〈宋元韻圖入聲探究〉第一屆國際漢藏語言學會會議論文，1992年。

38 竺家寧〈宋元韻圖入聲排列所反映的音系差異〉中國音韻學國際學術研討會會議論文，1992年。

39 竺家寧〈宋元韻圖入聲分配及其音系研究〉，《中正大學學報》第4卷第1期，1993年。

　　從上述研究成果，可以知道宋代音的語音特點，如：入聲弱化為喉塞音韻尾、舌尖元音產生、濁上歸去、輕唇音產生、知照系合流、零聲母範圍的進一步擴大。

　　除此之外，中國也有相關研究，如：馮蒸〈爾雅音圖音注所反映的宋初濁上變去〉[40]、楊軍〈《集韻》見、溪、疑、影、曉反切上字的分用〉[41]、楊雪麗〈《集韻》中的牙音聲母和喉音聲母〉[42]、楊雪麗〈從《集韻》看唇音及其分化問題〉[43]、楊雪麗〈《集韻》精組聲母之考查〉[44]、李無未〈南宋《九經直音》俗讀「入注三聲」問題〉[45]、張渭毅〈《集韻》重紐的特點〉[46]、張渭毅〈《集韻》的反切上字所透露的語音訊息（上）（中）（下）〉[47]、劉松寶《從《韻鏡》到《四聲等子》等列的變遷與語音的演變》[48]、楊小衛〈《集韻》《類篇》反切比

40　馮蒸〈爾雅音圖音注所反映的宋初濁上變去〉，《大陸雜誌》第87卷第2期，1993年，頁21-25。

41　楊軍〈《集韻》見、溪、疑、影、曉反切上字的分用〉，《貴州師範大學學報（社會科學版）》1995年第2期。

42　楊雪麗〈《集韻》中的牙音聲母和喉音聲母〉，《許昌師專學報（社會科學版）》1996年第4期。

43　楊雪麗〈從《集韻》看唇音及其分化問題〉，《鄭州大學學報（哲學社會科學版）》1996年第5期。

44　楊雪麗〈《集韻》精組聲母之考查〉，《河南大學學報（社會科學版）》第37卷第5期，1997年。

45　李無未〈南宋《九經直音》俗讀「入注三聲」問題〉，《延邊大學學報（社會科學版）》1998年第2期。

46　張渭毅〈《集韻》重紐的特點〉，《中國語文》2001年第3期。

47　張渭毅〈《集韻》的反切上字所透露的語音訊息（上）（中）（下）〉，《南陽師範學院學報（社會科學版）》第1卷第1期（2002年）、第1卷第3期（2002年）、第1卷第5期（2002年）。

48　劉松寶《從《韻鏡》到《四聲等子》等列的變遷與語音的演變》福建師範大學碩士論文，2004年。

較中反映的濁音清化現象〉[49]、董建交〈《集韻》寒桓韻系開合混置的語音性質〉[50]、雷勵〈《廣韻》《集韻》反切上字的開合分布〉[51]。

　　這一類型的研究，又可以分成兩個部分，一是從單一文獻中觀察某項語音現象。二是綜合許多語料歸納出當代的某個語音現象。值得注意的是，臺灣的研究多採取宏觀的角度，著重語音演變的普遍性，討論語音在漢語音韻史中的演變過程以及每一個時代的特徵。而中國的研究雖然也注意到宋代的語音特徵，但是多著眼於單一文獻所顯示的語音演變訊息，如韻書中反切上字的合用與分用或韻書中某一類聲母的研究，採取的是較微觀的視角。

三　就某一部或一部以上宋代語料綜合研究

　　臺灣研究成果有：董同龢〈《切韻指掌圖中的幾個問題》〉[52]討論《切韻指掌圖》的作者時代以及來源。、竺家寧《四聲等子音系蠡測》[53]提出《四聲等子》屬北宋的音韻圖表，其音韻系統有異於《切韻》音，也和官話音不同，實為上承《切韻》音，下開官話音承先啟後的樞紐，由此材料可以得知中古韻母的省併情形，以及早期官話形成的過程。葉鍵得《通志七音略研究》[54]主要討論《七音略》的語音

49 楊小衛〈《集韻》《類篇》反切比較中反映的濁音清化現象〉，《語言研究》第27卷第3期，2007年9月。

50 董建交〈《集韻》寒桓韻系開合混置的語音性質〉，《語言研究》第29卷第4期，2009年10月。

51 雷勵〈《廣韻》《集韻》反切上字的開合分布〉，《語言科學》第11卷第4期，2012年7月。

52 董同龢〈《切韻指掌圖中的幾個問題》〉，《中央研究院歷史語言研究所集刊》第17集，1948年。

53 竺家寧《四聲等子音系蠡測》國立臺灣師範大學國文所碩士論文，1972年。

54 葉鍵得《通志七音略研究》中國文化大學中國文學所碩士論文，1979年。

系統，依據韻書切語、韻圖、域外方音、現代方音，分別構擬《七音略》聲母及韻母得音值。構擬之前，則先討論陰陽入、介音及重紐字諸問題，並比較七音略與韻鏡之異同。竺家寧〈九經直音的時代與價值〉[55]以宏觀的角度介紹《九經直音》的撰作時代、版本、體例、價值、研究方法，給予研究者一個研究《九經直音》的敲門磚。竺家寧〈論皇極經世書·聲音唱和圖之韻母系統〉[56]討論《皇極經世書·聲音唱和圖》的韻母系統及韻母擬音。林英津〈論《集韻》在漢語音韻史的地位〉[57]提出《集韻》在漢語音韻史上的重要性：《集韻》每韻下小韻的排序，具有充分的結構功能；《集韻》的結構形式，既保留了審辨音韻的精華，同時又見更高層次的音段組合關係，故具有對《廣韻》提供詮釋的效果；《集韻》的結構理念，表現以《廣韻》為參考系統，並結合當時留心古今音變的學術潮流，揭示了中古漢語的音韻系統。陳瑤玲《新刊韻略研究》[58]對《新刊韻略》的聲母和韻母進行系聯，擬測其音值，提出《新刊韻略》是今日可見最早詩韻系韻書，其韻部可反映中古後期韻母的簡化，對後世的文學語言影響很大，元明的《禮部韻略》可能即以《新刊韻略》底本，其韻部為近代詩人用韻，韻書分韻的標準。吳聖雄〈張麟之「韻鏡」所反映的宋代音韻現象〉[59]採用了「文獻現象與語言現象的基本性質不同」與「文獻材料的多層性」兩個觀點，利用比較法，作文獻層次分析的嘗試。討論的重點雖然偏重於近代音，但是這樣的研究方法，對音韻史其他方面的

---

55 竺家寧〈九經直音的時代與價值〉，《孔孟月刊》第19卷第2期，1980年，頁51-57。

56 竺家寧〈論皇極經世·聲音唱和圖之韻母系統〉，《淡江學報》第20期，1983年，頁297-307。

57 林英津〈論《集韻》在漢語音韻史的地位〉，《漢學研究》第6卷第2期，1988年12月。

58 陳瑤玲《新刊韻略研究》中國文化大學中國文學所碩士論文，1991年。

59 吳聖雄〈張麟之「韻鏡」所反映的宋代音韻現象〉，《聲韻論叢》第8輯，1999年，頁245-247。

研究也可以提供參考。何昆益《《四聲等子》與《切韻指掌圖》比較研究》[60]認為《四聲等子》與《切韻指掌圖》之間的關係，可以用「承襲」二字來概括說明，當然它本身也有相當程度的「衍生」。要之，《切韻指掌圖》主要是承襲《四聲等子》而來，再參酌相關韻書，以早期韻圖的以四聲統四等的方式排列，為求區別於《等子》，遂在入聲的分配上以實際語音為基礎進行再配置、二十個圖次的歸攝、開合口列置等，顯示出《指掌圖》編圖者雖承襲《等子》，卻有其衍生的開創特質。吳文慧《《四聲等子》與《經史正音切韻指南》比較研究》[61]從《四聲等子》與《經史正音切韻指南》之體例、內容、用字、擬音等方面，進行研究，以探討二書之關係，和它們對中古及近代音承先啟後的作用。

　　海外也有相關研究，例如：陸志韋〈記邵雍皇極經世的天聲地音〉[62]、平山久雄〈邵雍皇極經世書‧聲音唱和圖の音韻體系〉[63]、李無未、王曉坤〈《九經直音》反切的來源及其相關問題〉[64]、張渭毅〈《集韻》研究概說〉[65]、董小征《五音集韻》與《切韻指南》音系之比較研究》[66]、范崇峰〈《集韻》與洛陽方言本字〉[67]、陳大為

60 何坤益《《四聲等子》與《切韻指掌圖》比較研究》國立高雄師範大學國文學系博士論文，2008年。

61 吳文慧《《四聲等子》與《經史正音切韻指南》比較研究》國立臺灣師範大學國文學系博士論文，2008年。

62 陸志韋〈記邵雍皇極經世的天聲地音〉，《燕京學報》第31期，1946年。

63 平山久雄〈邵雍皇極經世‧聲音唱和圖の音韻體系〉，《東洋文化研究所紀要》第120輯，1993年。

64 李無未、王曉坤〈《九經直音》反切的來源及其相關問題〉，《吉林大學社會科學學報》1995年第1期。

65 張渭毅〈《集韻》研究概說〉，《語言研究》1999年第2期。

66 董小征《《五音集韻》與《切韻指南》音系之比較研究》福建師範大學碩士論文，2004年。

67 范崇峰〈《集韻》與洛陽方言本字〉，《古漢語研究》2006年第4期。

〈《皇極經世書‧聲音唱和圖》中的北宋汴洛方音〉[68]、李紅《《切韻指掌圖》研究》[69]、王瑩瑩《《韻鏡》與《切韻指掌圖》語音比較研究》[70]、李紅〈《切韻指掌圖》研究綜述〉[71]。海外的研究除了以單一語料或者兩部語料的比較為研究對象之外，也可以看到某一部韻書的研究史的論文，例如《集韻》和《切韻指掌圖》的研究綜述；此外，《皇極經世書‧聲音唱和圖》所代表的音系，陸志韋和平山久雄也分別討論之，有關這部分的研究及評述，在第三章將會有較詳細的敘述，這裡僅針對以往的研究者對於「宋代音」此一議題研究成果的概括陳述。

　　總的來說，這一類型的研究，多著重於一本或以本以上韻書的音系比較，研究重點以音值的考訂以及音系的建構為主，旁及與其他韻書的關係，目的在於由韻書的比較可以看出音韻史的脈絡；此外，也從某部語料中綜合歸納出當代的音韻現象。臺灣多以一本韻書或兩本韻書的比較為研究主題，海外研究可見到將韻書的音韻現象與方言對照，以及從韻書中探討當時的方音現象，以及某一本韻書的研究概況。

　　在〈論近代音研究的方法、現況與展望〉中，也指出，目前宋代音的研究結論顯示宋代音系對中古的隋唐音系而言有很大的變化，事實上已經開啟了近代音的很多語音現象。因此，宋代音實為隋唐音和元以後語音的中間過渡階段。語音的演化，原本是不中斷的連續體，中間並無可以區分的明顯界線。古音學上的分期，只是研究上的方便

---

68 陳大為〈《皇極經世聲音唱和圖》中的北宋汴洛方音〉，《宿州學院學報》第23卷第2期，2008年4月。

69 李紅《《切韻指掌圖》研究》吉林大學古籍整理研究所碩士論文，2006年。

70 王瑩瑩《《韻鏡》與《切韻指掌圖》語音比較研究》貴州大學碩士論文，2006年。

71 李紅〈《切韻指掌圖》研究綜述〉，《長春師範學院學報》（人文社會科學版）第28卷第5期，2009年9月。

而已，分期並不是絕對的，因此，把宋代音列入近代音的範圍，可以觀察到元以後許多音變現象的源頭。[72]正因為元代以後的語音現象，在宋代就已經透露出端倪，基於這個原因，筆者認為宋代音在漢語音韻史上具有過渡性的地位。但是，以往的研究較少專就宋代語言的現象與現代方言作對照，只有范崇峰〈《集韻》與洛陽方言本字〉將《集韻》與現代方言結合研究。其論文中指出《集韻》廣泛地收集了宋代所見的文字，其中許多字或詞在現代漢語普通話已經不使用，但有一部分仍保留在洛陽方言中，藉著《集韻》和洛陽方言互相印證，既可探求洛陽方言本字，也可從方言角度研究《集韻》。文章內容從反切來探討方言本字，除了宋代語音之外，在國內外也有將其他時代的音韻學材料與現代漢語方言或同族語言比較的單篇論文，如陳澤平〈從現代方言釋《韻鏡》假二等和內外轉〉、[73]、丁邦新〈與中原音韻相關的幾種方言現象〉[74]、鄭偉〈《切韻》重紐字在漢台關係詞中的反映〉[75]、喬全生〈從晉方言看古見系字在細音前顎化的歷史〉[76]……等等，因為不在本著作討論的範圍之內，故不贅述。

第三節　研究論題與章節安排

本著作的研究論題與章節安排如下：

---

72 竺家寧〈論近代音研究的方法、現況與展望〉。

73 陳澤平〈從現代方言釋《韻鏡》假二等和內外轉〉，《語言研究》1999年第2期。

74 丁邦新〈與中原音韻相關的幾種方言現象〉，《歷史語言研究所集刊》第52卷第4期，1981年，頁619-650。

75 鄭偉〈《切韻》重紐字在漢台關係詞中的反映〉，《民族語文》2013年第4期。

76 喬全生〈從晉方言看古見系字在細音前顎化的歷史〉，《方言》2006年第3期，2006年8月。

第一章　緒論

　　本章為前置工作，對於全書進行鳥瞰式的陳述，先交代研究動機與目的、研究成果回顧、研究論題與章節安排、研究材料與範圍、研究方法與理論基礎。

第二章　宋代音在漢語音韻史的地位

　　語音的演變是漸變而不是突變的，也就是說，一項音變機制的完成，往往要經過很長一段時間。從中古音到現代國語，有一些重要的音變機制促使語音演變，而宋代正處於語音從中古音演變到國語的過渡期。本章首先客觀比較宋、元、明、清的音韻特徵，接著由漢語音韻史的分期來看宋代音所處的階段，再次，俯瞰宋代音語料，提出宋代音所透露出的音變，最後，從語音演變和語音史分期兩方面，提出宋代音研究的意義與價值。

第三章　宋代音文獻探討

　　對於文獻的作者、時代、音韻系統，以及主要研究成果先進行陳述。

　　本著作討論的宋代語音現象，主要是以反映宋代音的韻書及等韻圖為依據。在第二章藉由宋代以後各朝代音韻特徵的比較，來討論在漢語音韻史上的地位。本章內容針對論文依循的韻書及韻圖內容作一探討，討論內容主要是總結前輩學者的研究結果，以及韻書及韻圖編排的體例，來討論宋代音在漢語音韻史上的地位，進而確定宋代音研究的價值和意義，並以此作為接下來章節討論的立論依據。

第四章　宋代音文獻中所反映的聲母演變

在第二、三章中，從漢語音韻史的分期討論了學者如何看待宋代音在漢語音韻史中的位置，以及從和宋代音文獻中以較為宏觀的視角歸納宋代音的語音演變特點。本章採取微觀的角度討論宋代音在聲母方面幾個語音演變上的特點，包括：匣母字是否顎化、輕唇音保留合口介音、知照系字的例外演變。並觀察這些特點如何反映在現代方言中。

第五章　宋代音文獻中所反映的韻母演變

本章將宋代音文獻中歸納出來的韻母現象放到現代方言中觀察，主要有三、四等界線模糊的現象、蟹止攝的分化與合流、精系三等字併入一等、內外混等，另外，宋代音文獻對於介音位置的安排與《切韻》系韻書不同，也在本章進行討論。

第六章　結論

本章總結全篇論文。貫穿本著作的研究主題是「歷史音變如何與現代漢語方言對應」，在第六章結論中，敘述此一主題的研究成果。首先，在第三章羅列了宋代以後的音韻現象，以及語言學家對於漢語語音史的分期，並指出宋代分別在分期的哪一個階段。筆者在討論宋代語音現象後，進一步檢視音韻學家對於宋代音在漢語音韻史的分期的階段，其說法的適切性。其次，歸納宋代音的現象在現代方言分布的趨勢與範圍。除了宋代的語音現象之外，第五章第三節討論了宋代音文獻面對音節分析所採用的角度與《切韻》系韻書的傳統角度的不

同，提示了研究者，宋代除了語音演變是過渡時期之外，此時的文人
在編輯聲韻學著作的態度上，也開始表現出與傳統不同的角度，另一
方面，對於漢字音節的分析，也有了新的看法。並在最後，提出文中
未竟的論題，可在將來進一步討論。

第四節　研究材料與範圍

本著作的研究主題與研究目的，所採用的研究材料以及研究範圍
如下：

（一）時代：本著作進行漢語斷代語音史的研究，研究的時代
為兩宋（西元960～1279年），約當10～13世紀這段期間內的漢語語音
現象。

（二）文獻：可分為歷史文獻與方言材料兩方面。歷史文獻以記
錄宋代音的韻書、韻圖為主，方言材料則是以北京大學中國語文學系
編的《漢語方音字彙》[77]為主。

由於在記錄宋代音的文獻時，編者為了保留《切韻》音系的傳
統，時而會將中古前期的語音與當時語音並陳，這部分並非此次所要
深入討論的。因此，本著作研究範圍侷限在宋代音文獻中所透露的宋
代語音現象。

（三）音系：即便在表現宋代音系的文獻中會留有當時的方音現
象，但是，現在所保留下來的宋代音文獻絕大多數都是記錄共同語，
即使當中有留下當時方音現象，也只是吉光片羽且不成系統的，無法
從中探究彼時彼地的方言音系。因此，遇到這樣的情形，我們只能指
出這是當時的方言現象，無法進一步指出該方言的音系究竟全貌是
如何。

---

77 北京大學中國語言文學系《漢語方音字彙》（北京：語文出版社，2003年6月）。

第五節　研究方法與理論基礎

一　理論基礎

（一）結構主義語言學[78]

　　結構主義語言學原來只用於研究語言的共時系統，但隨著語言研究的深入發展，有些語言學家運用結構分析的方法去研究語言史。結構分析法的理論基礎是索緒爾（Ferdinand de Saussure）的語言系統說，他認為言語活動是異質的，而語言卻是同質的系統。所謂「同質的」，意指語言符號的能指和所指都是心理的，生理、物理、社會方面的因素則都屬於言語的範圍；語言是由語言符號所組成的一種系統，語言符號的每一種要素都是由它與語言中其他要素的關係和差別構成。語言中只有差別，語言系統是一系列聲音差別和一系列觀念差別的結合，因而是一種純粹價值的系統，語言系統是共時的，不是歷時的，其內部是統一的，沒有變異性的。並且著眼於語言結構的系統性，要求把每一種現象都放到語言系統中去考察，從它與其他現象之間的相互關係中去把握它的實質，反對孤立地去考察一種現象。

　　「音變」和「音移」是結構主義語言學解釋語言變異的理論。結構語言學把音變看成是一種影響音系結構的跳躍性變化，用「頓變」的概念表示這種變化。而「音移」（drift）這個概念是美國語言學家薩丕爾（Edward Sapir）在《語言論》中首先提出來的，指的是不由人們的意志所控制的語言演變的過程、趨向和力量。他認為，語言自成為一個潮流，它有它的沿流，而且是有方向的。現代語言學中所講

---

78 這部分有關結構主義語言學的理論，參見徐通鏘《歷史語言學》（北京：商務印書館，2008年7月）頁170-202。

的音移，大體上繼承了薩丕爾的學說，指一個音位隨著時間的推移，從這一個位置到另一個位置的移動，也就是說，音位的物質載體發生了變化，但音系中音位的成員並沒有增減；語素（或詞）的讀音發生了變化，但並沒有引起音位類別的分化或混同，使不同音的語素變成同音語素，或者使同音的語素變成不同音的語素。

結構語言學本來脫胎自人類語言學，而人類語言學所研究的一個主題是語言和社會的關係，但是結構主義強調的是語言形式，而且認為只要堅持其分析方法，語言學家就能取得某一語言及其社區的結論性的看法。結構語言學關心的是語言的普遍規則，對語言的差異不感興趣，但是語言差異和語言共性是一個問題的兩個方面，忽略了差異也會影響普遍規律的形成。[79]本著作討論語言演變時，結構主義理論所提出的語言共性是重要準則。但是若有溢出語言共性（即規則）之外的現象，則另有理論基礎——詞彙擴散加以解釋。

（二）古今方音具有同源關係

筆者將現代方言與宋代音互相對比，所觀察的文獻大部分是記錄共同語，少數文獻反映當時方言。在理論上，必須說明古今方音具有同源關係。

李葆嘉在〈論漢語史研究的理論模式〉一文中所討論當代通行的四種理論模式，包括高本漢時間一維直線型模式、普林斯頓方言逆推型模式、張琨時空二維差異型模式、橋本萬太郎地理推移型模式，當中以《切韻》為主要座標軸來討論漢語史的學說是高本漢時間一維直線型模式、普林斯頓方言逆推型模式、張琨時空二維差異型模式。

由於古漢語方言在文獻上的記載並沒有完整的系統，無法從文獻

---

79 桂詩春、寧春岩《語言學方法論》（北京：外語教學與研究出版社，1998年12月）頁150。

中構擬出某一時代、某一個方言音系的真實面貌，這也牽涉古代文人對於單一音系或者綜合音系的理解。李葆嘉在〈論漢語史研究的理論模式〉一文中提到：

> 對某一方言語音進行共時性的描寫，這是西方語言學的傳統，也是現代語言學的特徵之一。而在五、六世紀之交的中國，沒有人覺得有必要對一個活的方言做單一詳細的描寫。……綜合性是漢語音韻研究的人文傳統之一，泛時（泛域）性是漢語傳統音系研究的基本屬性之一。[80]

《切韻・序》即指出傳統中國音韻學對於音系描寫著眼於「綜合性」：「呂靜《韻集》、夏侯詠《韻略》、陽休之《韻略》、李季節《音譜》、杜台卿《韻略》等各有乖互。江東取韻與河北復殊。因論南北是非，古今通塞，欲更捃選精切，除削疏緩。」《切韻》之前的韻書，多記載一時一地的方音，《切韻》秉著「論南北是非，古今通塞」的原則，對於不同時、地的音系加以「捃選精切，除削疏緩」，《切韻》寫成之後，先前那些記載一時一地方音的韻書便亡佚了。竺家寧《聲韻學》也提到：「也因為中國人的心理，一向喜歡博大，這種兼容並納的韻書一出現，所有六朝韻書都銷聲匿跡了。」[81]本著作所觀察的幾部音韻學材料，記載的都是以共同語（官話）為基礎，當中或有摻入作者方音，也是符合了中國古代音韻學著作大多致力於描寫語言共性，而摒除殊性的特徵。

　　以往學者研究漢語語音史，對於《切韻》音系的性質認知或有不

---

80 李葆嘉〈論漢語史研究的理論模式〉，《混成與推移——中國語言的文化歷史闡釋》（臺北：文史哲出版社，1998年4月）頁69。

81 竺家寧《聲韻學》頁185。

同，也影響了他們提出的理論模式。[82]如：高本漢將《切韻》視為單一音系，一方面認定《切韻》是隋唐長安音，另一方面又認為現在漢語方言除了閩語之外都是《切韻》的子語。普林斯頓學派認為《切韻》音系以及由此上推得出的上古漢語並不能完全代表漢語的祖語，應該以現代的方言為基礎，給每一種單獨的方言群分別構擬出它們的原始語，如原始官話、原始客家語、原始吳語、原始閩語等等，此後嘗試構擬一個全面的古代原始語。構擬出來的這種全面的原始漢語，不是一個統一的、一致的語言，而是帶有內部變異的若干種歷時系統。

張琨依據陳寅恪《從史實論切韻》和周祖謨《切韻性質和它的音系基礎》，進一步確認《切韻》是一部有綜合性質的韻書，代表的是西元601年以前若干百年不同地區的方言。他運用的方法可概括為方言投影法和音變追溯法，他認為，現代漢語的各個方言的差別能反映漢語的歷史發展，《切韻》既然不僅代表一時一地的語音系統，且能反映當時各地方言的特點，那麼，它實際上也就反映了漢語的歷史。張琨從《切韻》的平面系統中去挖掘漢語音韻的縱向歷史演變。他把《切韻》稱為「中國的一部音韻史」，據此可以投射出漢語的原始系統。原始漢語的建立也可以參考詩韻和諧聲；音值的確定基本上是根據現代方言以及語言的普遍性。

建構漢語史的理論模型學說雖然對於《切韻》音系的性質所持看法不同，但是，探究古代語音時，現代方音都是重要的依據；再者，構擬原始方言，也必須以現代方言為基礎。因此，本著作將宋代語音與現代方言兩相對照，在理論上應是適切的。

---

82 李葆嘉〈論漢語史研究的理論模式〉文中，評論了以下幾種理論模式：高本漢時間一維直線型模式、普林斯頓方言逆推型模式、張琨時空二維差異型模式、橋本萬太郎地理推移型模式。(《混成與推移——中國語言的文化歷史闡釋》（臺北：文史哲出版社，1998年4月）頁67-84。

二　研究方法

(一)歷史比較法

　　歷史比較法是十九世紀的歐洲語言學建立起來的方法，歐洲學者通過古印度的語言與歐洲語言的對比，發現了大量具有整齊對應規律的同源成分，證實這些語言來自同一個共同的原始語言，是有親屬關係的一個語言群，即印歐語系。以同源成分在各個語言中的現存形式為依據，可以推測出它們的原始型態，進而擬測古音系統，這套方法在20世紀初被引進漢語的古音研究中。歷史比較法的理論前提是：有親屬關係的語言或同一語言的各個方言是從一個共同的祖先語言分化的結果，親屬語言間或方言間的差別是歷史演變造成的，由於語言變化的規律性和不平衡性，這些差別有的代表不同的發展方向，有的代表同一發展方向的不同階段，各個語言間或方言間存在的對應規律暗示著從古到今的變化過程。[83]

　　除了方法之外，時空結合的原則和文獻資料的運用也是歷史比較法的重點之一。語言的空間差異反映語言的時間發展，說明語言的發展同時表現在空間和時間兩個方面。語言發展中的時間是無形的，一發即逝，難以捕捉，而語言的空間差異則是有形的，是聽得見，也可以用符號把實際音值記錄下來的，是時間留在語言中的痕跡，可以成為觀察已經消失的時間的窗口。所以，從語言的空間差異探索語言的時間發展，就成為歷史比較法的一條重要原則。[84]在音系學中，歷時規則常常在共時規則中留下對應的形式。[85]也因為現代方言往往會保

---

83 耿振生《20世紀漢語音韻學方法論》（北京：北京大學出版社，2004年9月）頁187。
84 徐通鏘《歷史語言學》頁136。
85 王士元〈競爭性演變是殘留的原因〉，《王士元語言學論文集》（北京：商務印書館，2002年3月）頁88。

留歷史上的語音，基於這個理由，筆者將宋代語音和現代漢語方言比較，試圖從現代方言中找出宋代語音留下的痕跡以及語音演變的進程。

何大安在〈從中國學術傳統論漢語方言研究的過去、現在與未來〉一文中提到：以一個古音系統來研究方言的目的，是要對全國的漢語方言先得一個大概的觀念。以古音系統研究方音，會對全國的方言得出什麼樣的大概的觀念呢？簡單的說，我們會很快的掌握住這些方言與古音系統之間的距離，了解到哪些方言從古音的角度看比較近，哪些語音變化從古音的角度看比較特別。換句話說，我們能夠因此找到每個方言在古音演化上的系譜性（genealogial）的位置。[86]就本著作而言，基於歷史比較法的理論進行研究，將宋代語音的現象放到現代方言中，觀察某一音類在宋代的演變，以及如何呈現在現代方言中，進而觀察若干語音演變規律在漢語方言的分布趨勢及其與中古音的距離。在論文中，第四章與第五章討論宋代語音的現象在現代漢語方言分布趨勢，即是以運用歷史比較法作為研究方法。

（二）詞彙擴散理論

詞彙擴散理論是由王士元提出的。在〈競爭性演變是殘留的原因〉[87]一文中，基於兩個基礎：青年語法學派提出的「語音演變無例外」與維爾納補充青年語法學派所提出的「不規則變化本身一定有一種規則，問題在於怎樣發現它」，為了解釋語音演變的不規則例外，指出「很多變化類型是在語音方面突變的，而在詞彙中的擴散卻需要很長的時間」，活的語言總是不斷在變化的，所以我們總會發現很多

---

86 何大安〈從中國學術傳統論漢語方言研究的過去、現在與未來〉，《中研院歷史語言研究所集刊》第63本，第四分，1993年9月。

87 王士元〈競爭性演變是殘留的原因〉，《王士元語言學論文集》（北京：商務印書館，2002年3月）頁88-89。

對於尚未完結的語音變化似乎是例外的現象。儘管我們還沒有一個語音學和型態學的術語來定義這種現象，但是可能這種語音變化早晚會影響到它們而變為有規則的。所以這些並不是真正的殘留。

　　然而，不同競爭性的演變進行過程中在時間上相交的結果，會產生真正的殘留。因此，在這樣的範圍裡，必須對青年與法學派的原則加以限定，即：一種語音演變如果沒有其他的演變相競爭，這種語音演變就是有規律的。但是確有兩種（或更多）演變同時適用於同一部分詞項的情況。這樣保存下來的殘留形式就是半途受阻的語音演變直接產生的結果。

　　對於詞彙擴散理論，徐通鏘在《歷史語言學》中也有所論述。徐通鏘在王士元提出的理論上進一步闡釋，詞彙擴散理論的基本前提是相反的，青年語法學派認為語音的變化是連續的、漸變的，而這種變化在詞彙中的表現卻是離散的、突變的。而詞彙擴散理論卻正好反過來：語音的變化是突然的、離散的，而這種變化在詞彙中卻是漸變的、連續的，即開始的時候可能只在某些詞中有變化，而隨著時間的推移，首先在少數詞中發生的變化逐漸擴散到所有有關的其他詞。[88]並且比較了青年語法學派與詞彙擴散理論對於音變最小單位所持論點的不同：詞彙擴散理論既然著眼於音變在詞彙中的漸進擴散，那自然會把詞看成為音變的最小單位，在這一點上，與青年及法學派的音變理論是不同的。雖然，在青年語法學派時期還沒有音位的概念，但是對音變的實際研究是以音位為單位的。這種對立的看法與音變方式的不同理解是緊密相關的。音變如果是以音位為單位，就必須注意同一音位在不同條件下的變異，注意它在不同地區的表現形式，從而可以在語音的差異中看到音變的具體過程。音變如果是以「詞」為單位，

---

88 徐通鏘《歷史語言學》頁277。

詞的讀音的變化非此即彼，自然是突變的；另一方面，詞的讀音變化
只能是一個個地進行，不可能突然地一起都變，所以，對音變單位的
不同看法實際上是產生一系列對立看法的一個重要根源。[89]本著作第
四章第二節討論唇音字開合口情況，其例外情形，即是詞彙擴散理論
中的剩餘現象。

（三）歷時對應關係推證法

　　耿振生在《20世紀漢語音韻學方法論》提出「歷時對應關係推證
法」。語音有很強的規律性，從前一個語音系統到後一個時期的語音
系統，所發生的自然變化都會符合音變規律，期間的演變有一定的軌
跡脈絡可循。如果兩個音系之間的差異主要是時間造成的差異，兩者
之間的主要差別應該都能夠從音變的原理進行解釋，基於這個觀念，
可以通過「考古」方法研究到的兩個古音系統進行對比，互相檢驗，
也可以用現代語音對某個古音系統進行檢驗。[90]本書討論宋代語音現
象與現代漢語方言的對應情形，同時也觀察某一音類在現代漢語方言
的呈現，此一音類在各方言間的不同音值，往往需要以音變規律來推
論其時間先後，以及與宋代音的距離遠近。例如第四章第一節，討論
匣母字在現代漢語方言的呈現，即運用此方法來判斷語音演變的先後
關係。

---

89 徐通鏘《歷史語言學》頁279-280。
90 耿振生《20世紀漢語音韻學方法論》（北京：北京大學出版社，2004年9月）頁178。

第二章

宋代音在漢語音韻史的地位

　　語音的演變是漸變而不是突變的，也就是說，一項音變機制的完成，往往經過很長一段時間。從中古音到現代國語，有一些重要的音變機制促使語音演變，而宋代正處於語音從中古音演變到國語的過渡期。本章首先比較宋、元、明、清的語音特徵，再從漢語音韻史的分期來看宋代音所處的階段來確定宋代音在漢語音韻史上的地位。接著，俯瞰宋代音語料，提出宋代音所透露出的音變，最後，從語音演變和語音史分期兩方面，提出宋代音研究的意義與價值。

第一節　從中古音到近代音的過渡階段[1]

一　從音韻特徵的比較看宋代音的地位

　　竺家寧在〈論近代音研究的方法、現況與展望〉[2]一文中提出宋代音系對中古的隋唐音系而言，表現了很大的變化，事實上其中已經開啟了近代音的很多新變化。從第三章的宋代音文獻探討也可以看出宋代音的特徵。可知宋代音實為隋唐音系和元以後音系的中間過渡階段。誠如竺師所言，由唐至宋，語音產生了很大的變化，許多國語（現代共同語）的音韻特徵，在宋代已經有了開端，筆者也認同宋代

1　這裡主要指共同語而言。

2　竺家寧〈論近代音研究的方法、現況與展望〉，《漢學研究》第18卷特刊，2000年12月。

音在漢語語音史上具有過渡性的說法。但是，為了使這樣的論點更可信，筆者先依據前賢所提出的研究成果，客觀地比較宋代、元代、明代、清代的語音特徵，並說明宋代音在語音史上的獨特地位，方能提出具說服力的證據。

（一）宋代音

依據〈論近代音研究的方法、現況與展望〉一文指出，中古後期（宋代）的聲母除了輕唇音產生、喻三喻四合併、照二照三合併之外，也發生了濁音清化、非敷奉合流、知照合流、零聲母擴大等現象。韻母方面，除了併轉為攝，系統大為簡化之外，三、四等韻的界限完全消失，舌尖元音已產生。聲調方面，濁上已有變去的跡象，入聲-p、-t、-k三類韻尾普遍通用，顯然已轉為喉塞音韻尾。諸如此類，在在表明了中古後期（宋代）和中古前期（隋唐）的語音是不能籠統的歸入同一系統的。

（二）元代音

元代音的研究，因為朝代的時間不長，故語料比較有限，多集中在兩個材料上：元曲與《中原音韻》、《古今韻會舉要》。而後者雖作於元代，實沿襲宋代的《韻會》而來，所反映的語音系統仍為宋代音。[3]因此，《中原音韻》可視為反映元代音的代表。依據竺家寧《聲韻學》[4]的說法，《中原音韻》音系和國語很接近，在聲母方面有以下幾個特點：都沒有濁塞音和濁塞擦音。古代的濁音平聲變送氣清音，仄聲變不送氣清音，也就是濁音已經清化。p-、p'、m-、f-、t-、t'-、

3　竺家寧〈論近代音研究的方法、現況與展望〉。

4　竺家寧《聲韻學》頁113-114。

n-、l- 和國語完全相同。所異的只有：1. 元代微母念 v-，國語則變為零聲母 ø-。2. ts- 系和 k- 系字可以配細音，也就是顎化聲母還沒產生。3. 國語的捲舌音（古代的知、照系字）在《中原音韻》是舌尖面音。4. 還有一些疑母字念舌根鼻音 ŋ-，不像國語把全部的 ŋ- 都失落了。在韻母方面，《中原音韻》沒有撮口呼的 y 介音，-m 韻尾也還保留著。聲調方面，和國語一樣，有陰平、陽平、上聲、去聲四類。入聲已經消失，分別併入陰聲各韻中，但是和原有的陰聲字分開排列，以表明其來源。

《中原音韻》的的音系特點，可以簡述如下：濁音清化、微母與疑母尚未成為零聲母、顎化聲母未產生、捲舌音未產生、入聲已經消失、四呼（開、齊、合、撮）尚未形成、-m 韻尾尚保留。以上幾點特徵中，濁音清化、入聲 -p、-t、-k 消失、知照合流，音值為舌尖面音、疑母字逐漸失落舌根鼻音聲母等現象，在宋代音都已經出現了。[5]

（三）明代音

葉寶奎《明清官話音系》第五章〈明清官話音的歷史沿革〉[6]總結明代與清代官話音的特點。這一部分主要採用這本書的說法，兼參考其他學者的觀點，並將明代與清代語音特點分開陳述。

明代語音在聲母方面的主要變化有以下幾點：

1　清濁對立消失

明初《洪武正韻》的聲母系統包含10個全濁聲母，塞音、塞擦音、擦音均有清濁對立。這種情況，葉寶奎《明清官話音系》認為有

5　宋代的入聲韻尾弱化為喉塞音，仍保留入聲的特性；元代則是派入三聲，可與陰聲韻押韻。

6　葉寶奎《明清官話音系》（廈門：廈門大學出版社，2001年3月）頁292-304。

一定程度是因襲中古音。張世祿《中國音韻學史》認為《洪武正韻》的依據是江左的吳音。明代後期的《韻略匯通》中，全濁聲母已經全部併入相應的清聲母。

2　疑母字的變化

《洪武正韻》音系中部分疑母字已與喻母字合併為以類，也就是成為零聲母，但是五類（部分疑母字）與以類並存，仍然保存舌根鼻音聲母 ŋ-。《韻略易通》中，疑母已與影母混併，變成零聲母。

3　微母字的變化

《洪武正韻》聲母系統中，微母與奉母有別，大體上還是唇齒鼻音 ɱ-，在《韻略易通》聲母系統中，「非、敷、奉」混併為 f-，微母的音值已經是 v-。明代後期的《西儒耳目資》聲母系統中，f- 和 v- 對立，但 v- 已經有從濁擦音進一步變成半元音 w 或純元音 u 的傾向，微母與喻母出現混讀，v 與 u 兩音的分別已經不是很清楚。

4　知莊章的變化

明初官話音，「知、莊、章」三系已經合流，但略有區別。《洪武正韻》中，莊系三等韻大部分已轉為洪音，只有尤侵兩韻仍讀細音，而知、章系三等韻保持細音不變。明初官話音「知、莊、章」基本上是舌葉音（舌尖面音）ʧ- 等。「知、莊、章」系晚至明末清初仍是兼配洪細的。《韻略易通》中，莊系三等韻已經全部變成洪音，但「知、章」系三等韻基本上仍保持細音。《西儒耳目資》中，章系的「遮、魚、蕭」諸韻已經由細變洪，知章系其餘三等韻仍讀細音。這表示部分知章系已經和莊系字一樣變成捲舌音 tʂ-。

5　雙唇鼻音韻尾（-m）併入舌尖鼻音韻尾（-n）

雙唇鼻音韻尾在明代併入舌尖鼻音韻尾。《洪武正韻》和《韻略易通》韻母系統尚保存 -m，《韻略匯通》-m 則已併入 -n。

6　入聲韻尾變化

《洪武正韻》入聲配陽聲韻，保留塞音韻尾 -p、-t、-k，這是因襲舊制。《西儒耳目資》音系中，入聲已改配陰聲韻。

7　舌尖元音產生

《洪武正韻》音系中，雖然支 ï 與齊 i 分立，但支 ï 韻還不是舌尖元音。《韻略易通》支辭韻（精系）已經是 ɿ，莊、章系也已經是 ʅ。《西儒耳目資》音系中，止攝開口三等韻（日母）已經變成 ɚ。

以上七種明代音主要的特點，大部分在宋代就已經開始出現了，包括入聲韻尾的變化、知照合流（但是宋代尚未出現捲舌音）、舌尖元音產生、濁音清化、零聲母的形成。所不同者，這些音變在明代的範圍比宋代要廣。

（四）清代音

這一部分主要也是採用葉寶奎《明清官話音系》第五章〈明清官話音的歷史沿革〉的說法，兼參考其他學者的觀點。

1　清濁對立消失

葉寶奎《明清官話音系》舉出李登《書文音義便考私編》與《韻法直圖》，這兩部語料尚存全濁聲母。《書文音義便考私編》是因為平

聲沒有分成兩調，才在平聲中保留清濁的對立。至於《韻法直圖》保留全濁聲母則與《洪武正韻》的影響有關。

除此之外，趙蔭棠《等韻源流》將明清韻圖分成「存濁系統」與「北音系統」。趙蔭棠認為「受《中原音韻》影響者，其聲母多則二十一，少則十九，蓋刪去全濁者也。受《洪武正韻》影響者，其聲母無論為三十二，為二十七，要皆保存三十六母之全濁而刪去自認為重複者。」[7]以共同語而言，明清時代的政治中心大多時間是在北方[8]，因此，共同語是以北方官話為基礎，直到今天的國語音系也是以北方話為基礎。[9]其他代表北音系統的韻書，如樊騰鳳《五方元音》、趙紹箕《拙菴韻悟》、馬自援《等音》、都四德《黃鐘通韻》音系中濁音都已經清化。

2　疑母字的變化

明代官話音中的疑母已經處在最後消變的過程中，清初《五方元音》中，影母、疑母、微母已經併入零聲母。

7　趙蔭棠《等韻源流》（北京：商務印書館，2011年9月）頁155。

8　明朝在1368-1421年、1424-1441年以南京為國都，1421-1424年、1441-1644年以北京為國都。清朝國都在北京。

9　雖然，有學者認為明清官話是以南方方言為基礎，例如李葆嘉《混成與推移——中國語言的文化歷史闡釋》一書中說：「明清官話是宋元以降江南商業經濟蓬勃發展、有著豐富的市民文化內涵，既運用於官場，又為廣大市民社會所使用的，以保留在江淮方言中的中原正音為基礎的通行語。換而言之，明清官話或明清兩代漢民族的共同語就是：以南京語音為標準音，以江淮話為基礎方言，以通俗的明清白話小說為語法楷模的通行語。」（頁48）雖然他的結論認為明清官話是以南京語音為標準音，但也提到，其基礎方言是保留在江淮方言中的中原正音。所以還是有一定成分的北方音成分。但明清官話並非本著作討論的範圍，對於明清官話的基礎方言問題，不在此贅述。

3　微母字的變化

清初《五方元音》中，微母已經和影、喻、疑完全合併。葉寶奎《明清官話音系》中指出，清代官話音中，微母和疑母的情況較為複雜，它們受基礎方言口語音的影響而逐漸消失的事實無庸置疑，但傳統讀書音的影響亦不容忽視。實際上，疑、微兩母尚未完全消失，如清代潘逢禧《正音通俗表》音系仍保存微母和疑母，傳統京劇亦保留這兩母，甚至民國初年的國音也保留。足見傳統讀書音影響之深遠，同時也表明官話音的語音基礎確是讀書音而不是北京音。

疑母和微母的演變涉及國語零聲母的形成。國語的零聲母的中古音來源有六個聲母：云（ɣj-）、以（ø-）、影（ʔ-）、疑（ŋ-）、微（v-）、日（ŋʑ-）。這些聲母是漸次失落聲母的。中古早期只有以母是零聲母，第十世紀，云、以合併；第十至十三世紀，影、疑合併。第十七世紀，微母和日母的止攝開口三等字也成為零聲母。所以，國語零聲母的形成，始於宋代，到了清代大致上完成。

4　知莊章的變化

明代官話音 ʧ-、tʂ- 作為同一個音位的兩個條件變體而存在，清代音系中，知、章、莊三等韻漸次轉為洪音，清代後期，這三系聲母不再配細音，全部變成捲舌音了。如趙紹箕《拙菴韻悟》、馬自援《等音》、都四德《黃鐘通韻》、李汝珍《音鑑》，聲母系統中都有捲舌音。

除了以上四項之外，雙唇鼻音韻尾併入舌尖鼻音韻尾、入聲的消失、舌尖元音的形成，在明代音就大致上完成了。

比較宋代、元代、明代的語音特徵之後，可以發現明代以後大量出現的音變現象，在宋代就已經開啟其端了，因此，宋代在漢語音韻史上確實是具有過渡性地位的。

二 從漢語音韻史的分期看宋代音的地位

這部分以音韻學家對於漢語音韻史的分期所提出的看法，觀察學者如何分類宋代音，以下學者的說法，依照提出時間排列，以期看出學術發展的脈絡與進程。

（一）錢玄同

錢玄同《文字學音篇》[10]將古今字音分為六期：

第一期：周秦（西元前十一世紀～西元前三世紀）

此時期之音習慣上稱為「古音」，此時期沒有韻書可參考，治古音的學者，參考的是《詩經》、《楚辭》、諸子、秦碑用韻，以及《說文解字》參校考定而成。

第二期：兩漢（西元前二世紀～西元二世紀）

此期承第一期而漸變，由於字型的省變，由籀文、篆文變為隸書、草書，諧聲之字漸漸無法辨識出聲符。而且此期「韻書未作，字音無標準，故任情變易，用韻甚寬。」

第三期：魏晉南北朝（西元三世紀～西元六世紀）

此期是韻書的初期，韻書產生是因為「周秦以聲母為標準之法，至此期已完全不適用，而字音任情變異，則妨礙甚多，故韻書興焉。」

---

10 錢玄同《文字學音篇》（臺北：臺灣學生書局，1964年7月，1918年初版）頁2-4。

第四期：隋唐宋（西元七世紀～西元十三世紀）

此時期是韻書的全盛期，《切韻》、《唐韻》、《廣韻》、《集韻》四部書是此期最有價值的韻書。

第五期：元明清（西元十四世紀～西元十九世紀）

此期文學以北曲為主，於是有以北音為主之韻書產生，如元代周德清《中原音韻》及《菉斐軒詞林韻釋》，而明初《洪武正韻》即本於《中原音韻》，本階段六百年之普通口音，即《中原音韻》與《洪武正韻》等韻書之音，可稱之為「北音」。

第六期：二十世紀初年（現代）

注音符號制訂，音讀延續第五期的趨勢，即「北音」為準，自此以後，中華字音將脫離韻書時代而進入音標時代。

在錢玄同的漢語音韻史分期也是以書面資料為主軸，並未論及音韻現象，宋代在第四期，與隋、唐為同一期。代表的韻書是《切韻》、《唐韻》、《廣韻》、《集韻》，此四部韻書在漢語音韻史上的重要性不言可喻，然而：

> 《切韻》、唐韻雖亡，而《廣韻》、《集韻》具在。《廣韻》一書，兼賅古今南北之音，凡平仄、清濁、洪細、陰陽諸端，分別甚細，今日欲研究古音，當以廣韻為階梯，欲訂制國音，亦當以廣韻為重要之參考物。[11]

---

11 錢玄同《文字學音篇》頁2。

筆者認為，錢氏此說，凸顯了《廣韻》的重要性，但是就他將《廣韻》放在音韻史分期中，並以此為代表韻書，其原因不應該只是「兼賅古今南北之音，凡平仄、清濁、洪細、陰陽諸端，分別甚細」，既然錢氏認為此書的音韻特點是兼容南北古今之音，那麼如何凸顯此分期的音韻特徵呢？再者，《集韻》合併韻目共十三處，有實際語音的依據[12]，但是《集韻》編成於寶元二年（1039），與《切韻》（西元601年）距離438年，這四百多年間，語音不可能完全沒有發生變化，若是將四百多年視為同一期，語音特徵的改變以及音變的時間界線恐怕難以區分。再次，錢氏將「兼賅古今南北之音」的《廣韻》和代表一時一地之音的《集韻》放在語音演變史的同一期，在取材標準上恐有標準不一之虞，也就是說，若是錢氏欲處理的是「漢語音韻史」的分期，分期標準應以能凸顯該期音韻特徵為妥。若欲處理的是韻書性質的分類，那麼《廣韻》和《集韻》即使都是古代士人作詩應試的標準，但是在分類的標目上，就不宜以「期」如此帶有隨時間改變意味的詞。

（二）魏建功

魏建功《古音系研究》[13]先從音韻沿革上談，漢語音韻史約略分為七個段落：

第一時期：約當西元前十一世紀～前三世紀（周秦）
第二時期：約當西元前二世紀～二世紀（兩漢）
第三時期：約當西元前三世紀～六世紀（魏晉南北朝）
第四時期：約當西元七世紀～十世紀（隋唐五代）

---

12 竺家寧《聲韻學》頁386-387。
13 魏建功《古音系研究》（北京：中華書局，1996年12月，1935年初版）頁3

第五時期：約當西元十一世紀～十三世紀（宋）

第六時期：約當西元十四世紀～十九世紀（元明清）

第七時期：約當西元二十世紀以來

魏建功首先從傳統的說法談古音系的分期如上述。但是他又說：

> 據史料分期，中國文化的轉換時期莫重要於秦漢之際。由於此時語言文字開始分驅。漢以前的文字完全寫音，不為一語特造一字，但假同音字之形。後來顧到用表義的形體來區分同音，直到漢代，越往後形聲字越多。同音字的假借方法便為專注字音的新義。……漢世學者仍承先民同音假借的方法以直音注字音，而字音語音都一天一天不同於古，又漸漸想出以二字曲寫一字之音的方法來，開了反切的端。直音與反切中間表示出中國文字語言間聲音系聯的脫輻。原來靠形聲聲母做讀音標準的系統一天一天紊亂了，反切一天一天應用廣了，於是依反切排列的韻書一天一天需要大了。先有了反切，後生出韻書。漢晉以下的人寫韻書的風氣最盛。寫韻者最初但為反切之綜合排比，且自限於時代的音讀及一己方言，各韻收字乃與形聲系統定有出入。韻書顧各自代表其時代之音，故韻書時代與未有韻書以前時代斷然必有不同。

他認為，最合理的分劃應該是從研究的結果裡面定出正確的段落，傳統的音韻沿革所分的七個段落稍嫌籠統無據。因此，古音史應以韻書作為標準，首先約略分成「有韻書以前」、「有韻書以來」兩個階段，而「有韻書以來」又可表現出第四到第六時期以至現代的古今音系沿革。魏氏將已得知的韻書依時代先後即地域分布分為七類：（1）李舟

《切韻》、《唐韻》、《說文解字篆韻譜》、《古文四聲韻》。（2）陸法言
《切韻》、《改定篆韻譜》、《廣韻》、《集韻》、《五音集韻》。（3）《禮部
韻略》、《平水韻略》、《草書韻會》、《韻會舉要》、《佩文詩韻》。（4）
《中原音韻》、《韻略易通》、《韻略匯通》、《五方元音》。（5）《考聲切
韻》、《韻英》。（6）《韻銓》。（7）《洪武正韻》。

　　宋代音若是從音韻沿革的七個階段來看，是在第五時期。而魏建
功依據韻書所分的階段，則是含括了（2）階段與（3）階段。因為依
照韻書來分，（2）階段包括韓道昭《五音集韻》，此書成於崇慶元年
（1212），反映了當時北方的實際語音。[14]（3）階段的《禮部韻略》
在宋代是一部十分通行普及的考試參考書，語音系統仍是中古早期
的，是相當保守的一部韻書。[15]《平水韻略》[16]則是淵源於金人的傳
統舊韻。而張天錫《草書韻會》「其書上下平聲各十五韻，上聲二十
九韻，去聲三十韻，入聲十七韻，與王文郁同。……王韻刊於平陽，
張書成於南京，未必即用王韻部目。是一百六部之目，並不始於王文
郁；蓋金人舊目如是。」[17]可知《草書韻會》也是沿用金人的傳統舊
韻。《韻會舉要》是反映宋元之間的南方音。而《佩文詩韻》則是清
代的韻書了。由此看來，魏建功依照韻書來分的漢語音韻史分期，每
一期之所以獨立為一個階段，與其他期的客觀區分條件仍不甚清晰。
單就宋代一朝而言，語音在這一百多年之間發生重大的演變，但是在
斷代語音史所列的韻書中，仍將代表守舊的韻書列於其中，分期特徵
自然難以明確。

---

14 竺家寧《聲韻學》頁389。
15 竺家寧《聲韻學》頁391、393。
16 王文郁所著《新刊韻略》併上聲拯於迥韻，合併韻目早於劉淵的《平水韻》，但都
　　是屬於平水韻系統。（竺家寧《聲韻學》頁394-395）。
17 竺家寧《聲韻學》頁394。

（三）王力

　　王力在《漢語史稿》[18]中將漢語分成四期，他的分期是以語法作為主要的根據，他認為，語法結構和基本辭彙是語言的基礎，是語言特點的本質。而語法結構比基本辭彙變化得更慢。如果語法結構發生了顯著的變化，就可以證明語音的質變了。具體分期是這樣的：（一）西元三世紀以前（五胡亂華）以前為上古期。特點是：（1）判斷句一般不用繫詞。（2）在疑問句裡，代詞賓語放在動詞前面。（3）入聲有兩類（另一類到後代變成去聲）。（二）西元四世紀到十二世紀（南宋前半）為中古期。特點是：（1）在口語的判斷句中，繫詞成為必需的句子成分。（2）處置式的產生。（3）完整的「被」字式被動式的普遍運用。（4）形尾「了」、「著」的產生。（5）去聲字的產生。（三）西元十三世紀到十九世紀（鴉片戰爭）為近代。其特點是：（1）全濁聲母在北方話裡消失。（2）-m 韻尾在北方話裡消失。（3）入聲在北方話裡消失。（四）二十世紀（五四運動以後）為現代。特點是：（1）適當地吸收西洋語法。（2）大量地增加複音詞。

　　筆者認為，雖然王力直言分期標準的主要依據是語法，在說明各期特點時，也注意到每一期主要的音韻特徵。而他提出這些特徵，也暗示了音韻特徵也是漢語音韻史分期不可忽視的一環。宋代在王力的分期是在第二期（中古期），其音韻方面的主要特徵是去聲字的產生。聲母往往會影響聲調的演變，中古的上聲字有許多後來念成了去聲，凡是發生這種演變的字，都具有全濁的聲母，所以全濁聲母就是促成上聲變去聲的條件。在《九經直音》中已經可以看到這樣的例子，如：「倍（上聲並母），音背（去聲）」、「阜（上聲奉母），音浮

---

18 王力《漢語史稿》（北京：中華書局，2004年9月，1957年初版）頁40-44。

去」、「稻（上聲定母），音桃去」、「貸（去聲），音待（上聲定母）」、
「技（上聲群母），音其去」、「檻（上聲匣母），音咸去」。但也有一
部分全濁上聲字未曾變為去聲，例如：「強（上聲群母），上」、「限
（上聲匣母），音閑上」、「盪（上聲定母），音唐上」，但是這幾個字
在今天國語裡都已經變成去聲，可見《九經直音》正是代表了濁上歸
去的過渡階段，[19]而時代即是在宋代。

（四）鄭再發

　　鄭再發〈漢語音韻史的分期問題〉[20]：分為上古、中古、近代三
期。代表這三期的語料分別是諧聲與《詩經》韻腳、《廣韻》、國語，
原因是這三者歷來即受廣泛的注意，再者，它們之間又各有一段便於
劃分的的距離與一些相當醒目的徵象，再次，這三定點分別叫「上
古」、「中古」、「現代」，在當時是最少異詞的。在文章中，鄭再發也
列出各期之間語音演變的現象。

　　1. 從上古到中古，聲母方面的演變如下：

　　　（1）*ts- 系分化為端、知兩系。
　　　（2）*ts- 分化為精、莊兩系。
　　　（3）*ɣ- 分化為匣、于兩母。
　　　（4）*t̪-、*c- 兩系合流為章系。
　　　（5）*m-、*x- 合流為曉母。
　　　（6）*d-、*g合流為以母。
　　　（7）複輔音聲母的單輔音化。

---

19 竺家寧《聲韻學》（臺北：五南圖書出版公司，2001年10月）頁420。
20 鄭再發〈漢語音韻史的分期問題〉，《中央研究院歷史語言研究所集刊》第36卷第2
　期（1966年）。

韻母方面的演變如下：

（1）濁塞音韻尾**-b合流於*-d。
（2）濁音韻尾*-g、*-d、*-r消失。

此外，介音的演變幾乎沒有，主要元音的演變卻又錯綜得缺少特徵。近人系聯漢魏北朝詩人的用韻，曾發現某些《廣韻》分立的韻——如東：冬，江：陽，之脂，魚：虞等兩兩間，有合流的現象。但這些現象並不存在於「論南北是非、古今通塞」的《廣韻》中。

聲調方面的演變：上古聲調，有主古無四聲的（如明代陳季立），有主張古有二聲（如黃季剛、王力）、三聲（如段玉裁）乃至四聲俱全的（如周祖謨、董同龢）。但在當時，這個問題在學術界尚無共識。

2. 從中古到現代，聲母演變如下：

（1）唇音分化為輕唇音與重唇音。
（2）非、敷合流。
（3）莊、章兩系合流後，又納入了知系（一小部分知莊系字與精系合流）。
（4）于、以兩母合流後，又納入了影母。
（5）全濁聲母字，其平聲部分與次清聲母合流，其仄聲部分與全清聲母合流。
（6）疑、微兩母消失，多合流於于、以、影，只有少數疑母字合流於泥。
（7）精、見兩系字，其細音部分由於顎化而合流。

韻母方面的演變如下：

（1）-ə、-ï 韻的產生。

（2）四等變四呼。

（3）入聲韻尾消失。

（4）韻尾 -m 合流於 -n。

聲調方面的演變則受到聲母清濁影響，全濁聲母上聲字變成去聲；次濁聲母的入聲字大多數變成去聲；全濁聲母的入聲字大部分變成陽平，而清聲母入聲字變成平、上、去聲都有。

鄭再發將漢語音韻史分成三期，宋代是在中古期。他列出各期之間的語音演變現象，從中古到現代這一階段的音變現象，值得注意的是，中古期是以《廣韻》為代表，但是所列出從中古期到現代的音變現象，有些是不見於《廣韻》，反而發生於更晚的年代。

比較《廣韻》反切上字系聯的結果與三十六字母，有三個不同的方面：輕唇音的產生、正齒音的合併、喻母的形成。三十六字母大抵反映了十世紀到十二世紀之間的聲母實際情況。[21]更晚的《切韻指南》，成書於1208年，聲母系統沿用三十六字母，在卷首所列的「交互音」四句歌訣中，透露了當時聲母的變化，這四句歌訣是「知照非敷遞互通，泥孃穿徹用時同，澄床疑喻相連屬，六母交參一處窮」，所反映的演化是：非、敷兩母合而為一；知、照兩系字合併；泥、孃兩母合而為一；疑喻兩母合而為一。

而鄭再發的中古期與現代期之間的音變現象，時間跨度相當大，聲母方面的演變，處於唐宋之間，三十六字母所顯示的有：唇音分化為輕唇音與重唇音；莊、章兩系合併為照系；于、以合併為喻母。處於宋代，《切韻指掌圖》聲母所表現出的演變有：非、敷合流；知系與照系合流；疑、微兩母消失。

---

21 竺家寧《聲韻學》（臺北：五南圖書出版公司，2001年10月）頁242-243。

　　至於晚於宋代的語音演變，依據丁邦新〈十七世紀北方官話之演變〉一文，十七世紀時，北方官話中已看不出隋唐中古音原有的這些濁音的痕跡，事實上早在八、九世紀時，中古全濁音和濁塞擦音在西北地區有變為送氣清音的現象；在第十世紀時，敦煌方音已有變為不送氣清音的記錄；十一世紀時，汴洛方言更有按平仄分化為送氣和不送氣兩種語音的情況。無論哪一種變化，濁塞音等都已經消失。而濁擦音只有從鼻音變來的 z-，就是音韻學名詞中的「日母」，原來可能是由舌面鼻音產生同部位的濁擦音，成為 nz-，再變為 z，在北方官話中大部分變 z-，也有變為零聲母的，如瀋陽和膠東，至於「二兒耳」這幾個字受到聲母的影響產生一個韻尾，然後聲母就消失了。[22]可知濁音清化雖然在宋代的方音就已經出現端倪，但成為普遍現象是在十七世紀時。

　　丁邦新在〈十七世紀北方官話之演變〉中，也提出十八世紀開始多出一套舌面音 tɕ-、tɕʻ-、ɕ-，文中並引鄭錦全對北音顎化源流的研究，認為北方音系中從 k-、kʻ-、x-、ts-、tsʻ-、s- 變來的 tɕ-、tɕʻ-、ɕ-全面形成於十六、七世紀，到十八世紀前半葉顎化已經完成。

　　竺家寧在2004年至2005年〈國科會研究計畫成果報告：12世紀至19世紀漢語聲母的演化方向與規律〉總結12世紀至19世紀的聲母演化：濁音清化大約在明代初葉前就已經完成；捲舌化則是在明代時漸漸演變，直到明末清初才完成；顎化則更是到了乾隆時期才被韻書記錄。但是以往學者再推測這些語音變化的時代，都較本次計畫中所收集的資料要早，可能韻書對於現象變化的呈現時間較以往推測的要遲，應該韻書的記載不及口語上變化的快速。

---

22 丁邦新〈十七世紀北方官話之演變〉，《近代中國區域史研討會論文集》（臺北：中央研究院，1986年8月）。

至於韻母方面的演變，-ï 韻的產生見於南宋《古今韻會舉要》，入聲韻尾消失是在宋代。

晚於宋代的則是：韻尾 -m 合流於 -n、四等變四呼則是在明代。

依據丁邦新〈十七世紀北方官話之演變〉的研究，鼻音韻尾在蘭茂的《韻略易通》（1442）裡還保存 -m、-n、-ŋ 三種，到了李登《書文音義便考私編》（1587）開始有 -m、-n 合併的現象；在《等韻圖經》（1606）中，-m 則已完全變為 -n。

耿振生在《明清等韻學通論》中提到：從中古的兩呼四等到近代的開齊合撮四呼，經歷了一個漸變的過程。《中原音韻》時代已經奠定了四呼的基礎，明初《洪武正韻》和《韻略易通》魚、模分韻，反映了魚韻由 -iu-變成 -y-，現代學者認為介音 -y- 也是在這個時候由 -iu-變來的。[23]

（五）董同龢

董同龢在《漢語音韻學》[24]中對於漢語的分期，則是明確指出以「音」為基礎，分為五期：（一）上古音：主要的資料是諧聲字與先秦典籍中的韻語。先秦韻語的研究以詩經為主體，可以說上古音是先秦的語音。（二）中古音：是指《切韻》所代表的音系而言，時代是以隋及唐初為中心。（三）近古音：以《古今韻會舉要》為代表，而近古音也是中古到近代的橋梁。因為宋人所修的韻書，韻數有減少的趨勢，風行幾百年的反切，宋後一般人已不能應用；同時較後出的韻圖也都有省併的現象，這都表現出語音到此時已有很大的變化。（四）近代音：以《中原音韻》為中心。元代北曲大盛，周德清為元曲而作的《中原音韻》因此也能擺脫傳統韻書的羈絆，而以當時的實

---

23 耿振生《明清等韻學通論》（北京：語文出版社，1998年7月）頁62。
24 董同龢《漢語音韻學》（臺北：文史哲出版社，2002年10月，1968年初版）頁7-8。

際語音為準。此外,明代傳教士的記錄,也是近代音的另一個代表,而更接近現代音。(五)現代音:以現時通行的國語為主。

　　董同龢的分期,每一期都以語料作為分期的依據,並且將宋代音獨立為一期,以《古今韻會舉要》為代表,可知他認為宋代音有別於中古音以及後來的中原音韻。除此之外,在他的分期裡面,也明確指出宋代音承先啟後的橋梁地位,但是他的分期並未談及語音演變的趨勢與方向。

(六)何大安

　　何大安《聲韻學中的觀念和方法》[25]從音節結構上的差異來看,漢語可以分成三個大的時期:上古漢語、中古漢語、近代漢語。

　　上古漢語包括:周秦、兩漢。大約自西元前一千年到西元後二百年,約有一千兩百年。研究資料最主要是《詩經》和《說文解字》,《詩經》是曾經整理過的春秋中葉以前的詩篇,大部分是有韻的文字,從押韻上,我們可以了解當時韻母上分別的遠近。《說文解字》蒐錄了周秦以來通用的文字,並且告訴我們各個字之間字形、字音和字義的關係,利用其中有關聲音的消息,我們可以整理出當時聲母、韻母、聲調上的大致形貌。音節結構是:C(C)(M)(M)(M)VE。

　　中古時期包括:魏晉、南北朝、隋唐。自西元兩百年到西元一千年,約有八百年左右。中古漢語最重要的音韻資料,是陸法言等人所編的《切韻》。《切韻》原為作詩押韻所編的韻書。它用反切注音,音系「兼論南北是非,古今通塞」,不屬於一時一地之音,反映的是魏晉南北朝時期不同讀書音系統的綜合。音節結構是(C)(M)(M)V(E)。

25　何大安《聲韻學中的觀念和方法》(臺北:大安出版社,1993年8月)頁256-261。

　　近代時期包括：宋、元、明、清。自西元一千年到現在，約近千年。近代音中最常被拿來討論的，是元代周德清所編的《中原音韻》，不過這部書所反映的，可能是類似現代官話這樣的方言。比較接近現代南方方言的，則有《古今韻會舉要》及《洪武正韻》兩部書。此時的音節結構是（C）（M）V（E）。

　　何大安的漢語史分期中，宋代屬於近代時期。這一期的音韻特徵，在結構的表面上看，最大的不同表現在主要元音以前的部分，近代漢語可以有零聲母的單元音字，中古漢語則不容許這種結構，它一定得有輔音聲母或介音；從音節結構的限定來看，中古漢語的聲母，有區分清濁，可是在近代漢語當中，有的方言已經沒有濁塞音和濁塞擦音聲母了，像官話、客語，和大部分的贛語。

　　筆者認為，在這樣的分期中凸顯出宋代音一部分的音韻特徵，比方說零聲母的產生。但是濁音清化成為漢語的普遍現象卻是在明清時代。再者，整個漢語史只分成三期，音變現象在時間框架中的定位較無法精準描述。

二　各家學者如何認定宋代音的音韻史地位

　　從上述各家學者對漢語音韻史的分期來看，有些學者已經注意到宋代處於漢語音韻史上承先啟後的地位。董同龢的分期中，近古音階段是以《古今韻會舉要》為代表，而近古音也是中古到近代的橋梁。他也指出

　　　　因為宋人所修的韻書，韻數有減少的趨勢，風行幾百年的反切，宋後一般人已不能應用；同時較後出的韻圖也都有省併的

現象，這都表現出語音到此時已有很大的變化。[26]

以宏觀的角度來看，宋代從西元10世紀到13世紀，這時期的共同語在語音方面也發生了很大的變化，從中可以看出現代國語的語音特徵多始於這段期間，基於這個原因，筆者認為宋代語音在漢語語音史上具有過渡性的地位。

王力的分期雖然是以語法為標準，但他也談到了音韻的部分。宋代在他的分期中是第二期（中古期），其音韻方面的主要特徵是去聲字的產生。中古漢語演變到現代國語的其中一個主要趨勢是全濁聲母的上聲字歸入去聲，而這樣的現象在宋代《九經直音》就可以見到。他沒有將宋代獨立成一期，是因為他分期的標準是語法，在漢語的演變過程中，語法的演變較語音慢，所以，在他的「中古期」，時間橫跨八世紀是可以理解的。即便如此，當他論及分期中語音特徵時，提出的音變特徵即是發生在宋代。

至於鄭再發和何大安都將漢語音韻史分為三期，在鄭再發的分期中，宋代處於中古期，他列出從中古到現代的語音演變特徵，由於分期的時間跨度大，雖然不是每一項都發生於宋代，但是仍可看出發生在宋代的音變現象占了很大一部分，如：非敷合流、知系與照系合流、疑微兩母消失、-ï韻的產生、入聲韻尾消失。

何大安的分期是以音節結構為標準。宋代是在近代期，以《古今韻會舉要》為代表，主要音變特徵為零聲母的產生，這也是現代國語之所以會有大量零聲母的歷史來源。

魏建功的分期將宋代獨立成一期，若是以韻書來分，則是含括了第二和第三期；錢玄同的分期則是將宋代放在第四期。兩人的分期都是以韻書為標準，未論及語音的具體演變，這或許是因為在當時的學

---

26 董同龢《漢語音韻學》頁9-10。

術環境，國際音標和語音學的知識尚未運用在音韻現象的分析與描寫
上。但無論如何，在這兩位先生的漢語音韻史分期中，仍無法忽視宋
代語料，並在分期中列出。

綜上所論，儘管宋代音在各家分期中所放的位置不一樣。但每位
學者都無法忽略在宋代所發生的音變現象，即便在分期的討論中，並
未論及音變現象，宋代的語料也引起學者們的注意。本節初步討論諸
位學者對漢語音韻史的分期，並探討宋代在他們的分期中所占的地
位，無論學者們將宋代獨立成一期，或是與其他朝代並列為一期，發
生在宋代的音變現象都是上承中古漢語，下啓現代國語的橋梁。

第二節　宋代音文獻中的音變訊息

承續第一節所討論的宋代音在漢語音韻史上的地位，是扮演承先
啟後的角色。本節以這幾部文獻為觀察重點：《集韻》、《五音集韻》、
《古今韻會舉要》、《九經直音》、《皇極經世書》、《詩集傳》、三部宋
元等韻圖——《四聲等子》、《切韻指掌圖》、《切韻指南》。上述者幾
部語料，前人研究成果頗為豐富，本節首先在既有研究成果上分別討
論其音韻特點，再綜合地歸納這幾部文獻在整個宋代音中共同具有的
特點是什麼。再者，宋代的學術潮流，宋人開始體認古音和今音的差
異，是否也表現在韻書的編纂上？

一　目前既有研究成果的歸納

（一）《集韻》

《集韻》始撰於景祐四年（1037），成書於寶元二年（1039），比
《廣韻》晚三十一年。宋仁宗景祐四年，宋祁等認為陳彭年重修的

《廣韻》多用舊文，未能徹底革新，取材也欠勻稱，建議重修；於是仁宗命宋祁、丁度等人重撰，直到英宗治平四年（1067）才由司馬光續編完成。

由此可知，《廣韻》由於在當時的實用程度已經不如以往，才有《集韻》的編纂，也因為如此，《集韻》在內容上對於《廣韻》進行了增補，而這樣的增補，反映出了當時語音的情況。

1　改類隔為音和

聲韻學家對前代韻書的回顧，並且改動與當代語音不符的反切，這樣的現象從切韻、廣韻開始就可以看到，甚至同一本韻書的不同版本，也可以看到改類隔為音和的痕跡。

《集韻》改動廣韻的反切，使反切上字與反切下字的介音相同。《集韻》改動《廣韻》的反切，除了讓切語上字的安排更井然有序之外，也對於將《廣韻》中的類隔切改為音和切。在張渭毅的〈集韻反切上字所透露的語音訊息〉[27]一文中，將《集韻》改《廣韻》的類隔切為音和切的情形做了完整的整理。在這一部分的論述中，採用張先生的研究進一步歸納。

（1）改唇音類隔為音和切

重唇和輕唇的分立，在不同的時期、不同的方言裡表現不同。就共同語來說，北宋初期，南北方言的重唇和輕唇聲母已經完成了分化，在《廣韻》的編者也在卷末列舉了部分類隔切，並把它改成音和切，題為「新添類隔，今更音和切」。依據張渭毅的統計，《廣韻》有97個唇音類隔切，《集韻》改為音和切的有91個，平聲卷40個，上聲

---

27 張渭毅〈集韻反切上字所透露的語音訊息〉，《南陽師範學院學報（社會科學版）》，2002年2月。

卷27個，去聲卷12個，入聲卷12個。《廣韻》卷末所改動的唇音類隔切共有18個，《集韻》增加到91個，我們不能因此推論從《廣韻》到《集韻》，這中間產生了輕重唇音的分化，因為兩部韻書相隔不遠，語音不會在短短數十年間就產生如此明顯的演變。在宋元等韻圖中，輕唇音和重唇音明顯分成兩組，而宋代通行的三十六字母亦然，因此，我們可以這樣說，《集韻》將《廣韻》的唇音類隔切較為全面地改為音和切，可知《集韻》的編纂者更多地注意到語音演變的現象。此外，雖然唇音的分化就個別的韻書來看，有數量多寡的差異，但是對照不同的語料，宋代語料中的唇音都分成輕唇與重唇兩組，集韻的唇音系統反映了實際語音是毫無疑問的。

（2）改舌音類隔為音和切

根據張渭毅的研究，七世紀初，不管南方方言或是北方方言，端、知的分化都已經完成了。泥、娘分立，始於四世紀中期的洛陽話。《集韻》改廣韻的舌音類隔切是比較徹底的，保留了《切韻》以來南北方言裡舌頭音和舌上音的區別，反映了宋初的讀書音。

有關舌音的分化，張渭毅從漢譯佛經中分別看漢語南北方言舌音的分化，得出上述結果，這是就方言來看。若是從共同語來看，舌音的分化大約在魏晉前後，西元2～5世紀。《廣韻》中，舌音類隔的數量比唇音類隔少，因為共同語舌音分化時，反切剛產生不久，保存在《廣韻》中的也不多。而《集韻》改動《廣韻》中的舌音類隔，不只是反映了中古到近代的音變，時間應該可以再往更早推，從共同語來說，舌頭音的分化是中古早期過渡到中古晚期的現象，因此，《集韻》改動《廣韻》中的舌音類隔，可以說是反映了中古早期到中古晚期的語音演變。

2　歸字方面

在歸字上，王力的《漢語音韻學》也列出了《集韻》和《廣韻》不同的地方。[28]

（1）「諄、準、稕、魂、混、緩、換、戈、果」九韻，《廣韻》只有合口呼，《集韻》則兼有開口呼。

在《廣韻》中，真諄臻同用，元魂痕同用，寒桓同用，戈歌同用，都是開合口相混的現象。《集韻》這九個韻，應該是與《廣韻》的同用相同。

（2）「隱、焮、迄、恨」四韻，《廣韻》只有開口呼，《集韻》兼有合口呼。在《廣韻》中，欣隱焮迄是四聲相承的一組，恨韻則是痕韻的去聲。《廣韻》中，元魂痕同用，是開合口混用的現象，與《集韻》中兼有開合口的現象是一樣的，但是欣韻獨用，《集韻》中隱焮迄兼有開合口，代表進一步合併了《廣韻》中的文韻和欣韻。

（3）《集韻》「軫、震」二韻（皆為開口韻）僅有正齒三等及半齒音，其他各母字，在《廣韻》屬「軫、震」者，在《集韻》則屬「準、稕」（皆為合口韻）。

（4）《廣韻》平聲真韻（開口韻）「影、喻」兩母，及見系開口四等字，在《集韻》屬諄韻（合口）。

《廣韻》中，真韻與諄韻同用，代表開合口相混的現象，與《集韻》同。

（5）《廣韻》「吻、問、物」（合口韻）三韻之喉牙音，在《集韻》屬「隱、焮、迄」（開口韻），故《集韻》「吻、問、物」僅有唇音字。

（6）《廣韻》中，文吻物韻獨用，欣隱焮迄也是獨用，《集韻》

28　王力《漢語音韻學》頁460-461。

將《廣韻》「吻、問、物」之喉牙音歸入「隱、焮、迄」，代表開合口相混的現象。

（7）《廣韻》「痕、很」（開口韻）兩韻之疑母字，在《集韻》屬「魂、混」（合口韻）。

在《廣韻》中，痕很韻和魂混韻同用。《集韻》將《廣韻》「痕、很」韻的疑母字歸入「魂、混」韻，也代表了開合口混用的情況。

（8）《集韻》恩韻（合口韻）只有喉牙音字，其他各紐在《廣韻》屬恩韻者，在《集韻》則屬恨韻（開口韻）。

在《廣韻》中，恩韻與恨韻合用，《集韻》將除了牙喉音以外的字歸入恨韻，代表開合口混用的情況。

《廣韻》「旱、翰」（開口韻）兩韻之舌音、齒音、半舌音，在《集韻》盡入「緩、換」（合口韻）。

（9）《廣韻》諄韻無舌頭音，《集韻》諄韻有舌頭音「天、年、顛、田」等字在韻末。

（10）《集韻》平聲歌韻僅有喉牙音，其他各母在《廣韻》屬歌者，在《集韻》則屬戈。

《集韻》在歸韻上對於《廣韻》的更動大抵上都是開合口相混，與《廣韻》獨用與同用的情況大抵上是相同的。

李新魁認為這些現象混淆了切語和歸類之間的界線，即反切與歸類不一致。[29]但是《集韻》對於《廣韻》內容的改動，是為了使韻書更適合士人使用，在一定程度上，也反映了當時實際語音；再者，當時韻書編者對於語音演變有較清楚的概念，針對《廣韻》內容與實際語音不符合的，會自覺地去調整，《集韻》的編纂，就是因為宋祁認為《廣韻》多用舊文，已經不符合當代學術所需。以上是就當時學術觀念的進展來看的。

---

29 李新魁《漢語等韻學》頁40。

　　最後，從韻書內容的呈現來看，上述《集韻》歸字與《廣韻》不同之處，都是開口與合口之間的互變，範圍絕大部分都是舌尖韻尾，並非雜亂無章。因此，對於《集韻》韻字的歸類與《廣韻》不同，不能單純以混淆切語和歸類之間的界線來解釋，應該是有實際語音基礎的。

　　《集韻》除了韻目通用的放寬之外，在審音定韻上，實際上並沒有超出《廣韻》的基本體例和範圍。韻母系聯分類，和《廣韻》基本上是一致的。聲母方面，照二和照三兩系還有分別，喻三和喻四也有界限，保存了《切韻》的體系。但船、禪不分，泥、娘也不分，這是不同之處。

（二）《五音集韻》

　　《五音集韻》是金朝韓道昭所撰，書成於1212年，大致上以《廣韻》為藍本，而增入之字則以《集韻》為藍本。本書根據當時北方的實際語音，把《集韻》的206韻合併為160韻。各韻的先後次序也和《廣韻》、《集韻》不全同。當中，合併《集韻》的206韻為106韻，可以看出當時的語音狀況，以平聲來說：

　　1. 脂支之合併，在《廣韻》中已經標明同用，代表在《廣韻》時已經沒有區別。與現在國語相同。
　　2. 皆佳合併，在《廣韻》中，兩韻都兼有開合口，不同的是皆韻的主要元音是 a，佳韻的主要元音是 æ，兩韻在《五音集韻》中合併為一韻，代表低元音 a 和 æ 已經沒有區別。在國語中，這兩個韻也是已經沒有分別，如「乖」（皆韻）和「歪」（佳韻）的韻母是一樣的，都是念作 -uai。
　　3. 真臻合併，在《廣韻》中，真韻是細音，臻韻是二等洪音，兩

韻在《集韻》中合併為一韻，代表二、三等沒有區別，與現在的念法一樣。

4. 仙先合併。

5. 宵蕭合併。

以上4. 及5. 兩者都是三、四等無別。

6. 庚耕合併，在《廣韻》中，耕韻是二等韻，庚韻有二、三等。庚韻和耕二等是重韻，在《切韻》的時代應該是同音，到了《五音集韻》合併的庚、耕兩韻，是耕韻和庚二等韻。至於庚三等韻，在《五音集韻》中則歸入清韻。

7. 鹽添合併，代表三、四等無別。

8. 咸銜合併，兩韻都是二等韻，在《廣韻》中是主要元音的不同，咸韻是 a，銜韻是 ɐ。這個兩個韻是二等重韻的區別。李新魁曾提到「重韻」的存在，可能是綜合其他方言音韻的結果，在當時共同語的音系中，這些韻的讀音不一定有區別[30]。在現代國語中，這兩個韻也是沒有區別的。

9. 尤幽合併，尤韻 -jəu 的主要元音是一個弱的元音（央元音），在語音的演變上很容易消失，例如尤韻字中，有一部分變成輕唇音，就是因為 -jəu 很接近輕唇音產生的條件 -ju-，但由於 -jəu 不完全符合 -ju-，差別在於中間還有一個央元音，而央元音在語音演變上是很容易失落的，若是央元音沒有失落的部分，唇音字就會保留重唇的讀法。至於幽韻字的韻母是 -juo，因此，它的唇音字全部保留重唇的讀法。由此看來，幽韻比尤韻穩定，此處尤幽合併，應該是尤韻被幽韻同化，都念成了 -juo。

---

30 李新魁《古音概說》（臺北：學海出版社，1986年）頁200。

10.覃談合併，一等韻的重韻，情況同咸銜。可能在《切韻》當時是方音的區別，在共同語中不一定有區別，在國語中，這兩個韻也是沒有分別的。

11.凡嚴合併，凡和嚴在《廣韻》中是開合對立的韻，凡是 -juɐm，嚴是 -jɐm。此處凡嚴兩韻合併，代表當時的語音凡韻念得和嚴韻相同。因為兩者之間的差別是合口介音 u 的有無，從語音演變的規律來說，音素的失落比起增生要來得常見，因此應該是凡韻失落了合口介音 u。再者，現代漢語方言中，嚴韻和凡韻在大多數方言不分，凡韻都念成了開口，因此推論此處凡嚴兩韻合併，是凡韻念得和嚴韻相同。

上述語音演變可以歸納成以下幾個情況：

1.在宋代以前的共同語就沒有區別，《切韻》會把把這些韻分開，是著眼於方言有區別的基礎上，《切韻》重韻的情況即是。這些韻早在《切韻》時代的共同語就沒有區別，到了宋代，《五音集韻》也依照實際語音狀況將它們合併。在《五音集韻》中庚耕合併、咸銜合併、覃談合併的情況就是屬於這一類。

2.《廣韻》標明同用：脂支之合併屬此類，脂支之三韻在《廣韻》的時代已經是同音。

3.中古音有別，在國語沒有區別，包括：

（1）介音的合併

A　三、四等無別：在《五音集韻》中，仙先合併、宵蕭合併、鹽添合併都表示了當時三、四等已經沒有區別的現象。

B　二、三等無別：在《五音集韻》中，真臻合併表示當時真韻已經失去三等韻的細音介音，變成洪音，念得和臻韻一樣。

（2）主要元音的合併

A 皆佳合併：低元音 a 和 æ 已經沒有區別。在國語中，這兩韻也是一樣的。

B 尤幽合併：尤韻 -jəu 的央元音被幽韻 -juo 同化，念成和幽韻相同。

（三）《古今韻會舉要》

《古今韻會舉要》三十卷，是元代熊忠依據南宋黃公紹的《古今韻會》改編的。黃氏的原本現已散佚。根據竺家寧《古今韻會舉要的語音系統》的研究，《古今韻會舉要》反映宋元之間的南方音，所持原因有二：1.《韻會》卷首有盧陵劉辰翁序文「江閩相絕，望全書如不得見。」此所謂「江」即江西盧陵，是劉氏自己的籍貫，「閩」指福建邵武，是《韻會》作者的籍貫。2. 代表北方通行語音的《中原音韻》，其聲母已完全清化，而時間只早二十多年的《韻會》卻完整的保留了濁音聲母，而《韻會》的性質是反映現實語音的，不是因襲傳統的，這樣看來，《韻會》反映的是南方音的可能性要大些。[31]

其中的音韻現象有以下幾點：

1 韻母方面

（1）除了官、關兩韻之外，一、二等無別：現代漢語中，國語一、二等無別，在南方方言官（一等）和關（二等）有 un：uan 或 uɔn：uan 的對立，但是，不只「官」和「關」，在南方方言中，一、二等的差別大多是表現在主要元音上。

由於《古今韻會舉要》表現的是宋元之間的南方音，除了官、關

---

31 竺家寧《古今韻會舉要的語音系統》頁6。

兩韻以外，一、二等無別的現象，和國語不同，在南方方言可以找到痕跡，如閩南語、粵語，所以這樣的現象應該是當時的方音表現。

（2）三、四等無別：現代漢語方言絕大部分三、四等已經沒有區別，只有少部分方言四等是洪音，三等是細音，如閩南語。所以在《古今韻會舉要》中，三、四等無別的現象，與現代方言大致上符合。

（3）二等牙喉音由洪變細：開口二等牙喉音從洪音變成細音是中古音演變到國語的規則之一。在《古今韻會舉要》中，還有一部分的二等牙喉音保留洪音性質，如牙韻的「牙、雅、亞」（-a），干韻「眼、晏」等字。對照現代漢語方言，二等牙喉音字南方方言大多維持洪音，北方方言變成細音。若是就中古音到國語的演變規律來看，這樣的現象應可視為這條規律正在進行中，但還沒演變完成，因此有一些二等牙喉音字尚未變成細音。從另一個角度來看，也可以視為這是當時南方方音的表現。

（4）輕唇音由細變洪：輕唇化也是從中古音到國語的演變規則，輕唇音產生的條件之一是三等合口唇音字，輕唇音產生，會將三等介音-j-排斥掉，因此由細音轉變成洪音。在現代漢語方言中，只有閩南語輕唇讀如重唇。而不管是哪個方言，這些三等字都失去了三等介音成為洪音。在《古今韻會舉要》的聲母系統中已經有輕唇音產生，所以，輕唇音的介音也會由細音變成洪音。

（5）舌尖元音已經產生：在《古今韻會舉要》中，「貲韻」中的字就是念舌尖元音，但是當時舌尖元音的範圍不像今天國語那麼大，有些國語念舌尖元音的字，如，「知、支、翅、池、詩……」等字，還是念舌面元音 -i。從現代方言來看，這些聲母是捲舌音的止攝字，在閩語和粵語是讀舌面元音 -i。

（6）a 類元音未完全受介音 i 或 y 的同化，所以有 -ian 和 -ien 的對立，現在的國語中，則已經被同化了。在現代漢語方言中，也沒有

-ian 的念法。所以這樣的現象，可以看作 -ien 的念法正在逐漸擴散。

（7）有一部分的主要元音失落了，和沒有失落的形成對立：

-iən	銀真申人（巾韻）	-in	欣緊釁（欣韻）
-yən	君春倫閏（鈞韻）	-yn	尹隕運（雲韻）
-iəŋ	庚輕更興（經韻）	-iŋ	迎兵成（京韻）
-iem	嚴閃店廉（箝韻）	-im	厭嫌險（兼韻）

這些字，在現代漢語方言中大多主要元音都失落了，只有少數方言保留主要元音，但是主要元音也不是央元音，都已經變成a類元音，如吳方言。

（8）唇音仍保有合口的讀法：現代漢語方言絕大部分唇音字都變成開口，只有少數方言唇音字保有合口的讀法，如閩語和湘語。所以這樣的現象表現是當時南方方言的語音特徵。

（9）「朋、孟」等字有 -uŋ、-əŋ 兩韻，和今日通行於社會的讀法相同。

（10）梗攝合口三等字「營、瑩、憬、穎」和通攝合口三等字「弓、窮、嵩、隆」等字一樣念作 -iuŋ，也就是梗攝的央元音失落了；國語則進一步失落主要元音 u，念 -iŋ。（-iəuŋ→-iuŋ→-iŋ）在失落的途中。

（11）中古的細音字「匡、狂、王」在《古今韻會舉要》中失去 i 介音，歸入光韻，和今日國語相同。

（12）「侯、喉、吼」（鳩韻 -iou）和「痕、很、恨」（巾韻 -iən）等字在《古今韻會舉要》中念細音，和現代方言不合，也許是某種古代方言的殘留。

2　聲母方面

（1）舌根鼻音聲母和喉塞音聲母已失落，和今日國語相同。《古今韻會舉要》聲母系統中的「ㄠ母」代表一群失落喉塞音的影母字。「魚母」代表失落舌根鼻音的合口字，和原本就是零聲母的喻母合口字。

（2）舌根濁擦音有分成顎化的和未顎化的。《古今韻會舉要》聲母系統中的「合母」代表匣母的洪音字，「匣母」只代表匣母的細音字。也就是說，《古今韻會舉要》的匣母字是稍帶顎化的舌根濁擦音，合母是不顎化的舌根濁擦音。代表還保留濁音，顎化作用進行中，還沒完成。

（3）知照合流，宋代音的普遍現象，與國語相同。中古的舌上音「知、徹、澄」和正齒音「照、穿、牀、審、禪」兩組聲母，到了《古今韻會舉要》的新三十六字母，只用一組「知徹澄審禪」表示。它們可能已經變成了舌尖面的塞擦音和擦音 tʃ、tʃ´、dʒ、ʃ、ʒ 了。

3　聲調方面

在聲調方面，《古今韻會舉要》最重要的就是入聲性質的改變。《古今韻會舉要》有29個獨立的入聲韻，並沒有像《中原音韻》那樣把入聲派入平、上、去中，可知《古今韻會舉要》音系中，入聲仍然存在。但是原有的 -p、-t、-k 三種韻尾卻變成了同樣的喉塞音韻尾 -ʔ。

歸納以上《古今韻會舉要》的音韻特點，並且與現代共同語（國語）對照。將兩者對照，並非認為從《古今韻會舉要》到國語是單線的、有繼承關係的發展。筆者認同竺家寧的看法，《古今韻會舉要》反映的是宋元之間的南方音，此外，在第四章第二節中，也提出「這是一部以當時南方方言為基礎的韻書，但是其中也記錄了共同語」的

可能性。此外，董同龢也認為它是一部能表現宋以後語音的一項重要
資料[32]，是從中古到近代的橋梁[33]。因此，將《古今韻會舉要》與國
語當成語音演變的兩個觀察的端點，旨在看出《古今韻會舉要》中的
音變趨勢與方向；以及韻書中的語音特徵的音變速度，若方向和共同
語一致，也可以看出它和國語的距離。整理如下：

1　已經和現代共同語（國語）相同

（1）三四等無別。

（2）「朋、孟」等字有-uŋ、-əŋ兩韻。

（3）舌根鼻音聲母和喉塞音聲母已失落。

（4）知照合流。

2　代表語音正在從中古音演變成國語的途中

（1）二等牙喉音由洪變細。

（2）輕脣音由細變洪。

（3）舌尖元音已經產生。

（4）有一部分的主要元音失落了，和沒有失落的形成對立。

（5）中古的細音字「匡、狂、王」在《古今韻會舉要》中失去i介
　　　音。

（6）a類元音未完全受介音 i 或 y 的同化。

（7）梗攝合口三等字「營、瑩、憬、穎」和通攝合口三等字
　　　「弓、窮、嵩、隆」等字一樣念作-iuŋ。

（8）舌根濁擦音有分成顎化的和未顎化的。

（9）入聲性質的改變，入聲已經變成了同樣的喉塞韻尾。

32　董同龢《漢語音韻學》頁191。

33　董同龢《漢語音韻學》頁10。

3　可能是當時的方音現象

（1）除了官、關兩韻之外，一、二等無別。

（2）唇音仍保有合口的讀法。

（3）「侯、喉、吼」（鳩韻 -iou）和「痕、很、恨」（巾韻 -iən）等
　　字在《古今韻會舉要》中念細音。

　　若是將《古今韻會舉要》視為反映宋元之間的南方音，在這部韻
書中，也可以看到一些共同語的現象，比方說二等牙喉音是有一部分
是洪音，一部分是細音。在現代南方方言，大致上是呈現洪音，北方
方言呈現細音，如果說《古今韻會舉要》中，當時的南方音有一部分
的二等牙喉音字已經變成細音，在現代南方方言中卻是洪音，[34]《古
今韻會舉要》中，開口二等牙喉音從洪音變成細音之後，在現代南方
方言卻是表現為洪音。在《古今韻會舉要》是反映古漢語南方方言的
前提之下，可以有三種解釋，第一，開口二等牙喉音變成細音之後，
在現代南方方言細音又失落了，成為洪音，這樣的解釋符合「回頭演
變」的定義。第二，《古今韻會舉要》即便反映實際語音，除了方音
之外，也將當時的共同語收錄其中。第三，《古今韻會舉要》介紹當
時的南方方言的開口二等牙喉音就是有一部分是洪音，一部分是細
音。筆者認為第二個可能性比較大。

（四）《九經直音》

　　《九經直音》沒有署名作者，不過，明初的《文淵閣書目》已著

---

34 何大安《規律與方向：變遷中的音韻結構》（臺北：中央研究院歷史語言研究所，
　1988年）提到「回頭演變」，指的是：一個語言，在歷史發展的某一階段曾有過的
　音，a（這裡的a是代號，並不是國際音標的a），可能在下一個階段消失，也就是a>b
　（由a變成b），就在這個階段或以後，另一類的音x可能變成a，也就是x>a，這樣，a
　就在消失之後又出現。這種情形，是語音的重現。

錄。書中多避宋真宗趙恆諱，遇「恆」字大部分缺末筆。再者，書中所引的前人注音，包羅了各朝代的學者，卻不見宋以後的人；再次，書內〈春秋序〉「素王」二字小注提到「真宗御制夫子贊曰……」，只標「真宗」而不稱宋，又稱「御制」。可以推測《九經直音》無疑是形成於宋代。此書在宋元時代十分風行，為讀書人必備的參考書，因此，我們可以透過其中的直音資料探索宋代的語音。

根據竺家寧《九經直音韻母研究》，《九經直音》音系中，韻母方面的表現有幾下幾點：

1. 東韻三等與鍾韻相混，例如「馮（東韻），音逢（鍾韻）」、「共（鍾韻），音弓（東韻）」、「融（東韻），音容（鍾韻）」、「蹙（屋韻），音促（燭韻）」。在國語中，東韻三等也是和鍾韻念得一樣。

2. 東韻一等（-uŋ、-uk）與冬韻（-uoŋ、-uok）相混，如「沃，音屋」、「告（沃韻），音谷（屋韻）」，在國語中，這兩個韻的念法是一樣的。

3. 支脂之微祭廢各韻的併合，例如「比（旨韻），音彼（紙韻）」、「轡（至韻），音蔽（祭韻）」、「費（未韻），音吠（廢韻）」、「沂（微韻），音宜（支韻）」。支脂之韻在《廣韻》中已標明同用，可知在《廣韻》時，這三韻已經不分，在國語中這三個韻也是念成一樣的。在國語中，微、廢兩韻不分，而祭韻與其他五個韻之間仍然有區別。

4. 魚虞混用，如「濡（虞韻），音如（魚韻）」、「芻（虞韻），音初（魚韻）」、「裕（遇韻），音預（御韻）」，在國語中，魚虞兩韻也是不分的。在《切韻》音系中，魚的音值是 -jo，虞的音值是 -ju，國語中是 -y，這是由 -iu 演變成的。因此，此處的魚虞混用，主要元音應該是 -u-。

5. 皆佳夬合併，如「豺（皆韻），音柴（佳韻）」、「解（卦韻），音戒（怪韻）」、「邁（夬韻），音賣（卦韻）」和國語相同。a 類元音合併。

6. 咍灰泰合併，如「蔡（泰韻），音菜（代韻）」、「兌（泰韻），音隊（隊韻）」、「戴（代韻），音帶（泰韻）」、「背（隊韻），音貝（泰韻）」念法和國語相同。

7. 庚三等韻與清蒸的混用，如「徵（蒸韻），音貞（清韻）」、「膺（蒸韻），音英（庚韻）」、「屏（靜韻），音丙（梗韻）」、「弋（職韻），音亦（昔韻）」。

8. 覃談的合併如「酣（談韻），音含（覃韻）」、「慘（感韻），七敢切（敢韻）」、「闔（盍韻），音合（合韻）」，這兩個韻在《廣韻》中已經注明同用，在國語念法也相同。

9. 刪山的合併，如「盼（襉韻），音攀去（諫韻）」、「棧（產韻），士板反（潸韻）」、「菅（刪韻），音艱（山韻）」，在《廣韻》中已經注明同用，在國語念法也相同。

10. 庚二等與耕的合併，如「鏗（耕韻），音坑（庚韻）」、「耿，音梗」、「革（麥韻），音格（陌韻）」，在《廣韻》中，庚耕清注明同用，在國語中念法相同。

11. 銜咸的合併，如「摻（咸韻），音衫（銜韻）」、「檻，音咸去」、「甲（狎韻），音夾（洽韻）」，在《廣韻》中注明同用，在國語中念法也相同。

12. 元仙的合併，如「鳶（仙韻），音袁（元韻）」、「鮮（線韻），音獻（願韻）」、「闕（月韻），音缺（薛韻）」，元是三等韻，仙是四等韻，兩韻合併表示當時語音三、四等無別。

13. 真諄和欣文的合併，如「隕（軫韻），音云上（吻韻）」、「蘊（吻韻），音尹（準韻）」、「佛（物韻），音弼（質韻）」、「鬒（震

韻）、音欣去」，在《廣韻》中，真、諄同用，欣、文獨用，在國語中，真、諄同韻，但是欣、文不同，欣是 -in，文是 -ən。

14. 鹽嚴的合併，書中只有一條例子「脅（業韻），音險入（葉韻）」。

15. 尤幽的合併，如「優（尤韻），音幽」、「糾（黝韻），音久（有韻）」、「臭（宥韻），音幽去」，在《廣韻》中，注明尤侯幽同用，在國語中念法也相同。

16. 一等登韻和二等庚韻的混用，如「恆（登韻），音行（庚韻）」、「肱（登韻），音觥（庚韻）」、「祊（庚韻），音崩（登韻）」，在《廣韻》中，登韻的主要元音是央元音 -uəŋ、-əŋ，庚韻則是 -aŋ、ɐŋ，在國語中，這兩個韻都是念 -əŋ，推測此時也是 -əŋ，ɐ 元音立，a、ɐ 是 ə-、ɐŋ- 念 -əŋ，推測此時也是 -əŋ，ɐ 元音高化了。

17. 一等唐韻和二等江韻的混用，如「岡（唐韻），音江」、「降（降韻），音杭（唐韻）」、「碻（覺韻），音康入（鐸韻）」和國語不同，開口二等牙喉音尚未產生 i 介音。

18. 一等寒桓和二等山刪韻的混用，如「鰥（山韻），音官（桓韻）」、「赧（潸韻），音難上（旱韻）」、「緩，彎上（潸韻）」，在《廣韻》中，寒桓與山刪已標明同用，此處 a 類元音成為一類，這四個韻便進一步混用了。

19. 三等韻和四等韻的混用，是宋代音的普遍現象，在其他韻書中也可以看到。如「黎（齊韻），音梨（脂韻）」、「駢（先韻），音便平（仙韻）」、「燎（宵韻），音料（蕭韻）」、「冥（青韻），音名（清韻）」。

《九經直音》音系中，聲母的特點如下：
宋代通行的三十六字母已經把《切韻》音系的照二（莊系字）、

照三（章系字）兩系聲母合併成一類，《九經直音》又進一步呈現了整個照系字和知系字合流的現象。如「朝（知母），音昭（照母）、「中（知母），音終去（照母）」、「徹（徹母），闡入（穿母）」，這樣的現象代表知照系聲母合併了。

宋代的三十六字母中，有一套全濁聲母：「並、奉、定、澄、從、邪、牀、禪、群、匣」，但是在實際語言中，這套全濁聲母已經傾向消失，變成清聲母。如「薄（並母），音博（幫母）」、「否（非母），音浮上（奉母）」、「他（透母），音沱（定母）」、「積（精母），音漬（從母）」、「嗜（禪母），音詩去（審母）」、「亨（曉母），音佷平（匣母）」。全濁音與清音互相注音的例子，在《九經直音》中達一百條，包含各類聲母的字，可知宋代的濁音清化是全面而普遍的。

牀、禪兩母的界限自古就不很清楚，三十字母就不分牀、禪，今日的國語，這兩母也沒有界限，《九經直音》已經呈現了這樣的現象。如「乘（牀母），音成（禪母）」、「贖（牀母），音蜀（禪母）」，這樣的現象顯示了宋代牀禪兩母的混用。

非、敷、奉三母的混用。輕唇音產生之初，「非、敷、奉」三母都是塞擦音，後來，它們弱化成了擦音。擦音在漢語中是不分送氣與不送氣的，所以「非、敷」之間的區別消失了。接著，由於濁音清化，「奉」母也加入了，於是「非、敷、奉」三母都念成 f-。這樣的演化在宋代就完成了。《九經直音》中的例子如：

「膚（非母），音孚（敷母）」、「蜂（敷母），音風（非母）」、「覆（敷母），音福（非母）」。

顎化作用是一種最普遍的音變方式，在《九經直音》中，一部分的字有顎化的傾向，如「蚩（穿母），音次平（清母）」、「鷗（穿

母），音雌（清母）」、「向（曉母），音尚（審母）」。此處把清母念成
tʃˋ，把曉母念成 tɕ-。但是這樣的演化是局部的，因為其他精系字和
見系字仍沒有顎化的跡象。

在聲調方面的演變是：

入聲念成喉塞韻尾，在《九經直音》中，三種入聲韻尾 -p、-t、
-k 的字可以互相注音，但是入聲字不用來注陰聲字，可見入聲字並沒
有像今天一樣變成陰聲韻，仍然保留入聲的特性。只是這三種韻尾的
區別已經不存在了，變成了同樣的喉塞音韻尾。這種演化普遍在宋代
語料中反映出來。如「櫟（-k），音立（-p）」、「緝（-p），音七（-t）」、
「熠（-p），音亦（-k）」。（國語則是入聲消失派入三聲）

濁上歸去，聲母的清濁往往會影響聲調的演變，中古的全濁聲母
上聲字後來念成了去聲，這樣的變化，在宋代就產生了，《九經直
音》中的例子如：「倍（上聲並母），音背（去聲）」、「貸（去聲），音
待（上聲定母）」、「思（去聲），音似（上聲邪母）」。但是也有一部分
全濁上聲字尚未變成去聲，如「限（上聲匣母），音閑上」、「朕（上
聲澄母），音陳上」、「盡（上聲從母），津上」。可知《九經直音》的
時代，濁上歸去正處於演化的過渡階段。

在以上的語音特徵中，對照國語，可以分成三類：

1. 宋代音的普遍特徵，例如知照系相混、三、四等無別。
2. 語音演變的過渡期：入聲字還沒變成陰聲，仍保留入聲的特
   性，也就是變成喉塞音韻尾。
3. 和國語一樣：如一、二等無別、濁音清化、顎化作用、濁上
   歸去。

（五）《皇極經世書・聲音唱和圖》

　　《皇極經世書・聲音唱和圖》為北宋邵雍所作。書中所反映的語音現象如下：

　　在韻母方面：

> 1. 入聲韻尾已經弱化為喉塞音，如原本屬於山攝入聲的「舌、八」等字原本是收-t 韻尾，在這裡歸入「果攝」，與「歌、戈、麻」韻放在一起，代表韻尾已經弱化為喉塞音。
> 2. 一、二等無別，一、二等的差別在主要元音，一、二等無別，代表此時 a 類元音已經合併了。
> 3. 元仙相混，元韻入仙韻代表的是三等併入四等。
> 4. 蟹止兩攝相混，切韻指掌圖已經有相混的情形。

　　在聲母方面，邵雍將聲母系統分成「十二音」，所表現出來的語音特點如下：

　　1. 濁音清化，例如音一的群母、音五的並母、音六的定母、音八的從母、音十一的牀母、音十二的澄母都是把仄聲和不送氣音並列，把平聲和送氣清音並列，可見仄聲字已讀同全清，平聲字已讀同次清了，這種演變情形和國語的情形是一樣的。但是，濁擦音尚未清化，例如音二的「曉、匣」、音四的「非、敷、奉」、音九的「心、邪」、音十的「審、禪」都清濁分列。

　　2. 零聲母擴大，在《皇極經世書》中，次濁的字往往把上聲和非上聲分開，主要還是遷就數的配合。完全是形式上的區分，在聲母方面並無不同。但是音四的頭兩行既是 f-、v-，則後兩行就不太可能是唇齒鼻音或唇齒濁擦音，剩下的可能就是和國語一樣，念成了零聲

母。周祖謨認為音二的疑母分為兩行，可能上聲已失去聲母，而非上聲則否。但是上聲和非上聲的對立普遍見於音二疑母、音三明母、音四微母、音七泥來母、音十日母。但是，不能因此說音二的上聲和非上聲是為了區別聲母，而別處都不區別，剩下的可能性就是疑母在邵雍的語言裡，並沒有變成零聲母。

3. 知照系合流，在《皇極經世書・聲音唱和圖》中，知系接在音十一的照系字之後，而不和音六的端系相次，很可能暗示了知、照兩系字已經合流。知、照系合流，是宋代音的普遍現象。

4. 舌尖元音尚未產生，雖然，《皇極經世書・聲音唱和圖》聲母的每一行的四個例字和等韻圖的一、二、三、四等有些相符，例如「古、黑、安、卜、山、莊、卓」等行；但有些不相符，例如「東、乃、走、思」等行。周祖謨把每一行的四個例字都視為「等」的區分，因而認為「自、思、寺」三字既在「一等」，情況與《切韻指掌圖》相同，是邵雍語言中已有舌尖元音之證，但從韻圖看來，每一行的四個例子並非全部都是四等的區別，證據力不夠充足，因此，不足以支持邵雍語言中已經有舌尖元音的推論。

在聲調方面，入聲專配陰聲韻，在「聲五」的四個入聲字「日、骨、德、北」包含了不同的韻尾，可知 -t、-k 兩類入聲已經變成喉塞韻尾，而「聲七」的 -p 類入聲仍配 -m 類陽聲，則 -p 類的入聲在邵雍的語言中仍然存在。

（六）三部宋元等韻圖──《四聲等子》、《切韻指南》、《切韻指掌圖》

《四聲等子》、《切韻指南》、《切韻指掌圖》代表中古晚期的語音，一般稱之為「宋元等韻圖」。這三部等韻圖所反映的語音特點如下。

在聲母方面，《四聲等子》和《切韻指掌圖》的聲母採用的是宋

代通行的三十六字母，無法反映實際語音。《切韻指南》雖然也採用三十六字母，但是在卷首的「交互音」四句歌訣中，透露了當時語音裡，聲母變化的情形，這四句是：「知照非敷遞互通，泥孃穿徹用時同，澄床疑喻相連屬，六母交參一處窮」顯示了在《切韻指南》的時代，聲母發生了以下變化：

1. 非敷兩母合而為一：也就是說 pf-和 pfʻ- 變成了一個 f-，從塞擦音演變成擦音。
2. 知照兩系字合併：原屬舌面塞音的知系字，已變讀為塞擦音，和照系字沒有區別，正如今天國語的情況一樣。
3. 泥孃兩母合一：原來屬舌面鼻音的孃母，變得和泥母一樣，念成了舌尖鼻音。
4. 疑喻兩母合而為一：表示舌根鼻音聲母已經消失，於是，疑母就和零聲母的喻母沒有區別了。

此外，在《切韻指掌圖》中「之、支」韻的精系字「茲、雌、慈、思、詞」等字列於一等位上，表明此時這些字已經不再念 i 音，而是讀為 ɿ（舌尖元音）了。

入聲的演變在宋元等韻圖中，都是 -k、-t 相混，-p 自成一類，所以宋元等韻圖的入聲只有兩類：-ʔ、-p。

（七）《詩集傳》

（南宋）朱熹的《詩集傳》作於1177年，書中的「叶音」反映了朱子當時的實際語言。所謂「叶音」，是用當時的語音去讀《詩經》，遇到有押韻不合的，就用自己的語言臨時加以改讀。所以這些叶音資料可以供我們了解當時的音讀。當中所表現出的語音演變情況如下：

1.非敷奉三母合併，和現在國語一樣。例如：《詩經・小雅・賓之初筵》三章「威儀幡幡（叶分遭反）」中，「幡」為敷母，「分」為非母。

2.知照系合併，宋代音普遍現象。例如：《詩經・鄘風・君子偕老》三章「其之展（叶諸延反）也」中，「展」為知母，「諸」為照三。

3.零聲母擴大，影母失落了喉塞音。有些邪母字也念成零聲母。例如：《詩經・大雅・靈台》二章「王在靈囿（叶音郁）」中，「囿」為喻三，「郁」為影母。

《詩經・召南・江有汜》一章「江有汜（叶羊里反）」中，「汜」為邪母，「羊」為喻四。

4.濁音清化，在朱子的叶音中，往往有清、濁音相注的情形，顯示那些濁音應該已經清化了。例如：《詩經・小雅・小宛》五章「哀我填（都田反）寡」中，「填」為定母，「丁」為端母。

5.有些輕唇音的字仍念重唇，例如：《詩經・小雅・小宛》二章「壹醉日富（叶筆力反）」中，它把「富」念成了重唇。

《詩經・小雅・小明》五章「介爾景福（叶筆力反）」中，「福」念成了重唇。

念輕唇為重唇的情況，都是出現在幾個-u韻母中，可能在朱子的語言中，保留古讀的輕唇字只限於部分-u韻母字。

6.舌上音讀如舌頭音，這是上古音的現象，朱子語言中有部分這類古讀殘留下來。例如：《詩經・衛風・碩人》三章「無與士耽（叶持林反）」中，「耽」為端母，「持」為澄母。

7.舌尖元音已經產生，在《詩集傳》中，「支、脂、之」諸韻的精系字，例如「資、茲、雌、思、斯、祠……」等字，在朱子時代已經變成舌尖前高元音韻母，因為這些字都改叶舌面元音反切下字，例如：《詩經・大雅・緜〉三章「尋寶於茲（叶津之反）」中，「茲」字

本屬於「之韻」，朱子之所以要改叶，是因為「茲」為精母，韻母已變為舌尖元音，不能和其他「之、脂」韻的字押韻，因而改用沒有變舌尖元音的「之」字作反切下字。

8.陰聲韻合併，如〈鄭風・蘀兮〉以「吹、和」為韻，朱子認為戈韻的「和」不能和支韻的「吹」押韻，就將「和」改叶「戶圭反」，「圭」是齊韻字，可見在朱子的語言中，「支、齊」是可以押韻的。

9.陽聲韻合併，但是三個鼻音韻尾仍獨立。例如：《詩經・鄘風・蝃蝀》三章「乃如之人也，懷昏姻也，大無信也，不知命也。韻腳字「信」是去聲真韻，朱子以為不當與平聲真韻字押韻，所以改叶為「斯人反」，而「人」是真韻字。

10. 鼻化元音產生，《詩集傳》中，有 -m、-n、-ŋ 相混的例子，這種現象可能是在朱子的語言中，有部分陽聲字念成了鼻化元音，它的鼻音韻尾失落，而使前面的元音鼻化。如此，只覺得它是鼻音，卻不必分 -m、-n、-ŋ 了。例如：《詩經・秦風・車鄰》一章以「鄰（-n）、顛（-n）、令（朱注力呈反 -ŋ）」相押。

〈小雅・小旻〉六章以「競（-ŋ）、淵（朱注叶一均反 -n）、冰（-ŋ）」相押。

顯然朱子並不認為這些韻腳字的韻尾有所不同，最大的可能，就是它們都念成鼻化元音了。

《詩集傳》所反映的語言中是否有鼻化元音？竺家寧在《聲韻學》中持肯定的意見，認為一部分陽聲字已經念成鼻化元音。但筆者提出另一種可能，朱子口中所說的，應該是當時的閩東或閩北話，從現代漢語方言觀察，閩東語或閩北語鼻音韻尾都只有舌根鼻音；再者，從語音演變的趨勢來說，鼻化元音是在鼻音韻尾失落之後，鼻音的特徵表現在主要元音上，閩東方言與閩北方言並無鼻化元音。同一

個方言中，鼻化元音在演變上是晚於鼻音韻尾的。若是《詩集傳》的年代，朱子的口中已有鼻化元音，那麼這些鼻化元音到了今天有可能失去了鼻音的特徵。或者依照現代閩東方言或閩北方言的音韻系統來看，《詩集傳》當時的鼻音韻尾已經漸漸混同了。

在聲調方面，最重要的變化是濁上歸去和入聲韻尾弱化為喉塞尾。

首先是濁上歸去，在朱子的語言中，全濁上聲字仍讀上聲者，依據許世瑛的考訂有50字，已變讀去聲者有17字。由此觀之，朱子語言應是濁上歸去的早期階段，所以數量上並不很多。例如：《詩經・召南・葛藟》一章「謂他人父（叶夫矩反）」中，「父」和反切下字「矩」都是麌韻字，其所改叶者，由於「父」是全濁上聲字，朱子時代已變為去聲。

其次是入聲韻尾弱化為喉塞音。朱子對於《詩經》中，-p、-t、-k 入聲字互相押韻的詩，都未加改叶，可證這三種韻尾在朱子的語言裡已經沒有分別，和其他宋代語料所呈現的一樣，已經變成了喉塞音韻尾。

此外，在《詩經・小雅・賓之初筵》五章「三爵不識（叶失、志二音）」中，朱子用收 -t 的叶音「失」來注收 -k 的「識」，並和下一個韻腳的叶音「夷益反（-k）」相押。可見朱子是不辨 -t、-k 的。

二　宋代語料中的共性與殊性

（一）存古與反映時音——改類隔為音和

輕唇音「非敷奉微」到了中古後期（大約在宋代）才產生，而《廣韻》所收的反切都是在宋代以前就造好的，所以反切不分輕唇與重唇。《廣韻》在卷末列舉部分類隔切，並把它改成音和切，題為「新添類隔，今更音和切」。

　　《廣韻》已經將部分的唇音類隔切列出來，到了《集韻》，編者改類隔為音和，我們並不能就此推論，從《廣韻》到《集韻》，實際語音裡，輕唇音產生分化，因為兩書只相距三十一年，語音在短短的時間內是不會產生如此重大的演變，漢語語音史上，語音產生重大演變，都需要歷時百年，例如從上古到中古，產生了齒音的分化，從中古音到現代音，濁音清化才完成。所以可以解釋的是韻書編纂者的觀點是保守或創新。在漢語音韻學史上，韻書、韻圖的編纂有時並不完全反映時音，在語料中，常常會看到編者對於傳統的回顧，在當中保存傳統韻書的格局或是音系特點。例如《廣韻》保存了《切韻》時代的音系格局，在各卷卷首的韻目之下注有「獨用」、「同用」，王力在《漢語音韻學》中說：

> 其實，奏合而用之，也一樣有具體語音系統作為標準，並不是看見韻窄就把它合併到別的韻去，看見韻寬就不合併了。例如肴韻夠窄了，也不合併於蕭或豪，欣韻夠窄了，也不合併於文或真；脂韻夠寬了，反而跟支之合併。這種情況，除了根據實際語音系統外，得不到其他解釋。[35]

　　再者，《四聲等子》時代，一、二等韻的分別仍舊存在，三、四等韻的界限已經消失了，「效、流、山」等攝的三、四等皆然，不過在排列上，受傳統韻圖的影響，仍保留三、四等的位子。

　　而《集韻》的編纂，是為了士人考試時作詩需要提供擇音取字的標準，宋仁宗景祐四年，宋祁等人認為陳彭年重修的《廣韻》多用舊文，未能徹底革新，取材也欠勻稱，建議重修。可知當時編者已經注意到韻書材料古今的差異，意識到時有古今，地有南北，當代語音和

---

35 王力《漢語音韻學》（香港：友聯出版社，1971年）頁176。

以前的語音之間會有所不同，也在《集韻》的編纂中反映出來。因此，《集韻》改動《廣韻》的類隔切，反映的並不是從《廣韻》到《集韻》這段時間語音的改變，而是從中古前期到《廣韻》、《集韻》時代語音的演變。也就是說，《集韻》改動的類隔切為音和切，改唇音類隔為音和，反映了宋代語音的現象，而改舌音類隔為音和，則是反映了從魏晉時期到宋代語音演變的現象，但是整體來說，反映的則是文人對於語音演變有了更客觀的觀念。而韻書編排仍然具有保守性，反映時音同時也保留《廣韻》的格局。

（二）南北方言的分別

宋代語音文獻中，有幾部裡面反映的語音現象應該不完全屬於共同語，而是有方音的因素夾雜其中。

《古今韻會舉要》反映宋元之間的南方音，其中，除了官、關兩韻以外，一、二等無別的現象，和國語不同，在現代漢語南方方言可以找到痕跡：

表 2-1 《古今韻會舉要》除了官、關兩韻以外，一、二等無別的現象

	官（一等）	換（一等）	關（一等）	患（一等）
北平、成都、漢口	kuan	xuan	kuan	xuan
濟南、西安	kuã	xuã	kuã	xuã
揚州	kuõ	xuõ	kuɛ̃	xuɛ̃
蘇州	kuø	ɦuø	kuE	ɦuE
溫州	ky	ɦy	ka	va
長沙	kõ	xõ	kuan	xõ
南昌	kuɔn	ɸuɔn	kuan	ɸuɔn
梅縣	kuɔn	fɔn	kuan	fam
廣州	kun	wun	kwa:n	wa:n

　　在現代南方方言中，官、關兩韻的一、二等有別，與《古今韻會舉要》的現象一樣，所以在《古今韻會舉要》中，除了官、關兩韻以外，一、二等無別這樣的現象應該是當時的方音表現。

　　其次，有一部分的主要元音失落了，和沒有失落的形成對立：

-iən	銀真申人（巾韻）	-in	欣緊釁（欣韻）
-yən	君春倫閏（鈞韻）	-yn	尹隕運（雲韻）
-iəŋ	庚輕更興（經韻）	-iŋ	迎兵成（京韻）
-iem	嚴閃店廉（箝韻）	-im	厭嫌險（兼韻）

　　以上這些字在國語中的界線和《古今韻會舉要》不太相同。如：「巾韻」的音值是 -iən，例字「銀真申人」在國語中，「銀」念 -in，「真申人」念 -ən。「鈞韻」的音值是 -yən，例字「君」國語念 -yn，「春倫閏」念 -uən。在其他方言中的情況，以「-iən 銀真申人（巾韻）：-in 欣緊釁（欣韻）」的對比，如表2-2所示：

表 2-2　《古今韻會舉要》「-iən 銀真申人（巾韻）：-in 欣緊釁（欣韻）」在現代漢語方言中的對比

	銀	真	申	人	欣	緊
中古音	臻開三	臻開三	臻開三	臻開三	臻開三	臻開三
	ŋǐěn	tɕjen	ɕjen	ȵjen	xjən	kjen
古今韻會舉要	-iən				-in	
	巾韻				欣韻	
北京	in	tʂən	ʂən	ʐən	ɕin	tɕin
濟南	iẽ	tʂẽ / tʂəŋ	ʂẽ	ʐẽ	ɕiẽ	tɕiẽ

	銀	真	申	人	欣	緊
中古音	臻開三	臻開三	臻開三	臻開三	臻開三	臻開三
	ŋjěn	tɕjen	ɕjen	ȵjen	xjən	kjen
西安	iẽ	tʂẽ	ʂẽ	ʐẽ	ɕiẽ	tɕiẽ
		tʂən				
太原	iŋ	tsəŋ	ʂəŋ	zəŋ	ɕiŋ	tɕiŋ
武漢	in	tsən	sən	nən	ɕin	tɕin
成都	in	tsən	sən	zən	ɕin	tɕin
合肥	in	tʂən	ʂən	zən	ɕin	tɕin
揚州	jin	tsən	sən	lən	ɕiŋ	tɕiŋ
蘇州	ŋin	tsən	sən	zən	sin	tɕin
				ŋin		
溫州	ŋian	tsaŋ	saŋ	zaŋ	siaŋ	tɕiaŋ
			seŋ	ȵian		
長沙	iň(文)	tsən	sən	zən	ɕin	tɕin
	ŋin(白)					
雙峰	ŋiɛn	tiɛn	ɕiɛn	iɛn	ɕiɛn	tɕiɛn
				ȵiɛn		
南昌	ŋin	tsən	sən	lən	ɕin	tɕin
				ȵin		
梅縣	ŋiun	tsən	sən	ȵin	hiun	kin
廣州	ŋɐn	ʃɐn	ʃɐn	jɐn	jɐn	kɐn
揚江	ŋɐn	ʃɐn	ʃɐn	jɐn	hɐn	kɐn
廈門	gun	tsin	sin	lin	him	kin
			tsʰun	laŋ		
潮州	ŋɯŋ	tsiŋ	siŋ	ziŋ	hɯŋ	kiŋ

	銀	真	申	人	欣	緊
中古音	臻開三	臻開三	臻開三	臻開三	臻開三	臻開三
	ŋjĕn	tɕjen	ɕjen	ȵjen	xjən	kjen
福州	ŋyŋ	tsiŋ	siŋ	iŋ nøyŋ	xyŋ	kiŋ
建甌	ŋœyŋ	tseiŋ	seiŋ	neiŋ	xeiŋ	keiŋ

《古今韻會舉要》中，「巾韻」和「欣韻」的對比，在現代方言中已經不存在。「巾韻」在現代方言中除了例字中的「銀」，大部分的方言都失去細音介音，而保留央元音。「銀」字則是大部分保留細音介音，而失去央元音。「欣韻」在大部分的漢語方言則是保留細音介音。

第三，唇音仍保有合口的讀法：現代漢語方言絕大部分唇音字都變成開口，只有少數方言唇音字保有合口的讀法，如閩語和湘語（詳見第四章第二節）。所以這樣的現象表現的可能是當時南方方言的語音特徵。

最後，「侯、喉、吼」（鳩韻 -iou）和「痕、很、恨」（巾韻 -iən）等字在《古今韻會舉要》中念細音，和現代方言不合，也許是古代方言的現象，而沒有殘留在現代方言中。

《詩集傳》中的叶音資料，也可以看出南宋朱熹的方言殘留，例如，輕唇音在宋代已經產生，但是在《詩集傳》的叶音資料中，有一部分字仍保留重唇音。

此外，古無舌上音是上古音的特徵，也是區分現代方言的條件中，區別閩南語的重要特徵。在南宋時，共同語的舌音都已經分化成舌頭音和舌上音了。

（三）共同語演變的大方向

倘若中古音和現代國語是一條路的兩端，那麼，宋代語料中，可

以看出從中古音到國語演變的過程，但語音演變並非一蹴可幾，許多在國語中已經完成的音變，有些在宋代語料中就已經看出端倪，有些在宋代語料中已經完成。以下依照語音演變的階段，將這些音變現象分成正在演變中和已經演變完成（和國語一樣）兩部分。

1 正在演變中

（1）舌尖元音正在產生的途中

在國語中的舌尖元音 ï 是《切韻》音系所沒有的。國語的舌尖元音有三種，和 tʂ（ㄓ）、tʂʻ（ㄔ）、ʂ（ㄕ）、ʐ（ㄖ）相配的韻母是ʅ，和 ts（ㄗ）、tsʻ（ㄘ）、s（ㄙ）相配的韻母是ɿ，另外還有ɚ（ㄦ）韻母。以上三種舌尖元音由於在國語中出現的時機並不衝突，所以國際音標用一個符號 ï 來表示。這三種韻母在漢語音韻史中並不是同時出現的，首先出現的是ɿ，時間在南宋，其次是ʅ，時間在元代，最後是ɚ，遲至清代才出現。

宋代語料中，已經顯示舌尖元音產生的有：

《古今韻會舉要》「觜韻」中的字就是念舌尖元音，《切韻指掌圖》把幾個「之、支」韻的精系字列於一等位上，也表示了舌尖元音ɿ已經產生。在《詩集傳》中，「支、脂、之」諸韻的精系字，如「資、茲、雌、思、斯、祠……」等字，都改叶舌面元音反切下字，代表在朱子時代已經變成舌尖前高元音韻母。

《切韻指掌圖》中「之、支」韻的精系字「茲、雌、慈、思、詞」等字列於一等位上，表明此時這些字已經不再念 i 音，而是讀為ɿ（舌尖元音）了。

（2）入聲正在消失

《切韻》音系的入聲韻尾有三個：-p、-t、-k，現在的國語都已經消失了，中古入聲字在國語中和陰聲字沒有差別。而宋代就處於入聲消失的過渡階段。在宋代音語料中，可以看見入聲正在消失，但是這三個韻尾並非同時弱化成喉塞音，而是從 -k、-t 開始弱化。

例如：《九經直音》中，三種入聲韻尾 -p、-t、-k 的字可以互相注音，如「櫟（-k），音立（-p）」、「緝（-p），音七（-t）」、「熠（-p），音亦（-k）」，但是入聲字不用來注陰聲字，可見入聲字並沒有像今天一樣變成陰聲韻，仍然保留入聲的特性。

朱子對於《詩經》中，-p、-t、-k 入聲字互相押韻的詩，都未加改叶，可證這三種韻尾在朱子的語言裡已經沒有分別，和其他宋代語料所呈現的一樣，已經變成了喉塞音韻尾。

入聲在宋元等韻圖中，都是 -k、-t 相混，-p 自成一類，所以宋元等韻圖的入聲只有兩類：-ʔ、-p。這也代表入聲韻尾正在消失當中，而順序是 -k、-t 先合併成喉塞音 -ʔ，最後才是 -p 演變成喉塞音。

（3）顎化作用

國語有一套顎化聲母ㄐ（tɕ-）、ㄑ（tɕʻ-）、ㄒ（ɕ-）。這是由早期的ㄗ（ts-）、ㄘ（tsʻ-）、ㄙ（s-）（中古精系字）和ㄍ（k-）、ㄎ（kʻ-）、ㄏ（x-）（中古見、溪、群、曉、匣諸母字），受 -i 或 -y 介音的影響而成的。這樣的影響，在宋代語料中已經可以看出端倪。《古今韻會舉要》中，「合母」代表匣母的洪音字，「匣母」只代表匣母的細音字，意指舌根濁擦音有分成顎化的和未顎化的。代表還保留濁音，並且顎化作用進行中，還沒完成。

在《九經直音》中，一部分的字有顎化的傾向，把清母念成 tʃʻ，

把曉母念成 ɕ-。但是這樣的演化是局部的，因為其他精系字和見系字仍沒有顎化的跡象。

（4）零聲母範圍擴大

現代國語的零聲母，是由中古的幾個聲母演變而來的：云母、以母、微母、影母、疑母、日母。這些聲母並不是同時變成零聲母，而是漸進的。首先，云、以母先合併，時間在第十世紀。其次，影、疑母到了宋代（第十至十三世紀）也轉變成零聲母。第三，微、日母（止攝開口三等字）到了十七世紀以後才變成零聲母。

在宋代的語料中，《切韻指掌圖》四聲歌訣中「澄床疑喻相連屬」即說明了疑喻兩母合而為一，舌根鼻音聲母已經失落，成為零聲母的情況。在《皇極經世書》中，云、以已經變成零聲母，但是疑母尚保留舌根鼻音。《古今韻會舉要》中，舌根鼻音聲母和喉塞音聲母已失落，和今日國語相同。

2　已經演變完成

（1）知照系合併

知系字和照系字的合併，是由《切韻》音系的章系、莊系、知系而來。首先是章系和莊系合併成照系，照系字再與知系字合併。知照兩系字在現代國語中已經沒有分別，兩系合流，是宋代音的普遍現象。在《古今韻會舉要》、《九經直音》、《皇極經世書》、《切韻指南》中都可以見到。

（2）牀禪不分

牀母和禪母在三十字母已經不區分，在現代國語中已經沒有分別。在《九經直音》中也呈現了這樣的音變現象。

（3）非敷奉合併

　　輕唇音產生之初，「非、敷、奉」三母都是塞擦音，後來，它們弱化成了擦音。擦音在漢語中是不分送氣與不送氣的，所以「非、敷」之間的區別消失了。接著，由於濁音清化，「奉」母也加入了，於是「非、敷、奉」三母都念成 f-。這樣的演化在宋代就完成了。在《九經直音》、《切韻指南》、《詩集傳》都可以看到這樣的現象。

（4）三、四等界線消失

　　《切韻》音系中，三等介音是 j，四等介音是 i，在現代國語中，三、四等已經沒有分別了，這樣的混同，在宋代語料中已經如此。如《四聲等子》雖然受傳統韻徒的影響，仍保留三、四等的位子，但此時三、四等韻的界線已經消失。《皇極經世書》元韻入仙韻，《九經直音》中三、四等韻的字互相注音，《古今韻會舉要》中三等韻的字和四等韻的字都收在同一韻之下。

（5）濁音清化

　　中古的全濁聲母和濁擦音聲母，到了現代國語都變成清聲母。濁音清化在宋代已經開始，如朱子的叶音中，往往有清、濁音相注的情形。《皇極經世書》中，濁塞音和濁塞擦音已經清化，但是濁擦音尚未清化。《九經直音》中，全濁音與清音互相注音的例子，達一百條，包含各類聲母的字，可知宋代的濁音清化是全面而普遍的。

第三節　宋代音研究的意義與價值

一　宋代音研究的意義

（一）漢語語音演變到宋代，有哪些現象發生，這些現象在漢語語音史上意味著什麼？

由第二章第二節的研究已知宋代共同語的特徵，可以看出，從中古音到國語的音變在此時期有些特徵正在演變中的有：舌尖元音正在產生中、入聲正在消失，已經弱化為喉塞音韻尾、顎化作用正在產生、零聲母範圍正在擴大。已經和現代國語相同的有：知照系合併、牀禪不分、非敷奉合併、三四等界線消失、濁音清化。在第二章第一節中，我們從多位學者對於漢語音韻史的觀察與分期來看，宋代音都是處於承先啟後的地位，猶如許多在現代國語中的語音現象，有的在宋代已經完成，有的則很明確的朝向國語的方向演變當中。

語言是不斷變動的結構，根據何大安《規律與方向——變遷中的音韻結構》[36]，一個結構是指以下各項的總和：第一，客體或現象本身必需是一個整體，也就是需要具有整體性（wholeness）。第二，此一整體可以進一步分析為許多組成的成分，這些成分依據不同的向度（dimension）組成不同的有作用的單位，而這些單位復能彼此配合形成整體的各部分。因此，可以分析出基本成分，乃是結構的必要條件。第三，必須有一套法則，或一套規則系統來支配這些成分之間的各種關係。漢語語音的斷代研究，可以看出這一個時間斷限中，語言這一個結構中的每一個成分，依據什麼樣的規則，朝什麼方向發展，

---

36 何大安《規律與方向——變遷中的音韻結構》（臺北：中央研究院歷史語言研究所，1988年）頁2-3

再將視野擴大到其他斷代的語言現象，方能解釋每一個階段的語音現象前後之間的演變關係，以及例外的成因。

　　從語音演變的過程來看，語音的演變是漸變的，而非突變的，倘若以宋代和現代當作兩個端點，我們現在所看到共同語的每個特徵，都不是同時間變成現在的模樣，而是以不同速度演變而來。所以才會形成我們在宋代語料中看到的，有些語音特徵已經和現代國語相同，有些卻顯然還在朝現代國語的方向進行中。

　　（二）從語音演變的規律來看，相對於中古前期的語音，宋代音產生了很大的演變，這是語音演變的必然？還是有其他的原因促使語音發生演變？

　　代表隋唐音的《切韻》音系有193韻，在北宋的《四聲等子》中，只有16攝，實際上合併為13攝；南宋的《切韻指掌圖》共列20圖。韻數大為減少，代表從隋唐到宋代，語音發生了很大的轉變。語音演變的原因，除了人們出於發音上省力和方便的要求，引起發音動作改變。發音上省便的要求使音節內部不同語音成分相互影響，改變了其中一方或雙方原有的發音部位和發音方法，變得彼此相近或者相同。[37]移民頻繁也是語言變遷的重要原因之一。周振鶴、游汝杰在《方言與中國文化》一書中說：移民一方面造成文化的傳播，另一方面又使不同地域的文化發生交流，產生心的文化，推動文化向前發展。所以移民在文化史上應占有重要的地位。人口的遷徙在促使文化發展的同時，也使語言發生很大的變化。[38]移民促使語言板塊的移動與接觸，其後造成音韻結構的變遷。葛劍雄在《中國移民史》中，對於宋代的移民情況如此描述：

---

37 王福堂《漢語方言語音的演變和層次》（北京：語文出版社，1999年1月）頁1。
38 周振鶴、游汝杰《方言與中國文化》（上海：上海人民出版社，2006年6月）頁12。

> 宋代以前，中國歷代人口峰值長期在六、七千萬上下徘徊，宋
> 代建立之後，人口激增。此外，因為唐後期五代北方戰亂，而
> 南方相對和平所造成的南北方人口增長速度的差異，不僅沒有
> 因為和平重建而變小，反而因為北方自然環境加速惡化而擴
> 大。[39]

從語音演變的內在機制與外在原因，即社會環境的影響，可以解釋為
何宋代語音和中古前期的《切韻》音系比起來，語音結構大為不同的
原因。

以上是從語言變遷的角度來看宋代音有別於中古前期語音的原
因。另外，從學術史的角度來看，宋代著述音韻學著作的學者，他們
編纂語料時所採取的態度是客觀的還是主觀的，也就是說，當他們在
編纂與料時，是否如實記載了當時的語音？陳澧《東塾讀書記》說：

> 漢末以來，以雙聲疊韻為切語，韻有東冬鍾江之目，而聲無
> 之。唐末沙門始標舉三十六字，謂之字母。至宋人才取韻書之
> 字，依字母之次而為之圖，定為開合、四等，縱橫交貫，具有
> 苦心。遂於古來韻書切語之外別成一家之學。[40]

由此觀之，等韻圖的製作是聲韻學史上的里程碑，時代是在宋代。

為什麼以往被視為小學的聲韻學，到了宋代會開始引起士人關
注，並開始分析音理？必須從學術史的角度來看。張立文、祁潤興
《中國學術通史（宋元卷）》中說：

---

39 葛劍雄《中國移民史第四卷：宋遼金元時期》（福州：福建人民出版社，1997年7月）
　　頁6。

40 陳澧《東塾讀書記》（上海：上海古籍出版社，2008年）。

　　王夫之總結說：自太祖勒不殺士大夫之誓以詔子孫，終宋之
　　世，文臣無毆刀之辟。張邦昌躬篡，而止於自裁；蔡京、賈似
　　道陷國危亡，皆保首領於貶所。
　　誓不殺士大夫，給了士大夫學術思想的自由和文字的自由，有
　　了人身生命的保障，就有了發展學術的空間，王夫之認為，這
　　就是宋之士大夫高過於漢唐的原因所在。[41]

　　宋代士大夫敢於打破漢、唐士大夫們所遵循的師法、家法，並且疑經
改經，而不遭致殺身之禍，所以宋代士大夫開始有了自由討論學術的
空間以及獨立思考的機會。

　　《廣韻》編成於宋代，當中對於不合時音的部分加以合併。雖然
它是士人作詩的標準，在其後編成的韻書中，也總是可以看到對於
《廣韻》的保存，但是韻書的編纂者總是想要在韻書中如實的反映當
時的語音。可知當時學者已經體認語音是會演變的。

　　依據竺家寧的研究[42]，以《廣韻》中的「獨用」、「同用」為例。
戴震認為「即唐初許敬宗所詳議，以其韻窄，奏合而用之。」馬宗霍
《音韻學通論》以唐人詩歌用韻和《廣韻》韻目下所注比較，發現不
合處很多。《玉海》載「景德四年，龍圖待制戚綸等承詔詳定考試聲
韻，綸以殿中丞丘雍所定《切韻》同用、獨用例及新定條例參證。」
從上述戴震、馬宗霍、《玉海》的資料看來，《廣韻》韻目下所注，是
宋人丘雍、戚綸所擬定的。

　　再者，（唐）封演《聞見記》認為合而用之的原因是「先、仙，
刪、山之類，分為別韻，屬文之士，共苦其苛細。」王力《漢語音韻

---

41 張立文、祁潤興《中國學術通史（宋元卷）》（北京：人民出版社，2004年12月）頁
　4-5。

42 竺家寧《聲韻學》頁197-198。

學》提到:「其實,奏合而用之,也一樣有具體語音系統作為標準,並不是看見韻窄就把它合併到別的韻去,看見韻寬就不合併了。」

此外,《廣韻》中,文韻和欣韻在現在通行的存澤堂本注明同用,而明內府本、顧本則兩韻各自注明獨用。顧炎武《音論》卷上「論唐宋韻譜異同」詳細敘述了文、欣二韻應分用的道理。同樣是清儒的錢學嘉《韻目表》也認為「合欣於文,乃景祐所改,非《廣韻》舊第,明本、顧本不誤。」

清儒看待《廣韻》文韻和欣韻應該合用或分用的問題,所採取的是較保守的態度,並沒有意識到語音是會隨時間演變的,很可能文、欣各自獨用是代表早期的語音現象,景祐時這兩個韻的念法已經變得沒有區別,所以就改為同用了。

從宋儒將《廣韻》中的韻目依照實際語音狀況注上獨用或同用,以及清儒對於文韻和欣韻應該獨用或者同用的看法,在在都看出宋儒和清儒面對「語音」,是否有「語音演變」的認知,這也可以看出宋儒和清儒的學術個性保守與解放之間的差別。

再從宋代編纂的韻書內容,發掘其編纂動機與原則。一是《廣韻》,在《四庫全書總目提要》中:

> 初,(隋)陸法言以呂靜等六家韻書各有乖互,因與劉臻、顏之推、魏淵、盧思道、李若、蕭該、辛德源、薛道衡八人撰為《切韻》五卷。
>
> 後嚴寶文、裴務齊、陳道固又各有添字。宋景德四年,以舊本偏旁差訛,傳寫漏落,又注解未備,乃命重修。大中祥符四年書成,賜名《大宋重修廣韻》,即是書也。(《重修廣韻》·五卷〈兩淮馬裕家藏本〉)

陸法言編《切韻》的動機是因為當時的韻書「各有乖互」遂與劉臻等八人編成《切韻》五卷。宋代因為「偏旁差訛，傳寫漏落，又注解未備」，所以將《切韻》重修，編成《大宋重修廣韻》。

　　隋代所編的《切韻》，是因為當時韻書並沒有統一的標準，因此每一家的韻書之間內容互有矛盾，從這裡也可以看出當時陸法言等人編《切韻》所要實現的是大一統的語言觀，也就是說，他們希望在一本韻書中，就能將古今、南北的語音包含其中。而《廣韻》則是在科舉考試需求的基礎上，察覺到了古今語音已經變遷，遂將一些古異今同的韻合併。

　　二是《集韻》：

　　　　陳彭年、邱雍等所定《廣韻》，多用舊文，繁略失當。因詔祁、戩與國子監直講賈昌朝、王洙同加修定。(《集韻》‧十卷〈兩淮馬裕家藏本〉)

《集韻》的編纂緣起，是因為《廣韻》「多用舊文，繁略失當」。所以，此時文人已經注意到韻書中所呈現資料與當今不同，並且改動舊文從新文，而不是以古為貴。

　　三是《切韻指掌圖》：

　　　　《檢例》云：「取同音、同母、同韻、同等，四者皆同，謂之音和。取脣重脣輕、舌頭舌上、齒頭正齒三音中清濁同者，謂之類隔。」是音和統三十六母，類隔統脣、舌、齒等二十六母也。劉鑑法則音和專以見、溪、群、疑為說，而又別立為一四音和、四一音和兩門。類隔專以端、知八母為說，又別出輕重、重輕、交互照精、精照互用四門。似乎推而益密。然以兩

法互校，實不如原法之簡賅也。其「《廣韻》類隔，今更音
和」一條，皆直以本母字出切，同等字取韻。取字於音和之
理，至爲明瞭。獨其辨來、日二母云「日字與泥、娘二字母下
字相通」，辨匣、喻二字母云「匣闕三四喻中覓，喻虧一二匣
中窮」，即透切之法，一名野馬跳澗者。其法殊爲牽強。又其
法兼疑、泥、娘、明等十母，此獨舉日、泥、娘、匣、喻五
母，亦爲不備。是則原法之疏，不可以立制者矣。等韻之說，
自後漢與佛經俱來。然《隋書》僅有十四音之說，而不明其
例。華嚴四十二字母，亦自爲梵音，不隸以中國之字。《玉
篇》後載神珙二圖，《廣韻》後列一圖不著名氏，均粗舉大
綱，不及縷舉節目。其有成書傳世者，惟光此書爲最古。(《切
韻指掌圖》·二卷、《附檢例》·一卷〔永樂大典本〕)

等韻圖的製作，代表聲韻學的發展已經邁入了一個新的階段，在等韻
圖之前，韻書大多是爲了科舉考試作詩作文而編，等韻圖則進一步著
眼於音理的分析，韻書的焦點在韻母，而等韻圖則是將一個音節的每
個成分都組織化。並且注意到古今語音的不同，在門法上以「類隔」
將這樣的現象標示出來。

四是《古今韻會舉要》：

自（金）韓道昭《五音集韻》始以七音、四等、三十六母顛倒
唐宋之字紐，而韻書一變。（南宋）劉淵《淳熙壬子新刊禮部
韻略》始合並通用之部分，而韻書又一變。忠此書字紐遵韓氏
法，部分從劉氏例，兼二家所變而用之，而韻書舊第，至是盡
變無遺。(《古今韻會舉要》·三十卷〈浙江巡撫采進本〉)

《古今韻會舉要》的編纂原則是「字紐遵韓氏法，部分從劉氏例，兼二家所變而用之」可見，熊忠在編此書時，對於傳統的標準不再照單全收，而是從時代相近的韻書中觀察歸納，進而理出新編韻書的標準。而對於所參考的韻書，他也加以斟酌掄選，兼而用之，所以，《四庫提要》才說韻書舊第到了《古今韻會舉要》盡變無遺。

　　所以，在宋代，韻書的編纂儘管依然與科舉考試脫不了關係，但是，讀書人已經開始理性的面對當代語音和舊韻書的語音呈現的不同，並且漸漸如實的在韻書中呈現當代的語音，而不是盡從舊韻。

　　另外，等韻圖的製作則是脫離了「為科舉服務」的目的，從分析語音著手，除了韻類之外，也分析了聲母，並且將聲和韻放在一個圖中製作成拼音表。儘管唐代就已經有等韻圖的著作，但是在宋代的等韻圖，也將時音反映在韻圖的排列上，例如三部宋元等韻圖最重要的特點：併轉為攝、合攝、入聲合併，都反映出宋代的語音特點。又如《切韻指掌圖》中，「之、支」韻的精系字「茲、雌、慈、思、詞」列於一等位上，表明此時這些字已經不再念 i，而是讀 ɿ，代表舌尖元音已經產生了。

二　宋代音研究的價值

　　綜合第一部分所述，宋代音研究的價值約有以下三點：
　　（一）在音韻學史上，掌握了宋代語音演變的規律與方向，以及演變的例外之後，將這些現象以及例外放在漢語音韻史中，將有利於描述完整的漢語語音演變。
　　（二）方言與宋代音的對應。本研究將會涉及宋代音與現代方言的對照。然而，我們不會直言某種現象就是宋代的某方言。例如：朱熹的語音就是宋代的閩語。因為方言是會變遷的，有可能擴大、縮

小、移動。並不能以現代的方言地圖及概念套用在宋代的方言上。現階段的研究，也只能從現代方言去找古音的痕跡，對於古代方言，仍然沒有足夠的資料可以畫出一個當時的方言地圖。但是，藉著本著作對於宋代音和現代方言的對比，從現代漢語方言和宋代音文獻所表現的宋代語音特徵，來討論現代漢語方言中音類演變速度的快慢，以及和共同語的距離。應可稍稍補齊有關於宋代方言研究的缺口。

（三）宋代的學術氛圍以及面對漢語語音的看法，也反映在宋代音韻學著作上。從當時讀書人著述韻書的態度及目的，可以看出他們如何描寫、記錄時音，並以此為出發點，將視野擴及每個朝代如何看待漢語語音。此外，《切韻》音系對於士人有莫大的影響，在漢語音韻學史上，大部分的音韻學著作都在體例或是音系格局的安排上受到《切韻》的影響。若是要探究《切韻》音系對中國音韻學史的影響，以及影響力的消長及原因，本著作的研究將可提供宋代方面的研究成果。

從漢語音韻史的分期來看，雖然諸位學者對於宋代音在漢語音韻史該處在哪一個階段，意見不盡然相同，但是，這樣不一致的意見，也顯示了學者們都注意到宋代的語音現象和《切韻》音系有所區別，但是又繼承《切韻》音系，所以有些學者著眼於宋代音和《切韻》音系的密切關係，而將宋代音與中古音放在同一期；有些學者著眼於宋代音有別於《切韻》音系，但是又不同於近現代音，所以將宋代音獨立成一期；再有些學者著眼於宋代音的語音現象是近代音的開端，所以將宋代音放在近現代音這一期。再從記錄宋代音的文獻中來看宋代的語音演變現象，可以知道許多近現代音的語音演變，在宋代就已經開始甚至完成了。從音韻史的分期與記錄宋代音的文獻中所透露出的音變訊息，可知道宋代音在漢語音韻史上確實具有過渡性承先啟後的地位，因此值得進一步研究。

第三章
宋代音文獻探討

　　本著作討論的宋代語音現象主要是以反映宋代音的韻書及等韻圖為依據，在第二章，已經討論了宋代音文獻所透露出的語音演變現象。本章內容針對論文主要依循的韻書及韻圖內容作一探討，討論內容主要是總結前輩學者的研究結果，以及韻書及韻圖編排的體例，以此作為接下來章節討論的立論依據。

第一節　宋元等韻圖──《四聲等子》、《切韻指掌圖》、《切韻指南》

　　趙蔭棠《等韻源流》[1]將宋朝所產生的等韻圖依照兩種方法分類。第一，依照時代分。《七音略》與《韻鏡》時代較早，《四聲等子》次之，《切韻類例》、《韻譜》[2]又次之，而《切韻指掌圖》是最後產生的。《經史正音切韻指南》雖然是元人所作，因為它和《五音集韻》相輔相行，代表的是宋代音，所以把它歸類在這一期。

　　第二，按照地域分，《七音略》與《韻鏡》都是經南人表彰出來的，大致上和《切韻》系韻書相合，應該和地域有關係，所以稱為南派；《切韻類例》有四十四圖，應該是取法於此。《四聲等子》附於遼僧所作的《龍龕手鏡》，作《韻譜》的楊倓是北方人，所以將這兩部韻圖稱為北派；《切韻指南》奉《四聲等子》為正宗，也是屬於北

1　趙蔭棠《等韻源流》（北京：商務印書館，2011年9月）頁72。
2　這兩部等韻圖已亡佚。

派。而《切韻指掌圖》的聲母排列像《韻譜》，四等的排列像《韻
鏡》，圖數又與《等子》相同，所以稱為混合派。

趙蔭棠所分類的等韻圖當中，《七音略》與《韻鏡》雖然產生於
宋代，但是反映的是中古早期，也就是《切韻》的音系；而《切韻類
例》、《韻譜》已經亡佚，反映宋代語音的韻圖，主要是《四聲等
子》、《切韻指掌圖》、《切韻指南》三部，有關聲韻學的書籍中，幾乎
都會介紹這三部等韻圖。在本節中，有關等韻圖的體例、編排與內容
等客觀內容陳述，主要引用竺家寧《聲韻學》的說法，書中未提及的
部分則旁徵其他學者的著作。

一　《四聲等子》

以下先客觀陳述《四聲等子》的內容與體例，再討論歷來的研究
成果。

（一）《四聲等子》的編排與內容

《四聲等子》是第一部用「攝」的概念和名稱來區分韻部的等韻
圖。有的攝只有分一個圖，有的攝分為兩個圖。分列兩圖主要是開口
和合口的區別。

在編排方面，《四聲等子》先分四大格，每等中才細分平、上、
去、入四聲。這是和《韻鏡》不同的地方。

各圖之末，除了注明本圖所收的韻目名稱，還有韻母合併的情
形，包括「東冬鍾相助」、「蕭併入宵類」、「江陽借形」、「魚虞相
助」、「幽併入尤韻」、「佳併入皆類」、「祭廢借用」、「有助借用」、「文
諄相助」、「刪併山」、「先併入仙韻」、「先元相助」、「鄰韻借用」、「四
等全併一十六韻」、「獨用狐單韻」。這是因為宋代韻母簡化，使原本

不同的韻母混而無別了，所以在圖末注明合併的情形。從此可以看出《四聲等子》一、二等韻的分別仍舊存在，三、四等韻的界限已經消失了。不過，在排列上，受到傳統韻圖的影響，仍保留三、四等的位子。

在「宕江」、「果假」、「曾梗」各攝圖末又注有「內外混等」，這是因為「宕、果、曾」原本為內轉，與外轉的「江、假、梗」合併後，造成內外轉同圖的情形，《四聲等子》便將這樣的情形命名為「內外混等」。

在聲母排列方面，《四聲等子》共有三十六個聲母，分二十三行排列，這是與早期等韻圖相同的地方。而不同之處是：第一，發音部位的排列順序，《韻鏡》的次序是「唇、舌、牙、齒、喉、舌齒」，《四聲等子》則是唇、牙易位，以牙音居首位。第二，聲母標目。《韻鏡》用清、濁表示，不注明聲母名稱，而《四聲等子》則列出聲母名稱。第三，喉音順序。《韻鏡》的喉音順序是「影、曉、匣、喻」。《四聲等子》卷首的「七音綱目」也是注明「影、曉、匣、喻」，而圖內則改為「曉、匣、影、喻」。

最後，《四聲等子》圖內的開合口標示的名稱不一致，在各圖首行有注明開、合，有漏注，也有稱「開口」為「啟口呼」的，體例很不一致。

（二）音系特點

《四聲等子》的音系特點，根據竺家寧《四聲等子音系蠡測》，聲母方面系統如下[3]：

唇音	p	p'	b'	m	pf	pf'	bv'	ɱ		
舌音	t	t'	d'	n	ȶ	ȶ'	ɖ	l		
齒音	ts	ts'	dz'	s	z	tʃ	tʃ'	dʒ	ʃ	ʒ	ŋʑ
牙音	k	k'	g'	ŋ						
喉音	ʔ	x	ø							

　　引起筆者注意的是，這個系統的濁音是送氣的，擬為送氣的依據是蒙古譯音。蒙古以送氣的p'-、t'-、k'-代古漢語的濁塞音字，以不送氣之b-、d-、g-代古漢語的不送氣清塞音字。

　　若是從語音演變規則來看，弱化作用是一項重要音變機制，在此機制的支配下，送氣音會變成不送氣音，濁音會變成清音。漢語的濁塞音系統，依據竺家寧的主張，應有完整的一套：

　　　　g'-　　　d'-　　　b'-
　　　　g-　　　 d-　　　 （b-）

其中，b- 聲母在諧聲或其他語料中沒有顯示出來，可能很早就消失了[4]。《切韻》反切上字系聯的結果，代表中古前期（六朝隋唐）的音系，全濁塞音聲母只有一類，音值是 b-（並）、d-（定）、g-（群）。[5]而濁塞擦音也是不送氣的 dz-（從），《四聲等子》代表的是北宋的音系，依照語音演變的普遍性來看，「送氣→不送氣」較「不送氣→送氣」來得合理，再者，若是全濁音在中古前期已經是不送氣，到中古後期又變成送氣，這樣的可能性應該不高。因此，筆者認為《四聲等子》的濁塞音和濁塞擦音應該是不送氣的 b-、d-、dz-、g-。

────────────

4　竺家寧《聲韻學》頁592。
5　竺家寧《聲韻學》頁328。

　　《四聲等子》的標目是當時通行的三十六字母，聲調是中古的平上去入四類，有很大的保守性，所以在聲母和聲調方面，不能充分反映當時的實際語音。[6]但是在歸字方面，與三十六字母有一些差異。竺家寧在《四聲等子音系蠡測》亦有考證，以下敘述研究結果。

1. 舌根音：當時可能已經有部分字的聲母發生濁音清化，所以《四聲等子》的作者填字時，然而難免會有疏忽之處，受到實際語音影響而留下清聲母「見、溪」和濁聲母「群」界線不清的痕跡。
2. 舌面音與舌頭音：知系字與照系字在宋代已經相混，《四聲等子》舌面音與舌頭音的安排也透露了這一點。
3. 唇音：非、敷二母已合為 f-。

　　至於韻母，《四聲等子》大幅度的改變了舊有的系統。介音方面，只有 i、u 兩類，凡是三、四等字都有 i 介音，一、二等字都沒有 i 介音；凡是合口字都有 u 介音，開口字都沒有 u 介音。[7]

　　主要元音和韻尾的情況，《四聲等子音系蠡測》的研究如下表所示：

	-ø	-i	-u	-m	-n	-ŋ
æ,ɑ	果	蟹	效	咸	山	宕
ə		止	流	深	臻	曾
u	遇					通

　　《四聲等子》在編排體例上和傳統韻圖不一樣的是入聲的編排。《四聲等子》入聲的編排是兼承陰陽的，和早期的專承陽聲韻不同。

6　竺家寧《聲韻學》頁363。
7　竺家寧《聲韻學》頁363。

從入聲兼承陰陽的情況來看，可以知道入聲的性質已經發生變化。早期等韻圖入聲與陽聲相配，因為入聲和陽聲都有發音部位對應的輔音韻尾，雙唇的 -p：-m，舌尖的 -t：-n，舌根的 -k：-ŋ，而陰聲沒有輔音收尾。《四聲等子》陰聲承陽聲，是因襲舊制，真正反映當時實際語音變化的是陰入相配的措施，代表當時的入聲已經由 -p、-t、-k 弱化成喉塞音韻尾了。

二 《切韻指掌圖》

（一）《切韻指掌圖》的編排與內容[8]

　　《切韻指掌圖》在圖的編排方面與《四聲等子》不同，《指掌圖》不用攝名、不注明內外，只標序數，共列二十圖，每圖注明開合，或獨韻。

　　和《四聲等子》相同的是，《切韻指掌圖》也有二十圖，但是兩者的次序不同。「宕江」、「曾梗」、「果假」合攝的現象兩書一致，入聲兼配陰陽也和《四聲等子》無別。

　　聲母方面，《切韻指掌圖》用三十六字母標示，分為三十六行，與《四聲等子》分二十三行不同。喉音順序《四聲等子》是「曉匣影喻」，《切韻指掌圖》是「影曉匣喻」。《四聲等子》每圖中四大格是四等的區別，《切韻指掌圖》則是四聲的區別。

　　從形式上看來，這兩部韻圖雖然有所差異，但從實際內容看來，兩書都反映中古後期的語音。在歸字方面，兩書不完全一致，因為從北宋到南宋，語音會有所變遷，而地域上，兩書也有南、北的不同。

8　竺家寧《聲韻學》頁307。

（二）音系特點

　　《切韻指掌圖》的主要元音系統，依據竺家寧《聲韻學》[9]的擬音如下：

	-ø	-i	-u	-m	-n	-ŋ
æ,ɑ	果	蟹	效	咸	山	宕
ə		蟹止	流	深	臻	曾
u	遇					通

　　這個系統，和《四聲等子》大致上是類似的。a 類韻攝一、二等的區別和中古音相同，是後低元音和前低元音的區別；三、四等已無區別，都有個 i 介音，主要元音開口度較小。合口音都有 u 介音。

　　比較特別的是，「之、支韻」的精系字「茲、雌、慈、思、詞」等字列於一等位上，代表在《切韻指掌圖》中，這些字已經不再念成細音，而是讀為舌尖元音了。

　　此外，《切韻指掌圖》蟹止攝的界線也和《四聲等子》不同，第十八、十九圖基本上相當於《四聲等子》的止攝。卻加入了蟹攝的「齊、祭、灰、泰」。表示某些字在主要元音方面有了變化。

　　而入聲方面，《切韻指掌圖》的入聲兼承陰陽，和《四聲等子》相同，而陰、入相配的情況和《四聲等子》不完全一致。這是方音和時代的因素所致。但是 -k、-t 相混，以及 -p 不配入聲，與《四聲等子》是相同的。

9　竺家寧《聲韻學》頁371。

三　《切韻指南》

（一）《切韻指南》的編排與內容

　　《切韻指南》和《四聲等子》一樣在首行標注攝名、內外和開合。圖式上先分四等，再分四聲，也是沿襲《四聲等子》。不過，《四聲等子》分二十圖，《切韻指南》分二十四圖，主要是因為《四聲等子》有三處合攝（「宕江」、「曾梗」、「果假」），而《切韻指南》指有「果假」合攝而已。

　　《切韻指南》又把咸攝中的凡韻依照《韻鏡》的辦法獨立成一圖，所以，《切韻指南》就多出了：江攝、梗攝開、梗攝合、咸攝合（凡韻）四個圖。

（二）音系特點

　　韻母方面，雖然多出了江攝、梗攝開、梗攝合、咸攝合（凡韻）四個圖。但是真正反映實際語音的，只有「曾梗」兩攝分開，是《切韻指南》和《四聲等子》在實際語音上有區別的地方。《切韻指南》的音系裡，「梗攝」和《切韻》音一樣，仍然為 a 類元音，沒有受到曾攝 ɔ 類元音的類化。在《四聲等子》中，則類化為央元音 ə，所以才有曾梗合攝的現象。這應該是方音的不同所致。

　　凡韻的情況。在《韻鏡》裡，凡韻另成一圖是因為念合口的緣故，所以《韻鏡》注明「外轉第四十一合」，可是《切韻指南》的咸攝是注明「獨韻」，是一個沒有開合對立的韻，顯然在《切韻指南》裡，凡韻已經受到異化作用（韻尾 -m 把介音 u 排斥掉）而變得和其他收 -m 的字（如鹽、嚴、添）同一類了。在《四聲等子》中，咸攝也只有一圖，把「凡、鹽、嚴、添」等韻的字歸在一起。而《切韻指

南》卻因襲早期等韻圖，把凡韻分開。

　　江攝的情況則是，《切韻指南》雖然沒有把江攝併入宕攝，可是在江攝的圖內注上了開口呼和合口呼，凡是唇、牙、喉音字，均注明為開口呼；凡是舌、齒音及來、日母字，均注明為合口呼。如此，就造成了同一個圖兼有開、合口，這和韻圖的體例是不符合的，由此看來，江攝字的韻母在《切韻指南》中已經有了變化，有別於《切韻》音系和早期等韻圖。再對照《四聲等子》「宕江」攝中，江韻字的排列也是把唇、牙、喉音歸入開口圖，把舌、齒及來、日母字歸入合口圖。形式上雖然不同，但所反映的音讀是一樣的。

　　聲母方面，《切韻指南》的聲母標目採用三十六字母，每圖分為二十三行，這是因襲《四聲等子》的。而在卷首的「交互音」四句歌訣中，透露了當時語音裡聲母變化的實際情形：「知照非敷遞互通，泥孃穿徹用時同，澄床疑喻相連屬，六母交參一處窮。」這四句歌訣透露了幾個語音現象，第一，非敷兩母合而為一，也就是 pf- 和 pfʻ 變成了 f-，即塞擦音變成擦音。第二，知照兩系字合併，原本是舌面塞音的知系字已經變成塞擦音，和知系字無別，和今天國語的念法一樣。第三，泥孃兩母合而為一，原來屬於舌面鼻音的孃母變得和泥母一樣，念成了舌尖鼻音。第四，疑喻兩母合而為一，表示舌根鼻音聲母已經失落，成為零聲母，也就是和喻母沒有區別了。

　　入聲的安排方面，《切韻指南》的入聲也是兼承陰陽。止攝的所包含的韻三部等韻圖都不同；流、果兩攝《切韻指南》和《四聲等子》相同，與《切韻指掌圖》不同。但是，從另一個角度看來，-k、-t 相混，-p 自成一系，是三部等韻圖共同的現象。

四 重要研究成果

(一) 單一部韻圖的研究

　　學術界對這三部等韻圖的研究由來已久,研究成果汗牛充棟。而內容不外對於韻圖的作者、時代及反映的音系、版本、門法提出看法。以下列舉幾部著作以概括之。

1 竺家寧《四聲等子音系蠡測》[10]

　　論文提出,《四聲等子》是北宋的音韻圖表,其音韻系統既有異於《切韻》音,也和官話不同,實為上承《切韻》音,下開官話音,承先啟後的樞紐,從《四聲等子》可以考見中古韻母省併的情況,早期官話如何形成。論文分成下列幾個部分:一、四聲等子研究,論述四聲等子時代與作者、編排與內容、編排概況、三四等之混淆、輕重開合之問題、四聲等子之門法。二、《四聲等子》的語音系統,論述《四聲等子》的聲母、韻母、聲調擬測。三、歷史之演變,論述從《切韻》到《四聲等子》,以及《四聲等子》與早期官話的關係。

　　這篇論文認為《四聲等子》是早期官話的始祖。文中認為,《切韻》系韻書是承襲陸法言綜合南北的宗旨而來,包容多種不同的語音系統,隋唐時已經無法適合於任何實際方言。宋代之後千餘年間,一般文人依據此系韻書所撰寫的詩賦,與實際語音不合,遂成為紙上之死語。取而代之的是北音韻書,當中以元代周德清《中原音韻》最早,當時的北音已經有統一全國之勢,一方面是當時語音上正音的標準,一方面是戲曲文學所依據,此書實為早期官話之實錄。由此類符合口語所歸納而成的韻書,自然與《廣韻》一系不相合。雖然《中原

---

10 竺家寧《四聲等子音系蠡測》(臺北:花木蘭出版社,2012年9月)。

音韻》的產生，在體例上前無所承，但是語音的演變是日積月累的，從《切韻》到《四聲等子》，到《中原音韻》，乃至於現代北方關話，是連綿不斷的過程，《中原音韻》雖然可視為官話之祖，其語音的大致輪廓已顯見於《四聲等子》中，故《四聲等子》又為早期官話之祖。

　　將北方官話的源頭推前到宋代的文獻，提示研究者在追溯現代北方官話的歷史來源時，是可以依憑的最早文獻。

2　姚榮松《切韻指掌圖研究》[11]

　　論文討論以下幾個部分：一、《切韻指掌圖》的特色。二、《切韻指掌圖》的源流，並總結了前人的看法、《指掌圖》的版本三、分別分析了司馬光序、董南一跋，並分析了《指掌圖》的檢例，也與《四聲等子》作一對比。三、《切韻指掌圖》的內容，分析「二十圖總說」並比較二十圖韻目與《四聲等子》的攝名、門法及相應的《韻鏡》轉次，總結《指掌圖》與《四聲等子》的異同；探討《指掌圖》的編排原則，併轉的依據與歸字的原則；聲母的討論方面，則分析了牀禪無別、匣母不存在、知照系三等混淆、影喻混淆、喻三喻四混淆的語音現象；探討了《指掌圖》的韻類，並分析了二十圖。四、探討《切韻指掌圖》的音系，構擬了《指掌圖》聲母、韻母的音值，聲調部分著重探討了入聲問題，認為《指掌圖》的入聲並未消失，只是有簡化現象，認為濁音及四聲只能看出韻圖表現的理論音讀，與實際語音是有距離的。

3　婁育《經史正音切韻指南考——以著錄、版本、音系研究為中心》[12]

　　論文中結合著錄與記載文獻材料來看《切韻指南》的影響力及與

11　姚榮松《切韻指掌圖研究》國立臺灣師範大學國文所1973年碩士論文。
12　婁育《經史正音切韻指南考——以著錄、版本、音系研究為中心》廈門大學2010年博士論文。

佛門的淵源關係，考證《切韻指南》的版本分三個系統。透過對各版本韻圖列字的對勘，一方面為它的深入研究提供精校本；另一方面，嘗試探索新材料與新視角。論文中還討論了《切韻指南》的產生、傳承、發展特點。藉著對《切韻指南》與《四聲等子》發展淵源關係的考證，進一步闡述了它的性質及在漢語等韻學發展史、韻圖發展史上的價值與地位，藉此也嘗試說明漢語等韻學研究領域中存在的幾個問題。提出《切韻指南》音系性質及特點的認識，一方面要結合近代漢語語音的實際變化情況，同時也不能離開它的成書主旨、韻圖自身情況及韻圖前後的文字敘述內容，等等，這樣才能客觀地、全面地理解它在漢語音韻史上的價值。

（二）韻圖之間的比較

1 何昆益《四聲等子》與《切韻指掌圖》比較研究[13]

論文討論重點如下。一、《四聲等子》及《切韻指掌圖》的源流，認為《四聲等子》之著成時代，當在丁度、賈昌朝等奉詔編撰《集韻》成書的北宋仁宗寶元二年（1039）之後的北宋朝。至於《切韻指掌圖》的著成年代，認為時代晚於《等子》且當屬於南渡以後之產物。二、討論《四聲等子》及《切韻指掌圖》的字母清濁。三、討論兩部韻圖之歸攝問題。《四聲等子》分為通、效、宕、遇、流、蟹、止、臻、山、果、曾、咸、深十三攝，其中宕、蟹、止、臻、山、果、曾七攝又分開合，因此全書總共為二十圖。在上述十三攝之中，宕攝中包含有江攝、果攝中包含有假攝、曾攝中包含有梗攝，所以實際上共有十六攝。至於《指掌圖》二十圖總目看來，大致也是如

---

13 何昆益《《四聲等子》與《切韻指掌圖》比較研究》國立高雄師範大學國文學系 2008年博士論文。

此，它的前六圖屬獨韻，不分開合，第七到二十圖則別為開合，兩兩一組，且在併攝的情形亦同《等子》。實際上，它們內部皆是十六攝。四、討論兩部韻圖的門法。《四聲等子》提到了「音和」、「類隔」、「雙聲」、「疊韻」、「憑切」、「憑韻」、「寄聲」、「寄韻」八法，是門法進一步的發展。再與《切韻指掌圖》所附的「檢例」相互參酌，則《切韻指掌圖》不但是承襲《等子》，又有其創新增加，其中不但顯示了韻圖歸字的法則，同時亦論及古今語音的差異，甚至更進一步開創了新的門法，總之，《指掌圖》除了在韻圖內部的安排上具有創新的觀念外，在等韻門法學史上，也跟《等子》一樣，都占有很重要的地位。五、關於歸字比較之討論，從其中分析出它們的歸字原則：大抵《等子》的歸字較具有韻目四聲相承上的考量，而《指掌圖》卻是呈現無相承、或較不注重韻目四聲相承上的考量。六、總結《四聲等子》與《切韻指掌圖》之間的關係，作者認為這兩部等韻圖，可以用「承襲」二字來概括說明，當然它本身也有相當程度的「衍生」。總之，《切韻指掌圖》主要是承襲《四聲等子》而來，再參酌相關韻書，以早期韻圖的以四聲統四等的方式排列，為求區別於《等子》，遂在入聲的分配上以實際語音為基礎進行再配置、二十個圖次的歸攝、開合口列置等，顯示出《指掌圖》編圖者雖承襲《等子》，卻有其衍生的開創特質。

2　吳文慧《四聲等子與經史正音切韻指南比較研究》[14]

　　論文係從《四聲等子》與《經史正音切韻指南》之體例、內容、用字、擬音等方面，進行研究，以探討二書之關係，和它們對中古及近代音承先啟後的作用。討論重點如下。

---

14 吳文慧《四聲等子與經史正音切韻指南比較研究》國立臺灣師範大學國文所2008年
　　碩士論文。

　　一、簡述韻書與等韻圖的關係、等韻學的基本術語、等韻門法的沿革等等韻相關知識。二、「《四聲等子》之內容與《經史正音切韻指南》之體例與內容」，發現《等子》與《廣韻》在韻次的排列上有一致性，關係密切。《切韻指南》帶有極多的中古音性質；又門法條例部分，與《四聲等子》如出一轍，且較《四聲等子》更具系統性。三、《四聲等子》與《經史正音切韻指南》之關係，透過二書與《五音集韻》的對照比較，推論《廣韻》、《四聲等子》、《五音集韻》及《切韻指南》有相承的關係，並為宋元時期北方官話之代表。二書之圖次與韻攝歸併略有不同，《四聲等子》與《廣韻》較為接近，而《切韻指南》則與《五音集韻》相似。四、《四聲等子》與《經史正音切韻指南》文本比較，回顧之前學者所作的研究，並對直接相關的論文作一介紹。並將二書韻圖依序並排，製表對照比較，也對二書圖內例字略作校訂的工作。總結《四聲等子》與《經史正音切韻指南》例字數量，計算使用同字、同音的比例高達90%以上，確定二書在用字上有高度的一致性，強化二書的關係。此外，針對用字不同的情形，亦略作說明。五、「《四聲等子》與《經史正音切韻指南》音系比較」，針對各家在音系方面的研究略作說明。依據《漢語方音彙》之方言材料，及竺家寧之擬音，參酌其他相關研究，構擬《四聲等子》之聲韻母音值，並對部分語音現象加以說明。參考陳新雄先生及林慶勳先生之擬音，及方言材料，構擬《切韻指南》之音值。在聲母方面，更進一步討論「交互音」對元代語音的描述，及「併轉為攝」後的語音現象，另外構擬較符合元代實際語音之音值。將《四聲等子》與《切韻指南》之音系，歸納製表，並對照二書之音系，探究從《四聲等子》到《切韻指南》聲韻調的演變。

　　最後，就《四聲等子》與《切韻指南》對中古音之繼承，及對近代音之影響，略作說明。論文除確定《四聲等子》與《切韻指南》之

關係外，藉由「併轉為攝」的文本現象，對中古音及近代音的語音現象，加以闡述。在聲母方面，作者認為《四聲等子》的聲母音系與中古音大致無別，《切韻指南》的理想音系也與之相同，所不同的是從《四聲等子》到《切韻指南》實際音系之間的演變，如知照莊系的合併、疑喻不分、非敷合流、日母字的音值改變……等，顯見從中古到近代音的過渡情形，參考《中原音韻》的聲母，更可發現《切韻指南》的實際音讀還是帶有一定的保守性。在韻母系統方面，《切韻指南》除了止、蟹兩攝與《四聲等子》不同以外，其餘韻母皆同。止攝與蟹攝都是因為三等介音 i 提高了主要元音的舌位，而產生變化。整體而言，《四聲等子》與《切韻指南》都是中古音系的反映。

　　總結以上的研究成果，大多基於結構主義語言學的基礎上，討論韻圖的音系，對於韻圖反映的時代語音，以及前後相承的關係略有不同的看法，或有論文認為韻圖反映的是實際語音，如竺家寧《四聲等子音系蠡測》、何昆益《《四聲等子》與《切韻指掌圖》比較研究》；或有學者認為韻圖表現的是理想音系，與實際語音仍有差距，如姚榮松《《切韻指掌圖》研究》。徵之於現代方言，以及語音演變的規律，可以證實這三部等韻圖所反映的音系雖然有因襲傳統的部分，但也在一定程度上反映了實際語音。即便韻圖之間的歸字有所差異，也可以解釋為地域或時代變遷所造成的。而本著作在這樣的基礎之下，更進一步求證於現代方言，試圖找出在現代方言中所遺留的歷史語音。

第二節　具有實用目的的文獻──《集韻》、《九經直音》、《五音集韻》

　　記錄宋代語音的文獻中，有一些是以實用為目的而編輯的，或者是為了科舉考試，或者是為了讀經，這一節討論三部文獻的三部文

獻，《集韻》和《五音集韻》是為了科舉考試應試時提供擇音取字的標準，在《廣韻》的基礎上更新內容；《九經直音》則是專為讀經而作的參考書。

一　《集韻》的體例和音系特點

（一）以《廣韻》為基礎增補而成，為了科舉考試詩文押韻用

依據竺家寧《聲韻學》[15]的說法，《集韻》始撰於景祐四年（1037），成書於寶元二年（1039），《玉海·卷四十五》說：「景祐四年，翰林學士丁度等承詔撰；寶元二年九月書成，上之。十一月，進呈頒行。」但是《四庫提要》說：「此書奏於英宗時，非仁宗時，成於司馬光之手，非盡出丁度也。」宋仁宗景祐四年，宋祁等認為陳彭年重修的《廣韻》多用舊文，未能徹底革新，取材也欠勻稱，建議重修，於是宋仁宗命宋祁、丁度等人重撰，到英宗治平四年（1067）才由司馬光續編完成。仁宗命令重修時，曾指示「所撰集務從該廣」，所以卷數由《廣韻》的五卷擴增為十卷，包括平聲四卷，上去入聲各二卷。字數達五萬三千五百二十五，是《廣韻》的兩倍以上，並且羅列各字的重文異體。

雖然《集韻》的韻數和《廣韻》相同，但是韻目所用的字卻不太一致。在歸字上，《集韻》在許多地方也和《廣韻》不同。

北宋朝廷下詔另外組織一班人馬修纂《集韻》，除了《廣韻》已經不符合科舉的需要，因為當中的反切已經和當代不同等因素外，北宋時期實際語音發生了很大變化之外，也反映了當代文人音韻學的觀

念比起前代有了更大的進步，對於韻書中反切的要求也更加精密，《廣韻》的反切已不能滿足當代文人，因此，他們在《集韻》中也改良了《廣韻》的反切。

　　此外，《集韻》為了讓韻書反映實際語音的變化，一方面保留《廣韻》的音系格局、廣泛收錄前代舊音，這是表現存古的一面；此外，還有所變化和創新，適當調整了音系結構，吸收了當時的語音，體現了自身的特點。

（二）改良反切

　　依據張渭毅的說法[16]，《廣韻》有3875個小韻、3873個反切，《集韻》有4474個反切，比《廣韻》增加了601個反切，增加的反切相當於《廣韻》反切總數的15.5%，這些反切，大多數有特定的來源，根據現存的有關文獻，有不少可以找其到文獻來源。《集韻》根據《廣韻》音系標準和時音標準把這些反切歸入《廣韻》相應的小韻音節中，《廣韻》所沒有的音節，就在反切下字所屬的韻中增加新的小韻音節。除了處置這些增加的小韻音節外，《集韻》還根據時音標準刪改、合併和轉移《廣韻》的小韻。

　　《集韻》增、併、改小韻的工作都是針對反切下字的類別。對於反切上字來說，《集韻》進行了成系統、大規模的改動，主要有兩項內容：一是適應時音的變化，改變反切上字的聲母類別，也就改變了反切的讀音，包括改《廣韻》的類隔切為音和切和改變一些非類隔切的反切上字的讀音；二是改進反切的拼讀方法，而不改變反切的讀音，通過改動反切上字，力求反切上字跟反切下字在聲調、開合、洪細和發音部位等方面一致。

---

16 張渭毅〈從《集韻》的改良反切看《集韻》音系的特點〉國立臺灣師範大學2013年9月25日演講。

也就是說，《集韻》改良《廣韻》的反切，除了反映當代文人對於音理的觀念日趨精密，以期將這樣嚴謹的要求表現在韻書中之外，也有將時音反映在韻書中的意圖。

二　主要研究成果

曾若涵在《《集韻》與宋代字韻書關係研究》[17]中詳盡的歸納以《集韻》為研究對象的著作，論及語音史及斷代語音者，主要有：從清初開始，清人仇廷模於雍正初年《古今韻表新編》後附的〈集韻類紐序編〉，即對《集韻》音系做了分析與討論。白滌州〈集韻聲類考〉則是以陳澧的系聯法為基礎，考定《集韻》聲母為39類。施則敬《集韻表》對韻類進行了研究，是第一部以韻圖的形式分析《集韻》的著作，但只能算是初步的嘗試。黃侃著《集韻聲類表》，亦非大成之作。林英津研究《集韻》的體例，並從體例出發，研究《集韻》音韻系統中的幾個問題，在相信《集韻》為綜合音系的基礎下，指出其為數眾多的「同義異切」語群，是不可輕易忽視的材料，因「同義異切」語群可以提供方言的訊息。邵榮芬〈《集韻》音系簡論〉則被趙振鐸視為20世紀研究《集韻》音系的總結性著作。除了上述研究成果的匯整之外，有關《集韻》的相關研究，可分為以下幾類。

第一，《集韻》與方言史的研究，還有G. B. Dowller〈Dialect Information in the Jiyun〉[18]，該論文指出《集韻》不是一部完全成功的韻書，卻成功地提供了其他文獻所無的方言訊息，因此Dowller欲藉《集韻》找出宋代方言，並建立對比現代方言的原則。換句話說，

---

17 曾若涵《《集韻》與宋代字韻書關係研究》國立中山大學2013年博士論文。
18 G. B. Dowller〈Dialect Information in the Jiyun〉中央研究院第一屆國際漢學會議論文。

Dowller企圖將《集韻》視為建構方言史基準的重要材料，將《集韻》在方言學中作為提供語料證據的工其書，轉變成語言比較的基準，但就結果而論，其理據尚須更深入的探討。

討論《集韻》與方言的關係，有范崇峰〈《集韻》與洛陽方言本字〉[19]，文中提出《集韻》廣泛收集了宋代所見的文字，其中許多字（詞）現代普通話已經不使用，但有一部分保留於洛陽方言中，藉著《集韻》和洛陽方言相互印證，既可探求洛陽方言本字，也提示了讀者可從方言角度探討音韻學文獻。

第二，探討《集韻》所透露的音變現象的論文有：楊軍〈《集韻》見、溪、疑、影、曉反切上字的分用〉[20]以統計的方法著手，認為《集韻》已不屬於《切韻》系韻書，而是受等韻影響很大的韻書，其反切系統跟《禮部韻略》同類。楊雪麗〈《集韻》中的牙音聲母和喉音聲母〉[21]從又音觀察到，曉、匣與見系，喻四與船、禪、邪母有密切的關係，楊雪麗〈《集韻》精組聲母之考察〉[22]提出聲紐的分化與四等的關係非常密切，因此，研究聲紐的分類應該從它在四等的分布規律入手。張渭毅〈《集韻》的反切上字所透露的語音訊息（上）（中）（下）〉[23]提出《集韻》的音系和《廣韻》已經不同，《廣韻》唇音聲母不分重唇和輕唇，《集韻》嚴格分為重唇和輕唇兩套聲母；《集韻》的開合系統和《廣韻》一致；《集韻》的介音系統《廣韻》大不

19 范崇峰〈《集韻》與洛陽方言本字〉，《古漢語研究》2006年第4期。

20 楊軍〈《集韻》見、溪、疑、影、曉反切上字的分用〉，《貴州師範大學學報（社會科學版）》1995年第2期。

21 楊雪麗〈《集韻》中的牙音聲母和喉音聲母〉，《許昌師專學報（社會科學版）》1996年第4期。

22 楊雪麗〈《集韻》精組聲母之考察〉，《河南大學學報（社會科學版）》1997年9月。

23 張渭毅〈《集韻》的反切上字所透露的語音訊息（上）、（中）、（下）〉，《南陽師範學院學報（社會科學版）》，第1卷第1期（2002年）、第1卷第3期（2002年）、第1卷第5期（2002年）。

相同，跟《廣韻》的介音沒有傳承關係，而跟二百多年前慧琳所記的
長安音有直接的發展關係；《集韻》的聲調系統跟《廣韻》一致。總
之，《集韻》反切上字所反映的北宋讀書音，跟《廣韻》有同有異，
這說明《切韻》所代表的六朝以來的標準音，到了《集韻》已經發生
了變化，這個改變了書面的標準音，成為《集韻》審音定韻的重要依
據。楊小衛〈《集韻》《類篇》反切比較中反映的濁音清化現象〉[24]根
據《集韻》反切已經清化而《類篇》切語尚未清化、《類篇》切語已
經清化而《集韻》切語尚未清化的兩種情況，發現韻書編纂者根據時
音分別對兩部韻書的切語進行了改動，而這些改動反映了濁音清化的
現象。董建交〈《集韻》寒桓韻系開合混置的語音性質〉[25]提出《廣
韻》寒韻上去聲旱、翰韻的舌齒音字在《集韻》中分別轉移到緩、換
韻中，這與現代方言中寒韻依聲母分化的現象有密切關係。《集韻》
的這種安排反映了早期中原地區方言也曾發生過寒韻依聲母分化的現
象。雷厲〈《廣韻》、《集韻》反切上字的開合分布〉[26]提出《集韻》趨
向於改《廣韻》反切上字與被切字同呼，《集韻》魚韻系字多用作開
口小韻的反切上字，以及魚韻字多用開口字作反切上字，作者認為，
這樣的情形是《集韻》有意區分魚、虞韻系，其原因可能是承襲《切
韻》音系中魚、虞韻的分野。

　　總之，討論《集韻》音系的論文，主要環繞在《集韻》的音類討
論上，其中，張渭毅〈《集韻》研究概說〉綜合了歷來《集韻》研究
的類型，包括：（一）以校勘、考證為主的《集韻》研究（1706～
1931）：這一時期的研究重點雖然集中在《集韻》的校勘、考證方

---

24 楊小衛〈《集韻》《類篇》反切比較中反映的濁音清化現象〉，《語言研究》2007年9
　　月。
25 董建交〈《集韻》寒桓韻系開合混置的語音性質〉，《語言研究》2009年10月。
26 雷勵〈《廣韻》、《集韻》反切上字的開合分布〉，《語言科學》2012年7月。

面，但對於《集韻》的性質，《集韻》跟相關的韻書、字書和音義書
的關係，以及《集韻》在小學史上的地位也有了初步的認識，為後來
的研究打下了良好的基礎。（二）以音系為主的《集韻》研究（1931
～1996年）。按照研究方式的不同，又可以分為兩方面：1. 編製《集
韻》韻圖。2. 音系的專題研究，包括聲母的分類問題、對《集韻》反
切上字分布規律的考察、《集韻》音韻體例的研究、《集韻》重紐的研
究、《集韻》重出小韻的研究、《集韻》的轉移小韻研究、《集韻》的
韻母分類研究。（三）橫向研究《集韻》與現代方言的關係。（四）通
論性的著作。（五）《集韻》的版本研究。（六）《集韻》異體字、通假
字的研究。（七）從學術史的角度探討《集韻》修纂的原因。雖然這
篇文章發表於1999年，但此後的研究都不脫離張先生在這文章中所歸
納的結果。

二　《九經直音》的體例和音系特點

（一）體例和音系特點

　　依據竺家寧《聲韻學》[27]，《九經直音》沒有署明作者，但是，明
末的《文淵閣書目》已經著錄，書中多避宋真宗趙桓諱，遇「桓」字
大部分缺末筆。此外，書中所引前人音注，如鄭玄、程顥、程頤、胡
瑗、司馬光、朱熹、方愨等，包羅了各朝代的學者，卻不見宋以後的
人，卷末補遺才引及南宋末年陳普之（石堂先生）、明宣德進士孫毓
的音注。可能「補遺」是後人附增的。除此之外，書中所引的音注資
料皆不晚於南宋初年。其次，書內〈春秋序〉「素王」二字小注提到
「真宗御制夫子贊曰……」，只標「真宗」而不稱宋，又稱「御制」，

27　竺家寧《聲韻學》頁408。

由以上可推知,《九經直音》無疑是形成於宋代。

　　至於《九經直音》的編纂目的則是為了讀經。《四庫提要》提到:

> 《釋文》所載皆唐以前音,而此書則兼取宋儒。如於《詩》、
> 《中庸》、《論語》、《孟子》則多采朱子,於《易》則兼采程、
> 朱,於《禮》則多采方愨,其他經引胡瑗、司馬光音讀尤多,
> 與陸氏之書尤足相續。在宋人經書音釋中,最為妥善。

由此可知,《經典釋文》所採用的是唐以前的舊音,而《九經直音》
的音注資料則是取諸宋儒,這是兩本書在注音取材的不同。所以,
《九經直音》足以反映宋代的語音實況。

　　《九經直音》的音系,與中古前期,也就是隋唐時代比較,產生
了一些變化。竺家寧在《九經直音韻母研究》[28]一書提出幾項,在韻
母方面有:

1. 東韻三等和鍾韻相混。
2. 東韻一等和冬韻相混。
3. 支脂之微祭廢各韻的併合。
4. 魚虞混用。
5. 皆佳夬合併。
6. 咍灰泰合併。
7. 庚三清蒸的混用。
8. 覃談的合併。
9. 刪山的合併。

---

28 竺家寧《九經直音韻母研究》(臺北:文史哲出版社,1980年12月)。

10.庚二等與耕的合併。

11.咸銜的合併。

12.元仙的合併。

13.真諄和欣文合併。

14.鹽嚴合併。

15.尤幽合併。

16.一等登韻和二等庚韻的混用。

17.一等唐韻和二等江韻的混用。

18.一等寒桓韻和二等山刪韻的混用。

19.三等韻和四等韻的混用。

聲母方面則有以下幾項演變：

1. 知、照兩系聲母合併。

2. 濁音清化。

3. 牀、禪合流。

4. 非、敷、奉三母的混用。

5. 顎化作用。

聲調方面，有兩項演變：

1. 入聲變成喉塞音韻尾，保留短促的特徵，-p、-t、-k 可以互相注音，和陰聲韻有別。

2. 濁上歸去。

（二）既有研究成果

竺家寧《九經直音的韻母系統》、〈九經直音知照系聲母的演變〉、〈九經直音的聲母問題〉、〈九經直音聲調研究〉、〈九經直音的濁

音清化〉這幾篇論文對於《九經直音》的音系有完整的討論。除此之外，中國亦有相關論文以《九經直音》為研究對象，例如：

李無未、王曉坤〈九經直音反切來源及其相關問題〉[29]分析了《九經直音》反切的來源，確定在全部827例反切中，來自《經典釋文》的就有691例，占83.7%；來源於《廣韻》或《集韻》的有57例，占6.8；來源於宋代時音或宋儒音的有79例，占9.5%。借著研究《九經直音》的反切來源，研究者可以明顯感受到作者的審音意識，《九經直音》確定反切有歷史音讀依據，但它對於前人的反切儘管有沿用，但並非機械式的照搬，而是按照宋代音的標準選定，不適應宋人音讀的注音一般淘汰，與《經典釋文》的審音意識有很大的差異，《經典釋文》反切更多的保存唐代以前經書中諸家音切，所以語音系統十分龐雜。與《經典釋文》正讀的語音系統相較起來，《九經直音》的音注資料來源於宋代時音或宋儒音的反切，較多的反映實際音系。

李無未〈南宋九經直音俗讀「入注三聲」問題〉[30]提出入聲字與平上去三聲字混注，收 -p、-t、-k 尾入聲字也混讀。認為它與《中原音韻》有密切關係，以及古今吉安地域語音有相承性。從吉安方音與《中原音韻》時代的廬陵語音，以及《九經直音》俗讀有許多神似之處，比如聲調，也是平分陰陽、入派三聲。作者並引用王練先生的研究，指出今天吉安話入聲字塞音韻尾消失存在較強的規律性：清聲母的入聲字主要歸入陰平，濁聲母的入聲字一部分歸入陽平，一部分歸入去聲。而《中原音韻》入聲字分別混入平上去三個聲調字中，其韻尾已經喪失；即使是入聲字自注，三種韻尾也相混，而且平上去聲調

---

29 李無未、王曉坤〈九經直音反切來源及其相關問題〉，《吉林大學社會科學學報》2005年第1期。

30 李無未〈南宋九經直音俗讀「入注三聲」問題〉，《延邊大學學報》（社會科學版）1998年第2期。

顯著，規律性強，與《中原音韻》注「入派三聲」是一致的。但是，《九經直音》俗讀的「入派三聲」並不完全等同於《中原音韻》的「入派三聲」。比較突出的一點差別是，《九經直音》俗讀清聲母入聲字主要讀為去聲，而《中原音韻》清聲母入聲字卻主要改讀為上聲。由此可以看到，這種差別並非由於南宋到元代的時間流變而造成的，即使是元代這個共時，也存在這個問題。今天北京音中清入聲去聲音讀的來源未必可以追溯到《中原音韻》的記載，似乎更應該與元雜劇用韻有直接關係，甚至可以繼續向上追溯。《九經直音》「清入作去」則恰恰可以為這種繼續追溯提供確切依據。從這個角度上看，《九經直音》的「清入作去」資料顯得格外珍貴了。

　　總之，這些研究成果，包括宏觀的就韻書內容討論當中所表現的語音現象，都有助於釐清韻書的內容與音系時代，以及當時的音韻特點，例如：知照系的合併、濁上歸去、濁音清化、入聲合併。另外，中國學者的研究，則是以微觀的角度，著眼於《九經直音》的反切來源，以及採取方言為佐證材料，藉由語言的共性給予韻書中的音韻現象合理性。

三　《五音集韻》的體例和音系特點

（一）編排體例和音系特點

　　《五音集韻》為金韓道昭所撰。韓道昭，字伯暉，真定松水人，書成於崇慶元年（1212），所收之字，大致上以《廣韻》為藍本，而增入之字以《集韻》為藍本。本書在反映語音方面有兩項特點：

　　第一，它根據當時北方實際語音，把《集韻》206韻合併為160韻，各韻的先後次序也和《廣韻》、《集韻》不完全相同，合併後的界

線和《廣韻》下的同用、獨用不合，和《集韻》改訂的通用十三處也不一致，和平水韻的情況也不同，可見它是個獨立的體系，完全以當時北地的口語為依據的。至於合併的情況，以及所反映的語音演變現象，已於第二章第二節中討論。第二，《廣韻》各韻中字的先後並無次序。《集韻》則以聲母的類別來排列。到了《五音集韻》，各韻都用三十六字母統率所收錄的字，並按字母的次第分列不同的小韻，每個小韻標明屬於何等。這樣的編排方式是受了等韻學的影響，後來的《韻會》和《音韻闡微》也都是按三十六字母排列的。

由此可知，音韻學家一開始的著眼點是「韻」，因為要因應科舉考試創作詩文押韻的需求；而等韻學傳入中國之後，音韻學家漸漸地去分析漢語的聲母類別，乃至於韻書中的「韻」也用三十六字母統率。

（二）既有研究成果

馬亞平《五音集韻研究》[31]認為，《五音集韻》在韻母方面，一、二、三、四等韻都出現了合併；保留了假二等和假四等，它們與三等韻的區別只是聲母的不同：保留了部分重韻，有的重韻與純三等韻或純四等韻合併。聲母和聲調方面，也反映了一些實際語音的變化。《五音集韻》深受傳統韻書和等韻理論的影響，主觀上並不反映一個實在的音系，而是一部分沿襲韻書舊制，一部分受到客觀實際語音的影響，反映一定的實際語音。它的語音系統徘徊於實際語音和傳統韻書之間，屬於從《廣韻》到《中原音韻》之間過渡性的韻書。

劉曉麗《五音集韻韻圖編纂及其研究》[32]提出《五音集韻》是一部「韻圖體制」的韻書，在論文中，作者將《五音集韻》編纂成韻圖，還原它的「韻圖面貌」，同時將其與《廣韻》進行比較研究，探

---

31 馬亞平《五音集韻研究》陝西師範大學2008年碩士論文。
32 劉曉麗《五音集韻韻圖編纂及其研究》福建師範大學2013年碩士論文。

尋其聲類和韻類的演變與層次，從語音、等韻、韻圖的角度進行分析研究《五音集韻》的音韻體系。研究結果，韓道昭的《五音集韻》承襲了《廣韻》一系韻書的傳統觀念，但在體例上又進行了改革和創新，將等韻學的原理融入韻書中，使韻圖和韻書融合為一體。儘管韓道昭在韻書體例上進行了劃時代的改變，但他在改編《五音集韻》時太過於保守，拘泥於《廣韻》的保守思想，使得《五音集韻》在音系上出現了所謂的「第二音系」，形式上與《廣韻》是一個音系，但客觀上仍有當時實際語音現象的體現。

國術平《五音集韻與廣韻音系比較研究》[33]提出《五音集韻》是對《切韻》音系的繼承和發展，在其編撰過程中的一定程度上兼顧了當時的實際語音。在編撰體例中，仍未擺脫韻圖舊制的束縛。《五音集韻》根據實際語音對《廣韻》韻部進行了歸併，雖然改革並不徹底，但向反映實際語音邁出了一大步，藉由研究《五音集韻》的小韻，發現許多語音現象確實反映了實際語音。

董小征〈《五音集韻》與《切韻指南》音系之比較研究〉[34]以歷史比較法為研究方法，全面比較《五音集韻》和《切韻指南》的音系。首先整理文獻資料，還原《五音集韻》為韻圖，以便比較。論文立足於《五音集韻》，結合《廣韻》，以十六韻攝為單位，比較《五音集韻》和《切韻指南》在聲、韻、調主要是韻母系統的差別，從中找出相互間的語音對應關係及其差異、變化的規律性，構擬出各自的聲韻調系統，再用同時期的韻書、韻文加以印證，藉以闡釋實際語音的演變。研究結果發現，《五音集韻》、《切韻指南》都不反映實際的音系，而是一部分來自實際語音，一部分沿襲韻圖舊制。它們徘徊在實

---

33 國術平《五音集韻與廣韻音系比較研究》山東師範大學2008年碩士論文。

34 董小征《《五音集韻》與《切韻指南》音系之比較研究》福建師範大學2004年碩士論文。

際語音與傳統等韻之間，應屬於從《廣韻》到《中原音韻》之間過渡性的韻書（圖）。《切韻指南》較《五音集韻》又更接近於宋金時代的實際語音。

上述研究成果，主要是著眼於《五音集韻》的音系性質、是否反映實際語音、所反映的是何時何地的語音，以及音系因襲傳統的部分有多少？儘管《五音集韻》受到等韻學的影響，在編排體例方面，相較於《廣韻》，有了一些更動。但由於《五音集韻》所依據的韻書——《廣韻》與《集韻》都有反映了中古早期的音系，使得研究者在參酌《五音集韻》時，認為它的音系仍然有很大的保守性。

但是，並不能在此就一概而論，所有宋代的韻書在內容上與《廣韻》都有這樣若即若離的關係，也就是說，在編排上受到當時新的方法——等韻學的影響，而在音系上仍然一定程度地保留了舊時音系。只能先保守的說，《五音集韻》因為所依據藍本的緣故，使得這本韻書無法完全反映時音。

第三節　具當時語音特徵的綜合性韻書──《古今韻會舉要》、《皇極經世書‧聲音唱和圖》

宋代還有另外一類記錄語音的文獻，其所反映的不一定全是當時或者歷史上曾經存在的語音。或者包羅古今，如《古今韻會舉要》；或者藉著記錄語音，表現個人的思想，甚至是當代的哲學思潮，如《皇極經世書‧聲音唱和圖》。

一　《古今韻會舉要》

（一）《古今韻會舉要》的編纂由來

　　《古今韻會舉要》三十卷，是元代熊忠依據黃公紹的《古今韻會》改編的。黃氏的原本現已散佚。黃公紹是南宋度宗咸淳年間（1265-1274）進士，不久南宋亡，入元不仕。黃氏《韻會》作於元志元二十九年（1292）之前，因為今本《韻會》書前題有廬陵劉辰翁於「壬辰十年望月」寫的序，壬辰正當1292年。

　　《古今韻會舉要》所反映的音系，王力在《中國語言學史》中以熊忠和黃公紹都是昭武人（甘肅省張掖市），因此論定這本書反映的是元代西北的方音。竺家寧則以日人青山定雄編的《中國歷代地名要覽》證明「昭武」實際上是福建邵武縣附近。並從《韻會》卷首的序文以及與同時代的《中原音韻》音系比較，認為《古今韻會舉要》反映的是宋、元之間的南方音。論述如下：

> 　　從《韻會》卷首有廬陵劉辰翁的序文：「江閩相絕，望全書如不得見。……」這裡的「江」是指江西廬陵，是劉氏自己的籍貫，「閩」指福建昭武，是《韻會》作者的籍貫。

代表元代北方通行語音的《中原音韻》聲母已經完全清化，而時間只早二十多年的《韻會》卻完整的保留了濁音聲母。《韻會》的性質是反映現實語音的，不是因襲傳統的。這樣看來，《韻會》所反映的南方音的可能性是比較高的。

　　《古今韻會舉要》是以《禮部韻略》為基礎，針對其內容增、改、併而成，依據寧忌浮《古今韻會舉要及相關韻書》[35]以及竺家寧

35　寧忌浮《古今韻會舉要及相關韻書》（北京：中華書局，1997年5月）。

《古今韻會舉要的語音系統》的研究結果，認為《古今韻會舉要》對於《禮部韻略》幾項的增改之處，也確實反映了當代的語音演變。

　　1.將206韻依劉淵重刊的「平水韻」併為107韻，仍然保留206韻的韻目。

　　2.以「字母韻」反映當代語音。《古今韻會舉要》的凡例說：「舊韻所載，考之七音，有一韻之字而分入數韻者，有數韻之字而併為一韻者，今每韻依七音韻，各以類聚。注云，已上案七音屬某字母韻。」這是因為韻目雖然承襲舊制，但當時的語音卻已經發生改變，作者為了把這些不同的地方表現出來，於是加注「屬某字母韻」以表示其界限。所以，歸納其字母韻，就可以知道當時的韻母系統。其中，陽聲韻有37個字母韻，包括收舌尖鼻音韻尾的字母韻有15個，收舌根鼻音韻尾的字母韻有13個，收雙唇鼻音韻尾的字母韻有9個。入聲韻有29個字母韻，陰聲韻有29個字母韻。

　　3.聲母以「新三十六字母」為架構。在《韻會》卷首有〈禮部韻略七音三十六字母通考〉，這是個音韻簡表，注明每個字所屬的字母。韻內則是用「宮商」和「清濁」來表示每個字的聲母。

　　4.所謂「角徵宮商羽」就是「牙舌唇齒喉」五音。宮和次宮分別是輕唇音和重唇音；「次商」和「商」分別是正齒音和齒頭音。「次清次」和「次濁次」是指清擦音和濁擦音。

（二）主要研究成果

　　竺家寧《古今韻會舉要的語音系統》針對《古今韻會舉要》的作者與所反映的音系進行鳥瞰式的研究，提出《古今韻會舉要》所依據的是宋元之間的南方音。其次，這部韻書是以舊瓶裝新酒的方式來表現迥異於《切韻》音系的語音系統，其中的「字母韻」設計，即是反映了當時的韻母系統。在聲母方面，也注意到了新增的「魚、幺、

合」三母，並將分配狀況詳細查考，最後，將聲、韻、調各方面的綜合變化作一綜合性的敘述，並描寫整個音位系統。

李添富也有多篇論文以《古今韻會舉要》為研究主題，包括：〈《韻會》「字母韻」的性質與分合試探〉[36]，針對寧忌浮《古今韻會舉要及相關韻書》中所主張「字母韻」不等於韻母，部分字母韻的分立是由於聲母的不同提出不同的看法。文中認為，各字母韻間的差異，不只在主要母音與韻尾的互異，韻頭的開合洪細不同，也都是造成字母韻並列對立的條件，也就是說，因為介音的不同而分立不同的字母韻。因此主張《韻會》的字母韻其實當指韻類而言。〈《古今韻會舉要》與〈禮部韻略七音三十六母通考〉比較研究〉[37]，提出疑、魚兩個聲母的分化重組痕跡相當明顯，並依照〈通考〉和《韻會》中疑、魚二母的分布，推知〈通考〉所顯示的音系較為自然，而且應該是屬於「蒙古韻音」，「魚母」新立，也是因為反映蒙古韻音的關係。〈古今韻會舉要同音字志疑〉[38]認為《韻會》卷內注「蒙古韻音入某母」、「蒙古韻屬某韻」、「蒙古韻某屬某字母韻」所謂的「蒙古韻」，是指〈七音三十六字母通考〉的音系。《韻會》切語雖然承襲《集韻》為主，但也有蒙古音和《集韻》音切並存，也有引蒙古音以正《集韻》音切不合於當時語音的，由此，也可以用來探究〈通考〉中所說的吳音、雅音的區別。〈《古今韻會舉要》聲類考〉[39]、〈《古今韻會舉要》疑、魚、喻三母分合研究〉[40]認為《韻會》的切語承襲《切

36　李添富〈《韻會》「字母韻」的性質與分合試探〉，《輔仁國文學報》第15期，1999年10月。

37　李添富〈《古今韻會舉要》與〈禮部韻略七音三十六母通考〉比較研究〉，《輔仁學誌》文學院之部第23期，1994年6月。

38　李添富〈古今韻會舉要同音字志疑〉，《聲韻論叢》第2輯，1994年5月。

39　李添富〈《古今韻會舉要》聲類考〉，《輔仁國文學報》第8期，1992年6月。

40　李添富〈《古今韻會舉要》疑、魚、喻三母分合研究〉，《聲韻論叢》第3輯，1991年5月。

韻》系韻書，仍然以疑、為、喻三母並列；當中有混淆的地方則是當時語音有異於《切韻》之處，於是分立為疑、魚、喻。〈《古今韻會舉要》反切引集韻考〉[41]統計了《韻會》切語引《集韻》的情況，證明《韻會》中注明引《集韻》的案語當非無稽。另外，《韻會》切語有難解之處，如下字混用、借字為切、用本字當作切語上字、《集韻》和《韻會》的切語相合，而作者又另造切語，諸如此類在《韻會》中切語所難解之處，本著作亦一一列出。

關於《古今韻會舉要》的研究，主要環繞在兩個方面：第一，綜合探討《古今韻會舉要》的音系，竺家寧的研究認為《古今韻會舉要》反映宋、元之間的南方音；李添富則認為當中反映了蒙古音。第二，探討《古今韻會舉要》中的特定音韻現象，並從中討論《古今韻會舉要》所記錄的音系是單一音系，或者有夾雜其他語言（蒙古語）的音系。

二 《皇極經世書・聲音唱和圖》

（一）作者及體例

《皇極經世書・聲音唱和圖》的作者及編排體例，依據竺家寧《聲韻學》的研究，此書為（北宋）邵雍所作，其中第七至第十卷為「律呂聲音」，每卷分四篇，每篇上列「聲圖」，下列「音圖」，總共有三十二圖。今本三十二圖之前復有「正聲正音總圖」，為諸圖之起例。圖中所謂「聲」，是韻類之意，所謂「音」是聲類之意。每篇之中，以音「合律」，以聲「唱呂」，意思是以律呂相唱和，亦即聲母、韻母相拼合以成字音的意思。所以這些圖就叫作「聲音唱和圖」。

---

41 李添富〈《古今韻會舉要》反切引集韻考〉，《輔仁國文學報》第4期，1988年6月。

　　編排體例則是取天之四象——日月星辰，以配平上去入四個聲調；取地之四象——水火土石，以配發收開閉四種發音；各篇之後，又以各種聲音和六十四卦相配合。而這些都是數術家的牽合比附，在音韻學上不具意義，因此，若要藉著聲音唱和圖探討當時語音，只有每篇標題的例字才真正具有價值。而這些例字又全部收在「正聲正音總圖」裡，列成了一個十聲、十二音的簡表。只要取這些例子加以分析觀察，就能看出宋代語音的大致情況。

　　聲音唱和圖的十類韻母，稱為「一聲、二聲、……十聲」，但只前七聲有字，其餘的是為了湊湊上其「數」理而贅加的，和韻類無關。每「聲」分為四行，每行以四個字為例，分別代表平、上、去、入。同一行的字，韻母相同，不同行的字，韻母有別。各聲的一、二行之間，或三、四行之間的關係是開、合，邵圖稱之為「闢、翕」。各聲的先後次第，由果假開始，以迄深咸，由開口度最大的韻安排到開口度最小的「閉口韻」。

　　受到宋代學術思潮的影響，由於宋代學術盛行理學，以《中庸》、《大學》、《易傳》為思想依歸，發展形上思維。在這樣的學術氛圍之下，宋明儒所編輯的韻圖，不免也受到影響。在《皇極經世書・聲音唱和圖》中，有牽合附會之處，即是為了遷就作者所要表達的陰陽五行概念。

　　至於《皇極經世書・聲音唱和圖》中所透露出的音變訊息，在第二章第二節中已有詳述，此處以呈現研究資料為主，音變現象不在此贅述。

（二）主要研究成果

　　由於《皇極經世書》是作者表達哲學思想的著作，而《聲音唱和圖》是附於《皇極經世書》後面，是否如《皇極經世書》的內容般，

作者也在當中表達了自己心目中理想的音系？歷來研究者雖然研究這部韻圖所反映的時音，也注意到當中不合於當時語音的部分。關注韻圖所反映音系的論文有：

　　竺家寧〈論皇極經世書・聲音唱和圖之韻母系統〉[42]，針對《皇極經世書・聲音唱和圖》的韻母討論後進行擬音，論文並主張韻圖中入聲字並未完全失去輔音韻尾，而是弱化為喉塞音韻尾。平山久雄〈《皇極經世書・聲音唱和圖》的音韻體系〉[43]，全面性地討論《皇極經世書・聲音唱和圖》的語音系統，也提出這部韻圖反映的音系應該是以當時汴、洛一帶的標準語為基礎。周祖謨〈宋代汴洛語音考〉[44]認為《皇極經世書・聲音唱和圖》是以宋代開封、洛陽一代的語音為基礎，並且以汴、洛文人詩詞用韻佐證。陳大為〈《皇極經世書・聲音唱和圖》中的北宋汴洛方音〉[45]，提出《皇極經世書・聲音唱和圖》中反映的北宋汴洛方音現象共有三類十二種。指出與同時期的其他韻圖相比，《皇極經世書・聲音唱和圖》真實地反映了北宋時汴洛地區的實際語音。李榮〈皇極經世十聲十二音解〉[46]並未對《皇極經世書・聲音唱和圖》進行擬音，而是討論了當中幾個語音演變的特點，包括入聲韻配陰聲韻而不配陽聲韻、濁塞音平聲送氣，仄聲不送氣對立的現象最晚始於十一世紀中葉。侍建國〈宋代北方官話與邵雍

42　竺家寧〈論皇極經世聲音唱和圖之韻母系統〉，《淡江學報》第20期，頁297-307，1983年。

43　平山久雄〈《皇極經世書・聲音唱和圖》的音韻體系〉，《東洋文化研究所紀要》第120集，1993年。

44　周祖謨〈宋代汴洛語音考〉，《問學集》（北京：中華書局，1966年）頁581-655。

45　陳大為〈《皇極經世書・聲音唱和圖》中的北宋汴洛方音〉，《宿州學院學報》，2008年2月。

46　李榮〈皇極經世十聲十二音解〉，《切韻音系》（北京：科學出版社，1956年）頁165-173。

「天聲地音」圖〉[47]，提出（北宋）邵雍《皇極經世書・聲音唱和圖》中的「天聲地音」圖所反映的音系為宋代北方官話（以幽燕地區為中心），而不是中原官話（以汴洛地區為中心）。並在周祖謨構擬的基礎上，重新構擬了邵氏「天聲地音圖」的音系。

　　另外，亦有另一些學者跳脫「《皇極經世書・聲音唱和圖》反映哪一個方言的音系，及其具體音值」這樣的思考模式，轉而注意韻圖中的人為成分，也就是說，認為韻圖是作者用來反映哲學思想的產物。主張此說法的學者有：

　　平田昌司〈《皇極經世書・聲音唱和圖》與《切韻指掌圖》——試論語言神秘思想對宋代等韻學的影響〉[48]認為，「天聲」、「地音」的數目以及有音無字○□的數目都是經過調整，不一定能反映實在的語音系統。既然〈聲音唱和圖〉的人為色彩比較濃厚，則有重新研究其基礎音系的必要。提出這部韻圖所要反映的是比十一世紀中期更早階段的北方語音，有些部分係參考各地方音折衷而定。陸志韋〈記邵雍皇極經世的天聲地音〉[49]提出，邵氏著書的目的，單在講解性理陰陽。關乎音韻的一部分只是附會術數而已。他的「天聲」圖、「地音」圖上都留出好些空位來，以為語音裡雖然沒有這一類代表的聲音，但是憑陰陽之數，天地之間不能沒有這樣的聲音。他的圖能不能代表一種方言的音韻系統，就很值得懷疑了。王松木〈《皇極經世・聲音唱和圖》的設計理念與音韻系統——兼論象數易學對韓國諺文創制的影響〉[50]認為這部韻圖乃是闡釋邵雍易數思想之圖式，而非專為記錄實

---

47 侍建國〈宋代北方官話與邵雍「天聲地音」圖〉，《中國語言學論叢》第3期，2004年。

48 平田昌司〈《皇極經世書・聲音唱和圖》與《切韻指掌圖》——試論語言神秘思想對宋代等韻學的影響〉，《東方學報》第56期，1984年。

49 陸志韋〈記邵雍皇極經世的天聲地音〉，《燕京學報》第31期，1946年。

50 王松木〈《皇極經世・聲音唱和圖》的設計理念與音韻系統——兼論象數易學對韓國諺文創制的影響〉，《中國語言學集刊》第6卷第1期，2012年。

際語音而編撰的字表。因此，邵雍對於音類的劃分必先秉持「重數（音類數量）而不重值（實際音值）」的原則，當現實方音的音位數量與主觀假定之易數不符時，料想邵雍將會不惜割裂實際音位以迎合個人主觀的易數思想，而不是像現代客觀理性的方言調查者一般，寧可選擇修改既定方言調查字表，也不願意扭曲音系的真實面貌。

筆者認為，《皇極經世書・聲音唱和圖》附在《皇極經世書》之後，邵雍是理學家，創作時，固然會在當中傳達這一整部書的哲學思想。但是我們不能忽略的是，它作為一部韻圖，功能之一依然是記錄語音，縱然當中有附會術數的部分，但是諸多學者也指出，對照語音史，在這部韻圖中的音變現象是合於當時語音演變的進程。因此，筆者認為，邵雍在韻圖中即便企圖表達象數易理的哲學思想，但並未全然捨棄韻圖記錄語音的本質。

本章討論的幾部記錄宋代語音的文獻，總結來說有以下兩個特點：

（一）反映時音與存古並存

無論編輯目的是什麼，這幾部文獻在記錄語音時，都不是單純的記錄當代的語音，而有很大的一部分是受到《切韻》音系的影響，在文獻中或依照《廣韻》的框架，或在某個程度上保留了《廣韻》的語音特徵。從這幾部韻書和韻圖看來，《廣韻》是作者編輯韻書的知識基礎，卻也成為作者編輯韻書侷限，使得讀書人在記錄語音時，編輯態度總是會想要兼顧「如實反映時代音系」與「保存《廣韻》傳統」兩者。也因此造成了一本韻書或韻圖中古今並存而又可以看出當代與古代音系之間界線的情況。

（二）等韻學的影響

記錄宋代語音的文獻也受到了等韻學的影響。等韻圖的出現，是

漢語音韻學史重要的里程碑。等韻圖出現之前，文人基於科舉考試作詩賦押韻的需求，對於漢字音節的關注焦點在於「韻母」。等韻圖比起韻書，能更精密地分析漢字音節，也促使「字母」的發明，文人也得以注意到漢字音節中的聲母，並將聲母分類。在宋代語音文獻中，《皇極經世書・聲音唱和圖》以聲、韻相配的方式組成拼音圖表、《古今韻會舉要》以「字母韻」來編排韻目、《五音集韻》以字母的次第來分列不同的小韻。這些都是受到等韻學的影響而做的安排。

第四章
宋代音文獻中所反映的聲母演變

在第二、三章中，從漢語音韻史的分期討論了學者如何看待宋代音在漢語音韻史中的位置，以及從和宋代音文獻中以較為宏觀的視角歸納宋代音的語音演變特點。本章採取微觀的角度討論宋代音在聲母方面幾個語音演變上的特點，包括：匣母字是否顎化、輕唇音保留合口介音、知照系字的例外演變。並觀察這些特點如何與現代漢語方言對應。

第一節　匣母字在現代方言中的表現及其與宋代音的對應

中古（以《切韻》音系為代表）匣母字的音值是 ɣ-，拼一、二、四等韻，在《韻鏡》中排在喉音的一、二、四行。

往前追溯匣母的來源，根據曾運乾（1884-1945）所提出的「喻三古歸匣」學說，匣母在上古和喻三是同一類，高本漢將上古喻三擬為 g-，而上古群、匣兩母都是 g'-。其演變情況是：上古 g- 到了中古前期，也就是《切韻》音系的聲母系統，演變成喻三（ɣj-），演變機制是從塞音變成擦音。g'- 則演變成群母（三等），演變機制是從送氣變成不送氣。與匣母（一、二、四）等，演變機制是從送氣變不送氣，塞音變成擦音。到了中古後期的三十六字母，喻三和喻四合併成一個「喻母」，成為零聲母，匣母的音值則依然是 ɣ-，群母則弱化成不送氣濁塞音 g-。

一 學者擬音的情況與異同

關於匣母在上古的擬音，董同龢、周法高、陸志韋、王力等一大批學者將匣母的上古音值擬為 ɣ，高本漢、李方桂等學者將匣母的上古音值擬為 g，還有一些學者提出匣母在上古有兩類來源的主張，如羅常培〈經典釋文和原本玉篇反切中的匣于兩紐〉[1]、蒲立本（Edwin George Pulleyblank）〈The Consonantal System of Old Chinese（上古漢語的輔音系統）〉[2]、丁邦新〈Archaic Chinese *g, *gw, *ɣ, and *ɣw〉[3]、邵榮芬〈匣母字上古一分為二試析〉[4]、潘悟云〈喉音考〉[5]等等。丁邦新將匣母字擬為*g 和*ɣ，與見系字諧聲的匣母字是*g，與曉母字諧聲的匣母字是*ɣ。邵榮芬的〈匣母字上古一分為二試析〉認為匣母應該一分為二：一跟群母相同，都是濁塞音*g，一跟云母相同，都是濁擦音*ɣ。

參考竺家寧《聲韻學》列出聲韻學家對於匣母字在中古音系中的音值擬測，計有十二位學者的看法，包括：高本漢、周祖謨、陸志韋、董同龢、李榮、王力、馬丁、蒲立本、周法高、李方桂、李新魁、陳新雄。絕大多數都將匣母擬為*ɣ，只有蒲立本依據吳語，將匣母擬為 ɦ-。

1　羅常培〈經典釋文和原本玉篇反切中的匣于兩紐〉，《中央研究院歷史語言研究所集刊》，第8卷第1期，85-90。

2　蒲立本〈The Consonantal System of Old Chinese（上古漢語的輔音系統）〉，*Asia Major*，1962。

3　丁邦新（Pang-hsin Ting）〈Archaic Chinese *g,*gw,*ɣ, and *ɣw〉*Monumenta Serica* 33（1980）：171-179。

4　邵榮芬〈匣母字上古一分為二試析〉，《語言研究》第20期，1991年。

5　潘悟云〈喉音考〉，《民族語文》1997年第5期。

二　既有研究成果

（一）語音史方面

　　李存智在〈漢語音韻史中的擦音聲母〉[6]一文中提出匣母在上古即有塞音、擦音、零聲母的異讀層次。擦音字母的塞音讀法早於塞擦音類型，塞擦音類型異讀文早於擦音讀法，此種語音邏輯順序有漢語文獻記錄與方言發展事實支持。塞音演變為塞擦音或擦音的歷程，具體表現為中古擦音字母往往具有塞音或塞擦音的異讀層次；漢語方言的異讀層次和傳世或出土文獻的擦音、塞擦音、塞音（或邊音）的交替，正是我們無法忽略的語言事實。這個現象符合世界語言一般的演變規律。

　　塞音>塞擦音的音變發展規律，在漢語語音史、漢語方言的異讀層次非常多見，如章系、端知系、見系的演變即是。從塞音>擦音或由塞擦音>擦音的過程，乃丟失阻塞成分，為一種弱化音變，匣母字在漢語語音史上的變化即是經典的例證。

　　李存智〈《釋名》所反映的聲母現象研究〉[7]一文已利用楚簡通假字、《釋名》聲訓對匣母字在上古即有塞音、擦音、零聲母的異讀層次有過詳細的討論。本節的重點在全盤考量漢語擦音聲母有一個共同的類型來源——塞音，此亦可和格林規律所指出的詩 k>h 相互參照，凸顯漢語除了自己的殊異性之外，也具有一般語言的共性，此處的共性即塞音>擦音，以字母來說則是曉、匣與見、溪、群的關係。塞音>塞擦音的變化，以見系來說則是與精系的接觸關係。

6　李存智〈漢語音韻史中的擦音聲母〉，《臺大中文學報》第34期，2011年6月。
7　李存智〈《釋名》所反映的聲母現象研究〉，《臺大文史哲學報》第74期，2011年5月。

　　林慶勳〈唐話對應音觀察之一──岡嶋冠山標注匣母字的變化〉[8]
以岡嶋冠山在1718與1726年分別編輯的《唐話纂要》與《唐譯便覽》、
《唐話便用》、《唐音雅俗語類》四本初級唐話教材為研究對象。這些
書每個漢字的右側都用片假名標記讀音。以匣母字為例，觀察《唐話
纂要》、《唐譯便覽》、《唐話便用》三書的標音，發現前一本書依據杭
州音，後兩本書都使用南京音標示。此外從《唐話纂要》匣母入聲字
的標示，也發現岡嶋似乎以當時逐漸在長崎流行的北方官話音處理韻
尾的問題。由匣母字的入聲表現，現代杭州話與南京話都有入聲韻
尾，不論哪一種韻尾最後都合併為喉塞音韻尾，可是岡嶋記載屬於杭
州話的〈唐話纂要〉，收有3180個入聲字，其中包括86個匣母入聲字，
卻完全無塞音韻尾的標記，是否正表示他所記的杭州話入聲字讀音，
已漸漸向北方官話靠攏，值得再作深入探討。

(二) 與漢語方言比較

　　杜佳倫〈閩語古全濁聲類的層次分析〉[9]一文，提出層次的區分
有兩種方式：（1）以語音形式為分別的「音韻層次」，此僅辨析同一
類字群具有幾種對立的異讀；（2）以歷史來源為分別的「歷史層
次」，包括時間或地域的不同，此乃在（1）的分析基礎之上，繼續進
行層次歷史來源的探究。以往多將「音韻層次」與「歷史層次」視為
一對一的關係，但文中認同「異層同讀」的可能性，也就是不同歷史
層次可能具有相同的音讀表現。文章首先進行第（1）種析層方式，
歸納同類字群多重的音讀對應規則，在此基礎之上，繼續深入進行第
（2）種析層方式，依據對應規則的音讀特色與其所反映的歷史音韻

8　林慶勳〈唐話對應音觀察之一──岡嶋冠山標注匣母字的變化〉，《漢學研究》第30
　　卷第3期，2012年9月。
9　杜佳倫〈閩語古全濁聲類的層次分析〉，《語言暨語言學》2013年。

關係，辨析相異的層次系統，並推論各項層次系統的歷史來源與其他聲類的關係。研究結論之一是，唐宋濁音文讀層的全濁聲類在閩北多數讀為濁音，其中擦音聲類已先行清化；從音韻分合關係來看，文讀層的並奉母分立、群匣喻母分立，此均符應唐宋以來的音韻演變。匣母與群母同讀的音韻關係還能反映較早的北方音韻特點，成為重要的層次遺跡。

陳瑤〈匣母在徽語中的歷史語音層次〉[10]，文章著眼於匣母字在現代漢語方言，尤其是南方方言中表現多種面貌，作者選擇了徽語為研究對象，探討匣母在徽語中的表現及層次。匣母在徽語的共時語音系統中共有11種語音形式，這種共時變異是匣母在徽語中古今演變規律的體現，多種語音形式之間存在著一定的層次關係，而匣母字在徽語中共有四個音韻層次，第一層是 k、k'。第二層是 v-、ø-，主要發生在合口韻。第三層是 x-、f-、h-，由於濁音清化的緣故，中古的濁音 ɣ- 變成同部位的清音 x-，與曉母合流，h- 也是由 ɣ- 清化而來，f- 只配合口韻。第四層是 ɕ-、s-。這層發生在顎化作用的產生後，匣母與同部位的舌根音見系一樣都受到舌面前元音 i、y 的影響而發生顎化作用，變為舌面前輔音 ɕ-。

嚴修鴻〈客家話匣母讀同群母的歷史層次〉[11]，文章在李榮與萬波的基礎上，對匣母字在方言中的保留進行研究。匣母讀同群母在南方是很廣泛的存古層次，不只吳、閩方言獨有。就典型性而言，閩語為最，客、贛、吳居次，粵語和湘語中也零星存在。北方話的情況，《切韻》時代，匣母就獨立出來了。因此，南方漢語匣母讀如群母，反映的是《切韻》以前的語音層次。

---

10 陳瑤〈匣母在徽語中的歷史語音層次〉，《黃山學院學報》第13卷第4期，2011年8月。

11 嚴修鴻〈客家話匣母讀同群母的歷史層次〉，《汕頭大學學報》（人文社會科學版）第20卷第1期，2004年。

　　匣母字的研究，中國多著重於與方言的對應關係，研究者從方言
中找出匣母字的類型及層次。而臺灣的研究則多著眼於匣母字在書面
文獻上的呈現。

　　上述有關匣母字的論文，多使用了「層次」一詞，但是本著作少
用「層次」來說明音值的發生時間先後關係。有關語音史上的「層
次」，在此簡要敘述。「層次」的理論來自於歷史語言學，徐通鏘《歷
史語言學》提到：

> 「不同系統的同源音類的疊置」不僅意味著系統中文與白兩種
> 形式的共存和競爭，而且還隱含著語言發展的時間層次。疊
> 置，它本身就隱含著發展的時間層次，因為一層疊一層的語言
> 狀態可以透視語言發展的一些重要線索，人們可以從中看到方
> 言之間的相互影響以及這一方言對那一方言的發展的影響。[12]

這裡提到的是異源語音系統的疊置，體現為文白異讀現象。漢語語音
史除了討論語音的歷時演變之外，參之於現代方言，更希望能進一步
釐清方言中音值的時代來源。何大安在〈語言史研究中的層次問題〉
提出：

> 漢語方言學者對「層」的認識，最初僅限於分文、白層而已，
> 甚至還不免有一些誤解：以為可以從比較語言學的立場利用方
> 言異讀擬測古語。經過最近十多年的密集的研究，大家逐漸理
> 解到：一個方言的層次也許不止文白兩層，「方言層次」的構
> 成，十分複雜，遠非「文白」二字所能概括；現代漢語方言之
> 形成，係多層次累積的結果；層次間可能會以「疊置」方式完

12　徐通鏘《歷史語言學》頁402

　　成其競爭、取代的過程；但也可能形成「混血音讀」，而使得層次分析更見困難；利用方言比較構擬古語時，首需釐清層次對應；許多看似異常的音韻變化，都可以從方言接觸、融合的角度得到更圓滿的解釋。[13]

顯見「層次」一詞，除了文白異讀的解釋之外，方言中看似異常的音韻變化，可能是歷史上不同時間，與其他方言接觸的結果。因此，要釐清方言中的語音「層次」，除了語音演變的邏輯過程之外，也必須參之移民史，方能確認語音的絕對年代。本著作以宋代音為歷史參照間架，測量漢語方言的語音現象和宋代音的相對距離，對於歷史文獻與方言中相同的語音現象，只使用「對應」一詞。

三　宋代音文獻中的匣母字

（一）《古今韻會舉要》的匣母字

　　在表現宋代音的韻書和韻圖中，匣母字的表現比較特別的是《古今韻會舉要》，因此特別立為一類討論。根據竺家寧的研究，《古今韻會舉要》代表的是宋元之間的南方音，在《古今韻會舉要》的聲母系統，將古匣母分成匣母和合母，合母代表匣母的洪音字，匣母只代表匣母的細音字（四等字），也就是稍帶顎化的舌根濁擦音，代表匣母的細音字在宋代時已經發生顎化作用。根據竺家寧《古今韻會舉要的語音系統》一書中所分列的匣母字分與合母如下表所列，並依照「字母韻」標上擬音[14]：

---

13 何大安〈語言史研究中的層次問題〉，《漢學研究》第18卷特刊，2000年12月
14 竺家寧《古今韻會舉要的語音系統》頁40-44。

表 4-1　《古今韻會舉要》中的匣母字與合母字

《韻會》字母韻 中古韻目	匣母 ɣj- （括號中是字母韻）	合母 ɣ- （括號中是字母韻）
平聲東	雄（弓-iuŋ）	洪（公-uŋ）
冬	石宮（公-uŋ）	泽（公-uŋ）*
江	降（江-iaŋ）	
虞	胡（孤-u）	
齊	攜（規-ui）	
佳	諧膎（佳-iai）	懷（乖-uai）
灰		回（媯-uei）
真	礥（欣-in）	
元	魂（昆） 痕（巾 iən）	
寒	桓（官-on）	寒（干-an）
刪	閒（間-ian） 還湲（關-uan）	
先	賢（賢-ien）	
肴	爻（交-iau）	
豪	豪（高-au）	
歌	何（歌-o）	和（戈-uo）
麻	遐（嘉-ia）	華（瓜-ua）
陽		斻（岡-aŋ） 黃（黃-uaŋ）
庚	行（行）莖（行）*	
青	形（行）熒（雄）	
蒸		弘（公）

《韻會》字母韻 中古韻目	匣母 ɣj- （括號中是字母韻）	合母 ɣ- （括號中是字母韻）
尤		侯（鳩）
覃		含酣（甘）
鹽	嫌（嫌）	
咸	咸銜（緘）	
上聲董		鴻（孔）
講	項（講）	
蕤		戶（古）
蟹	夥（改）	
賄	亥（改）瑰（軌）	
阮		混（袞）很（謹）
旱	旱（笴）緩（管）	
潸	睅（撰）限（簡）	
銑	泫（畎）峴（峴）	
篠	皛（皎）	
巧	佼（絞）	
皓		皓（杲）
哿		禍（果）
馬	下（賈）	閜（雅）
養	沆（田冘）晃（晃）	
耿	杏（杏）丱（礦）	
迥	迥（頃）悻（杏）	
有		厚（九）
感	頷（感）顲（檢）	
豏	鼸檻（減）	

《韻會》字母韻 中古韻目	匣母 ɣj- （括號中是字母韻）	合母 ɣ- （括號中是字母韻）
去聲送	哄（貢）	
絳	巷（誑）	
遇		護（顧）
霽	慧（季）系（計）	
泰		害（蓋）會（媿）
卦	邂械（懈）	
	話畫（卦）	
隊		潰（媿）濇劾（蓋）
願	恩（睔）恨（靳）	
翰		翰（旰）換（貫）
諫	莧（諫）患（慣）	骭（旰）幻（慣）
霰	縣（睍）見（現）	
嘯		效（教）
號		號（誥）
箇		賀（箇）和（過）
禡	暇（駕）	
漾		沆（鋼）
敬		橫（貢）
徑	脛（行）	
宥		候（救）
勘		憾（紺）
陷	陷覽（鑑）	
入聲屋		縠（穀）
沃	鵠（縠）	

《韻會》字母韻　中古韻目	匣母 ɣj- （括號中是字母韻）	合母 ɣ- （括號中是字母韻）
覺	學（覺）	
月	麩（穀）	搰（穀）曷（葛）活（括）
黠	鞻黠（戛）	滑（刮）
屑	纈（結）穴（玦）	
藥	縛（郭）	鶴（各）穫（郭）
錫	檄（吉）	
陌	挌虉（格）	獲（虢）
職		或（國）劾（黑）
合		合盍（葛）
葉	協（結）	
洽	洽狎（戛）	

表格中分別列出《古今韻會舉要》中的匣母字與合母字，及其中古韻類和它們在《古今韻會舉要》裡所屬的字母韻。所謂「字母韻」，《古今韻會舉要》的凡例說明：

　　舊韻所載，考之七音，有一韻之字而分入數韻者，有數韻之字而併為一韻者，今每韻依七音韻，各以類聚。注云：已上案七音屬某字母韻。

因為《古今韻會舉要》的韻目依循傳統，仍採用《廣韻》的韻母系統，但是當時的語音已經有所改變，作者為了把這些不同之處分別出來，加注「屬某字母韻」以表示其界限。

（二）代表北宋的音系：《四聲等子》、《切韻指掌圖》的匣母字

根據竺家寧《聲韻學》的研究[15]，《四聲等子》的底本是《五音圖式》，在宋初就已經產生了，產生地點在北方之遼境，北宋中葉，《等子》自遼入宋，附於《龍龕手鑑》之末，入宋後，宋人將之析出成書，並依本地的實際語音加以整理改訂。因此，現在我們所看到的《四聲等子》反映的音系，當是北宋中葉語音。

而《切韻指掌圖》根據趙蔭棠《等韻源流》之考訂，認為它是淳熙三年以後與嘉泰三年以前（1176-1203）的產物。

《切韻指掌圖》在聲母方面的排列，根據李新魁《漢語等韻學》[16]的研究，三十六字母排列的次序與《七音略》一樣，用「影曉匣喻」為次，而與《四聲等子》不同。陳澧《切韻考・外篇》曾對《指掌圖》這種排列方法評論說：「《切韻指掌圖》影曉匣喻四母次第殊謬，不知喻母為影母之濁，《四聲等子》、《五音集韻》、《切韻指掌圖》皆以曉匣影喻為次，則影喻清濁相配不誤。然以曉匣在前亦非。影喻是發聲，曉匣是送聲也」，在這一點上，《指掌圖》與後期其他韻圖的排列法不一致。

《切韻指掌圖》和《四聲等子》在喉音的排列次序有些微不同，《切韻指掌圖》是「影曉匣喻」，《四聲等子》是「曉匣影喻」。根據何昆益《《四聲等子》與《切韻指掌圖》比較研究》[17]引用陳新雄「清濁異名表」，匣母在以下幾部韻書或韻圖中都是歸於濁音，包括《韻鏡》、《夢溪筆談》、《韻會》、《切韻指南》、《李氏音切譜》、《四聲等

---

15 竺家寧《聲韻學》頁360。

16 李新魁《漢語等韻學》（北京：中華書局，2004年5月）頁184。

17 何昆益《《四聲等子》與《切韻指掌圖》比較研究》，國立高雄師範大學2008年博士論文，頁89-90。

子》、《切韻指掌圖》、《音學辨微》、《切音指南》、《字母切韻要法》。因此，匣母字的音值是濁音是無疑的。在歸字方面，《四聲等子》和《切韻指掌圖》中的匣母字都只有一類。根據何昆益歸納，《四聲等子》中出現了少數匣、喻兩母字混入其他等第之中，在《四聲等子》中，一共出現了十個情形：通攝內一喉音匣母三等平聲的「雄」字、效攝外五喉音喻母二等平聲的「猇」字、遇攝內三喉音喻母一等平聲的「侉」字、蟹攝外二喉音喻母一等平聲與上聲的「頤、佁」字、果攝內四喉音喻母一等平聲的「謣」字、曾攝內八喉音喻母二等平聲與入聲的「竤、嚄」字、咸攝喉音喻母一等與二等的平聲「佔、佔」字（兩字複舉）。[18]匣母字除了「雄」字的歸字在兩部韻圖不一致之外，其餘都是相同的。

（三）代表南宋音系的《切韻指南》

元代劉鑑依據《五音集韻》作成等韻圖《切韻指南》，《五音集韻》書成於1212年，根據當時北方的實際語音，把《集韻》的206韻合併成160韻，，雖然《切韻指南》是作於元代的等韻圖，但其音系仍是宋代音。《切韻指南》的聲母系統，採用三十六字母，每圖分為二十三行，沿襲《四聲等子》。除了因襲傳統之外，在卷首列有「交互音」四句歌訣：「知照非敷遞互通，泥孃穿徹用時同，澄床疑喻相連屬，六母交參一處窮。」透露了當時的聲母演變。

上列《古今韻會舉要》中分成匣母與合母的古匣母字，在《切韻指南》中的措置情況並沒有分成兩個聲母來排列，都是歸入匣母。《切韻指南》雖然在卷首的「交互音」歌訣提示了聲母的變化，但是這些變化並未涉及匣母。而匣母在《切韻指南》中仍然是排在一、

---

18 何昆益《《四聲等子》與《切韻指掌圖》比較研究》國立高雄師範大學2008年博士論文，頁80。

二、四等。值得注意的是,《古今韻會舉要》歸合母的字,在《切韻指南》中絕大多數是匣母一等,表示不管是在《古今韻會舉要》或是《切韻指南》的音系中,這些字都是洪音。而《古今韻會舉要》歸匣母的字,在《切韻指南》中則是匣母一、二、四等都有,代表這些在《古今韻會舉要》中顎化的匣母字,在《五音集韻》的音系中有洪音也有細音,進一步來說,一般而言,造成顎化作用的原因是輔音受後面高元音 i 或 y 的影響,使發音部位變得和 i 或 y 接近。在漢語語音史上,顎化作用都是發生在細音字,然而,《古今韻會舉要》合母的細音字究竟是實際語音的表現,還是作者主觀因素將洪音列為細音?竺家寧在《古今韻會舉要的語音系統》中解釋這個現象:

> 匣皆細音字,合皆洪音字。只有二十多字例外,占全部126例的六分之一而已。而且例外者都是把洪音的「合」誤放到了「匣」,這是受傳統的影響,因為「合」原本都是「匣」,絕少「匣」誤放入「合」的。[19]

與《古今韻會舉要》比較之下,《切韻指南》匣母字的二等字都是開口字,漢語語音史上,開口二等牙喉音的字會衍生出一個 i 介音,從《古今韻會舉要》將這些二等字歸入匣母,和細音字放在一起,可以推測在《古今韻會舉要》的音系中,這些洪音字讀成細音字,並且因為細音介音的影響,使得聲母產生顎化作用。

因此,除了《古今韻會舉要》將古匣母字分成合母與匣母之外,在《切韻指掌圖》、《四聲等子》、《切韻指南》中,古匣母字都只歸為一類。而音值都是濁音。表列如下:

---

19 竺家寧《古今韻會舉要的語音系統》頁40。

表 4-2　《古今韻會舉要》、《切韻指掌圖》、《四聲等子》、《切韻指南》匣母字列表

古今韻會舉要（匣母）	切韻指南	四聲等子	切韻指掌圖	古今韻會舉要（合母）	切韻指南	四聲等子	切韻指掌圖
雄（弓）	匣三	匣三	匣三	洪（公）	匣一	匣一	匣一
石宮（公）				泙（公）*			
降（江）		匣二					
胡（孤）	匣一	匣一	匣一				
攜（規）			匣四				
諧膎（佳）		匣二	匣二	懷（乖）	匣一	匣二	匣二
				回（媧）	匣一	匣一	匣一
礥（欣）	匣四		匣四				
魂（昆）痕（巾）	匣一		匣一				
桓（官）	匣一	匣一	匣一	寒（干）	匣一	匣一	匣一
閒（閒）還湲（關）		匣二	匣二				
賢（賢）	匣四	匣四	匣四				
爻（交）							
豪（高）	匣一	匣一	匣一				
何（歌）	匣一	匣一	匣一	和（戈）	匣一		匣一
遐（嘉）	匣二	匣二	匣二	華（瓜）	匣二	匣二	匣二
				斻（岡）黃（黃）	匣一	匣一	匣一
行（行）莖（行）*		匣二	匣二				
形（行）		匣四					
熒（雄）	匣四	匣四	匣四	弘（公）	匣一	匣一	匣二
				侯（鳩）	匣一	匣一	匣一
				含醰（甘）	匣一		匣一

古今韻會舉要 （匣母）	切韻 指南	四聲 等子	切韻 指掌圖	古今韻會舉要 （合母）	切韻 指南	四聲 等子	切韻 指掌圖
嫌（嫌）	匣四	匣四	匣四				
咸銜（緘）	匣二	匣二	匣二				
				鴻（孔）			
項（講）		匣二	匣二				
				戶（古）	匣一		匣一
夥（改）		匣二	匣二				
亥（改）瘣（軌）	匣一	匣一	匣一				
				混（袞） 很（謹）	匣一	匣一	匣一
旱（笴）緩（管）	匣一	匣一	匣一				
睅（撰）限（簡）	匣二	匣二	匣二				
泫（畎）峴（峴）		匣四					
皛（皎）	匣四	匣四	匣四				
佼（絞）							
				皓（杲）	匣一	匣一	匣一
				禍（果）	匣一	匣一	匣一
下（賈）	匣二	匣二	匣二	䯥（雅）			
沆（田亢） 晃（晃）	匣一	匣一	匣一				
杏（杏）卝（礦）	匣二	匣二	匣一				
迥（頃）悻（杏）		匣四					
				厚（九）	匣一	匣一	匣一
頷（感）	匣一	匣一	匣一				
臔（檢）	匣四	匣四	匣四				
嗛檻（減）	匣二	匣二					

古今韻會舉要（匣母）	切韻指南	四聲等子	切韻指掌圖	古今韻會舉要（合母）	切韻指南	四聲等子	切韻指掌圖
哄（貢）	匣一		匣一				
巷（誆）		匣二	匣二				
				護（顧）	匣一		匣一
慧（季）系（計）	匣一	匣四	匣四				
				害（蓋）會（媿）	匣一	匣一	匣一
邂械（懈）	匣二	匣二	匣二				
話畫（卦）		匣二	匣一				
				潰（媿）濊劌（蓋）	匣一	匣一	
恩（䮵）恨（靳）	匣一		匣一				
				翰（旰）換（貫）	匣一	匣一	匣一
莧（諫）患（慣）	匣二	匣二	匣二	骭（旰）幻（慣）			
縣（睍）見（現）	匣四	匣四	匣四				
				效（教）	匣二	匣二	匣二
				號（誥）	匣一		匣一
				賀（箇）和（過）	匣一	匣一	匣一
暇（駕）	匣二		匣二				
				沆（鋼）			
				橫（貢）		匣二	匣一
脛（行）	匣一	匣四	匣四				
				候（救）	匣一	匣一	匣一
				憾（紺）		匣一	

古今韻會舉要（匣母）	切韻指南	四聲等子	切韻指掌圖	古今韻會舉要（合母）	切韻指南	四聲等子	切韻指掌圖
陷覽（鑑）	匣二	匣二	匣二				
				縠（縠）	匣一	匣一	匣一
鵠（縠）		匣一	匣一				
學（覺）	匣二	匣二	匣二				
麭（縠）	匣一		匣一	揩（縠）曷（葛）活（括）	匣一	匣一	匣一
犖點（戞）	匣二		匣二	滑（刮）		匣二	匣二
纈（結）穴（玦）	匣四	匣四	匣四				
縛（郭）				鶴（各）穫（郭）	匣一		匣一
橛（吉）	匣四		匣四				
搚藗（格）	匣二			獲（虢）		匣二	
				或（國）劾（黑）	匣一	匣一	匣一。或（匣二）
				合盍（葛）	匣一	匣一	匣一
協（結）	匣四	匣四	匣四				
洽狎（戞）	匣二	匣二	匣二				

上表分別將《古今韻會舉要》的匣母與合母所收的字列出，並將這些字在《切韻指南》、《四聲等子》、《切韻指掌圖》三部等韻圖中的排列一併列出比較。有以下發現。《古今韻會舉要》的匣母字，在《切韻指南》、《四聲等子》、《切韻指掌圖》三部等韻圖中分布在匣母一、二、四等。《古今韻會舉要》的合母字，在《切韻指南》、《四聲等子》、《切韻指掌圖》三部等韻圖中絕大部分都是匣母一等。

四　漢語方言中匣母字的類型

從文獻上看來，匣母字在其他表現宋代語音的韻書和韻圖中都只有一類「匣母」，只有《古今韻會舉要》將古匣母分成「匣母」和「合母」，「匣母」代表的是顎化的古匣母字，「合母」則是不顎化的匣母字。但是在《古今韻會舉要》中的匣母字卻有一些是洪音字；另外，對照其他代表宋代音的韻書和韻圖，這些字在韻書與韻圖中的等第措置並不一致。因此，這部分以《古今韻會舉要》中的匣母字為主，分別觀察它們在現代方言中如何表現。觀察目的有兩點，第一，《古今韻會舉要》中顎化的匣母字是否反映在現代方言中？其地理分布的趨勢如何？第二，《古今韻會舉要》中的匣母字在其他表現宋代音的韻書與韻圖等第措置不一，尤其是洪、細的措置不一樣的字，在現代方言中如何表現？呈現語音現象之後，接著再去解釋差異形成的原因。

（一）《古今韻會舉要》的匣母一等字與現代方言的比較

這個表格所列的，是《古今韻會舉要》中與「合母」相對的「匣母」，並且在《切韻》音系是一等的字。

表 4-3　《古今韻會舉要》的匣母一等字與現代方言的比較

	胡	魂	豪	何	旱	緩	哄
中古音	ɣuo 匣合一	ɣuən 匣合一	ɣɑu 匣開一	ɣɑ 匣開一	ɣɑn 匣開一	ɣuɑn 匣合一	ɣuŋ 匣合一
北京	₌xu	₌xuən	₌xau	₌xɤ	xan˞	ˉxuan	ˉxuŋ
濟南	₌xu	₌xuẽ	₌xɔ	₌xɤ	xæ̃˞	ˉxuæ̃	ˉxuŋ
西安	₌xu	₌xuẽ	₌xau	₌xuo	xæ̃˞	ˉxuæ̃	ˉxuoŋ

	胡	魂	豪	何	旱	緩	哄
中古音	γuo	γuən	γau	γa	γan	γuan	γuŋ
	匣合一	匣合一	匣開一	匣開一	匣開一	匣合一	匣合一
太原	₌xu	₌xuŋ	₌xau	₌xɤ	xæ̃⁼	ˈxuæ	ˈxuŋ
武漢	₌xu	₌xuən	₌xau	₌xo	xan⁼	ˈxuan	ˈxoŋ
成都	₌fu	₌xuən	₌xau	₌xo	xan⁼	ˈxuan	ˈxoŋ
合肥	₌xu	₌xuən	₌xɔ	₌xʊ	xæ̃⁼	ˈxũ	ˈxən
揚州	₌xu	₌xuən	₌xɔ	₌xo	xæ̃⁼	ˈxuõ / uõ⁼	ˈxoŋ
蘇州	₌ɦəu	₌ɦuən	₌ɦæ	₌ɦəu	ɦø⁼	ˈuø	ˈhoŋ
溫州	₌vu	₌jy / ₌vaŋ	₌ɦɿ	₌vu / ₌ɦa	ˈjy	ˈjy	ˈhoŋ
長沙	₌fu	₌fəu	₌xau	₌xo / ₌o	xan⁼ / xan⁼	ˈxõ	ˈxən
雙峰	₌ɣəu	₌ɣuən	₌ɣɤ	₌ɣʊ	xæ̃⁼	ˈxua	ˈxan
南昌	fu⁼	fən⁼	₌hau	₌hɔ	ˈhɔn	ˈfɔn	ˈfuŋ
梅縣	₌wu	₌fun / ₌vun	₌hau	₌hɔ	hɔn⁼	fɔn⁼	₌fuŋ
廣州	₌wu	₌wɐn	₌hou	₌hɔ	hɔn⁼	wun⁼	fʊŋ⁼
揚江	₌wu	₌wɐn	₌hou	₌hɔ	hɔn⁼	fun⁼	fʊŋ⁼
廈門	₌hɔ / ₌ɔ	₌hun	₌ho	₌ho / ₌ua	hɔn⁼	uan⁼ / huan⁼	ˈhɔŋ / ˈhaŋ
潮州	₌hɔ / ₌ou	₌huŋ	₌hau	₌ho	haŋ⁼	ˈhueŋ	ˈhɔŋ
福州	₌xu	₌xuŋ	₌xɔ	₌xɔ	xaŋ⁼	xuaŋ⁼	ˈxuŋ
建甌	ˈu	ɔŋ⁼	ˈau	ˈɔ	xuiŋ⁼	xuiŋ⁼	ˈxuŋ

　　由上表可知，這些字在現代方言中都是洪音。從漢語音韻史來看，一等洪音字是不會由音系內部的演變而變成細音字的，《古今韻會舉要》既然將這些字列為細音的「匣母」，那麼很有可能並不是反映當時這些字真實的音值。

　　另外，《古今韻會舉要》匣母的一等字有一些字並沒有收錄在《漢語方音字彙》中，包括痕、桓、亥、晃、沆、頷、恨。從其他韻書中查找是否有細音的反切，分別是：

　　痕：《說文解字》大徐本與段注本、《龍龕手鏡》、《玉篇》、《廣韻》注「戶恩切」。《集韻》、《字彙》注「胡恩切」。《類篇》注「五根切」又「胡恩切」又「古恩切」。

　　桓：《說文解字》大徐本與段注本、《廣韻》、《集韻》、《類篇》、《字彙》注「胡官切」。《玉篇》注「胡端切」。《正字通》注「戶瞞切」。

　　亥：《說文解字》大徐本與段注本、《廣韻》、《字彙》注「胡改切」。《正字通》注「呼改切」。《四聲篇海》注「何改切」。《集韻》注「下改切」。《玉篇》注「向改切」。

　　晃：《說文解字》大徐本與段注本、《龍龕手鏡》、《廣韻》、注「胡廣切」。《玉篇》注「乎廣切」。《集韻》、《字彙》注「戶廣切」。《類篇》注「古晃切」又「戶廣切」。《正字通》注「詡往切」。

　　沆：《說文解字》大徐本與段注本、《龍龕手鑑》、《廣韻》注「胡朗切」。《玉篇》注「何黨切」。《集韻》、《類篇》注「下朗切」。《字彙》、《正字通》注「下黨切」。

　　頷：《說文解字》大徐本注「胡感切」，段注本、《廣韻》注「呼感切」。《龍龕手鏡》、《龍龕手鑑》注「呼感反」「胡感反」。《玉篇》、《集韻》、《類篇》、《四聲篇海》、《字彙》注「戶感切」。

　　恨：《說文解字》大徐本與段注本、《玉篇》、《廣韻》注「胡艮

切」。《集韻》、《類篇》、《字彙》、《正字通》注「下艮切」。

　　《古今韻會舉要》將這些洪音字與細音字放在一起，從漢語方言來看，這些洪音字並沒有細音的念法，從反切來看，歷史上也未見細音的反切。由此可以推論，《古今韻會舉要》應該是誤將這一些洪音字和細音字歸為一類了。

　　至於《古今韻會舉要》的匣母一等字在現代方言分布的類型，官話區絕大多數聲母都是 x-，另外，在福州、長沙和建甌方言的一部分字聲母也是 x-，也就是發生了濁音清化。蘇州方言（吳語）聲母則是變成濁喉擦音 ɦ-。此外，還有以下幾個類型：

1. h-：分布在閩南、粵語、客語、贛語
2. f-：分布在客、贛方言一部分的字
3. 舌根濁擦音：只出現在湘語（雙峰方言）一部分字，與宋代音的音值一樣。
4. 另外，還有零星的半元音和零聲母，分布在吳語和閩語中。

（二）《古今韻會舉要》的匣母二等字在現代漢語方言的呈現

表 4-4　《古今韻會舉要》的匣母二等字在現代漢語方言的呈現

	降	閒	行	莖	銜	項
中古音	ɣɔŋ	ɣæn	ɣaŋ	ɣ̈ŋ	ɣam	ɣɔŋ
	匣開二	匣開二	匣開二	匣開二	匣開二	匣開二
北京	₌ɕiaŋ	₌ɕiɛn	₌ɕiŋ	₌tɕiŋ	₌ɕiɛn	ɕiaŋ⁻
濟南	₌ɕiaŋ	₌ɕiæ̃	₌ɕiŋ	tɕiŋ⁻	₌ɕiæ̃	ɕiaŋ⁻
西安	₌ɕiaŋ	₌ɕiæ̃ / ₌xæ̃	₌ɕiŋ	tɕiŋ⁻	₌ɕiæ̃	xaŋ⁻

	降	聞	行	莖	銜	項
中古音	ɣɔŋ	ɣæn	ɣaŋ	ɣiŋ	ɣam	ɣɔŋ
	匣開二	匣開二	匣開二	匣開二	匣開二	匣開二
太原	₌ɕiɒ̃	₌ɕie	₌ɕiŋ	₌tɕiŋ	₌ɕie	ɕĩ⁼
武漢	₌ɕiaŋ	₌ɕiɛn	₌ɕin	ᶎxɛn	₌ɕiɛn	xaŋ⁼
		₌xan		₌tɕin	₌xan	
成都	₌ɕiaŋ	₌ɕiɛn	₌ɕin	ᶎxɛn	₌xan	ɕiaŋ⁼
						xaŋ⁼
合肥	₌ɕiã	₌ɕiĩ	₌ɕin	₌tɕin	₌ɕiĩ	ɕiã⁼
揚州	₌ɕiæ̃	₌ɕiæ̃	₌ɕin	tɕiŋ⁼	₌ɕiæ̃	ɕiaŋ⁼
				ᶎxɛn	₌xæ̃	xaŋ⁼
蘇州	₌ɦɒŋ	₌jiɪ	₌jin	₌tɕin	₌jiɪ	ɦɒŋ⁼
		₌ɦɛ	₌ɦa		₌ɦɛ	
溫州	₌ji	₌ɦa	₌ɦɛ	₌tɕiaŋ	₌ɦa	₌ɦuɔ
長沙	₌ɕian	₌xan	₌ɕin	tɕin⁼	₌ga	xan⁼
						xan⁼
雙峰	₌ɣiɒ̃iŋ	₌ɣæ̃	₌ɣiɛn	tɕiŋ⁼	₌ɣæ̃	ɣɒŋ⁼
			₌ɣɒŋ	₌ɣæ̃		
南昌	₌ɦɔŋ	₌han	ɕin⁼	₌tɕin	₌han	hɔŋ⁼
			₌ɦaŋ			
梅縣	₌hɔŋ	₌han	₌haŋ	₌kin	₌ham	hɔŋ⁼
廣州	₌hɔŋ	₌han	₌ŋaŋ	kiŋ⁼	₌ham	hɔŋ⁼
			₌haŋ	₌ŋaŋ		
揚江	kɔŋ⁼	₌han	₌haŋ	₌kiŋ	₌ham	hɔŋ⁼
					₌k'am	
廈門	₌haŋ	₌han	₌hiŋ	kiŋ⁼	₌ham	haŋ⁼
		₌iŋ	₌kĩã	₌hũãĩ	₌hã	

	降	閒	行	莖	銜	項
中古音	ɣɔŋ	ɣæn	ɣɐŋ	ɣˑŋ	ɣam	ɣɔŋ
	匣開二	匣開二	匣開二	匣開二	匣開二	匣開二
潮州	⊂haŋ	⊂õĩ	⊂heŋ / ⊂kĩã	⊂k'eŋ	⊂ham / ⊂kã	ᶜhaŋ
福州	⊂xouŋ	⊂xaŋ / ⊂eiŋ	⊂xeiŋ / ⊂kiaŋ	⊂keiŋ	⊂xaŋ / ⊂kaŋ	xauŋᵓ
建甌	ᶜaŋ	xaiŋᵓ / ᶜaiŋ	ᶜaiŋ / ᶜkiaŋ	keiŋᵓ	ᶜaŋ / ᶜkaiŋ	xɔŋᵓ

	限	下	巷	械	患	話	畫	還
中古音	ɣæn	ɣa	ɣɔŋ	ɣɐi	ɣuan	ɣuai	ɣuæi ɣuæk	ɣuan
	匣開二	匣開二	匣開二	匣開二	匣合二	匣合二	匣合二	匣合二
北京	ɕiɛnᵓ	ɕiaᵓ	ɕiaŋᵓ / xaŋᵓ	ɕieᵓ / tɕieᵓ	xuanᵓ	xuaᵓ / ᵓxua	xuaᵓ	⊂xuan / ⊂xai
濟南	ɕiæᵓ	ɕiaᵓ	ɕiaŋᵓ / xaŋᵓ	ɕiɛᵓ	xuæᵓ	xuaᵓ	xuaᵓ	⊂xuæ̃ / ⊂xæ̃
西安	ɕiæ̃ᵓ	ɕiaᵓ / xaᵓ	⊂xaŋ	tɕieᵓ	xuæ̃ᵓ	xuaᵓ	xuaᵓ	⊂xuæ̃ / ⊂x̣
太原	ɕieᵓ / ⊂ɕie	ɕiaᵓ / xaᵓ	ɕiɒ̃ᵓ	tɕieᵓ	xuæᵓ	xuaᵓ	xuaᵓ	⊂xuæ̃ / ⊂xæ̃
武漢	ɕiɛnᵓ	ɕiaᵓ / xaᵓ	xaŋᵓ	kaiᵓ	xuanᵓ	xuaᵓ	xuaᵓ	⊂xuan / ⊂xai
成都	ɕiɛnᵓ	ɕiaᵓ	xaŋᵓ	tɕiɛiᵓ / kaiᵓ	xuanᵓ	xuaᵓ	xuaᵓ	⊂xuan / ⊂xai
合肥	ɕiĩᵓ	ɕiaᵓ	ɕiɒ̃ᵓ	tɕiEᵓ	xʊ̃ᵓ	xuaᵓ	xuaᵓ	⊂xuæ̃ / ⊂xE

	限	下	巷	械	患	話	畫	還
中古音	ɣæn	ɣa	ɣɔŋ	ɣɐi	ɣuan	ɣuai	ɣuæi ɣuæk	ɣuan
	匣開二	匣開二	匣開二	匣開二	匣合二	匣合二	匣合二	匣合二
揚州	ɕiæ⁼ xæ⁼	ɕia⁼ xa⁼	xaŋ⁼	tɕiɛ⁼	xuæ⁼	xua⁼	xua⁼	⊆xuæ ⊆xa
蘇州	jiɪ⁼ ɦɛ⁼	jio⁼ ɦo⁼	ɦɒŋ⁼	jiɪ⁼	ɦuɛ⁼	ɦo⁼	ɦo⁼	⊆ɦuɛ ⊆ɦɛ
溫州	⁼ɦia	⁼ɦo ⁼o	ɦuɔ⁼	ɦia⁼	va⁼	ɦo⁼	ɦo⁼	⊆va
長沙	xan⁼ xan⁼	ɕia⁼ ɕia⁼	xan⁼ xan⁼	kai⁼	xõ⁼	fa⁼ fa⁼	fa⁼ fa⁼	⊆fan ⊆xai
雙峰	ɣæ̃⁼	ɣio⁼ ɣo⁼	ɣɒŋ⁼	ka⁼	ɣua⁼	o⁼ gua⁼	ɣo⁼	⊆ɣua ⊆ɣa
南昌	han⁼	ha⁼ ka⁼	hɔŋ⁼	kai⁼	hɔn⁼	fa⁼ ua⁼	fa⁼	fan⁼ uan⁼
梅縣	han⁼	ha⁼ ⊆ha	hɔŋ⁼	hai⁼	fam⁼	fa⁼ va⁼	fa⁼	⊆fan ⊆van
廣州	han⁼	ka⁼	hɔŋ⁼	hai⁼	wan⁼	wa⁼	wa⁼ wak⁼	⊆wan
揚江	han⁼	ka⁼	hɔŋ⁼	hai⁼	wan⁼	wa⁼	wak⊆	⊆wan ⊆wa
廈門	han⁼ an⁼	ka⁼ e⁼	haŋ⁼	hai⁼	huan⁼ huan⁼	hua⁼ ue⁼	hua⁼ ua⁼	⊆huan ⊆hɪŋ
潮州	⁼haŋ	⁼hia ⊆e	haŋ⁼	⁼hai	hueŋ⁼	ue⁼	ue⁼	⊆hueŋ ⊆hõĩ
福州	aiŋ⁼	xa⁼ a⁼	xœɣŋ⁼	xai⁼	xuaŋ⁼	ua⁼	ua⁼	⊆xuaŋ ⊆xeiŋ

	限	下	巷	械	患	話	畫	還
中古音	ɣæn	ɣa	ɣɔŋ	ɣɐi	ɣuan	ɣuai	ɣuæi ɣuæk	ɣuan
	匣開二	匣開二	匣開二	匣開二	匣合二	匣合二	匣合二	匣合二
建甌	xaiŋ²	xa² a²	xɔŋ²	xai²	xuiŋ²	xua² ua²	xua² ua²	ˉuiŋ xiŋ²

　　漢語語音史上，開口二等牙喉音的字會產生 i 介音。但是本著作不採中古音一元論的觀點，而斷言《切韻》和《古今韻會舉要》在音系上是直線發展，直接傳承的關係，所以，以下分析語音現象時，只採取《切韻》音系為比較的基準，並不代表《古今韻會舉要》在音系上是由《切韻》演變來的。

　　在上表中，《古今韻會舉要》的匣母二等字聲母在現代方言中可以分成以下幾個類型，由於匣母開口二等字的歷史演變牽涉到開口二等牙喉音由洪音變成細音，在方言中的表現也比較複雜，因此，這部分將每一個類型在各方言點的讀音列出如下：

1　開口字

（1）表現為細音且顎化，整齊地分布在官話區

　　大致上以長江為界，越往南走，變成細音的情況越少。緊鄰江淮官話的湘語、贛語和吳語也有少數幾個字聲母顎化，且變成細音字，包括：「莖」在蘇州讀「ᴄtɕin」，溫州讀ᴄtɕiaŋ，長沙讀tɕin²，雙峰文讀tɕien²，南昌讀ᴄtɕin。「降」在長沙讀ᴄɕian。「行」在長沙讀ᴄɕin。南昌讀ɕin²

　　官話區匣母開口二等字聲母未顎化且表現為洪音的是：「巷」，北京白讀是xaŋ²，濟南白讀是xaŋ²，西安讀xaŋ²，武漢讀xaŋ²，成都

讀xaŋˀ，揚州讀xaŋˀ。「下」在西安白讀是xaˀ，太原白讀是xaˀ，武漢白讀是xaˀ，揚州白讀是xaˀ。「限」在揚州白讀是xæ̃ˀ。

（2）表現為洪音，聲母念成同部位的清音（舌根清擦音）

大部分分布在官話區的異讀（白讀層），包括「巷」北京白讀是xaŋˀ，濟南白讀是xaŋˀ。「下」在西安白讀是xaˀ，太原白讀是xaˀ，武漢白讀是xaˀ，揚州白讀是xaˀ。「限」在揚州白讀是xæ̃ˀ。「銜」在武漢是ˍxan，在揚州是ˍxæ̃。「項」在成都是xaŋˀ，在揚州是xaŋˀ。

其次，官話區有少數字是表現為洪音，而聲母則是舌根清擦音，包括「莖」在成都是ˍxən，；「銜」在成都是ˍxan，「項」在西安是xaŋˀ，在武漢是xaŋˀ，「巷」在西安是ˍxaŋ，在武漢是xaŋˀ，在成都是xaŋˀ，在揚州是xaŋˀ。

再次，分布在南方方言的少數幾個字，包括「限」在長沙是xanˀ。「巷」在長沙是xanˀ。「下」在福州白讀是xaˀ。

（3）表現為細音，聲母是同部位的塞音

「莖」在梅縣是ˍkin，廣州文讀是kiŋˀ，陽江是ˍkɪŋ，廈門文讀是kɪŋˀ。「行」在福州白讀是ˍkiaŋ，建甌白讀是ˍkiaŋ。

（4）表現為洪音，聲母是同部位的塞音

「莖」在潮州是ˍkʻeŋ，在福州是ˍkeiŋ，在建甌是keiŋˀ。「械」在武漢是kaiˀ，在成都白讀是kaiˀ，在長沙是kai，在雙峰是kaˀ，在南昌是kaiˀ。「下」在廣州是kaˀ，在揚江是kaˀ，在廈門文讀是kaˀ。

（5）聲母表現為鄰近部位的濁音（濁喉擦音），且是洪音

這樣的情形都出現在吳語區：「降」在蘇州是ˍɦɒŋ。「閒」在蘇州

白讀是 ₌ɦɛ，在溫州是 ₌ɦa。「行」在蘇州白讀是 ₌ɦaŋ，在溫州是 ₌ɦɛ。「銜」在蘇州白讀是 ₌ɦɛ，在溫州是 ₌ɦa。「項」在蘇州是 ɦiɒŋ⁼，在溫州是 ⁼ɦuɔ。「限」在蘇州白讀是 ɦɛ⁼，在溫州是 ⁼ɦa。「下」在蘇州白讀是 ɦo⁼，在溫州文讀是 ⁼ɦo。「巷」在蘇州是 ɦiɒŋ⁼，在溫州是 ɦuɔ⁼。「械」在溫州是 ɦa⁼。

（6）聲母表現為鄰近部位的清音（清喉擦音），且是洪音

這樣的情形主要分布在客、贛、閩南、粵方言：

「降」在南昌是 ₌hɔŋ，在梅縣是 ₌hɔŋ，在廣州是 ₌hɔŋ，在廈門是 ₌haŋ，在潮州是 ₌haŋ。

「閒」在南昌是 ₌han，在梅縣是 ₌han，在廣州是 ₌han，在陽江是 ₌han，在廈門文讀是 ₌han。

「行」在南昌白讀是 ₌hɛn，在梅縣是 ₌haŋ，在廣州是 ₌hɐŋ，在陽江是 ₌haŋ。「莖」在廣州白讀是 ₌hɐŋ，在廈門是 ₌hũãĩ。

「銜」在南昌是 ₌han，在梅縣是 ₌ham，在廣州是 ₌ham，在陽江是 ₌ham，在廈門是 ₌ham（文讀）與 ₌hã（白讀），在潮州文讀是 ₌ham。

「項」在南昌是 hɔŋ⁼，在梅縣是 hɔŋ⁼，在廣州是 hɔŋ⁼，在陽江是 hɔŋ⁼，在廈門是 haŋ⁼，在潮州是 ⁼haŋ。

「限」在南昌是 han⁼，在梅縣是 han⁼，在廣州是 han⁼，在陽江是 han⁼，在廈門文讀是 han⁼，在潮州是 ⁼haŋ。

「下」在南昌文讀是 a⁼，在梅縣是 ha⁼，在潮州文讀是 ⁼hia。

「巷」在南昌是 hɔŋ⁼，在梅縣是 hɔŋ⁼，在廣州是 hɔŋ⁼，在揚江是 hɔŋ⁼，在廈門是 haŋ⁼，在潮州是 haŋ⁼。

「械」在梅縣是 hai⁼，在廣州是 hai⁼，在陽江是 hai⁼，在廈門是 hai⁼，在潮州是 ⁼hai。

（7）聲母表現為舌根濁擦音，維持洪音

呈現在湘語（雙峰方言），「閒」讀 ˍɣæ̃，「行」白讀 ˍɣɒŋ，「莖」讀 ˍɣæ̃，「銜」讀 ˍɣæ̃，「項」讀 ɣɒŋˀ，「限」讀 ɣæˀ，「下」讀 ɣoˀ，「巷」讀 ɣɒŋˀ。

（8）聲母表現為舌根濁擦音，介音是細音

也是呈現在雙峰方言，「降」讀 ˍɣiɒŋ，「行」文讀 ˍɣiɛn，「下」文讀 ɣioˀ。

（9）失落聲母

零星的呈現在南方方言，「降」在溫州是 ˍji，在建甌是 ˹aŋ。「閒」在蘇州文讀是 ˍjiɪ，在廈門是 ˍiŋ，在潮州是 ˍõĩ，在福州白讀是 ˍeiŋ，在建甌是 ˹aiŋ。「銜」在蘇州文讀是 ˍjiɪ。在建甌是 ˹aŋ。「限」在蘇州文讀是 jiɪˀ，在廈門白讀是 anˀ，在福州是 aiŋˀ。「下」在蘇州文讀是 jioˀ，在溫州白讀是 ˹o，在廈門白讀是 eˀ，在潮州白讀是 ˹e，在福州白讀是 aˀ，在建甌白讀是 aˍ。「械」在蘇州是 jiɪˀ。

《古今韻會舉要》的匣母二等字在現代方言中呈現複雜的類型，從演變機制來看，最主要的是顎化作用，而開口字的聲母若產生顎化作用，也會變成細音。此外，還有濁音清化，匣母的音值在中古音是舌根濁擦音 ɣ-，在現代方言中所呈現的類型是舌根清擦音 x-。吳語區的聲母是濁喉擦音，客、贛、閩南、粵方言等地的聲母則是清喉擦音，也產生了濁音清化。

另外，聲母的發音部位後移也是一種現象，無論是吳語的聲母 ɦ-，還是客語、贛語、粵語、閩南語的聲母 h-，與匣母中古音比較，發音部位都往後移。

在西南官話、湘語、閩語、贛語、粵語等方言的一部分字，聲母是舌根塞音 k-，從語音演變來看，輔音的弱化往往是從塞音變成塞擦音，再變成擦音，這裡塞音的念法應該是時代較早的念法。

2 合口字

《古今韻會舉要》的匣母二等合口字在現代方言中的表現有以下幾種類型：

（1）聲母表現為同部位的清音，普遍分布在官話區，以及湘語（長沙方言）少數字（患、還）。

（2）聲母失落，合口介音表現為半元音w，主要分布在粵語（廣州、陽江）。

（3）聲母表現為 f-，分布在客、贛方言。

（4）聲母表現為濁喉擦音，分布在吳語。

（5）聲母表現為清喉擦音，分布在閩南語。

（6）聲母失落，零星分布在南方方言。

總結《古今韻會舉要》的匣母二等字在現代漢語方言的地理分布，有以下幾點發現。

（1）官話區：表現較一致，開口字顎化，二等字變細音。合口字濁音清化。官話區有文白異讀的方言，白讀音也發生了濁音清化，念成 x-。

（2）南方方言：與中古匣母字（舌根濁擦音）比較，受到不同音變機制與方言音系的規則影響而呈現不同的型態。尤其是聲

　　母發音部位後移，念成 h- 或 f- 在南方方言占相對多數，如吳語和閩語。

（3）濁音清化的分布範圍：濁音清化不單單發生於官話區，在南方方言的少數幾個字，聲母也產生了濁音清化念成 x-。

（4）聲母失落，也是其中一種類型。由於古匣母字是濁音，濁音在漢語語音史上的演化大抵上有兩個方向，一是清化，二是失落。在方言中，這兩種情況都可以看見。

（5）地理界線：以長江為界，官話區大致上整齊地受到濁音清化機制的影響，聲母舌根濁擦音變成舌根清擦音 x-。過了長江，即便有少數方言也是呈現這樣的變化，但大體上的表現並不整齊，聲母的發音部位也有改變，而且音變的方向也受到方言音系的影響而呈現與官話區不同的特色，比方說吳語的聲母發音部位就往喉音移動，而保留濁音的特點。

　　此外，《古今韻會舉要》的匣母二等字在現代方言中有讀成舌根塞音聲母 k- 的例子，在一等韻中並沒有出現 k- 聲母。語音演變的趨勢是弱化，以輔音來說，演變的方向常見的是從塞音變為塞擦音，再變成擦音。若是以這個角度來看匣母字在方言中聲母念塞音的例子，推測這是古音的遺留。

　　上古音學說有「喻三古歸匣」，而喻三在更早的時候可能是塞音 g-，其演變是：

匣母一、二、四等：　　g- ＞（弱化為濁擦音）ɣ-
匣母三等：　　　　　　ɣj- ＞　　　　　　　　　　j-

塞音轉為擦音，常見於漢語的語音發展中，竺家寧在《聲韻學》[20]中，徵引許多資料以證明上古塞音和擦音的關係密切：

柯蔚南（W. S. Coblin）在其〈說文讀若考〉中發現，匣母總是跟塞音接觸，如「糾 k-：鐃 ɣ-」、「講 k-：畫 ɣ-」、「睆 k-：患 ɣ-」、「艫 k-：崔 ɣ-」……匣母和擦音接觸的，只有一個例子，所以他的結論是，喻三和匣母本是個塞音，而非擦音。

趙元任譯《高本漢的諧聲說》一文也指出，k：x 相諧的例子極罕見，而 k-：x- 相諧的很多，有幾百個之數，所以匣原本是塞音。

謝雲飛〈自諧聲中考匣紐古讀〉一文，由《廣韻》全部匣紐字計1064字，逐字予以考證，其中有965字都和塞音 k- 發生關係，可知古代匣母和塞音的密切關係是不容置疑的。

因此，對照現代方言中匣母字的讀法，塞音 k- 雖然存在於南方方言中，但為數不多，大多數都是 h-，從語音的演變來看，塞音 k- 的演變方向一為擦音 x-，另外，在漢語方言中，匣母字的聲母發音部位也產生了後移的現象，在筆者觀察的漢語方言中，匣母字念 h-，就是依循聲母發音部位後移這一條路線走。

有些方言將匣母字念成輕唇音，如南昌、梅縣在匣母合口二等字即是。喉音或舌根音與輕唇音在方言裡會看到這兩者混淆的情況。比方說閩南語沒有輕唇音 f-，有一部分用 h- 取代，而南昌、梅縣的音系都有 f- 和 h-，但是仍有一些共同語念 h- 聲母的字，在這兩個方言中念 f-，而且都是合口字。從方言音系內部來看，贛方言的 f- 大多數配合口介音，而 h- 絕大多數配開口介音；共同語念 h- 的字，如「花」（曉母），在客家話也念成 f-，並且變成開口音，也就是介音和聲母產生異化作用。在本著作觀察的匣母字裡面，聲母念成 f- 的方

言，也是變成了開口音，這也是因為方言音系內部調整的結果。

（三）《古今韻會舉要》的匣母四等字與現代方言的比較

表 4-5　《古今韻會舉要》的匣母四等字與現代方言的比較

中古音	賢 ɣien 匣開四	嫌 ɣiem 匣開四	現 ɣien 匣開四	形 ɣieŋ 匣開四
北京	₌ɕiɛn	₌ɕiɛn	ɕiɛn⁼	₌ɕiŋ
濟南	₌ɕiæ̃	₌ɕiæ̃	ɕiæ̃⁼	₌ɕiŋ
西安	₌ɕiæ̃	₌ɕiæ̃	ɕiæ̃⁼	₌ɕiŋ
太原	₌ɕie	₌ɕie	ɕie⁼	₌ɕiŋ
武漢	₌ɕiɛn	₌ɕiɛn	ɕiɛn⁼	₌ɕiŋ
成都	₌ɕiɛn	₌ɕiɛn	ɕiɛn⁼	₌ɕin
合肥	₌ɕiĩ	₌ɕiĩ	ɕiĩ⁼	₌ɕin
揚州	₌ɕiæ̃	₌ɕiẽ	ɕiẽ⁼	₌ɕiŋ
蘇州	₌jiɪ	₌jiɪ	jiɪ⁼	₌jin
溫州	₌ji	₌ji / ₌ɦa	ji⁼	₌jiaŋ
長沙	₌ɕiẽ	₌ɕiẽ	ɕieẽ⁼ (文) / ɕiẽ⁼ (白)	₌ɕin
雙峰	₌ɣĩ	₌ɣĩ	ɣĩ⁼ (文) / xi⁼ (白)	₌ɣiɛn
南昌	ɕiɛn⁼	ɕiɛn⁼	ɕiɛn⁼ / ɕiɛn⁼	ɕin⁼
梅縣	₌hian	₌hiam	hian⁼	₌hin
廣州	₌jin	₌jim	jin⁼	₌jiŋ
揚江	₌jin	₌jim	jin⁼	₌jiŋ

中古音	賢	嫌	現	形
	ɣien	ɣiem	ɣien	ɣieŋ
	匣開四	匣開四	匣開四	匣開四
廈門	₌hiɛn	₌hiam	hiɛn⁼	₌hiŋ
潮州	₌hieŋ	₌hiəm	hiŋ⁼	₌heŋ
福州	₌xieŋ	₌xieŋ	xieŋ⁼	₌xiŋ
建甌	ˊxiŋ	ˊxiŋ	xiŋ⁼	₌xeiŋ

《古今韻會舉要》的匣母四等字對應於現代漢語方言中，其分布類型約有以下幾類：

1. 顎化：分布在官話區及長沙（湘語）、南昌（贛方言）
2. 失落聲母：吳語、粵語
3. 聲母弱化成同部位的清音（x-）：福州、建甌
4. 保留舌根濁擦音：雙峰方言（湘語）
5. h-：閩南語、客語

由此可知，分布的趨勢與匣母開口二等字類似，官話區及一小部分的南方方言產生顎化作用，是因為細音介音影響所致。聲母的濁音清化與發音部位後移也表現在匣母四等字中。

五　宋代匣母字與現代漢語方言的對應情形

宋代韻書和韻圖中，匣母字並未完全顎化，在聲母的清濁方面，仍然是舌根濁擦音。現代方言中，表現為舌根濁擦音的，只有雙峰方言（湘語），進一步來說，從語音演變的時間階段來看，雙峰方言匣母字的發展階段，正與宋代音匣母字的階段符合。

　　除了雙峰方言匣母字的發展階段，正與宋代音匣母字的階段符合之外，匣母字在現代方言中的分布趨勢可以分成洪音和細音兩部分來談：

（一）洪音

　　官話區已經清化，吳語維持濁音，但發音部位往後移，音值是喉音。客、贛、閩、粵方言發音部位往後移到喉音，並且念成清音。

　　和宋代韻書與韻圖匣母的音值比較，宋代是〔+濁音, +舌根音〕，吳語是〔+濁音, -舌根音〕，閩、粵、客、贛的趨勢是〔-濁音, -舌根音〕，北方官話是〔-濁音, -舌根音〕，可見匣母一等字在現代漢語方言中大部是分由濁音清化所影響。

　　匣母二等字分成開口與合口來看。在北方官話，開口字大多變成細音且聲母已經顎化，南方方言有少部分也受到開口二等牙喉音字由洪音轉變為細音這一項音變機制的影響，聲母和北方方言一樣變成顎化音。但是大多數的南方方言並不沿這一條音變規律，而是受到濁音清化的影響，聲母轉變成喉音，再變成清音。

　　合口字在現代方言中的分布趨勢較單純，絕大多數受到濁音清化這一音變機制的影響，聲母變成同部位或者鄰近部位（喉音）的清音。

（二）細音

　　匣母四等字由於有細音介音，所以在現代漢語方言中，北方官話以及贛語和一部分的吳語都發生了顎化作用。其他的南方方言絕大部分受到濁音清化的影響，聲母都便成了同部位或是鄰近部位的清音。

第二節　唇音字在宋代音文獻中的措置及其與現代方言的對應[21]

　　本節研究《古今韻會舉要》中，和國語開合口不同的唇音字如何表現，另一方面也看這些字在現代方言中的分布情形。文章分成以下幾個部分來討論：一、唇音字在漢語語音史上的演變方向以及演變趨勢。二、唇音字的開合口問題，簡述學術界對於唇音字是否分開合口。三、《古今韻會舉要》中的唇音字與國語開合口不一致的情況，發現由於《古今韻會舉要》的性質是方音，時間也較代表中古音的《切韻》音系來得晚，所以中古音「合口細音」或是「合口洪音」的性質在《古今韻會舉要》中或多或少都產生了改變。演變的機制主要是異化作用。此外，唇音字在異化作用的影響之下，細音介音比合口介音更容易失落。四、《古今韻會舉要》中的合口唇音字在現代方言的呈現。最後，透過和國語、現代漢語方言的比較做出結論。

　　反切上字系聯的結果與守溫三十字母中，輕唇音尚未分化，所有現代共同語讀輕唇音的字，在當時都念重唇音。到了三十六字母，唇音才分為輕唇音和重唇音，輕唇音產生的條件之一是三等合口唇音字。但是，代表宋元時代南方音的《古今韻會舉要》中，唇音字有保存合口讀法。合口介音尚未因為異化作用而被排斥掉，在宋元時代共同語中已經普遍存在的輕唇音，在當時某些方言中還沒有完全擴散到全部的三等合口唇音字。此一現象引起研究者的興趣，此為本節的研究動機。研究步驟如下：首先，找出《古今韻會舉要》中和國語開合口不同的唇音字，以分析這些字在現代國語讀重唇或是輕唇，然後歸納其音韻地位異同。其次，對照《古今韻會舉要》中的合口唇音字，

---

21 本節曾以單篇論文形式於紀念周法高先生百年冥誕國際研究生研討會上宣讀（臺中：東海大學，2014年10月）

觀察這些字在現代方言中的讀法。最後，在「現代方言」、「國語」、「古今韻會舉要」這三個語料中，觀察有哪些方言反映宋代音層次。本節研究目的是：一、以歷史語言學的方法研究唇音字在宋代共同語和方言之間的對應與演變。二、語言的歷時演變可以在共時平面（方言）上看出來，準此，本節擬在《古今韻會舉要》唇音字表現的研究基礎上，進一步整理出現代方言的唇音字是如何對應與宋代音的現象。

一 唇音字的歷時演變

漢語中的唇音聲母若是以國語而言，指的是 p-、p'-、m-、f-，這四個聲母，在語音學上分別是雙唇不送氣清塞音、雙唇送氣清塞音、雙唇鼻音、唇齒清擦音。國語的聲母格局中，沒有清濁的對立，因為濁音已經清化，而輕唇音也是後起的。本著作所討論的重點之一即是在「輕唇化」的框架之下，進一步說，就是在輕唇音產生的過程中，音節中介音的變化。在對於主題深入論述之前，先從唇音的歷時演變談起。根據董同龢在《上古音韻表稿》[22]中的擬音，上古音時代唇音聲母的格局是 p-、p'-、b'-、m-。到了中古前期，則是 p-、p'-、b'-、m-，中古後期，輕唇音產生，唇音的格局分成輕唇音 p-、p'-、b-、m- 與重唇音 pf-、pf'-、bv-、ŋ-。到了元代，pf-、pf'-、bv- 由塞擦音變成擦音，念成相同的 f-，至此，輕唇音剩下兩個，即 f- 和 v-。到了現代，v- 失落成零聲母，國語聲母中的輕唇音就只留下一個 f- 了。由此可知，國語中的輕唇音，是在唇音經過一連串的演變過程中碩果僅存的，在中古後期，輕唇音有四個，元代剩下兩個，國語只留下一

---

22 董同龢《上古音韻表稿》（臺北：中央研究院史語所，1997年6月）頁11。

個。從中古前期的重唇音演變成輕唇音，有三個條件，第一，「三等合口」；第二，屬於「東三等、鐘、微、魚、文、元、陽、尤、凡、廢」這十個韻及其相承的上、去、入聲韻；第三，反切上字屬「方、芳、符、武」。也就是說，中古早期唇音不分輕重唇，並且四等俱全，到了中古後期，三等合口唇音字變成了輕唇音。

　　從語音學的演變來看，輕唇音的產生，使得合口字變成開口字。國語聲母是 p-（ㄅ）、p-ʻ（ㄆ）、m-（ㄇ）、f-（ㄈ）的字，在中古音有許多是念合口的，因為塞擦音聲母和 -ju- 產生異化作用（dissimilation）[23]，使得 -ju- 介音失落而變成開口字。所以，輕唇音的產生，可以用以下的圖來表示[24]：

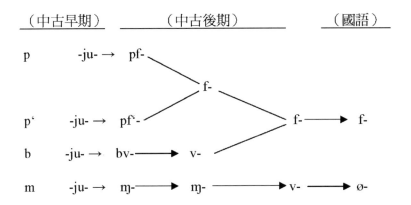

　　換句話說，f- 聲母的字，中古多有合口介音，到了國語，除了「夫、扶、府、付、拂、佛……」等配單元音的字以外，都變成開口字。因為在唇音字的音節結構中，若是三等合口介音後面接主要元

---

23 語音的異化作用，指的是兩個音互相拒斥的現象。漢語裡的異化作用，常把另一個音排擠而失落掉。例如國語沒有-uau和-iai形式的韻母，正是介音和韻尾相同，而互相異化的結果，使得其中一個音失落。參見竺家寧《聲韻學》頁54。

24 竺家寧《聲韻學》頁450。

音，那麼唇音字和 u 介音產生異化作用，使得 u 失落；而在輕唇音產
生以後，細音介音和輕唇音不相容，所以細音介音也被異化而失落。
但是，如果三等合口字的音節結構是單元音，也就是合口介音在音節
中擔任主要元音的功能，那麼輕唇音和細音介音會因為異化作用而失
落，留下圓唇元音成為一個音節中的主要元音，所以唇音三等合口字
演變成輕唇音之後，細音介音失落，但是依然維持合口的特徵，沒有
從合口字變成開口字。

　　輕唇音的產生，除了配單元音的字之外，例如「夫、扶、府、
付、佛、拂……」等字，到了國語，都從合口字變成開口字，這是語
音演變的規律，漢語語音的演變被這條規律所支配的過程中，會出現
一些例外的現象，也就是，配複元音的三等合口唇音字大多數都已經
演變成輕唇音時，在文獻中仍然有少數的字保留合口介音，這樣的情
形，是語音演變「剩餘的例外」，是語言學家解釋不規則音變（irre-
gular sound change）而提出「詞彙擴散」（lexical diffusion）理論中的
一種情形，所謂「剩餘的例外」，何大安在《聲韻學中的觀念和方
法》[25]中說：當一種語音變化一旦發生的時候，這種變化，不是「立
即」就施用到「所有」這個音的詞彙上；而是「逐漸地」從一個詞彙
「擴散」到另一個詞彙。因此，若要使所有這個音的詞彙都完成同一
種變化，需要極長的時間。但在那麼長的時間裡，這個音變規律會逐
漸喪失他的動力，而一些一直未被擴及的詞彙，可能由於長期保持原
來讀法的緣故，也就終究不再參與變化，而成為這個變化「剩餘的例
外」（residue）。而本著作所討論的唇音字拼合口介音的現象，代表輕
唇化的規律還在進行中，尚未完成，這些例子是演變得比較慢的，還
是語料中的方音表現？以下我們將針對這個例外現象展開討論。

---

25 何大安《聲韻學中的觀念和方法》（臺北：大安出版社，1993年8月）頁101。

　　另外，歷史語言學告訴我們，語音的歷時演變會反映在共時平面上，所以，從語言的空間差異探索語言的時間發展，就成為歷史比較法的一條重要原則。[26]本節也依循這個理論，從現代方言觀察唇音字的開合口分布，並在當中找出規則與歷時的對應。

二　唇音開合口問題

　　為什麼要討論唇音是否分開合口？因為唇音分化的條件牽涉開口與合口，在學界，對於唇音是否分開合口有異說，如果要在唇音分化的條件是合口三等字的前提下討論古今韻會舉要的唇音措置，則必須要先確定唇音是否有分開合口。

　　從反切來看，唇音字在《廣韻》中的反切開、合的界線往往不清楚，從《切韻》中的唇音字觀察，凡是開合口不分的韻，唇音字既用開口字作反切下字，也用合口字作反切下字；而凡是開合口分韻的韻部中，如果原來的主要元音是央後元音，那麼唇音字總是跟著合口韻部走，而且除了用唇音字作為其反切下字以外，只用合口字作為反切下字；如果主元音是前元音，那麼唇音字就跟著開口走。[27]楊劍橋的研究指出，在開合口不分韻的韻部中，唇音字確實不分開合口，唇音聲母後確實沒有 u 介音；而在開合口分韻的而且原來的主元音是後元音的韻部中，唇音字雖然原則上沒有開合口的對立，但是唇音聲母後有一個 u 元音。[28]如此看來，唇音字雖然從《廣韻》的反切來看，開合口往往界線不清，但是進一步來看，唇音字的開、合口分別要從兩個層次來談，首先是唇音字是否為獨韻，若是，那麼就不分開合口，

26 徐通鏘《歷史語言學》頁136。

27 楊劍橋《現代漢語音韻學》（上海：復旦大學出版社，1998年3月）頁220。

28 楊劍橋《現代漢語音韻學》頁222。

但是在音值上表現為合口。如果不是獨韻，那麼分開合口的條件在於主要元音，如果主要元音是後元音，那麼唇音就不分開合口，但是在音值上表現為合口，如果主要元音是前元音，那麼唇音字就是開口韻。

楊劍橋在《現代漢語音韻學》中，從《中原音韻》為討論的起點，以《蒙古字韻》、《古今韻會舉要》、《四聲通解》和現代漢語方言為佐證，《中原音韻》中有十個分開合口的韻，當中的唇音字的開合口分部應該是除了庚青韻是開口之外，其餘都是合口。

但是，前輩學者對於這個問題仍持有不同的意見。李榮、趙元任認為唇音不分開合口。但是輕唇音的演化條件，學者大致上都認為是三等合口字，若是假設唇音不分開合口，就難以解釋為什麼有的唇音後來變成輕唇，有的唇音則維持重唇。從現代方言來看，唇音也有開、合口的分別。所以，還是必須假定中古唇音字有開、合口的不同。

至於唇音的分化，王力在《漢語語音史》[29]中認為，輕、重唇音的分化，是從晚唐五代間開始的。南唐徐鍇《說文繫傳》用朱翱反切，完全不依《切韻》，表明他用的是當代音系。在他的反切中，重唇與輕唇分用畫然。

所以，在《切韻》音系唇音字有分開合口，並且學界大致上同意唇音分化的時間以及分化條件的前提之下，以下討論《古今韻會舉要》中的合口唇音字如何表現，以及在現代方言中的分布。

三　《古今韻會舉要》中的合口唇音字

《古今韻會舉要》中，唇音字與國語開合口不一致的情況，往往是《古今韻會舉要》保有合口讀法，而國語已經變成開口字。例如「分韻」的「分、盆、門」（中古是合口，國語是開口）等字和

---

29 王力《漢語語音史》（北京：中國社會出版社，1985年）。

「昆、敦、村、魂」（國語是合口，中古是合口）並列。這一部分討論保留合口讀法的唇音字在《古今韻會舉要》中有哪些？以及這些字在中古音和國語的表現。以現代共同語（國語）、古代共同語（《切韻》音系）、《古今韻會舉要》（宋元南方音）三個基準點比較，來看方言與共同語之間語音的演變。這樣做的目的在於觀察「合口唇音字」是否與開口並列，以及在不同時期代表音系中的演變，另外，由於唇音分化的條件是「三等」與「合口」，本著作在「合口唇音字」的框架之下，也比較這兩個音韻特徵何者較容易失落。

（一）「公」字母韻（-uŋ）

中古音合口，《韻會》合口，國語念合口。

1. 國語念輕唇音：逢風楓馮豐。縫鋒
2. 國語念重唇音：蒙朦夢蓬

表 4-6 《古今韻會舉要》「公」（-uŋ）字母韻的中古音韻地位

	逢	風	楓	馮	豐	鋒	蒙	朦	夢	蓬
聲母	奉	非	非	奉	敷	敷	明	明	明	並
韻母	鍾	東	東	東	東	鍾	東	東	送	東
開合	合	合	合	合	合	合	合	合	合	合
等第	三	三	三	三	三	三	一	一	三	一
聲調	平	平	平	平	平	平	平	平	去	平
中古音	bʼjuoŋ	pjuŋ	pjuŋ	bʼjuŋ	pʼjuŋ	pʼjuoŋ	muŋ	muŋ	mjuŋ	bʼuŋ

這些字都是收舌根鼻音韻尾，在國語、中古音和《古今韻會舉要》都一樣，在國語中都是念 -oŋ，和中古音比較，不管輕唇或重唇，國語都保留了合口的特徵。

　　輕唇音在中古音是三等合口，上表中的重唇音除了「夢」是三等合口之外，其他都是洪音合口。所以，在國語和《古今韻會舉要》中都失落了三等介音。從語音史的角度來看，《切韻》音是魏晉六朝隋唐具有各大方言特色的一個綜合語音系統，其基礎語言是洛陽、金陵的音系。《古今韻會舉要》時代則稍晚，《切韻》音的性質比較接近共同語，《古今韻會舉要》則接近當時方言。這裡將國語、《切韻》音系、《古今韻會舉要》三者比較的結果，可以知道唇音聲母的三等介音在宋元時代的南方方言中已經失落，但是仍然有合口音，和國語一樣。至於唇音字的三等介音在當時的共同語是否已經失落？必須參考與《古今韻會舉要》相近時期的韻書，代表北方通行語的《中原音韻》（作於1324年）比《古今韻會舉要》（1297）晚二十多年，應可拿來和《古今韻會舉要》作為同一時期方音與共同語的對比。根據葉螢光〈近代合口細音的演化〉[30]中的研究，在《洪武正韻》和《中原音韻》中，蟹攝合口三四等韻、止攝合口三等韻均已與合口一等韻混並。合三微（唇音）《洪武正韻》併入支部。咸攝合口三等凡范梵乏，只有少量唇音字，受輕唇音聲母影響，韻頭（按：即介音）[i]、[w]漸次丟失，演化為開口韻。也就是說，在宋元之際，不管是共同語或是南方方音，輕唇音的細音介音很可能已經失落。至於合口介音在當時共同語中的情況，根據楊劍橋的研究[31]，《中原音韻》齊微、真文和歌戈三個韻部的唇音字帶有 u 介音，應該列入合口一類中，而江陽、皆來、寒山、先天、家麻、車遮六個韻部的唇音字不帶 u 介音，應該歸入開口一類中。也就是說，與《古今韻會舉要》同時期的共同語，合口細音唇音字已經失落了細音介音，而合口介音仍然存在。

30　葉螢光〈近代合口細音的演化〉，NACCL-22會議論文，2010。

31　楊劍橋《現代漢語音韻學》頁218。

（二）「媯」字母韻（-uei）：陪每徘媒

中古音合口，《韻會》合口，國語開口。

**表 4-7　《古今韻會舉要》「媯」字
母韻（-uei）的中古音韻地位**

	陪	徘	每	媒
聲母	並	並	明	明
韻母	灰	灰	賄	灰
開合	合	合	合	合
等第	一	一	一	一
聲調	平	平	上	平
中古音	bʻuAi	bʻuAi	muAi	muAi

　　這些字都是陰聲韻，在國語、《古今韻會舉要》、中古音都是重唇音聲母。至於介音，《古今韻會舉要》和中古音都是合口洪音，在國語中，都念開口音，也就是合口介音在國語中失落了。這是因為國語中，唇音聲母和接鄰的合口介音產生異化作用，使得合口介音被排斥掉了。

（三）「分」字母韻（uən）

　　分字母韻裡面的唇音字，在國語中的念法可分成三種：輕唇音、零聲母、重唇音。

1　國語念輕唇音：分芬墳。（中古音合口，《韻會》合口，國語開口）

　　國語念零聲母：文聞。（中古音合口，《韻會》合口，國語合口）

表 4-8　《古今韻會舉要》「分」字母韻（uən）的
中古音韻地位（輕唇音）

	分	芬	墳	文	聞
聲母	非	非	奉	微	微
韻母	文	文	文	文	文
開合	合	合	合	合	合
等第	三	三	三	三	三
聲調	平	平	平	平	平
中古音	pjuən	pʰjuən	bjuən	mjuən	mjuən

這些字都是陽聲韻，收舌尖鼻音韻尾。在中古音是三等合口，《古今韻會舉要》則是合口洪音，在國語中，輕唇音的字念開口洪音，零聲母的字念合口洪音。也就是說，在《古今韻會舉要》中，這五個字都失落了細音介音。在國語中，「分」「芬」「墳」這幾個念輕唇音的字，合口介音和細音介音因為無法配輕唇音，所以都失落了。「文」、「聞」這兩個國語是零聲母的字則失落了細音介音。這是因為微母字從明母分化出來以後，演變的方向演變為唇齒鼻音與唇齒擦音，異於雙唇塞音聲母的地方在於，微母字後來聲母失落，成為零聲母。在國語中，之所以保留合口介音，是因為唇音聲母失落了，所以合口介音沒有和唇音聲母產生異化作用而被排斥掉。但是細音介音則因為無法和擦音相拼，所以就失落了。

2　重唇：盆門（村）

國語開口、中古音合口、《韻會》合口。

表 4-9　《古今韻會舉要》「分」字母韻（uən）
的中古音韻地位（重唇音）

	盆	門
聲母	並	明
韻母	魂	魂
開合	合	合
等第	一	一
聲調	平	平
中古音	buən	muən

　　這兩個字無論在國語、中古音、《古今韻會舉要》都是聲母重唇音。介音部分，在國語是開口洪音，中古音是合口洪音，《古今韻會舉要》則是合口洪音。也就是說，在國語中合口介音和唇音聲母產生異化作用而被排斥掉了。所以，這裡重唇音的字，仍然保留中古音的格局。

（四）「浮」字母韻（-ou）奉母：浮茉

　　國語、中古音、《韻會》都是合口。

表 4-10　《古今韻會舉要》「浮」字母韻（-ou）
奉母的中古音韻地位

	浮	茉
聲母	奉	奉
韻母	尤	尤
開合	開	開
等第	三	三
聲調	平	平
中古音	bju	bju

這兩個字都是單元音的字，都是輕唇音，在《古今韻會舉要》中是合口洪音，中古音是合口細音，國語則是合口洪音。在《古今韻會舉要》和國語都失落了細音介音。是因為唇音聲母和細音介音產生異化作用，所以細音介音就失落了。另外，由於一個音節必須要有主要元音，所以合口音 u 就成為主要元音，使得這兩個單元音的字即使國語念輕唇音，仍然是合口字。

（五）衮字母韻（-uən）除了奉母之外的唇音：粉忿憤

國語開口、中古音合口、《韻會》合口。

表 4-11　《古今韻會舉要》衮字母韻（-uən）除了
奉母之外的唇音的中古音韻地位

	粉	忿	憤
聲母	非	敷	奉
韻母	吻	吻	吻
開合	合	合	合
等第	三	三	三
聲調	上	去	去
中古音	pjuən	pʻjuən	pʻjuən

這三個字都是輕唇音，中古音是三等合口字，《古今韻會舉要》中失落了細音介音，保留合口介音，在國語中則是細音和合口介音一併失落，成為開口洪音。所以，在《古今韻會舉要》中，細音介音因為和唇音產生異化作用而失落。

《古今韻會舉要》「公字母韻」裡面的字，有些在國語中念輕唇，有些在國語中念重唇音（蒙朦夢蓬），有些念輕唇音（逢、風、楓、馮、豐、縫、鋒、蒙、夢、蓬）。而輕唇音產生的條件是三等合

口字，過程是先從塞音變成塞擦音，在變成擦音，在塞擦音聲母的階段，仍然可以配合口細音，到了擦音 f-，合口細音因為異化作用被排斥掉，於是變成開口字。上列《古今韻會舉要》中，列在合口字母韻裡面的唇音，在國語中，有些變成輕唇音，有些則是念重唇音。既然是放在同一個字母韻，如擬音所示，代表韻相同，開合口也相同。已知輕唇音除了單元音的字以外不配合口字，那麼，上列的這些國語念輕唇音的字，在《古今韻會舉要》的時代應該還沒有念成輕唇音，所以才會和重唇音放在一起，也就是可以拼合口介音。

　　但是，在古今韻會舉要中，有一些唇音字已經變成輕唇，在書中便放在開口字母韻，也就是說，這些古三等合口的唇音字已經失落合口介音，成為開口字。例如：

　　干字母韻（開口）：有唇音字「煩反繁」，代表這些輕唇音已經由合
　　　　　　　　　　　　口變成開口。
　　岡字母韻（開口）：有唇音字「房芳方」，代表這些輕唇音已經由合
　　　　　　　　　　　　口變成開口。
　　甘字母韻（開口）有唇音字「氾凡帆」。

　　《古今韻會舉要》反映的是宋元之間的南方音，是方言，並非共同語，雖然，唇音分輕唇與重唇是語音演變的大趨勢，但是在方言中，並不是全然照著這個趨勢走。

　　然而從另一個角度來看，《古今韻會舉要》的聲母系統已經有輕唇音產生，只是在韻母系統中，有些唇音字的合口介音尚未失落，所以會有唇音字保存合口音的現象。如此看來，似乎可以看出輕唇化正在進行當中。

　　這個部分以《古今韻會舉要》中保存合口讀法的唇音字和國語、

中古音比較。由於《古今韻會舉要》的性質是方音，時間也較代表中古音的《切韻》音系來得晚，所以中古音「合口細音」或是「合口洪音」的性質在《古今韻會舉要》中或多或少都產生了改變，演變的機制主要是異化作用。此外，唇音字在異化作用的影響之下，細音介音比合口介音更容易失落。

五　《古今韻會舉要》中的合口唇音字在現代方言的呈現

這一部分從現代漢語方言來觀察《古今韻會舉要》中和保留合口音的唇音字在現代方言中的念法。

（一）「公」字母韻（-uŋ）

表 4-12　《古今韻會舉要》「公」字母韻（-uŋ）在現代方言的呈現

	逢	風	楓	馮	豐	峰	鋒	蒙	夢	蓬
中古音	bjuoŋ	pjuŋ	pjuŋ	bjuŋ	p'ju	p'juoŋ	muŋ	muŋ	mjuŋ	buŋ
北京	fəŋ	fəŋ	fəŋ	fəŋ	fəŋ	fəŋ	fəŋ	məŋ	məŋ	p'əŋ
濟南	fəŋ	fəŋ	fəŋ	fəŋ	fəŋ	fəŋ	fəŋ	məŋ	məŋ	p'əŋ
西安	fəŋ	fəŋ	fəŋ	fəŋ	fəŋ	fəŋ	fəŋ	məŋ	məŋ	p'əŋ
太原	fəŋ	fəŋ	fəŋ	fəŋ	fəŋ	fəŋ	fəŋ	məŋ	məŋ	p'əŋ
武漢	foŋ	foŋ	foŋ	foŋ	foŋ	foŋ	foŋ	moŋ	moŋ	p'oŋ
成都	foŋ	foŋ	foŋ	foŋ	foŋ	foŋ	foŋ	moŋ	moŋ	p'oŋ
合肥	fəŋ	fəŋ	fəŋ	fəŋ	fəŋ	fəŋ	fəŋ	məŋ	məŋ	p'əŋ
揚州	foŋ	foŋ	foŋ	foŋ	foŋ	foŋ	foŋ	moŋ	moŋ	p'əŋ
蘇州	voŋ	foŋ	foŋ	voŋ	foŋ	foŋ	foŋ	moŋ	moŋ	boŋ
溫州	ɦoŋ	hoŋ	hoŋ	ɦoŋ	hoŋ	hoŋ	hoŋ	moŋ	moŋ	boŋ

	逢	風	楓	馮	豐	峰	鋒	蒙	夢	蓬
中古音	bjuoŋ	pjuŋ	pjuŋ	bjuŋ	p'ju	p'juoŋ	muŋ	muŋ	mjuŋ	buŋ
長沙	xən	xən	xən	xən	xən	xən	xən	mən	mən	pən
雙峰	ɣan	xan	xan	ɣan	xan	xan	xan	man	man	ban
南昌	fuŋ	fuŋ	fuŋ	fuŋ	fuŋ	fuŋ	fuŋ	fuŋ	muŋ	p'uŋ
梅縣	p'uŋ	fuŋ	fuŋ	p'uŋ	fuŋ	fuŋ	fuŋ	muŋ	muŋ	p'uŋ
廣州	fʊŋ	fʊŋ	fʊŋ	fʊŋ	fʊŋ	fʊŋ	fʊŋ	mʊŋ	mʊŋ	p'ʊŋ / fʊ
揚江	fʊŋ	fʊŋ	fʊŋ	fʊŋ	fʊŋ	fʊŋ	fʊŋ	mʊŋ	mʊŋ	p'ʊŋ
廈門	hoŋ	hoŋ	hoŋ / poŋ	hoŋ / poŋ	hoŋ / haŋ	hoŋ / p'aŋ	hoŋ	boŋ	boŋ / baŋ	p'uŋ
潮州	hoŋ	hoŋ / huaŋ	hoŋ / huaŋ	paŋ	hoŋ	hoŋ	hoŋ	moŋ	maŋ	p'oŋ
福州	xuŋ / p'uŋ	xuŋ	xu	xuŋ	xuŋ	xuŋ	xuŋ	muŋ	mouŋ / mœyŋ	p'uŋ
建甌	ɔŋ	xɔŋ	xɔŋ	pɔŋ	xɔŋ	xɔŋ	xɔŋ	mɔŋ	mɔŋ	bɔŋ

不管輕唇或重唇，大部分保留合口音。例外是北方官話和湘語念開口洪音，至於細音介音在整個漢語方言都失落了。聲母部分，國語有輕唇和重唇之分，國語念輕唇音的字，除了湘語念舌根擦音以及閩語念喉輕擦音之外，都念輕唇音；而國語念重唇音的字，在所有方言都念重唇音。

此外，從這裡也可以看到，國語雖然是以北京音系為基礎，但是表現並不同，國語保留合口介音，北京話失落了合口介音。

（二）「媯」字母韻（-uei）

表 4-13　《古今韻會舉要》「媯」字母韻（-uei）在現代方言的呈現

	陪	每	媒		陪	每	媒
中古音	buAi	buAi	muAi	長沙	pei	mei	mei
北京	p'ei	mei	mei	雙峰	be	me	me
濟南	p'ei	mei	mei	南昌	p'i	mi	mi
西安	p'ei	mei	mei	梅縣	p'i	mi	mɔi
太原	p'ei	mei	mei	廣州	p'ui	mui	mui
	p'ai			揚江	p'ui	mui	mui
武漢	p'ei	mei	mei	廈門	pue	mũĩ	mũĩ
成都	p'ei	mei	mei				bue
合肥	p'e	me	me	潮州	pue	mũẽ	bue
揚州	p'əi	məi	məi	福州	puei	muei	muei
蘇州	p'E	mE	mE		p'uei		
溫州	bai	mai	mai	建甌	po	mo	mo

　　這幾個字在中古音和《古今韻會舉要》都是合口洪音，國語是開口洪音。聲母在國語和整個漢語方言都念重唇音。大部分漢語方言都失落了合口音的特徵，只有粵語和閩語完整地保留合口音。

（三）「分」字母韻（-uən）

表 4-14　《古今韻會舉要》「分」（-uən）字母韻在現代方言的呈現

	分	芬	墳	文	聞	盆	門
中古音	pjuən	p'juən	bjuən	mjuən	mjuən	buən	muən
北京	fən	fən	fən	uən	uən	p'ən	mən
濟南	fẽ	fẽ	fẽ	uẽ	uẽ	p'ẽ	mẽ

	分	芬	墳	文	聞	盆	門
中古音	pjuən	p'juən	bjuən	mjuən	mjuən	buən	muən
西安	fẽ	fẽ	fẽ	vẽ	vẽ	p'ẽ	mẽ
太原	fəŋ	fəŋ	fəŋ	vəŋ	vəŋ	p'əŋ	məŋ
武漢	fən	fən	fən	uən	uən	p'ən	mən
成都	fən	fən	fən	uən	uən	p'ən	mən
合肥	fən	fən	fən	uən	uən	p'ən	mən
揚州	fən	fən	fən	uən	uən	p'ən	mən
蘇州	fən	fən	vən	vən	vən / mən	bon	mən
溫州	faŋ	faŋ	vəŋ	vaŋ	vaŋ	bø	maŋ
長沙	fən	fən	fən	uən	uən	pən	mən
雙峰	xuan	xuan	ɣuan	uan	uan	biεn	miεn
南昌	fən	fən	fən	un	un	p'ən	mən
梅縣	fun / pun	fun	fun	vun	vun	p'un	mun
廣州	fɐn	fɐn	fɐn	mɐn	mɐn	p'un	mun
揚江	fɐn	fɐn	fɐn	mɐn	mɐn	p'un	mun
廈門	hun / puŋ	hun	hun	bun	bun	p'un	bun / mən
潮州	huŋ / puŋ	huŋ	p'uŋ	bun	bun	p'uŋ	muŋ
福州	xuŋ / puoŋ	xuŋ	xuŋ	uŋ	uŋ	puoŋ	muoŋ
建甌	xɔŋ / pyiŋ	xɔŋ	uɔ	uɔŋ	uɔŋ	pɔŋ	mɔŋ

　　這幾個字在國語中都是開口洪音，在《古今韻會舉要》中是合口洪音。現代方言中，細音介音都已經失落。國語念零聲母的字「文」、「聞」，在現代方言中大部分保留合口介音。國語念重唇音的字「盆」、「門」在南方方言絕大部分保留合口介音。國語念輕唇音的字「分」、「芬」、「墳」，在漢語方言中，合口音只在雙峰話與閩語中保存。所以，《古今韻會舉要》中這些字對應現代方言的情況，是因聲母而異，輕唇音因為普遍較難和三等合口介音相配，所以在聲母是輕唇音的方言，合口音也會被排斥掉。而零聲母的字因為在異化作用之前，聲母就失落了，所以合口介音得以保存。

（四）「浮」字母韻（-ou）奉母

表4-15　《古今韻會舉要》「浮」字母韻（-ou）奉母在現代方言的呈現

	浮		浮		浮
中古音	bʲju	蘇州	vu	廣州	fɐu
北京	fu		vʏ		pʻou
濟南	fu	溫州	v3	揚江	fɐu
西安	fu		vøy		pʻou
太原	fu	長沙	xəu	廈門	hu
武漢	fou		pau		pʻu
	pʻu	雙峰	ɣue	潮州	pʻu
成都	fu		bɤ	福州	pʻɛu
	fəu	南昌	fɛu		pʻu
合肥	fu		pʻau	建甌	xu
揚州	fu	梅縣	fɐu		iu
			pʻau		

在中古音演變到國語的階段，輕唇音產生的過程，除了單元音的字之外，絕大部分三等合口唇音字在輕唇音產生之後，三等合口介音就會失落。「浮」字就是屬於單元音的字，所以國語聲母是輕唇音，依然是合口字。在方言中輕唇音合口字的表現較不一致，輕唇音聲母並非合口與否的條件。但是，不管哪個方言，都念成洪音了。唯一一個例外是建甌方言的白讀音仍是三等合口，推測是唇音聲母早已失落，因此三等合口音才沒有被排斥掉。

（五）「裒」字母韻（-uən）除了奉母之外的唇音

表4-16 《古今韻會舉要》「裒」字母韻（-uən）
奉母在現代方言的呈現

	粉	忿	憤
中古音	pjuən	pʻjuən	pʻjuən
北京	fən	fən	fən
濟南	fẽ	fẽ	fẽ
西安	fẽ	fẽ	fẽ
太原	fəŋ	fəŋ	fəŋ
武漢	fən	fən	fən
成都	fən	fən	fən
合肥	fən	fən	fən
揚州	fən	fən	fən
蘇州	fən	vən fən	vən
溫州	faŋ	vaŋ	vaŋ
長沙	fən	fən	fən
雙峰	xuan	ɣuan	xuan

	粉	忿	憤
中古音	pjuən	p'juən	p'juən
南昌	fən	fən	fən
梅縣	fun / p'un	fun	fun
廣州	fɐn	fɐn	fɐn
揚江	fɐn	fɐn	fɐn
廈門	hun	hun	hun
潮州	huŋ	huŋ	huŋ
福州	xuŋ	xuŋ	xuŋ
建甌	xɔŋ	xɔŋ	xɔŋ

這些字在所有的方言都失落細音介音，輕唇音與合口音相拼的只有客家話。其餘方言，若是聲母是輕唇音，就是開口字，這是因為異化作用使得輕唇音將合口介音排斥掉的關係。至於非輕唇音，不管念舌根音或是喉音，都還是合口音。

本節討論《古今韻會舉要》唇音字保存合口讀法的現象。透過和國語、現代漢語方言的比較，有以下幾點結論：

（一）唇音分化的過程，在三等合口的條件下，輕唇音從重唇音分化出來，也就是塞音變成塞擦音再變成擦音，演變完成之後，三等合口介音便消失了。但是，「三等」與「合口」分別是兩種不同的元音，在輕唇音產生的過程，音節中的這兩種元音並不是一起失落的，而是三等介音（細音）先失落，接下來才是合口音。細音介音失落的速度比合口音介音快，而國語演變的趨勢則是兩者都失落了。

所以，以中古音《切韻》音系為基準點，分別看國語、《古今韻會舉要》、現代方言，可以看到本著作所觀察的三等合口字，在國語絕大部分已經變成開口洪音，在《古今韻會舉要》中則大部分是合口

洪音，在現代方言中，絕大部分都已經失落了細音介音，而合口介音則多有保存在方言中，特別是閩語、客語、粵語。

《古今韻會舉要》中唇音保存合口念法的現象，除了國語念單元音和零聲母的字，以及《古今韻會舉要》公字母韻的字以外在現代方言中以南方方言較為符合。

（二）雖然國語是以北方官話為基礎發展出來的[32]，但是，在方言中，北京話的表現和國語卻有差異。就唇音開合口的演變來講，《古今韻會舉要》中，公字母韻的「逢、風、楓、馮、夢……」等字，在國語中念-oŋ，北京話是-əŋ。

（三）學術界認為《古今韻會舉要》明顯地反映了宋元之間的南方音，從本著作的研究來看，《古今韻會舉要》中唇音字保留合口讀法的確可以和現代南方方言對應，所以，現代方言的表現確可以支持這個說法。但是，從書中的輕唇音已經產生的情況推測，所謂宋元之間的南方音，應該有受到共同語的影響，因為若是作者記錄了自己的方言，理應不會在聲母系統記錄輕唇音，黃公紹是福建邵武人，若是以現代閩語的分區來看，是屬於閩北的邵將區[33]，閩語在現代方言中，也是沒有輕唇音的，所以在古代的閩語，應該也不會存在輕唇音。從另一方面來看，書中已經有輕唇音，重唇音變成輕唇音的軌跡在書中也可以看到，也就是細音消失，合口音有些還保存著。若是說這是一部以當時南方方言為基礎的韻書，但是也在其中記錄了共同語，也是一個可以思考的方向。

---

32 竺家寧《聲韻學》（臺北：五南圖書出版公司，2001年10月）頁67。

33 張光宇《閩客方言史稿》（臺北：南天書局，2003年3月）頁94。

第三節　知、照系字在宋代語料中的措置[34]

　　中古音知系與照系的合併經歷了很長的階段，首先，在唐代反切上字系聯的結果，知系、莊系、章系分成三大類，各代表不同的音值，知系（知、徹、澄、娘）是 ȶ、ȶʻ、ȡ、ɳ，莊系（莊、初、崇、生、俟）是 ʧ、ʧʻ、ʤ、ʃ、ʒ、章系是 tɕ、tɕʻ、dʑʻ、ɕ、z（章、昌、船、書、禪），到了宋代三十六字母，章系字與莊系字和併成照系字，音值是 ʧ、ʧʻ、ʤ、ʃ、ʒ（照、穿、牀、審、禪）；至元代，知照系合流，成為 ʧ；至清代演變成捲舌音 tʂ。現代共同語的捲舌音 tʂ，是由知、莊、章三系聲母演變而來的。在《古今韻會舉要》中，卻有一些知照系字到了現代共同語不念捲舌音，例如「縮」字即是。也就是說，知照系字在現代共同語念捲舌音是規律之內，但仍有一些字不念捲舌音，這樣的例外現象引起研究者的注意，而宋代音在漢語音韻史上是承先啟後的地位，上承《切韻》音系的中古音，下啟現代音，許多現代共同語的語音現象都可以在宋代音中發現端倪，因此，現代共同語不念捲舌音的知照系字在宋代語料中如何表現，引起研究者的興趣；再者，語音的歷時演變常會表現在共時平面（方言）上，現代普通話不讀捲舌音的這一些知照系字在現代方言如何呈現，是否有別於語音演變規則之內的知照系字，著眼於宋代音在漢語音韻史上的地位，知照系字演變的「例內」與「例外」，在宋代語料和現代方言之間，是否有對應性，此即本著作的研究動機。

---

34 本節曾以單篇論文的形式於中國語言學會第17屆學術年會上宣讀（北京：北京語言大學，2014年9月）

一 漢語捲舌音的知照系來源和演化

國語有一套捲舌音聲母 tʂ、tʂ'、ʂ、ʐ，根據竺家寧在《聲韻學》中所言，這是由中古的舌上音「知徹澄」和正齒音「照穿牀審禪」，以及半齒音「日母」演變而來的，因為它不適合配細音，所以原有的 -j- 介音都被排擠而失落了。[35]也就是說，捲舌音的來源有三等字和二等字，三等字由於細音介音無法配捲舌音，所以就被排擠而失落。二等字則是直接由舌尖面音變成舌尖後音。其中，中古的舌上音「知徹澄」和正齒音「照穿牀審禪」在宋代合併成了 tʃ，即是「知照合流」。知照系的合併可以用下表來表示：

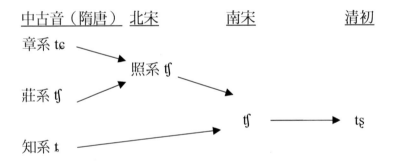

從演變方向來說，先從塞音弱化成塞擦音，發音部位再從舌面前→舌尖面→舌尖後。

再從文獻上來看，《廣韻》反切系聯的結果，正齒音可以分成兩大類：「章、昌、船、書、禪」和「莊、初、崇、生、俟」，章系字是舌面前塞擦音和擦音，莊系字是舌尖面塞擦音和擦音。到了中古後期的三十六字母，兩者合併成正齒音「照、穿、牀、審、禪」。南宋

---

35 竺家寧《聲韻學》頁450-451。

時，代表舌面塞音的知系字，也和正齒音合併，也就是所謂的「知照合流」。因此，中古前期的章系、莊系、知系字，到了南宋，都念成了正齒音 ʧ-。清代，正齒音演變成舌尖後音 tʂ-，也就是捲舌音。

　　知照合流的現象，普遍出現在宋代音文獻中，以下列舉說明：

　　1.《切韻指南》交互音歌訣有「知照非敷遞互通」，代表原屬舌面塞音的知系字，已改讀為塞擦音，和照系字沒有分別。

　　2.《古今韻會舉要》：中古音的舌上音「知、徹、澄」和正齒音「照、穿、牀、審、禪」兩組聲母，到了《古今韻會舉要》的聲母系統中，只用「知徹澄審禪」一組表示，可以配洪音，也可以配細音，和只配洪音的國語捲舌音念法在音值上應該有所不同，它們很可能已經變成了舌尖面的塞擦音和擦音 ʧ、ʧʻ、ʤ、ʃ、ʒ。韻內的字也經常表現出知、照兩系字的相混。

　　3.《九經直音》：宋代的三十六字母已經把《切韻》音系的照二、照三兩系聲母合併成一類，《九經直音》又進一步呈現了整個照系字和知系字合流的現象。再者，濁音的「牀、禪」已經清化，因此，三十六字母的「知、徹、澄」和「照、穿、牀、審、禪」在《九經直音》中，只念成了 ʧ、ʧʻ、ʃ 三個音。

　　4.《皇極經世書》中，知系接在音十一的照系字之後，而不和音六的端系相次，很可能暗示了知、照兩系字已經合流。這兩系的聲母應該已經合併成舌尖面音。

　　諸多語料都顯示，知照系的合併在宋代是普遍現象。而知、照系字在語料中，依然是兼配洪音和細音，例如《切韻指南》「江攝外一」審母二等位上有「雙」（二等字洪音）和「𦈎」（三等字細音），所以音值和國語的捲舌音聲母不同。在北宋，知、照兩系尚未合流，

知系念舌面前塞音，照系念舌尖面塞擦音和擦音。南宋，知照系合流後，念舌尖面音。

二　知、照系字在宋代音文獻中的措置

依照知、照系字的演變，到了國語應該是變成捲舌音，但是在國語中，有少數幾個知照系字不念捲舌音。語音演變的例外現象是本著作探討的焦點。十九世紀歷史語言學蓬勃發展，當中的討論方興未艾，提出音變規律條件的維爾納（Karl Verner）修正青年語法學派的說法，認為「沒有一個例外是沒有規律的」，也就是說，曾支配一個語言的規律倘若有任何例外的話，這例外一定另有原因。[36]準此，這一部分就從知、照系字演變的例外現象談起，將眼光專注於知、照系字在漢語語音史的歷時演變，再聚焦在宋代語料上，從「宋代音」和「國語」兩個端點看之、照系字的表現，最後找出例外現象的規律。

首先，我們以宋元等韻圖為觀察對象，討論宋代音文獻如何安排國語念捲舌音的知照系字和不念捲舌音的知照系字，針對語料進行如實地描述，再詮釋語料中所呈現的現象。這一部分的研究脈絡以圖表示是：

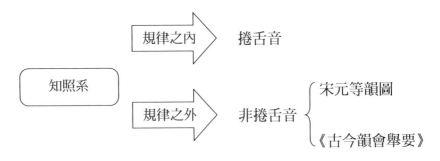

---

36 徐通鏘《歷史語言學》頁123。

（一）宋元等韻圖

　　三部宋元等韻圖《四聲等子》、《切韻指掌圖》、《切韻指南》中，知、照系字的措置例外情況，亦即國語不念捲舌音的知、照系字如下：

阻	詛	鄒	驟	搜	縮	灑	廁	側	測	色
莊開三	莊開三	莊開三	崇開三	生開三	生合三	生開三	初開三	莊開三	初開三	生開三

櫛	莘	瑟	篡	廈	澀	所	森
莊開二	生開二	生開二	初合二	生開二	生開三	生開三	生開三

　　這些字都是莊系字，二、三等都有，也就是說，國語不念捲舌音的知、照系字在宋元等韻圖中都分布在照系二等，而這些字在中古前期有洪音也有細音，但是在中古後期都變成了洪音。《四聲等子》照系二等的聲母音值是 ʧ-、ʧʻ-、ʤ-、ʃ-、ʒ-。而這些字在國語中都念 ts-（ㄗ）、tsʻ-（ㄘ）、s-（ㄙ）的音。

（二）《古今韻會舉要》

　　根據竺家寧的研究[37]，《古今韻會舉要》反映了宋元之間的南方語音。因此，觀察國語中非捲舌音的古知、照系字在《古今韻會舉要》中的分布時，我們發現有一部分非捲舌音的字，中古音來源是知、照系；另一方面，有一些捲舌音也和非知、照系聲母的字並列。無論《古今韻會舉要》反映的是共同語還是方音，這個現象表示，當時當地的口語中，捲舌音還沒有產生，否則，作者就會將捲舌音的字歸為同一系聲母。

---

37 竺家寧《聲韻學》頁396。

其次，中古音的舌上音「知、徹、澄」和正齒音「照、穿、牀、審、禪」兩組聲母，到了《古今韻會舉要》的新三十六字母中，只用「知徹澄審禪」一組表示。而《古今韻會舉要》的聲母命名是以「宮、商、角、徵、羽」來命名，以下是《古今韻會舉要》的聲母系統：

	角	徵	宮	次宮	商	次商	羽	半徵	半商
清	見	端	幫	非	精	知	影		
次清	溪	透	滂	敷	清	徹	曉		
次清次					心	審	ㄠ		
濁	羣	定	並	奉	從	澄	匣		
次濁	疑	泥	明	微		娘	喻	來	日
次濁次	魚				邪	禪	合		

所以，在《古今韻會舉要》中，這些字的聲母都是中古的知、照系，包括：次商清、次商次清、次商次清次、次商濁、次商次濁次。知、照系字是國語捲舌音的中古主要來源，為了討論知、照系字演變的例外，也就是中古的知、照系字，在國語中不讀捲舌音的情況，以下分別從《古今韻會舉要》中歸納出國語不念捲舌音的知照系字；另外，既然捲舌音主要是由中古知、照系字而來，要探討捲舌音演變的例外，我們也一併將念捲舌音的非知照系字找出來，目的在討論知、照系以外的捲舌音成因是什麼。

1. 國語不念捲舌音的照系字

（1）照二

　　薔（莊持切）淄緇錙（莊母）
　　廁（初母），次商次清音

薔輼（初母）（莊母），次商清音

屣（生母），音同使，次商次清音

櫛（莊母），次商清音

責（莊母），次商清音，音與礫同

瑟（生母），次商次清次音，音與盍同

側仄（莊母），次商清音

測，次商次清音（初母）

淙（從母、生母、崇母）從，音與幢同

（2）照三

苕（禪母），音與韶同（次商次濁次音）

湯（書母）（透母），音與商同（次商次清次音）

砥，音與紙同（次商清音）（章母）

（3）知系

涂（澄母），音與槎同（次商濁音）

趠（知母），音與爭同（次商清音）

瞪，音與根同（次商濁音）（澄母）

填，音與震同，次商清音（知母、定母）

澤擇，次商濁音，音與宅同（澄母）

懟，音同墜，次商濁音（澄母）

以上這些字都是《古今韻會舉要》中的知、照系字，可是在國語中都不念捲舌音。大部分的字在國語中都讀 ts-、ts'-、s-、tɕ-、tɕ'-、ɕ-。少部分讀 t-、t'-。

2. **另外有一種情況，非知、照系字和念捲舌音的知、照系字注為同音，而這些非知、照系字都不是捲舌音**

　　猩（心母），音與生同（次商次清次音）

　　砥，音與支同，脂同音字

　　屠（澄母、定母），音與除同

　　蘇斯（心母），音與蔬（生母）同

　　甄振侲等字（讀如秦）

　　純（禪母、章母），音與全（從母）同（商濁音）

　　莈（群母）招（章母）劭（禪母），音與翹（群母）同（角濁音）

　　池（澄母、定母），音與佗（定母、透母）同（徵濁音）

　　沾（知、透、端母），音與添（透母）同（徵次清音）

　　楚，商次清音

　　申（書母），商次清次音，音與信（心母）同

　　繕膳鄯禪單，羽次濁次音。

　　瞪，澄應切，音與鄭同

　　失（書母），羽次濁音，音與逸（以母）同

　　以上例子中，國語念捲舌音的字都是古知照系字，與這些字同音的都是見系、精系、端系字。

　　將以上 A、B 兩項在《古今韻會舉要》中的知、照系字，以及國語念捲舌音的字互相對照，可以發現，知、照系字常常和精、見、端系字同音。

　　在《古今韻會舉要》當時，有些精、見、端系字和知、照系字讀作舌面前塞擦音。但是並不代表在當時，精、見、端系字都念得和

知、照系字一樣，因為在《古今韻會舉要》的聲母系統中，精系、見系、端系依然是獨立的，這種精、見、端系字讀如知、照系字的現象可以視為這三系聲母的例外演變。也就是 t-、k-、ts-→tʃ-。

這些例外演變，雖然在漢語語音史上都可以從主流演變的規律去解釋，見系、端系聲母讀如 tʃ- 在語音演變上是塞音弱化為塞擦音，但是，筆者認為，如果這個現象是依循語音演變的規則所致，那麼在《古今韻會舉要》中就不會只有少數幾個例子，應該是成系統的大量出現。所以，這樣的現象在《古今韻會舉要》中應該是有方言的因素在其中，反映在書中才成為例外的現象。

從漢語語音演變的角度來看，知、照系字和精、見、端系字有密切的關係。

首先，端系字是舌頭音，知、照系字在國語中大部分是念舌上音（捲舌音），在上古音，舌上音讀如舌頭音，因此，知、照系字讀如端系字，應該是反映了上古的讀音。此外，上古照系三等字古讀舌頭音，也說明了照系字和端系字的關係。

其次，上古照系二等字讀如齒頭音，亦即照系二等字和精系字（齒頭音）在上古讀音是一樣的，也就是「精莊同源」，但是在《古今韻會舉要》中的情況與上古音不同，照系字和精系字讀音相同，都是讀做 tʃ-。

最後，精系和見系遇到-i-介音便會產生顎化作用，演變成 tɕ-系。這個顎化音 tɕ-系，在漢語語音史上曾經出現在不同階段。首先是反切上字系聯的結果，代表章系字（章、昌、船，書、禪）；其次是精系和見系顎化之後，成為國語的 tɕ-、tɕʻ-、ɕ。《古今韻會舉要》中，知、照系字和國語中的 tɕ-、tɕʻ-、ɕ 同音，代表的應該是中古早期反切上字系聯結果的章系字的讀音，因為精、見系顎化在十八世紀

的《圓音正考》才發生[38]。

　　從國語的角度來看，知、照系字的發展，在國語中有些溢出規則的情況。對照《古今韻會舉要》知、照系字在國語中的讀音，可以發現，有些知、照系字並沒有照著語音演變的規律發展成捲舌音。反而反映了漢語語音史上不同時間的音讀。讀如端系（舌上音）與讀如精系（齒頭音）是反映了上古的讀音，讀如 tɕ-、tɕʻ-、ɕ-則是反映了中古早期隋唐時代的讀音。

　　從國語和《古今韻會舉要》對照起來，語音的發展並不是線性的，也就是說，雖然國語的時代比較晚，但是在國語中，仍然可以看到時代較早的語音現象。這是因為國語是共同語，吸收了不同來源的方言，而方言又是語言的活化石，常常保留古代的語音，所以，雖然漢語共同語在語音演變的過程中有幾條重要的規律，語音也往往照著這樣的規律走，例如：濁音清化、輕唇化、顎化、零聲母化，但是在國語中，例外現象總是如吉光片羽般出現，而這些例外現象往往可以從方言中去找到解釋與對應。以下就從方言中討論《古今韻會舉要》知照系字在現代方言中分布趨勢。

三　知照系字在現代方言中分布趨勢

　　歷史比較法的核心是，如何從方言或親屬語言的差異中推斷其不同形式所反映的年代順序，實質上就是如何從語言的空間差異中去推斷語言在時間上的發展序列。[39]過去的語音可以從現代方言中找到跡證，從而勾勒語言的時間發展和空間分布的對應關係。前一個部分敘述了知、照系字的發展及其例外現象，知、照系演變到國語應該是念

---

38 郭忠賢《〈圓音正考〉研究》國立成功大學中國文學系2001年碩士論文。

39 徐通鏘《歷史語言學》頁95。

捲舌音，但是有少數則否，筆者從宋代語料中找到這些字，並且從擬音中得知它們在宋代的音值。接著，在這一部分，將依循歷史語言學理論，從現代漢語方言觀察這些溢出規則的字如何分布。

（一）國語非捲舌音的照系二等字在現代方言中的分布

表 4-17　國語非捲舌音的照系二等字在現代方言中的分布

	廁	側	測	瑟	責
中古音	tʃʻi	tʃʃjək	tʃʻjək	ʃet	tʃæk
北京	tsʻɤ	tsɤ	tsʻɤ	sɤ	tsɤ
	ʂʅ	tʂai			
濟南	tʂʻɤ	tsʻɤ	tsʻɤ	sɤ	tsɤ
	tsʻɤ	tʂei	tʂʻei	ʂei	tʂei
西安	tsʻei	tsʻei	tsʻei	sei	tsei
		tsei			
太原	tsʻə	tsʻəʔ	tsʻəʔ	səʔ	tsəʔ
	tsʻaʔ	tsʻaʔ	tsʻaʔ	saʔ	tsaʔ
武漢	tsʻɤ	tsʻɤ	tsʻɤ	sɤ	tsɤ
	ʂʅ	tsɤ			
成都	tsʻe	tsʻe	tsʻe	se	tse
	ʂʅ	tse			
合肥	tsʻɐʔ	tsʻɐʔ	tsʻɐʔ	ʂɐ	tsɐʔ
	ʂʅ				
揚州	tsʻə	tsʻəʔ	tsʻəʔ	sə	tsəʔ
	ʂʅ				
蘇州	tsʻʅ	tsʻɤʔ	tsɒʔ	sɤʔ	tsɤʔ
		tsɤʔ			
溫州	tsʻe	tsʻei	tsʻe	sai	tsa
		tsʻe	tsʻe		

	廁	側	測	瑟	責
中古音	tʃʻi	tʃjək	tʃʻjək	ʃet	tʃæk
長沙	tsʻ tsʻ͡	tsʅ	tsʅ	sʅ	tsʅ
雙峰	tsʻe sʅ	tsia tse	tsʻe tsia	se	tsia tse
南昌	tsɛt ts͡	tsɛt	tsɛt	sɛt	tsɛt
梅縣	tsʻɛt	tsɛt	tsɛt	sit	tsit
廣州	tʃʻi	tʃʻɐk	tʃʻɐk tʃʻak	ʃɐt	tʃak
陽江	tʃʻei	tʃʻɐk	tʃɐk	ʃɐt	tʃak
廈門	tsʻe	tsʻɪk	tsʻɪk	sɪk	tsɪk
潮州	tsʻe	tsʻek tsak	tsʻek	sek	tseʔ
福州	tsʻai tsøy	tsʻaiʔ tsaiʔ	tsʻaiʔ	saiʔ	tsaiʔ
建甌	tsʻɛ	tsʻɛk tsɛk	tsʻɛ	sɛ	tsɛ

這些字在現代漢語方言中絕大部分都不念捲舌音，唯一例外的是在濟南話。另外，粵語（廣州、陽江）念 tʃ-，與宋代知、照合流的音值相同。

照系二等字（莊系）的歷時演變是：

上古	中古早期 （隋唐）	北宋	南宋	清初
ts-（照二古讀齒頭音）	→ tʃ-	→ →照系 tʃ	→ tʃ-	→ tʂ

　　莊系二等字在國語中絕大多數已經念成捲舌音，以上這些例外的
字在漢語方言的分布情形來看，只有濟南話的表現是依照演變的趨勢。
其他方言都對應上古音的情形，而粵語則是對應中古後期的語音現象。

（二）國語非捲舌音的照系三等字在現代方言中的分布

　　《漢語方音字彙》中，所有的照系三等字（章系）在國語都念捲
舌音。但是，在《古今韻會舉要》中，有幾個字有章系字的又音。

　　「繳」有「古了切」（見母）、「之了切」（章母）、「下革切」（匣
母）三個反切；「湯」有「式羊切」（書母）、「土郎切」（透母）、「他
浪切」（透母）三個反切。以下將這兩個字在漢語方言的表現列出，
目的在於討論章系字的又音是否見於現代方言中：

表 4-18　國語非捲舌音的照系三等字在現代方言中的分布

	繳（之了切）	湯（式羊切）
中古音	tɕjak	ɕjaŋ
北京	tɕiau	tʻaŋ
濟南	tɕiɔ	tʻaŋ
西安	tɕiau	tʻaŋ
太原	tɕiau	tʻɒ̃
武漢	tɕiau	tʻaŋ
	kau	
成都	tɕiau	tʻaŋ
	kʰau	
合肥	tɕiɔ	tʻɒ̃
揚州	tɕiɔ	tʻaŋ
蘇州	tɕiæ	tʻɒŋ
	kæ	

	繳（之了切）	湯（式羊切）
中古音	tɕjɑk	ɕjɑŋ
溫州	tɕiɛ	tʻuɔ
長沙	tɕiau	tʻan
雙峰	kɤ	tʻɒŋ
南昌	kau	tʻɔŋ
梅縣	kau	tʻɔŋ
廣州	kau	tʻɔŋ
陽江	kau	tʻɔŋ
廈門	kiau	tʻɔŋ
	ka	tʻŋˊ
潮州	kiəu	tʻaŋ
	ka	tʻɯŋ
福州	kieu	tʻouŋ
	ka	
建甌	kau	tʻɔŋ

章系字的歷時演變為：

上古	中古早期 （隋唐）	北宋	南宋	清初
t-（照三古讀舌 頭音） →	章系 tɕ- →	→照系 tʃ →	tʃ- →	tʂ

由上表可知，「繳」字在現代方言中，沒有一個方言是念捲舌音，在官話區以及吳語、湘語都念顎化音 tɕ-，但是，並不能因此而斷言這個 tɕ- 是保留了中古早期章系字的讀音。因為除了官話區和吳語、湘語以外的方言，都是念 k-，沒有一個方言是保留章系字的反切。從章系字的歷時演變來看「繳（之了切）」的音，除了 tɕ- 出現在方言中之

外，其餘一概沒有。所以，從語音的普遍性來看，現代方言「繳」的念法應該是反映了「古了切」（見系）這個音，tɕ- 則是見系聲母顎化之後的結果。

而「湯」字，在現代方言中，全部都是念 tʻ-，是反映了透母字的反切。從《漢語方音字彙》所收的字來看，章系字在宋代的念法在現代方言中也是沒有保存。

（三）國語非捲舌音的知系字在現代方言中的分布

表4-19　國語非捲舌音的知系字在現代方言中的分布

	澤	擇		澤	擇		澤	擇
中古音	dˈɐk	dˈɐk	中古音	dˈɐk	dˈɐk	中古音	dˈɐk	dˈɐk
北京	tsɤ	tsɤ / tʂai	雙峰	tsʻe	tsʻe / tsʻo	建甌	3ɛ	3ɛ / tɔ
濟南	tʂei	tʂei	南昌	tsʻɛt	tsʻɛt / tʻɔk	長沙	tsʻɤ	tsʻɤ
西安	tsei	tsei						
太原	tsəʔ / tsaʔ	tsəʔ / tsaʔ	梅縣	tsʻɛt	tsʻɛt / tʻɔk			
武漢	tsɤ / tsʻɤ	tsɤ / tsʻɤ	廣州	tʃak	tʃak			
成都	tsʻe	tsʻe	陽江	tʃak	tʃak / tɔk			
合肥	tsʻɐʔ	tsʻɐʔ	廈門	tik	tik / toʔ			
揚州	tsəʔ	tsəʔ						
蘇州	zɤʔ / zɒʔ	zɤʔ	潮州	tsek	toʔ			
溫州	dza	dza	福州	teiʔ	teiʔ / taʔ			

知系字澄母的歷時演變為：

上古		中古早期		北宋		南宋		清初
$d^h \to d^h$	$\to$	$\d$	$\to$	$\d$	$\to$	tf-	$\to$	$\mathrm{t\d}$

　　知系字在國語中絕大多數已經念成捲舌音，以上這些例外的字在漢語方言的分布情形來看，只有北京的白讀和濟南話依照語音演變的趨勢，其他方言大多念成 ts-，粵語念 ʧ-，閩語念 t-。

　　表列這兩個字都是澄母，中古是濁塞音，然而，濁音清化是漢語演變的趨勢，在現代漢語方言中，濁音保留最完整的是吳方言，從表中我們可以看到，吳語仍然念濁音。其次，除了濁音清化之外，弱化作用也是語音演變的動力，塞音弱化後往往會成為塞擦音和擦音，在吳語中，表列的字就是濁塞音弱化之後的結果，念成 dz- 和 z-。

　　閩語念 t-，是反映了上古「古無舌上音」的語音特徵，但是澄母在上古也是濁音，在現代閩語中，只保留了舌上的特徵，濁音也清化了。而粵語念 ʧ-，是反映了知照合流的現象。

　　至於大部分的方言都念 ts-，這個音在澄母字的演變系統中無法找到對應，可以從兩個方面思考，第一，澄母字弱化成塞擦音 dz- 之後，再清化成 ts-；第二，受到照系字念 ts- 的類化。類化現象是根據某一語言要素的典型而創造出同一類型的語言要素，或使不同類型的語言要素改變樣子，來和這一典型相一致的現象。[40]比方說國語的 -uo 韻母在歷史發展過程中，就像是滾雪球般，吸納了原本韻母不同的許多字。漢語方言的澄母字大多數都念 ts- 或 ts'-，再者，ts- 系在現代漢語中，包括了中古的不同來源，類似上述 -uo 韻母滾雪球般的形成過程，由此推論，表列的這兩個字念 ts-，應該是受到類化作用的影響所致。

---

40 竺家寧《聲韻學》頁61。

四　餘論

　　另外，在宋元等韻圖中，有些精系和端系字卻放到知照系的位子，也暗示了在宋元等韻圖反映的音系中，有一些精系和端系字是讀如知、照系的，包括：

胅：透母，等子放在知系的位子上
篸：心母，等子放在照系位子上
酢：清母，等子放在照二
蓑：心母，等子放在照系位子上
撮：精母，等子放在照系位子上
飩：定母，等子放在知系的位子上
茶：定母，等子放在知系的位子上
獺：透母，等子放在知系的位子上
尖：精母，等子放在照系位子上
竣：清母，切韻指南放在照系

　　這些字都是精系字與端系字，在《漢語方音字彙》中所收的字，現代方言的呈現情形如下：

	撮	篸	尖	獺
中古音	tsuɑt	sjuoŋ	tsjæm	thɑt
北京	tsʻuo	suŋ	tɕiɛn	tʻa
	tsuo			
濟南	tsʻuɣ	suŋ	tɕiæ̃	tʻa
	tsuɣ	tɕiuŋ		

	撮	聳	尖	獺
中古音	tsuat	sjuoŋ	tsjæm	tʰɑt
西安	tsʻuo tsuo	tsuŋ	tɕiæ̃	tʻa
太原	tsʻuaʔ tsuaʔ	suŋ	tɕie	tʻaʔ
武漢	tsʻo	soŋ	tɕiɛn	tʻa
成都	tsʻo tso	soŋ	tɕiɛn	tʻa
合肥	tsʻuɐʔ tsuɐʔ	səŋ	tɕiĩ	tʻɐʔ
揚州	tsʻuo	suŋ	tɕiẽ	tʻiæʔ
蘇州	tsɤʔ tsoʔ	soŋ	tsiɪ	tʻaʔ
溫州	tsʻai	soŋ ɕyɔ	tɕi	tʻa
長沙	tsʻo	sən	tɕiẽ	tʻa
雙峰	tsʻue tsue	san	tsĩ	tʻa
南昌	tsʻɔt tsɔt	suŋ	tɕiɛn	tʻat
梅縣	tsʻɔt tsɔt	tsiuŋ	tɕiam	tsʻat
廣州	tʃʻyt	ʃʊŋ	tʃim	tʃʻat
揚江	tʃʻut	ɬʊŋ	tʃim	tʃʻat
廈門	tsʻuat tsʻɔk	sɔŋ	tsiam	tʻat tʻuaʔ

	撮	聳	尖	獺
中古音	tsuɑt	sjuoŋ	tsjæm	thɑt
潮州	tsʻoʔ	soŋ	tsiəm	tʻuaʔ
福州	tsʻouʔ tsʻauʔ	suŋ	tsieŋ	tʻiaʔ
建甌	tsʻu	tsiæyŋ	tsiiŋ	tʻuɛ

　　從現代方言來看這些，只有粵語讀如 ʧ- 系，其餘都是讀 ts- 系或 t- 系聲母。由此可推論，《古今韻會舉要》所反映的宋、元之間的南方音，在知、照合流的例外現象方面和粵語是較為接近的。

　　綜合以上所論，知、照系字在語音演變的過程中，到了國語會念捲舌音，但是卻有少數幾個字溢出規則，這是語音演變的例外。何大安在《聲韻學中的觀念和方法》中對於例外現象的解釋是，當一種語音變化一旦發生的時候，這種變化，不是立即就施用到所有這個音的詞彙上，而是逐漸地從一個詞彙擴散到另一個詞彙。因此，若要使所有有這個音的詞彙，都完成同一種變化，需要極長的時間。但在那麼長的時間裡，這個音變規律會逐漸喪失它的動力，而一些一直未被擴及的詞彙，可能由於長期保持原來讀法的緣故，也就終究不再參與變化，而成為這個變化「殘餘的例外」。[41]支配知、照系字的演變規則之一是捲舌化，但是本著作討論的這幾個知、照系字，在國語中卻不讀捲舌音，這也可以視作知、照系字捲舌化殘餘的例外。而這些例外，在方言中又會受到該方言音系的影響，或是其他語音演變規則的影響。例如在語音演變中，塞音容易弱化為塞擦音或擦音，在吳語中就可以看到，澄母的 ɖ- 弱化為 dz- 和 z-，而因為吳語音系有濁音，所

---

41 何大安《聲韻學中的觀念和方法》頁101。

以濁音的特徵變保留了下來。

另外，這些捲舌化演變的例外，從漢語方言看來，依然有少數方言的念法是受到捲舌化的支配，例如濟南話。值得注意的是，北京話的捲舌音是表現在白讀。一般來說，方言音系若有文白異讀，文讀表現的是較貼近共同語的特徵，白讀則是切合該方言語音演變方向。北京話在知照系演變例外的字裡面，卻又表現了符合語音演變規則的讀音，而這個讀音是在白讀，代表知、照系字捲舌化的例外現象，北京話受到共同語的影響較其他方言多。從地理分布來看，念捲舌音的只有在濟南和北京，甚至北京只見於白讀。絕大部分的方言念 ts- 系。粵語反映知照合流的現象，閩語則可和上古音對應。

再從文獻呈現方面來看，《古今韻會舉要》中，有一些非知、照系字卻有知、照系的又音，這些又音可能是代表了當時的方音。進一步來看，雖然，《古今韻會舉要》反映的是宋、元時期的南方音，但是在當中也有很大的共同語成分，例如本著作所探討的知、照系字在《古今韻會舉要》中已經合流，這符合了宋代語音的演變趨勢，這樣的趨勢也延續到國語。但是當中的一字兩見，卻也暗示了書中有方音的存在，例如照系三等字在《古今韻會舉要》中所收的音，包括了國語不讀捲舌音的字即是。

本章討論宋代音文獻中所反映的聲母演變，包括匣母字在現代漢語方言中是否保留如《古今韻會舉要》的情況，即匣母字是舌根濁擦音，而且是細音；《古今韻會舉要》唇音開合口的問題，以及在現代方言中的對應；知、照系字在宋代音文獻中的措置，及其在現代漢語方言中的分布趨勢。藉由觀察宋代音文獻中的聲母演變情況，將音變現象放在現代漢語方言中來看，可以分成兩部分說明：

（一）音變機制

主導匣母字在現代方言中分布趨勢及類型最主要是濁音清化，而細音字則是受到顎化作用的影響。主導唇音字在現代方言中表現為開口或合口的音變機制是異化作用。主導知、照系字在現代方言中的演變方向及分布趨勢的音變機制是捲舌化以及異化作用。

（二）南北方言的差異

本章討論的三個語音演變現象及其在現代方言中的分布趨勢，可以明顯看到南北方言有別。大致上來說，北方官話的演變速度比南方方言快，而且表現較為一致，同一音類，在南方方言的表現較為紛雜。

第五章
宋代音文獻中所反映的韻母演變

　　本章將宋代音文獻中歸納出來的韻母現象放到現代方言中觀察，主要有三四等界線模糊的現象、蟹止攝合流、精系字三等併入一等、內外混等，另外，宋代音文獻對於介音位置的安排與《切韻》系韻書不同，也在本章進行討論。

第一節　宋代音文獻中三、四等界限模糊的現象[1]

　　漢語語音史的斷代，目前學界是將《切韻》產生以前視為上古音，以《切韻》音系為主的隋唐、五代，乃至於宋代，是中古音，元、明、清是近代音。宋代是中古音到近代音的橋梁。其意義在於，《切韻》系韻書的架構，到了宋代的音韻學著述中有所更動，這也反映了宋代相較於隋唐五代，音系架構有了大幅度的變更，從宏觀的角度來看，從隋唐音到宋代音在韻圖的編排上，早期等韻圖中是43轉，到了宋元等韻圖合併為16攝。《切韻》音系三等韻介音是-j-，四等介音是-i-。到了宋代，在許多語料中，出現中古三等韻和四等韻並列或者互相注音的例子。可以看出三等韻和四等韻的界線在宋代已經模糊了。本節以「宋代音文獻中三、四等界限模糊的現象」為研究主題，探討宋元等韻圖中，打破早期等韻圖對於三等韻與四等韻之間界線井然的情況。並且試圖在現代方言中尋找與宋代音對應的現象。文獻採

1　本節曾以單篇論文的形式於The 2014 Annual Research Forum of the Linguistic Society of Hong Kong上宣讀（香港：香港城市大學，2014年12月）。

用的是幾部反映宋代音的韻書和韻圖——《四聲等子》、《切韻指掌圖》、《五音集韻》、《九經直音》、《詩集傳》、《古今韻會舉要》。現代方言則取材於北京大學中國語言文學系所編《漢語方音字彙》中的調查資料。接著，再將文獻呈現的音韻訊息和現代方言的分布對照，以期歸納出中古三、四等韻從中古早期截然兩分，到宋代韻書中的分合情況如何與現代方言對應。

　　基於歷史比較法理論基礎展開討論，歷史比較法認為可以用時空結合的原則和書面文獻資料來研究語言的發展。語言的空間差異反映語言的時間發展，提示了研究者，語言發展同時表現在空間和時間兩個方面。語言發展中的時間是無形的、一發即逝的，而語言的空間差異則是有形的、聽得見的，是時間留在語言中的痕跡，可以成為觀察已經消失的時間的窗口。所以，從語言的空間差異探索語言的時間發展，就成為歷史比較法的一條重要原則。[2]具體步驟是從文獻和現代方言兩方面著手。文獻採用的是幾部反映宋代音的韻書和韻圖——《四聲等子》、《切韻指掌圖》、《五音集韻》、《九經直音》、《詩集傳》、《古今韻會舉要》。現代方言則取材於北京大學中國語言文學系所編《漢語方音字彙》中的調查資料。接著，再將文獻呈現的音韻訊息和現代方言的分布對照，以期歸納出中古三、四等韻從中古早期截然兩分，到宋代韻書中的分合情況如何呈現在現代方言中；再者，從詞彙擴散理論來看，四等韻「齊、先、宵、青、添」和三等韻合流並非一蹴可幾，而是經過了漸進的過程，也就是說，這五個韻並不是一下子同時就和三等韻合流，而是一個音類接著一個音類演變的。而從方言中觀察四等韻的表現，可以協助釐清這五個四等韻演變速度的快慢。

2　徐通鏘《歷史語言學》頁136。

一　從宋代音文獻中觀察三、四等的界線

　　《切韻》音系三等韻介音是 -j-，四等介音是 -i-。到了宋代，在許多語料中，出現了中古三等韻和四等韻並列或者互相注音的例子。可以看出三等韻和四等韻的界線在宋代已經模糊了。本著作的研究取材，以幾部宋代韻書與韻圖為觀察對象。

　　代表宋代語音的等韻圖有兩部，分別是北宋的《四聲等子》與南宋的《切韻指掌圖》。

　　《四聲等子》成書的時代相當早，其前身是《五音圖式》，底本在宋初就已經產生了。產生地點在北方之遼境。北宋中葉，《等子》自遼入宋，附於《龍龕手鑑》之末，本名《五音圖式》，入宋後，宋人將之析出獨立成書，並依本地的實際語音加以整理改訂，定名為《四聲等子》。

　　各圖之末，注明本圖所收韻目名稱，並有韻母合併之說明。例如「東冬鍾相助」、「蕭併入宵類」、「江陽借形」、「魚虞相助」、「幽併入尤韻」、「佳併入皆韻」、「祭廢借用」、「有助借用」、「文諄相助」、「刪併山」、「先併入仙韻」、「仙元相助」、「鄰韻借用」、「四等全併一十六韻」、「獨用孤單韻」等。這是因為宋代韻母簡化，使原來不同的韻母混而無別了，所以特別在圖末注明合併的情形。這裡所說的「相助」、「併入」、「借用」意思是一樣的。由此可以看出《等子》一、二等韻的分別仍舊存在，三、四等韻的界限已經消失了。不過，在排列上，受傳統等韻圖的影響，仍然保留三、四等的位子。

　　《四聲等子》圖末所注明的韻目合併，有關三、四等合併的有「先併入仙韻」、「蕭併入宵類」，四等韻有「齊先蕭青添」五個，在《四聲等子》注明與三等韻合併的只有先韻和蕭韻。齊韻在蟹攝外二的三等與四等位子上；青韻在曾梗攝內八與曾梗攝外八（內外混等）

的四等位上；添韻則是併入鹽韻中，放在咸攝外八的四等位上。所以在《四聲等子》的音系中，三、四等韻之間的界線也消失了。

　　《切韻指掌圖》（1176-1203年間）中，a 類韻攝一、二等的區別和中古音相同，是後低元音和前低元音的區別；三、四等已無區別，都有個 i 介音。姚榮松在《切韻指掌圖研究》中，將三、四等韻擬為同一個介音 i。所以在《切韻指掌圖》的音系中，三、四等的界線也已經不存在了。

　　《五音集韻》是金朝韓道昭所撰，書成於1212年，大致上以《廣韻》為藍本，而增入之字則以《集韻》為藍本。本書根據當時北方的實際語音，把《集韻》的206韻合併為160韻。各韻的先後次序也和《廣韻》、《集韻》不全同，可以看出當時的語音狀況。當中，三、四等有合併成一韻的。也有四等韻獨用的。中古四等韻在《五音集韻》中的分合情況是：齊韻獨用、青韻獨用、仙先合併、宵蕭合併、鹽添合併。由此可知，《五音集韻》的音系裡，青韻和齊韻這兩個四等韻沒有和三等韻合流，但是在其他的宋代韻書中，青韻常和清三、庚三、蒸三合流。齊韻常和三等支脂之韻合流。（《五音集韻》的成書背景與音系架構詳見第二章第二節與第三章第二節）

　　根據竺家寧《聲韻學》[3]的研究，《九經直音》沒有署名作者，不過，明初的《文淵閣書目》已著錄。書中多避宋真宗趙恒諱，遇「恒」字大部分缺末筆。再者，書中所引的前人注音，包羅了各朝代的學者，卻不見宋以後的人；再次，書內春秋序「素王」二字小注提到「真宗御制夫子贊曰……」，只標「真宗」而不稱宋，又稱「御制」。可以推測《九經直音》無疑是形成於宋代。此書在宋元時代十分風行，為讀書人必備的參考書，因此，我們可以透過其中的直音資料探索宋代的語音。書中有大量的資料反映了三、四等的合流：

3　竺家寧《聲韻學》頁408。

齊韻：「彌（支韻），音迷（齊韻）」；「稽（齊韻），音基（之韻）」；
　　　　「嫳（霽韻），音蔽（祭韻）」；「羿（霽韻），音毅（未韻）」。

先韻：「駢（先韻），音便平（仙韻）」；「焉（仙韻），音煙（先韻）」；「別（薛韻），音邊入（屑韻）」。

蕭韻：「燎（宵韻），音料（蕭韻）」；「矯（小韻），居了切（篠韻）」；「嘯（音笑）」。

青韻：「冥（青韻），音名（清韻）」；「鈴（青韻），音陵（蒸韻）」；「憬（梗韻），音扃上（迥韻）」；「堛（職韻），音激（錫韻）」。

添韻：「檢（琰韻），音兼上（忝韻）」；「僭（木忝韻），音尖去（艷韻）」；「漸（鹽韻），音僭平（添韻）」。

　　這樣的資料在書中有294條，因此，此時三、四等合流應該是普遍現象。

　　《詩集傳》書成於1177年，書中的叶音反映的朱子當時的實際語音，所謂叶音，是用當時的語音去改讀《詩經》，遇到押韻不合的，就用自己的語言加以臨時改讀。所以，這一些叶音的資料，可以讓研究者了解當時的語音。根據竺家寧《聲韻學》引用許世瑛的擬音資料[4]，仙先韻合併、庚（三等）青清蒸登合併、鹽添嚴合併、之支脂微齊祭廢合併。從《詩集傳》的叶音可以看出三四等韻的界限已經消失了。

　　《古今韻會舉要》，依據竺家寧《古今韻會舉要的語音系統》的研究，《古今韻會舉要》所反映的音系是宋元之間的南方音。在書中，中古音「四等」的界線已經消失，轉變成「四呼」的格局，也就是說，從「開、合、洪、細」轉變為「開、齊、合、撮」。中古三、四等的分別在此時也有了不同的局面。情況如下：

4　竺家寧《聲韻學》頁434。

《韻會》	中古音	說明
鞬韻（濁聲母）	元魂痕先仙	
堅韻（清聲母）	元魂痕先仙	
涓韻	元魂痕先仙	中古是合口細音字，《韻會》擬為 y
京韻	耕庚清青蒸登	iŋ
經韻	耕庚清青蒸登	iəŋ
行韻	耕庚清青	匣母
雄韻	東庚耕清青	中古是合口細音字，《韻會》擬為 y
羈韻	支脂之微齊	三等
雞韻	支脂之齊	四等
規韻	支脂之齊	重紐四等

中古三、四等韻的界線在韻會的系統中也已經消失了，中古三、四等韻在韻會中的合併程度比五音集韻還要廣。

從這些資料來看，三、四等韻大致上在宋代是呈現合流的趨勢，包括《古今韻會舉要》、《詩集傳》、《九經直音》、《四聲等子》、《切韻指掌圖》或是《五音集韻》中，仍有看到一些四等韻並沒有和三等韻合流。

二 從方言中觀察三、四等的界線

青韻、齊韻在文獻中有獨立的情況，首先觀察這幾個韻的字在方言中與三等韻的分合狀況。

（一）《五音集韻》裡面，四等青韻獨用，但是在其他的語料中，常跟三等耕庚蒸清韻同用。在方言中的情況是：

表 5-1　《五音集韻》四等青韻在漢語方言的呈現

	青	經	釘	停	英	明	京	平	承	繩	晴	贏
中古音	tsʻien	kien	tien	dʻien	ʔjɐn	mjɐn	kjɐn	bjɐn	zjɘŋ	dzʻjɘŋ	dzʻjɛŋ	jɛŋ
	青四	青四	青四	青四	庚三	庚三	庚三	庚三	蒸三	蒸三	清三	清三
北京	tɕʻiŋ	tɕiŋ	tiŋ	tʻiŋ	iŋ	miŋ	tɕiŋ	pʻiŋ	tʂʻəŋ	ʂəŋ	tɕiŋ	iŋ
濟南	tɕʻiŋ	tɕiŋ	tiŋ	tʻiŋ	iŋ	miŋ	tɕiŋ	pʻiŋ	tʂʻəŋ	ʂəŋ	tɕiŋ	iŋ
西安	tɕʻiŋ	tɕiŋ	tiŋ	tʻiŋ	iŋ	miŋ	tɕiŋ	pʻiŋ	tʂʻəŋ	ʂəŋ	tɕiŋ	iŋ
太原	tɕʻiŋ / tɕʻi	tɕiŋ	tiŋ	tʻiŋ	iŋ	miŋ / mi	tɕiŋ	pʻiŋ	tsʻəŋ	səŋ	tɕiŋ	iŋ
武漢	tɕʻin	tɕin	tin	tʻin	in	min / mən	tɕin	pʻin	tsʻən / sʻən	sən	tɕin	in
成都	tɕʻin	tɕin	tin	tʻin	in	min	tɕin	pʻin	tsʻən / sʻən	suən	tɕin	in
合肥	tɕʻin	tɕin	tin	tʻin	in	min / mən	tɕin	pʻin	tʂʻən	ʂən	tɕin	in
揚州	tɕʻiŋ	tɕiŋ	tiŋ	tʻiŋ	iŋ	miŋ	tɕiŋ	pʻiŋ	tsʻəŋ	səŋ	tɕiŋ	iŋ
蘇州	tɕʻin	tɕin	tin	din	in	min / mən	tɕin	bin	zʻən	zən	tsin	jin
溫州	tɕʻeŋ	tɕiaŋ	teŋ	deŋ	iaŋ	meŋ / maŋ	tɕiaŋ	beŋ	zeŋ	zəŋ	tseŋ	jiaŋ
長沙	tɕʻin	tɕin	tin / tian	tin	in	min / mən	tɕin	pin	tsən / sən	sən	tɕin	in
雙峰	tɕʻiɛn / tɕʻiɐŋ	tɕiɛn / tɕiɐŋ	tiɛn / tiɐŋ	diɛn	iɛn	miɛn / mæ̃	tɕiɛn	biɛn / biɐŋ	diɛn	ɣiɛn	tɕiɛn	iɛn / iɐŋ
南昌	tɕʻin / tɕʻian	tɕin / tɕian	tian	tʻin	in	min / mian	tɕin	pʻin / pʻian	tsʻən / sən	sən	tɕin / tɕian	in / ian

	青	經	釘	停	英	明	京	平	承	繩	晴	贏
中古音	ts'ien	kien	tien	d'ien	ʔjæŋ	mjæŋ	kjæŋ	bjæŋ	zjəŋ	dz'jəŋ	dz'jɛŋ	jɛŋ
	青四	青四	青四	青四	庚三	庚三	庚三	庚三	蒸三	蒸三	清三	清三
梅縣	ts'iaŋ	kin	taŋ	t'in	in	min	kin	p'in	sən	sun	tsin	in
		kaŋ				miaŋ		p'iaŋ				iaŋ
廣州	tʃ'ɪŋ	kɪŋ	tɪŋ	t'ɪŋ	jɪŋ	mɪŋ	kɪŋ	pɪŋ	ʃɪŋ	ʃɪŋ	tʃ'ɪŋ	jɪŋ
	tʃ'ɛŋ	kaŋ	tɛŋ					p'ɛŋ				jɛŋ
揚江	tʃ'ɪŋ	kɪŋ	tɪŋ	t'ɪŋ	ɪŋ	mɪŋ	kɪŋ	p'ɪŋ	ʃɪŋ	ʃɪŋ	tʃ'ɪŋ	jɪŋ
		kaŋ										
廈門	ts'ɪŋ	kɪŋ	tɪŋ	t'ɪŋ	ɪŋ	bɪŋ	kɪŋ	pɪŋ	sɪŋ	sɪŋ	tsɪŋ	ɪŋ
	ts'ĩ	kĩ		t'in	ẽ	mĩã	kĩã	pĩã		tsin		ĩã
潮州	ts'ẽ	keŋ	teŋ	t'eŋ	eŋ	meŋ	keŋ	p'eŋ	seŋ	sĩ	tseŋ	ĩã
		kĩã				mẽ	kĩã	p'ẽ				
福州	ts'ɪŋ	kɪŋ	teiŋ	tiŋ	iŋ	miŋ	kiŋ	piŋ	siŋ	siŋ	tsiŋ	iŋ
	ts'aŋ	kiaŋ			eiŋ	maŋ		paŋ				iaŋ
建甌	ts'eiŋ	keiŋ	taiŋ	teiŋ	eiŋ	meiŋ	keiŋ	peiŋ	ts'eiŋ	seiŋ	tseiŋ	iaŋ
	ts'aŋ							piaŋ				

在方言中，大部分已經看不出這裡的三、四等的區別。三、四等同為細音，從語音史的角度來看，三、四等的演變最後介音都會變成i。在方言中，比較特別的是蒸三，非但在很多方言中與四等韻有區別，和其他並列的三等韻也有區別，因為蒸三（捲舌音）在這些方言中是洪音。

從音類來看，蒸三（捲舌音）在大多數方言變成洪音。只有在少部分方言保留細音：廣州、陽江、廈門、潮州。三等韻是細音，方言中成為洪音的蒸三（捲舌音）等字是失落細音的關係，而保留細音的則是較早的情況。

在宋代語料中，青韻（四等）與耕庚蒸清韻（三等）同用的情況造成三、四等合流；在現代方言中，僅見於蒸三（捲舌音）保留細音的方言，主要是閩語和粵語，其他的方言都因為蒸三（捲舌音）是洪音，而使得四等的青韻和三等的耕庚蒸清韻不完全合流。

從演變的速度來看，在宋代語料中，青韻普遍和耕庚蒸清韻合流，但是《五音集韻》中，青韻獨用、庚耕蘊合用、蒸韻獨用，代表《五音集韻》中，青韻和耕庚蒸清韻合流速度比較慢，而其他語料這幾個韻則是都已經合併為 i 介音，在現代方言中，蒸三（捲舌音）進一步失落了細音介音。

（二）《五音集韻》裡面，四等齊韻獨用，但是在其他的語料中，常跟三等脂之支微韻同用

表 5-2　《五音集韻》四等齊韻在漢語方言的呈現

	雞	溪	低	題	泥	脂	居	基	之	詩	支	示	移	微	輝	飛
中古音	kiɛi	k'iɛi	tiei	d'iei	niei	tɕjei	kjoʔki	ki	tɕji	ɕji	tɕje	dzjei	je	mjuəi	xjuəi	pjuəi
	齊韻	齊韻	齊韻	齊韻	齊韻	脂韻	魚/之韻	之韻	之韻	之韻	支韻	脂韻	支韻	微韻	微韻	微韻
北京	tɕi	ɕi	ti	t'i	ni	tʂʅ	tɕy	tɕi	tʂʅ	ʐʅ	tʂʅ	tʂʅ	i	uei	xuei	fei
濟南	tɕi	ɕi	ti	t'i	ŋi	tʂʅ	tɕy	tɕi	tʂʅ	ʐʅ	tʂʅ	tʂʅ	i	uei	xuei	fei
西安	tɕi	ɕi	ti	t'i	ŋi	tʂʅ	tɕy	tɕi	tʂʅ		tʂʅ	tʂʅ	i	vi / vei	xuei	fi / fei
太原	tɕi	ɕi	ti	t'i	ni	tʂʅ	tɕy	tɕi	tʂʅ	tʂʅ	tʂʅ	tʂʅ	i	vei	xuei	fei
成都	tɕi	tɕ'i	ti	t'i	ŋi	tʂʅ	tɕy	tɕi	sʅ	sʅ	tʂʅ	sʅ	i	uei	xuei	fei
合肥	tɕ	sʅ	tsʅ	ts'ʅ	l̩ / m̩	tʂʅ	tɕy	tɕi	tʂʅ	tʂʅ	tʂʅ	tʂʅ	i	ue	xue	fe
揚州	tɕi	tɕ'i	ti	t'i	li	tʂʅ	tɕy	tɕi	sʅ	sʅ	tsʅ	sʅ	i	uəi	xuəi	fəi

	雞	溪	低	題	泥	脂	居	基	之	詩	支	示	移	微	輝	飛
中古音	kiɛi	kʻiɛi	tiɛi	dʻiɛi	niɛi	tɕjei	kjoʔki	ki	tɕji	ɕji	tɕje	dʑjei	je	mjuəi	xjuəi	pju
	齊韻	齊韻	齊韻	齊韻	齊韻	脂韻	魚/之韻	之韻	之韻	之韻	支韻	脂韻	支韻	微韻	微韻	微…
蘇州	tɕi	tɕʻi	ti	di	ŋi	tsʮ	tɕy	tɕi	tsʮ	sʮ	tsʮ	zʮ	ji	vi / mi	huᴇ̯	fi
溫州	tɕʐ	tɕʻʐ	tei	dei	ŋi	tsʐ	tɕy	tɕʐ	tsʐ	sʐ	tsei	zʐ	ji	vei	ɕy	fe
長沙	tɕi	ɕi / tɕʻi	ti	ti	ŋi	tsɿ	tɕy	tɕi	tsɿ	sɿ	tsɿ	sɿ	i	uei	fei	fa
雙峰	tɕi	tɕʻi	ti	di	ŋiĩ	tsʅ	ty	tɕi	tsʅ	sʅ	tsʅ	dzʅ	i	ui	xui	xu
南昌	tɕi	tɕʻi	ti	lʻi	ŋi	tsɿ	tɕy	tɕi	tsɿ	sɿ	tsɿ	sɿ	i	ui	fəi	fa
梅縣	kɛ	hai	tai	tʻi	ni / nai	tsɿ	ki	ki	tsɿ	sɿ	sɿ		i	mi	fi	fi / p
廣州	kɐi	kʻɐi	tɐi	tʻɐi	nɐi	tʃi	køy	kei	tʃi	ʃi	tʃi	ʃi	ji	mei	fɐi	fe
揚江	kɐi	kʻiɐ	tɐi	tʻɐi	nɐi	tʃi	kei	kei	tʃi	ʃi	tʃi	ʃi	ji	mei	fɐi	fe
廈門	ke / kue	kʻe / kʻue	te / ke	te / tue	ŋĩ / le	tsi	ku	ki	tsi	si	tsi / ki	si	i	bi / bui	hui	hu / p
潮州	koi	kʻoi	ti / ke	toi	ŋĩ	tsĩ	ku	ki	tsɿ	si	tsĩ	si	i	mũĩ	hui	hu / p
福州	kie	kʻɛ	ti / tɛ	tɛ	nɛ	tsie	ky	ki	tsi	si	tsie	sei / tsei	ie	mi	xuei	x / pu
建甌	kai	kʻai	ti	ti	ni / nai	tsi	ky	ki	tsi	si	tsi	si	i	mi	xy	x / y

　　《五音集韻》中，脂之支三韻合用，與齊韻有別。對照現代方言，除了閩、粵、客方言之外，齊韻大部分都是細音。脂之支韻三韻在現代方言中很大的一部分變成舌尖元音，由細音轉變為洪音；另一種類型是保留細音，與三等韻合流；另外一種是變成 y 元音，這是由合口細音 -iu 演變而來。

　　從宋代韻書三等脂之支韻和齊韻的分合狀況來看，《五音集韻》所顯示的四等齊韻與三等脂之支韻有別，代表的是較為保守或是演變速度較慢的情況。宋代其他語料顯示的齊韻與三等脂之支韻同用，是三、四等介音已經變成同一個 i 之後的情況。現代方言中，三等之支韻同用變成舌尖元音，是舌面元音受到精系字影響而產生元音高化以後的結果。y 元音則是四等變成四呼之後，漢語語音格局改變以後的結果。所以，雖然現代方言和《五音集韻》的四等青韻與三等脂之支韻都沒有合流，但是所表現的差異與語音演變的階段是不同的。

　　在《古今韻會舉要》中，止攝開口三等字獨立成「貲韻」，代表的音值是舌尖元音，此時，這些三等脂之支韻的字就跟其他的四等字截然分別了。

　　微韻（合口）在《古今韻會舉要》中和之支脂齊韻歸為同一個韻，在現代方言中，微韻（合口）大多數都已經變成洪音，並未和其他三、四等韻一樣念成細音。

（三）添韻

　　宋代語料中，四等的添韻都已經和三等的鹽韻合流，在現代方言中，添韻和鹽韻的表現如下表：

表 5-3　《五音集韻》四等添韻在漢語方言的呈現

	添	占	嫌	鹽	廉	尖
中古音	tʻiem	pjæu	ɣiem	jæm	ljæm	tsjæm
	添四	重紐四等	添四	鹽三	鹽三	鹽三
北京	tʻien	tʂan	ɕiɛn	iɛn	liɛn	tɕiɛn
濟南	tʻiæ̃	tʂæ̃	ɕiæ̃	iæ̃	liæ̃	tɕiæ̃
西安	tʻiæ̃	tʂæ̃	ɕiæ̃	iæ̃	liæ̃	tɕiæ̃

	添	占	嫌	鹽	廉	尖
中古音	tʻiɛm	pjæu	ɣiem	jæm	ljæm	tsjæm
	添四	重紐四等	添四	鹽三	鹽三	鹽三
太原	tʻie	tʂæ̃	ɕie	ie	lie	tɕie
武漢	tʻiɛn	tsan	ɕiɛn	iɛn	niɛn	tɕiɛn
成都	tʻiɛn	tsan	ɕiɛn	iɛn	niɛn	tɕiɛn
合肥	tʻiĩ	tʂæ̃ / tʂən	ɕiĩ	iĩ	liĩ	tɕiĩ
揚州	tʻiẽ	tsiẽ	ɕiẽ	iẽ	liẽ	tɕiẽ
蘇州	tʻiĩ	tsø / tsiɪ	jiĩ	jiĩ	liĩ	tsiĩ
溫州	tʻi	tɕi	ji / ɦa	ji	li	tɕi
長沙	tʻiẽ	tsɤ̃	ɕiẽ	iẽ	liẽ	tɕiẽ
雙峰	tʻĩ	ɦĩ	ɣĩ	ĩ	lĩ	tsĩ
南昌	tʻiɛn	tsɛn	ɕiɛn	iɛn	liɛn	tɕiɛn
梅縣	tʻiam	tsam	hiam	iam	liam	tsiam
廣州	tʻim	tʃĩm	jim	jim	lim	tʃĩm
揚江	tʻim	tʃĩm	jim	jim	lim	tʃĩm
廈門	tʻiam / tʻĩ	tsiam	hiam	iam / sĩ	liam	tsiam
潮州	tʻiəm / tʻĩ	tsiəm	hiəm	iəm	liəm	tsiəm
福州	tʻieŋ	tsieŋ	xieŋ	sieŋ	lieŋ	tsieŋ
建甌	tʻiiŋ	tsiiŋ	xiiŋ	iiŋ	liiŋ	tsiiŋ

現代方言中，添韻和鹽韻已經沒有區別，都念成一樣的細音，除了極少數的洪音，如梅縣（客語）的「占」，是由於失去 i 介音所致。

（四）先韻

在宋代語料中，四等的先韻都已經和三等的仙韻合流，在現代方言中，先韻和仙韻的表現如下表：

表 5-4　《五音集韻》四等先韻在漢語方言的呈現

	煙	千	先	邊	連	篇	然
中古音	ʔiɛn	tsʻiɛn	siɛn	piɛn	ljæn	pʻjæn	njæn
	先四	先四	先四	先四	仙三	仙三	仙三
北京	iɛn	tɕʻiɛn	ɕiɛn	piɛn	liɛn	pʻiɛn	ʐan
濟南	iæ̃	tɕʻiæ̃	ɕiæ̃	piæ̃	liæ̃	pʻiæ̃	ʐæ̃
西安	iæ̃	tɕʻiæ̃	ɕiæ̃	piæ̃	liæ̃	pʻiæ̃	ʐæ̃
太原	iæ	tɕʻie	ɕie	pie	lie	pʻie	ʐæ̃
武漢	iɛn	tɕʻiɛn	ɕiɛn	piɛn	niɛn	pʻiɛn	nan
成都	iɛn	tɕʻiɛn	ɕiɛn	piɛn	niɛn	pʻiɛn	zan
合肥	iĩ	tɕʻiĩ	ɕiĩ / ɕyĩ	piĩ	liɪ	pʻiɪ	ʐæ̃ / ʐən
揚州	iẽ	tɕʻiẽ	ɕiẽ	piẽ	liẽ	pʻiẽ	iẽ
蘇州	iĩ	tsʻiĩ	siĩ	piɪ	liɪ	pʻiɪ	zø
溫州	i	tsʻi	ɕi	pi	li	pʻi	ji / ŋi
長沙	iẽ	tɕʻiẽ	ɕiẽ	piẽ	liẽ	pʻiẽ	yẽ
雙峰	iĩ	tsĩ	sĩ / suĩ	pĩ	lĩ	pʻɪ	ĩ
南昌	iɛn	tɕʻiɛn	ɕiɛn	piɛn	liɛn	pʻiɛn	liɛn
梅縣	ian	tsʻiɛn	siɛn	piɛn	liɛn	pʻiɛn	ian
廣州	jin	tʃʻin	ʃin	pin	lin	pʻin	jin

	煙	千	先	邊	連	篇	然
中古音	ʔiɛn	tsʻiɛn	siɛn	piɛn	ljæn	pʻjæn	ȵjæn
	先四	先四	先四	先四	仙三	仙三	仙三
揚江	jin	tʃʻin	ɬin	pin	lin	pʻin	jin
廈門	iɛn	tsʻiɛn	siɛn	piɛn	liɛn	pʻiɛn	liɛn
		tsʻɪŋ	sɪŋ	pĩ	nĩ	pʻɪ	
潮州	iŋ	tsʻõĩ	sɪŋ	pieŋ	lieŋ	pʻieŋ	zieŋ
			sõĩ	pĩ			
福州	ieŋ	tsʻieŋ	sieŋ	pieŋ	lieŋ	pieŋ	yoŋ
	iŋ		seiŋ	peiŋ			
建甌	iɪŋ	tsʻaiŋ	siŋ	piŋ	liiŋ	piŋ	iŋ
			saiŋ				ieiŋ

　　四等先韻和三等仙韻大致上呈現合流的狀況，念成細音。有少部分的三等仙韻念成洪音，主要是有捲舌音的方言，「然」字念洪音，像是北京、濟南、西安、太原、合肥，這是因為捲舌音不配細音，所以聲母發生捲舌化，細音就被排斥掉了。其餘念成洪音的字，是在演變的過程中失落了 i 介音所致。

（五）蕭韻

　　在宋代語料中，四等的蕭韻都已經和三等的宵韻合流；在現代方言中，蕭韻和宵韻的表現如下表：

表 5-5　《五音集韻》四等蕭韻在漢語方言的呈現

	條	料	蕭	宵	潮	嬌
中古音	dˊiɛu	liɛu	siɛu	sjæu	ɖˊjæu	kjæu
	蕭四	蕭四	蕭四	宵三	宵三	宵三
北京	tʻiau	liau	ɕiau	ɕiau	tʂʻau	tɕiau
濟南	tʻiɔ	liɔ	ɕiɔ	ɕiɔ	tʂʻɔ	tɕiɔ
西安	tʻiau	liau	ɕiau	ɕiau	tʂʻau	tɕiau
太原	tʻiau	liau	ɕiau	ɕiau	tʂʻau	tɕiau
武漢	tʻiau	niau	ɕiau	ɕiau	tʂʻau	tɕiau
成都	tʻiau	niau	ɕiau	ɕiau	tʂʻau	tɕiau
合肥	tʻiɔ	liɔ	ɕiɔ	ɕiɔ	tʂʻɔ	tɕiɔ
揚州	tʻiɔ	li	ɕiɔ	ɕiɔ	tʂʻɔ	tɕiɔ
蘇州	diæ	liæ	siæ	siæ	zæ	tɕiɔ
溫州	diɛ	liɛ	ɕiɛ	ɕiɛ	dʑiɛ	tɕiɛ
長沙	tiau	liau	ɕiau	ɕiau	tsau	tɕiau
雙峰	diɤ	liɤ	ɕiɤ	ɕiɤ	dɤ	tɕiɤ
南昌	tʻiɛu	liɛu	ɕiɛu	ɕiɛu	tsʻɛu	tɕiɛu
梅縣	tʻiau	liau	siau	siau	tsʻau	kiau
廣州	tʻiu	liu	ʃiu	ʃiu	tʃʻiu	kiu
揚江	tʻiu	liu	ɬiu	ɬiu	tʃʻiu	kiu
廈門	tʻiau / tio	liau	siau / sio	siau	tiau / tio	kiau
潮州	tʻiəu	liəu	siəu	siəu	tie	kiəu
福州	tʻɛu	lieu / lau	sieu	sieu	tieu	kieu
建甌	tʻiau	lieu / lau	siau	siau	tiau	kiau

　　現代漢語方言中，四等蕭韻大多數已經和三等宵韻合流，例外的
情況是在有捲舌音的方言，如北京、濟南、西安、太原、武漢、成
都、合肥，這幾個方言點的「潮」念捲舌音，而且是洪音。其餘非捲
舌音而念成洪音的字，因為與之相同音韻地位的字是念細音，例如長
沙的「潮」念 tsau，「嬌」念 tɕiau。因此判斷這些念洪音的字是在演
變的過程中失落了 i 介音所致。

　　經過上面的討論，有以下幾點結論：

（一）三、四等韻合併的語音學解釋

　　中古三等韻和四等韻的差別，江永〈音學辨微〉的解釋是「一等
洪大、二等次大、三四皆細、而四尤細」，說明三、四等的差別在於
開口度的大小。聲韻學家對《廣韻》的擬音，認為三等韻的介音是
-j-，四等韻是 -i-。三等和四等在早期等韻圖和《廣韻》中截然有別。
到了中古後期，在許多文獻中可以發現，三、四等的界限在宋代已經
消失了。從語音學的角度來解釋，三等介音是半元音 -j-，而半元音
（semi-vowel）是介於元音和輔音之間的音，它們通常可以找出一個
相對的元音，但是發音部位比與之相對的元音更高。與 -j- 相對的元
音就是 -i-。由於這兩個音發音部位都是舌面前，都是展唇音，只是
舌位 -j- 比 -i- 稍微高一點。在語音演變的過程中，同化作用使得這兩
個音變得一樣，於是三、四等漸漸的就沒有差別了。

（二）合併的速度——理論依據是「詞彙擴散理論」

　　四等韻在中古音裡面有五個「齊、先、蕭、青、添」，根據詞彙
擴散理論，音變並非一蹴可幾，這五個四等韻並不是同時間變得和三
等韻沒有區別。

1 青韻和齊韻

　　齊韻和之支脂韻的關係，宋代韻書顯示的只是之支脂韻演變過程中的一個階段，都念成細音，所以會和四等韻合流。在現代方言中，四等韻大部分仍然是細音，但是一部分的三等之支脂韻進一步演變，成為舌尖元音，或是撮口音，在表現上於是和四等韻分道揚鑣。

　　齊韻在現代方言中，除了閩、粵、客方言之外，大部分都是細音。脂之支韻三韻在現代方言中很大的一部分變成舌尖元音，由細音轉變為洪音；另一種類型是保留細音，與三等韻合流；另外一種是變成 y 元音，這是由合口細音演變而來。

　　微韻在《古今韻會舉要》中和之支脂齊韻歸為同一個韻，在現代方言中，微韻大多數都已經變成洪音，並未和其他三四等韻一樣念成細音。

　　在《五音集韻》的音系裡，青韻和齊韻這兩個四等韻沒有和三等韻合流，初步推測這兩個韻和三等韻合流的速度比較慢。

　　再從方言中觀察，漢語方言中，在三等韻和四等韻在同樣是細音的前提之下，兩者的界限幾乎都不存在了。在宋代語料中，青韻（四等）與耕庚蒸清韻（三等）無別的情況造成三、四等合流。在現代方言中，僅見於蒸三（捲舌音）保留細音的方言，主要是閩語和粵語，其他的方言都因為蒸三（捲舌音）是洪音，這是因為蒸韻的捲舌音不配細音，所以細音介音失落。使得四等的青韻和三等的耕庚蒸清韻不完全合流。

　　從演變的速度來看，在宋代語料中，青韻普遍和耕庚蒸清韻合流，但是《五音集韻》中，青韻獨用、庚耕韻合用、蒸韻（捲舌音）獨用，代表《五音集韻》中，青韻和耕庚蒸清韻合流速度比較慢，而其他語料這幾個韻則是都已經變成同一個 i 介音。在現代方言中，蒸三（捲舌音）則又失落了細音介音。

在《古今韻會舉要》中，之支脂齊微韻歸為同一個韻，現代方言中，微韻大部分都已經變成洪音。

微韻有一個三等合口介音，若是聲母是唇音，那麼在語音演變時，就會變成輕唇音，三等合口介音就會被排斥掉；如果不是唇音，現代方言失落了三等性的介音，而變成洪音字。在與其他三、四等韻歸類為同一韻的時代，微韻的三等性介音應該還是存在的，只是後來因為和唇音產生異化作用而被排斥掉了。

2 添韻

在宋代語料中，四等的添韻都已經和三等的鹽韻合流，在現代方言中，添韻和鹽韻已經沒有區別，都念成一樣的細音，除了極少數的洪音，如梅縣（客語）的「占」，是由於失去 i 介音所致。

3 先韻

四等先韻和三等仙韻大致上呈現合流，念成細音。有少部分的三等仙韻念成洪音，主要是有捲舌陰的方言，「然」字念洪音，像是北京、濟南、西安、太原、合肥，這是因為捲舌音不配細音，所以聲母發生捲舌化，細音就被排斥掉了。其餘念成洪音的字，是在演變的過程中失落了 i 介音所致。

4.蕭韻

現代漢語方言中，四等蕭韻大多數已經和三等宵韻合流，例外的情況是在有捲舌音的方言，如北京、濟南、西安、太原、武漢、成都、合肥，這幾個方言點的「潮」念捲舌音，而且是洪音。其餘非捲舌音而念成洪音的字，因為與之相同音韻地位的字是念細音，這些念洪音的字是在演變的過程中失落了 i 介音所致。

第二節　蟹、止攝在宋代韻圖中的分化與合流[5]

　　蟹攝和止攝在《四聲等子》的音值分別是：蟹攝（-iæ、-iɑ）、止攝（-iə）。但是到了《切韻指掌圖》，蟹攝和止攝的界線和《四聲等子》不同了，例如《切韻指掌圖》的第十八、十九圖，基本上相當於《四聲等子》的止攝，卻加入了蟹攝的「齊、祭、灰、泰」等韻。另外，在宋代詩詞的用韻中，也顯示了蟹止兩攝有合流的現象。本節擬從現代方言觀察蟹止兩攝的分合狀況，以歸納這兩攝的宋代音讀如何與現代方言的分布相對應。研究步驟是：第一，先討論蟹、止攝在漢語語音史的來源及演變。第二，蟹、止攝在現代漢語方言的呈現。第三，討論蟹、止兩攝在現代方言中的分布之所以會有差異的原因。第四，討論蟹、止攝在語音史與方言的對應。

一　蟹、止攝在漢語語音史的來源及演變

　　《切韻》音系的齊、佳、皆、灰、咍、祭、泰、夬、廢這幾個韻，在北宋《四聲等子》合併成蟹攝；支、脂、之、微這幾個韻，則合併成止攝。南宋《切韻指掌圖》在體例上只標序數，不用攝名，但是在內容上，蟹攝和止攝的區別大致上與《四聲等子》相同，唯齊、祭、灰、泰四個韻，在《四聲等子》中屬蟹攝，在《切韻指掌圖》中和止攝同放在第十八、十九圖。竺家寧在《聲韻學》將其命名為「蟹止攝」[6]，代表的是《四聲等子》中一部分蟹攝字在《切韻指掌圖》中已經和止攝字合流。查《切韻指掌圖》第十八、十九圖，這些和止

5　本節曾以單篇論文的形式於中國音韻學研究會第十八屆學術討論會暨漢語音韻學第十三屆國際學術研討會上宣讀（南寧：廣西大學，2014年10月）。

6　竺家寧《聲韻學》頁371。

攝字放在一起的蟹攝字如下：

攝次		十八開																
聲		見	溪	群	疑	端	透	定	泥	精	清	從	心	影	曉	匣	喻	來
韻	齊	雞	溪	祇	倪	低	梯	嘑	泥	齎	妻	齊	西	鷖	醯	奚	飴	黎
	薺	几	企		堄	邸	體	弟	禰	濟	泚	薺	枲	吩	喜	徯	酏	邐
	霽	計	棄	芰	詣	帝	替	地	泥	霽	砌	齊	細	緆	嘒	蒵	異	利

攝次		十九合																					
聲		見	溪	群	疑	端	透	定	泥	幫	滂	並	明	精	清	從	心	斜	影	曉	匣	喻	來
韻	灰	傀	恢		鮠	磓	車佳	穨		巾夔	桮	肧	裒	枚	嗺	崔	摧		片崔	隈	灰	回	雷
	賄		鬼頁		顋	月鬼	骽	鐏	餒		啡	琲	浼	摧	皠	罪	崔		猥	賄	瘣	痏	磥
	隊																						
	齊	圭	睽	葵	危					豍	磇	鼙	迷	蜺			綏	隨	娃	睳	攜	惟	
	泰	儈	米會		外	對	娧	兌	內	貝	霈	佩	妹	最	襘	蕞	碎		憎	誨	會		藾
	祭																						

為了解從《四聲等子》到《切韻指掌圖》蟹攝和止攝界線的變化在音值上的改變情況，茲將《四聲等子》和《切韻指掌圖》蟹、止攝的音值列出[7]：

	《四聲等子》	《切韻指掌圖》
蟹攝	æi、ɑi	ai
止攝	əi	
蟹止攝		əi

　　《四聲等子》的蟹攝雖然擬為 æi、ɑi 兩音，但這是一、二等的對立，兩者同屬[a]類元音，《切韻指掌圖》的擬音將一、二等的對立

7　竺家寧《聲韻學》頁364、371。

一併用[a]表示。實際上,《切韻指掌圖》[a]類韻一、二等的區別和中古音相同,是後低元音和前低元音的區別。所以,《四聲等子》和《切韻指掌圖》蟹攝的音值在擬音上是相同的。不同之處在於,從《四聲等子》到《切韻指掌圖》,蟹攝和止攝的內容稍有改變,《四聲等子》中,蟹攝的齊、祭、灰、泰四個韻,到了《切韻指掌圖》併入止攝。從語言變遷的角度來說,從《四聲等子》到《切韻指掌圖》,蟹攝的音值都是 -ai,但是,《四聲等子》蟹攝的齊、祭、灰、泰四個韻並沒有跟著語言變遷的規律走,而是溢出了規則,和止攝合流,成為語音演變的例外。從語音學上來看,就是《四聲等子》蟹攝的齊、祭、灰、泰四個韻,從 -ai 變成 -əi(《切韻指掌圖》中蟹止攝的音值),進一步來看,就是發生了元音高化。

　　凡是語音演變的例外都有其原因,而元音高化,是語音演變的動力,王力曾指出,元音高化可以說是漢語語音發展規律之一。[8]從上古音的語音演變,元音高化就是重要的機制,例如朱曉農提出「上、中古漢語過渡時期發生了推鏈高化式的元音大轉移」:

> 根據有關材料,漢語歷史上長元音鏈移高化大轉移發生過至少兩次。第一次發生在《切韻》以前,西晉以後到北朝初期,涉及歌魚侯幽四部:*ai>*a>*o>*u>*ou,魚部、侯部依次高化,逼迫幽部裂化出位。[9]

　　而本著作所討論《四聲等子》到《切韻指掌圖》蟹、止攝演變的例外,也涉及元音高化,我們進一步要問的是,元音高化的動力是什麼?

8　王力《漢語語音史》(北京:中國社會科學出版社,1985年)頁543。
9　朱曉農〈元音大轉移和元音高化鏈移〉,《民族語文》第1期,頁1-6,2005年。

　　《切韻指掌圖》中，止攝字的變化除了加入蟹攝字之外，另一個重要的演變是，止攝「之、支」韻的精系字「茲、雌、慈、思、詞」等字列於一等位上，代表此時這些字已經不再念舌面元音[-i]，而是讀為舌尖元音了，也就是說，這些字發生了元音高化。從元音的分布來看，止攝「之、支」韻的精系字元音從舌面元音高化成舌尖元音，也帶動了低元音的高化。另外，因為止攝的音值原本是 əi，一部分「之、支」韻的精系字演變成舌尖元音之後，在音系上形成了空格，蟹攝溢出音變規則的「齊、祭、灰、泰」四個韻元音高化之後，便填補了這個空格。

　　那麼，為什麼蟹攝中的這四個韻會溢出演變規則呢？

　　觀察蟹攝九個韻在《廣韻》中的音值如下[10]：齊（-iei、iuei）、佳（æ、uæ）、皆（ai、uai）、灰（uɒi）、咍（ɒi）、祭（jæi、juæi）、泰（ɒi、uɒi）、夬（ɐi、uɐi）、廢（jɐi、juɐi）。雖然，擬音中的細音有 i 和 j 的區別，但是在宋代，三、四韻已經沒有界限，在音值上可以視為 i；再者，宋代這九個韻合併成蟹攝，理論上，主要元音都是 a 類元音。其中，齊韻和祭韻的主要元音和韻尾都是細音 i，受到異化作用的影響，使得其中一個 i 失落，再加上元音高化的機制作用之下，a 高化成央元音 ə，便和止攝念成一樣了。

　　《切韻指掌圖》中，泰韻的開口韻並沒有和止攝合併，而是放在第十七圖，所以開口與合口是影響泰韻的音值是否變得和止攝一樣的因素。再者，《廣韻》中，泰韻的主要元音是圓唇的 -ɒ，合口字有圓唇介音 u。可能在《切韻指掌圖》的年代，泰韻的主要元音仍然是 -ɒ，但是已經和 a 沒有辨異作用上的區別，所以擬音上就以 a 來表示，所以，泰韻的合口字 -uɒi 主要元音和介音都是圓唇音，在異化作用和元音高化的影響之下，ɒ 演變成央元音 ə，和止攝念成一樣，而

---

10 擬音依據竺家寧《聲韻學》頁251-253。

泰韻的合口字和止攝字放在第十九圖，在韻圖上仍標示為合口，代表合口介音仍然存在，是主要元音改變了。灰韻的情況和泰韻一樣，也是因為介音和主要元音都是圓唇音，因為異化作用和元音高化使得主要元音由圓唇音演變成展唇的央元音，由於灰韻也是放在合口的第十九圖，與止攝字合流，所以灰韻的圓唇介音還是存在的。

　　綜上所論，蟹攝和止攝在漢語語音史上的演變情況是這樣的：

　　上古：之部、佳部、脂部、微部、祭部→中古前期：齊、佳、皆、灰、咍、祭、泰、夬、廢→中古後期：蟹攝

　　（齊、灰、祭、泰四韻在《切韻指掌圖》時併入止攝）

　　上古：之部、佳部、歌部、脂部、微部→中古前期：支、脂、之、微→中古後期：止攝

二　蟹、止攝在現代漢語方言的呈現

　　等韻圖蟹、止攝在現代方言的呈現如下（方音依據《漢語方音字彙》，擬音依據董同龢）：

表 5-6　《切韻指掌圖》第十八圖（開口）在現代方言的呈現

	雌	慈	詞	此	思	濟	齊	西	溪
中古音	tsʻje	dzʻj	zji	tsʻje	sji	tsiɛi	dzʻiɛi	siɛi	kʻiɛi
	止開三	止開三	止開三	止開三	止開三	蟹開四	蟹開四	蟹開四	蟹開四
北京	tsʻɿ	tsʻɿ	tsʻɿ	tsʻɿ	sɿ	tɕi	tɕʻi	ɕi	ɕi
濟南	tsʻɿ	tsʻɿ	tsʻɿ	tsʻɿ	sɿ	tɕi	tɕʻi	ɕi	ɕi
西安	tsʻɿ	tsʻɿ	sɿ / tsʻɿ(新)	tsʻɿ	sɿ	tɕi	tɕʻi	ɕi	ɕi
太原	tsʻɿ	tsʻɿ	sɿ / tsʻɿ(新)	tsʻɿ	sɿ	tɕi	tɕʻi	ɕi	ɕi

	雌	慈	詞	此	思	濟	齊	西	溪
中古音	tsʻje	dzʲj	zji	tsʻje	sji	tsiɛi	dzʲiɛi	siɛi	kʲiɛi
	止開三	止開三	止開三	止開三	止開三	蟹開四	蟹開四	蟹開四	蟹開四
武漢	tsʻɿ	tsʻɿ	tsʻɿ	tsʻɿ	sɿ	tɕi	tɕʻi	ɕi	tɕʻi
成都	tsʻɿ	tsʻɿ	tsʻɿ	tsʻɿ	sɿ	tɕi	tɕʻi	ɕi	ɕi
合肥	tsʻɿ	tsʻɿ	tsʻɿ	tsʻɿ	sɿ	tsɿ	tsʻɿ	sɿ	sɿ
揚州	tsʻɿ	tsʻɿ	tsʻɿ	tsʻɿ	sɿ	tɕi	tɕʻi	ɕi	tɕʻi
蘇州	tsʻɿ	zɿ	zɿ	tsʻɿ	sɿ	tsi	zi	si	tɕʻi
溫州	tsʻɿ	zɿ	zɿ	tsʻɿ	sɿ	tsei	zei	sei	tsʻɿ
長沙	tsʻɿ	tsɿ	tsɿ	tsʻɿ	sɿ	tɕi	tɕʻi	ɕi	ɕi tɕʻi
雙峰	tsʻɿ	dzɿ	dzɿ	tsʻɿ	sɿ	tɕi	dʑi	ɕi	tɕʻi
南昌	tsʻɿ	tsʻɿ	tsʻɿ	tsʻɿ	sɿ	tɕi	tɕʻi	ɕi	tɕʻi
梅縣	tsʻɿ	tsʻɿ	tsʻɿ	tsʻɿ	sɿ	tsi	tsʻi tsʻɛ	si	hai
廣州	tʃʻi	tʃʻi	tʃʻi	tʃʻi	ʃi	tʃɐi	tʃʻɐi	ʃɐi	kʻɐi
陽江	tʃʻei	tʃʻei	tʃʻei	tʃʻei	ɬei	tʃɐi	tʃʻɐi	ɬɐi	kʻɐi
廈門	tsʻu	tsu	tsu	tsʻu	su	tse	tse tsue	se sai	kʻe kʻe
潮州	tsʻɿ	tsʻɿ	sɿ	tsʻɿ	sɿ	tsi	tsai	sai	kʻoi
福州	tsʻi	tsy	sy	tsʻy	sy søy	tsa	tsi sai	sɛ	kʻɛ
建甌	tsʻu	tsu	tsu	tsʻu	si	tsi	tsi tsʻɛ	si sai	kʻai

表 5-7　《切韻指掌圖》第十九圖（合口）在現代方言的呈現

	雷	妹	灰	回	蛻	兌	最	水	尾	肥
中古音	luʌi	muʌi	xuʌi	ɣuʌi	tʰuɑ	dʱuɑi	tsuɑi	ɕjuei	mjuəi	bʱjuəi
	蟹合一	蟹合一	蟹合一	蟹合一	蟹合一	蟹合一	蟹合一	止合三	止合三	止合三
北京	lei	mei	xuei	xuei	tʰuei	tuei	tsuei	ʂuei	uei(文) / i(白)	fei
濟南	luei	mei	xuei	xuei	tʰuei	tuei	tsuei	ʂuei	uei(文) / i(白)	fei
西安	luei	mei	xuei	xuei	tʰuei	tuei	tsuei	fei	uei(文) / i(白)	fei
太原	luei	mei / mai	xuei	xuei	tʰuei / suei	tuei	tsuei	suei	uei(文) / i(白)	fei
武漢	nei	mei	xuei	xuei	tʰei	tei	tsei	suei	uei	fei
成都	nuei	mei	xuei	xuei	tʰuei	tuei	tsuei	suei	uei	fei
合肥	le	me / mŋ	xue	xue	tʰe	te	tse	ʂue	ue	fe
揚州	luəi	məi	xuəi	xuəi	tʰuəi	tuəi	tsuəi	suəi	uəi	fəi
蘇州	lᴇ	mᴇ	huᴇ	ɦuᴇ	tʰᴇ / tʰəu	dᴇ	tsᴇ	sᴇ(文) / sʮ(白)	vi(文) / ɲi(白)	vi(文) / bi(白)
溫州	lai	mai	fai	vai	tʰai	dai	tsai / tse	sʮ	mei(文) / ŋ(白)	vei(文) / bei(白)
長沙	lei	mei	fei	fei	tʰei	tei	tsei	ɕyei	uei	fei
雙峰	lue	me	xue	ɣue	tʰue	due / tue	tsue	ɕy	ui	ɣui
南昌	lui	mi	fəi	fəi	tʰui	tʰui	tsui	sui	ui(文) / mi(白)	fəi
梅縣	lui	mɔi	fɔi	fi	tʰui	tʰui	tsui	sui	mi	pʰi
廣州	løy	mui	fui	wui	tʰøy	tøy	tʃøy	ʃøy	mei	fei
揚江	lui	mui	fui	wui	tʰui	tui	tʃui	ʃui	mei	fei

	雷	妹	灰	回	蛻	兌	最	水	尾	肥
中古音	luʌi	muʌi	xuʌi	ɣuʌi	t'ua	dʱuɑi	tsuɑi	ɕjuei	mjuəi	bʱjuəi
	蟹合一	蟹合一	蟹合一	蟹合一	蟹合一	蟹合一	蟹合一	止合三	止合三	止合三
廈門	lui	mũĩ	hue	hue	t'ue	tue	tsue	sui(文)	bi(文)	hui(文)
		bi	k'ue	he	t'ui	tui		tsui(白)	be(白)	pui(白)
潮州	lui	mũẽ	hue	hue	sue	tue	tsue	tsui	bue	pui
			k'ue		t'o					
福州	løy	muei	xuei	xuei	t'œy	tæy	tsæy	tsuei(文)	muei	p'i(文)
	lai		xu		suei			tsy(白)		puei(白)
建甌	lo	mɛ	xo	xo	t'ai	to	tsue	sy	myɛ(文)	py
	so	myɛ			t'o				muɛ(白)	

　　在《切韻指掌圖》中，蟹攝混入止攝的字，在《漢語方音字彙中》的情況舉例如上表。「蛻」、「銳」並沒有在《切韻指掌圖》中，但因為兩字都是蟹攝齊、祭、灰泰韻，且在國語和北京音系中，都和止攝字讀音相同，為了觀察語料的完整性，故將其列入討論。

　　不管是《切韻指掌圖》或是《四聲等子》，元音系統擬音的音值有 a、-ə、-u 三個，代表在這兩部韻書當時，這三個元音是有辨異作用的。對照現代方言，由於每個方言之間的元音系統各有差異，在討論時，本著作以 -a、-ə、-u 三個元音為框架，將方言中的元音納入這三個框架中，也就是以[a]類、[ə]類、[u]類來討論。

　　從主要元音來觀察，在現代漢語方言的分布情況如下：

　　-i：分布於北京、濟南、西安、太原、武漢、成都、揚州、溫州、雙峰的四等開口字。也就是北方官話、四川官話、江淮官話、吳語。以及南昌（贛語）和梅縣（客語）大部分的字。另外，也分布於陽江（粵語）的合口字。蟹攝四等字的音節結構在中古是 -iɛi，但是在這些方言中，主要元音是 -i，只保留了細音的特徵，主要元音 -ɛ 失落了。由於 -iɛi 介音和韻尾都是 -i，容易因為異化作用而將其中一個

i 排斥掉，所以，在這些方言中呈現的 -i，應該是先經歷了異化作用，使得其中一個 i 消失。從蟹攝字的音值，韻尾都是 -i 居多的情況看來，這一個類型的韻母是經過了 -εi 的階段，其次，受到止攝字的同化，-ε 失落了，於是念成 -i，保留了四等字的細音特徵。

　　-ʅ：主要分布於合肥（江淮官話）的四等字。舌尖元音的產生雖然肇始於《切韻指掌圖》，但僅只於之、支韻的精系三等字。因此，這裡的舌尖元音產生的時間晚於《切韻指掌圖》，是元音高化的結果，使得 -i 變成 -ʅ。

　　-ei：主要分布在北京、濟南、西安、太原、武漢、成都、長沙的一等字和三等字，以及福州一部分的一、三等字。蟹攝字在中古後期經歷了元音高化，音值從 a 類元音演變成央元音。而這裡的 -ei，應是元音繼續高化的結果。

　　-əi：分布在揚州（江淮官話）的一、三等字。可以和宋元等韻圖中，蟹止攝合流的現象對應。

　　-e：大部分合口字保留-u-，開口字則以-e 表現。主要分布在合肥、雙峰（湘語）的一、三等字，以及廈門、潮州（閩南語）絕大部分的字。閩南語和湘語的蟹攝和止攝都有合流的趨勢，因此，這裡的 -e 並不會保留更早期的念法，應該是新變的結果。和中古晚期宋元等韻圖中蟹止攝的音值比較，主要元音舌位較高，而 i 韻尾消失了。推測 -e 的形式是經過了元音高化和單元音化[11]的結果，也就是說，原本的形式是 -ei，後來因為弱化作用，使得 i 韻尾消失，只留下 -e。

　　-ai：分布於蘇州（吳語）大部分的合口字，但是合口介音失落了。-ai 是對應蟹攝和止攝尚未合流之前，《四聲等子》時代語音現象。

　　-y：漢語中，-y 都是由三等合口字演變而來，而且時間晚至明清

---

11 何大安《聲韻學中的觀念和方法》頁90-91。

時代，漢語由四等的格局轉變成開、齊、合、撮的四呼。此處的 y，分布在廣州與福州的三等字，以及一部分的一等字。三等字的 y，同時也是合口字，而一等字念 y，應是受到三等字影響所致。

　　-ɐi：分布在廣州和陽江（粵語）的四等字，細音介音已經失落。在中古音系，四等韻的開口度最小，其主要元音舌位是較高的，但是此處粵語的四等韻是較低舌位的 -ɐ，所以應該不是反映了中古早期的音。ɐ 是屬於 a 類元音，其舌位介於央元音 ə 和低元音 a 之間。有可能反映了在蟹攝字元音高化的過程中，尚未與 -iɛ 合流時的階段。

　　與止攝字合流的蟹攝字，除了 -ai、-iɐ 兩種類型可以和宋代的語音現象對應，-y 和 -ɿ 則是對應於明清語音現象，除此之外，都是方言音系內部演變的結果。

　　第十八圖是開口韻，表5-7中，除了合肥（江淮官話）之外，其他方言蟹攝和止攝的區別情況較為整齊，蟹攝是 -i，止攝是 -ɿ。對照蟹攝和止攝的中古音，在方言中，蟹攝的 -i 應該是先經歷了 -iɛi 因為異化作用而把介音 i 排斥掉，其次，受到了元音高化的影響，成為 -əi，由於央元音是一個很弱的音，在音節的演化過程中容易失落，因此，央元音失落之後，蟹攝字就念成 -i。

　　而止攝字念成舌尖元音 -ɿ。在《切韻指掌圖》的時代，舌尖元音就已經產生，但是範圍僅止於「之、支」韻的精系字，上表中的止攝字都是在這個範圍之內，《切韻指掌圖》中也將其列為一等位，代表這些字已經念成舌尖元音，在擬音上依然擬作 -iə，是音位互補的關係，音節中的央元音，在現代方言中都消失了，也是因為央元音容易失落的性質。因此，這些方言雖然蟹、止攝有別，卻也不是完全保留了宋代音的層次，而是在韻尾的部分反映了宋代音，而主要元音失落了。其中，在所有官話區中，蟹攝和止攝唯一沒有區別的是合肥的江淮官話，都念成舌尖元音，這是蟹攝字被止攝字同化了。

　　粵語的廣州話，止攝字讀 -i，反映了比《切韻指掌圖》較早的語音現象，而蟹攝字念 -ɐi，應該是介於《四聲等子》和《切韻指掌圖》之間的階段，也就是蟹攝字的元音正在高化，但尚未抵達央元音的階段。

　　粵語的陽江話，止攝的元音都比《四聲等子》和《切韻指掌圖》來得高，而韻尾仍然是 -i，還沒有變成舌尖元音。推測陽江話的止攝字反映的依然是《四聲等子》時代的語音現象，因為《四聲等子》的元音系統中，-e 和 -a 並沒有區別，因此可以視為相同的音位。蟹攝字念 ɐi，情況和廣州話一樣，應該是介於《四聲等子》和《切韻指掌圖》之間的階段，也就是蟹攝字的元音正在高化，但尚未抵達央元音的位置。

　　廈門止攝開口精系念 -u，和虞魚韻的字合流。周長楫、歐陽憶耘在《廈門方言研究》中提及此現象，認為在反映明末清初泉州音的《彙音妙悟》一書裡已經有記載。從唐五代閩南泉州籍詩人義存和尚的詩偈中也發現一首叫《因讀寒詩》裡有「子語舒」三字相押的韻例。可以推想支脂之開口韻精莊系跟魚韻（莊組除外）合韻並非明末清初之事，有可能在《切韻》時代就已經出現。[12]另外，建甌一部分的止攝字也有一樣的情況，都是念成 u。廈門、福州蟹攝念 -e 或 -a 或 -ɛ，是 a 類下降複元音 -ai 經過了單元音化的結果。

　　十九圖是合口字，從表5-7中可以看出，在漢語方言中，蟹攝和止攝大多沒有分別。若不計介音，主要有幾種類型：ei、e、əi、ai、ɛ、i。各類型在語音演變上的成因前面已經敘述過。此處討論蟹攝和止攝不分的情況，各方言是反映了哪一個音類以及所對應的時代音讀。

　　由蟹攝而來：主要是 a 類元音，ei、e、ai、ɛ，分布在北京、濟

---

12 周長楫、歐陽憶耘《廈門方言研究》（福州：福建人民出版社，1988年）頁127。

南、西安、太原、武漢、成都、長沙，以上都是念 -ei。溫州方言蟹攝念 ai，止攝念 -ei 或 ͽ。蘇州念 ɛ。

由止攝而來：主要有 əi、ɿ，分布在揚州、南昌、梅縣。

在一個方言中，就算蟹攝和止攝有不同的念法，不同念法之間的分別也不一定是音類的區別，這種情況在南方方言中尤其明顯，在廈門、潮州混雜的情況尤為顯著。如廈門蟹攝和止攝都有 -i 的念法，也都有 -e 的念法，-i 來自止攝，-e 來自蟹攝；福州方言不管止攝和蟹攝都有 -ei 的念法，這是來自蟹攝，但同時，又有 -y，這是由 -iu 韻母而來的。

從蟹攝和止攝在現代漢語方言的分布情形來看，漢語方言止攝和蟹攝的開口字分別是很清楚的。官話區、湘語、吳語、客語、贛語，蟹攝和止攝都是 -i 和 ͽ 的區別。兩者都是經過了元音高化，以及央元音失落的結果。粵語蟹攝和止攝的區別是 ɐi 和 ei 或 -i、-ɐi 反映的是蟹攝字的音讀。廣州和陽江的情況不同在於止攝字。廣州的 -i，反映的是止攝字的音，陽江的 -ei，則反映蟹攝字的音。所以，陽江雖然蟹攝和止攝讀音有區別，但是反映的都是蟹攝字在歷時演變上的讀音。值得注意的是，閩南語的潮州話，止攝字演變的速度比廈門快，廈門的 -u 是模擬共同語的結果，而潮州話的情況和官話區一樣，反映的是宋代以後的讀音。稍為複雜的是閩北方言，建甌話止攝和廈門話一樣念 -u，模擬共同語的結果，而「思」字卻又念 -i，和蟹攝字的念法相同。福州話止攝和蟹攝雖然大致上有區別，但是止攝字的元音是 -y，應該是受到其他音類影響所致。

漢語方言止攝和蟹攝的合口字和開口字情況不同。雖然每個方言的表現不盡相同，大部分漢語方言中，蟹攝和止攝是沒有區別的。表現較整齊的方言，止攝字讀如蟹攝字（意指：這個讀法符合蟹攝字的語音演變），例外的是揚州（江淮官話）與梅縣（客語）。

三　蟹、止攝在方言中形成差異的原因

蟹攝和止攝在等韻圖中各分開口與合口，從現代方言中觀察蟹攝和止攝開合口的表現，有以下的發現：

宏觀來說，在地域分布上的差異，表現比較整齊的是官話區以及長沙（湘語）蟹止攝合口音是合流的。南方方言蟹止攝合口音分化。蟹止攝開口音只有在合肥（江淮官話）是合流的，其餘方言蟹攝和止攝開口音都截然兩分。

微觀來說，蟹攝和止攝的合口字在官話區雖然沒有分別，每個方言之間的表現還是有些差異，可以分成三類，ei、e、əi。在整個官話區，除了江淮官話之外，都是念 -ei。而江淮官話又有兩種念法，合肥是 -e，揚州是 -əi。官話區之外，湘語區的長沙也是念 -ei。

在官話區看似整齊的情況又有一些零星的例外，「尾」字在北京、濟南、西安、太原這幾個中原官話的方言點白讀音念 -i。「妹」字在太原的白讀音念 -ai。

南方方言的情況比較複雜，在同一個音類中又有不同的念法。吳語蘇州話大多數念 -ɛ̠，例外是止合三的「尾」、「肥」兩字念 -i，又有文白異讀的情況，蟹合一的「蛻」白讀念 -əu，止合三的「水」白讀念 -ɿ。吳語溫州大多數念 -ai，但是蟹合一的「最」字，白讀念 -e，止合三的「水」念 -ɿ，「尾」、「肥」念 -ei。

湘語雙峰話蟹合一念 -e 或 -ue，差別在於合口介音是否失落。止合三有兩種念法，-y 和 -ui。贛語蟹合一和止合三之間的念法沒有條件上的區別，有 -ui、-əi、-i 三種念法，但反映的是同一個音類，只是演變的方向或速度不一致。客語的念法也沒有明顯的區別，有 -ui、-oi、-i 三種念法。粵語廣州話有三種念法，-ui、-øy、-ei，開口韻的成因是因為失落合口介音而來。粵語陽江話有兩種念法，-ui、-ei。

閩南語廈門話有 -ui、-ue、-i、-e 四種念法。潮州話有 -ui、-ue 兩種念法。閩東話（福州）有 -i、-y、-a、-ai、-ɛ 五種念法。閩北（建甌）有 -u、-i、-ɛ、-ai 四種念法。

蟹攝和止攝開口字除了在江淮官話的合肥之沒有區別，不論蟹、止攝都是念舌尖元音 -ɿ 之外，在現代方言中都有區別，對立類型有（止攝：蟹攝）：ɿ：i、i：ɐi、u：e。官話區（合肥除外）、吳語、湘語、贛語、客語是 ɿ：i 的對立。粵語是 i：ɐi 的對立。閩南語的廈門是 u：e 的對立。

除了這些表現較為整齊的情況之外，還有一些表現較為雜亂的情況。首先是文白異讀，客語的「齊」字白讀是 -ɛ。閩南語廈門「西」字的白讀是 -ai。其次，南方方言有一些在同一個音類中的表現不一致的情況。客語的「溪」字不和其他蟹開四的字一樣念 -i，而是念 -ai。閩南語廈門「西」字白讀念 -ai。吳語（溫州）「溪」字念 -ɿ，不和其他蟹開四的字一樣念 -ei。

閩南語潮州在蟹開四有 -i、-ai、-oi 三種念法。閩東話福州止開三有 -i、-y 兩種念法；蟹開四有 -a、-ai、-i、-ɛ 四種念法。閩北話建甌止開三有 -u、-i 兩種念法，蟹開四有 -i、-ɛ、-ai 三種念法。

以上是從宏觀與微觀兩個角度看止攝與蟹攝在現代方言的表現，大致上來說，兩攝開口音有區別，而合口無區別。是因為合口細音的音節結構是 -iu-，止攝合口三等字的合口細音 -iuai，四合元音再加上前後都有 i，容易產生異化作用，使得前面的 i 介音被排斥掉，於是就和蟹攝合口一等字念成一樣。再者，止攝字在宋元等韻圖時代的音值是以央元音為主要元音，是一個比較不穩定的音，在語音演變的過程中會強化或是失落，而這裡討論止攝字的央元音則是強化成為 -e。

但是開口字三、四等都是細音，因為三等字的介音產生元音高化，j 元音溢出舌面的位子，成為舌尖元音，遂與四等的 i 介音有區別。

此外，造成差異的原因還有音素失落，合口音變成開口音，失落了合口介音；細音變洪音，失落了細音介音；另外在廣州話和福州話有 y，這是經過了四等變四呼的階段，也就是合口細音在明清時代變成撮口音 y。

南方方言在蟹攝與止攝合口字表現明顯複雜，和南方方言比起來，北方方言蟹、止攝合口字絕大部分韻母是 -uei，揚州話是 -uəi，都保留了蟹攝和止攝在宋元等韻圖時代的音值。而南方方言看起來，樣貌顯得紛雜，試著和北方官話比較，可以從是否保留合口介音來看。在湘語（雙峰）、客語、粵語、閩語都保留了合口介音，可以推斷這幾個方言所保留的是宋代的形式。而其他方言，像是吳語、湘語（長沙）、贛語，大部分的合口介音都失落了，這是語音後來演變的結果。

另外，蟹攝和止攝在《切韻指掌圖》時代合併成蟹止攝，在北方方言中，可以看出兩攝已經合併了，但是在南方方言中，並不像北方方言那樣整齊，蟹攝和止攝合口字沒有區別，兩攝之間的分別卻也沒有一條明確的界線，這可以解釋為南方方言反映的是蟹攝和止攝正在合併的過程，從蟹攝和止攝各自獨立，在音值上有明顯的區別，演變到兩攝合併，兩者之間並不是突變的，而是漸進的，在合併的過程中，兩個不同的音類演變的速度可能不一致，因此就會有殘留的現象，而這樣的現象則留在南方方言中。

南方方言的紛亂現象中，又有幾個方言的特點無法從外部的原因來解釋，而是要從方言內部的規則來看。語音的表現遷就該方言的特點。廈門、建甌止攝開口讀如合口（有 u 介音）。以廈門話來說，廈門音系中的 -u 分布在中古止攝開口洪音支、脂、之的精、莊兩系，以及遇攝合口細音除了莊系以外其他聲母的字。因為閩語音系沒有舌尖元音，因此，「雌、慈、詞、此」這些止攝開口三等字，在國語念

舌尖元音，閩語因為要模擬共同語，於是在自己的音系裡面找一個相對應的音來取代。舌尖元音與舌面元音不同，在於發音時舌位有兩個高點，似馬鞍型，（參見林燾《語音學教程》）如果要與共同語音系對應，往前可以找到前元音 [i]，往後則可找到後元音 [u]。而閩語是屬於後一種類型。

蟹止攝合口字在南方方言的分布相當混亂，不管洪、細或是蟹攝和止攝之間都沒有清楚的界限。這是因為歷史上的移民是一波一波進入這些地方，帶來不同時期的語言，再加上每個方言之間的接觸與語音內部的調整，使得南方方言的面貌較北方雜亂。此外，開口韻和合口韻在方言的表現有明顯的差異，開口韻表現比較整齊，合口韻明顯紛亂。因為蟹、止攝合口韻的音節結構是三合元音，在漢語方言中，很大的一部分都變成二合元音，因此，可以推論，三合元音在音節上比較不穩定，其中的音素容易失落，音素失落了以後，再隨著每個方言的音系結構加以調整，或者受到其他音類的影響，所以蟹、止攝合口韻在漢語方言中的表現較開口韻複雜。

四　蟹、止攝在語音史與方言的對應

（一）與宋代音對應的方言

《四聲等子》的時代，蟹、止兩攝仍有區別，從主要元音的差別來看，蟹攝主要元音的舌位較低，止攝主要元音的舌位較高。《切韻指掌圖》的時代，蟹、止兩攝在共同語中很可能已經沒有區別，所以蟹、止攝會合併成一個音類，從擬音的音值上來看，蟹攝讀如止攝。在現代方言中，蟹攝和止攝無別的方言大抵是以合口韻居多，蟹攝讀如止攝，只有江淮官話（揚州），情況是：

	雷	妹	灰	回	蛻	兌	最	水	尾	肥
揚州	luəi	məi	xuəi	xuəi	t'uəi	tuəi	tsuəi	suəi	uəi	fəi

其餘都是止攝讀如蟹攝。而開口韻，則是江淮官話（合肥）蟹攝和止攝無別，情況是：

	雌	慈	詞	此	思	濟	齊	西	溪
合肥	tsʅ	tsʅ	tsʅ	ts'ʅ	sʅ	tsʅ	ts'ʅ	sʅ	sʅ

蟹、止兩攝的分化和合流情況，現代方言的呈現雖然在南方方言的情況比較複雜，但是，不管是開口或合口都有一個大致上的規則，就是開口音偏向分化，合口音偏向合流。再更進一步看，蟹、止兩攝合口音合流，在《切韻指掌圖》中，兩攝合流以後是蟹攝讀如止攝，元音的位置是由低而高。現代方言則是止攝讀如蟹攝，元音位置是由高而低。所以現代方言蟹、止兩攝合口音合流的大方向和宋元等韻圖不同。

（二）從介音來看，三四等韻的區別。

在宋代，三四等混合是語音演變的趨勢，在國語中，三、四等已經沒有區別了。《四聲等子》與《切韻指掌圖》的介音只有 -i- 和 -u- 兩種，凡是三、四等都有 i 介音。[13]也就是說，在這兩部等韻圖中，三、四等已經沒有區別，同樣都是細音。在現代方言中，蟹攝和止攝的開口韻大致上有區別，絕大多數的方言三等韻是舌尖元音，四等韻有 i 介音，少部分的方言，例如廣州話，三等韻是細音，四等韻是洪音。合口韻則大多數方言沒有區別，或是表現較為雜亂。

《切韻》音系的齊、佳、皆、灰、咍、祭、泰、夬、廢這幾個

---

13 竺家寧《聲韻學》頁363、371。

韻，在北宋《四聲等子》合併成蟹攝；支、脂、之、微這幾個韻，則合併成止攝。南宋《切韻指掌圖》在體例上只標序數，不用攝名，但是在內容上，蟹攝和止攝的區別大致上與《四聲等子》相同，唯齊、祭、灰、泰四個韻，在《四聲等子》中屬蟹攝，在《切韻指掌圖》中和止攝同放在第十八、十九圖。從語言變遷的角度來說，從《四聲等子》到《切韻指掌圖》，蟹攝的音值都是 -ai，但是，《四聲等子》蟹攝的齊、祭、灰、泰四個韻並沒有跟著語言變遷的規律走，而是溢出了規則，和止攝合流，成為語音演變的例外。從語音學上來看，就是《四聲等子》蟹攝的齊、祭、灰、泰四個韻，從 -ai 變成 -əi（《切韻指掌圖》中蟹止攝的音值），進一步來看，就是發生了元音高化。

從現代方言來看，從蟹攝和止攝在現代漢語方言的分布情形來看，漢語方言止攝和蟹攝的開口字分別是很清楚的。官話區、湘語、吳語、客語、贛語，蟹攝和止攝都是 -i 和 -ɿ 的區別。兩者都是經過了元音高化，以及央元音失落的結果。粵語蟹攝和止攝的區別是 ɐi 和 ei 或 -i，-ɐi 反映的是蟹攝字的音讀。廣州和陽江的情況不同在於止攝字。廣州的 -i，反映的是止攝字的音；陽江的 -ei，則反映蟹攝字的音。所以，陽江雖然蟹攝和止攝讀音有區別，但是反映的都是蟹攝字在歷時演變上的讀音。值得注意的是閩南語的潮州話，止攝字演變的速度比廈門快，廈門的 -u 是模擬共同語的結果，而潮州話的情況和官話區一樣，反映的是宋代以後的讀音。稍為複雜的是閩東方言，建甌話止攝和廈門話一樣念 -u，模擬共同語的結果，而「思」字卻又念 -i，和蟹攝字的念法相同。福州話止攝和蟹攝雖然大致上有區別，但是止攝字的元音是 -y，應該是受到其他音類影響所致。

漢語方言止攝和蟹攝的合口字和開口字情況不同。雖然每個方言的表現不盡相同，大部分漢語方言中，蟹攝和止攝是沒有區別的。表現較整齊的方言，止攝字讀如蟹攝字（意指：這個讀法符合蟹攝字的

語音演變），例外的是揚州（江淮官話）與梅縣（客語）。

　　兩攝開口音有區別，而合口無區別。是因為合口細音的音節結構是 -iu-，止攝合口三等字的合口細音 -iuai，四合元音再加上前後都有 i，容易產生異化作用，使得前面的 i 介音被排斥掉，於是就和蟹攝合口一等字念成一樣。再者，止攝字在宋元等韻圖時代的音值是以央元音為主要元音，是一個比較不穩定的音，在語音演變的過程中會強化或是失落，而這裡討論止攝字的央元音則是強化成為 -e。

　　但是開口字三、四等都是細音，因為三等字的介音產生元音高化，j 元音溢出舌面的位子，成為舌尖元音，遂與四等的 i 介音有區別。

　　造成差異的原因還有音素失落，合口音變成開口音，失落了合口介音；細音變洪音，失落了細音介音；另外在廣州話和福州話有 y，這是經過了四等變四呼的階段，也就是合口細音在明清時代變成撮口音 y。

　　蟹、止攝合口字在南方方言的分布相當混亂，不管洪、細或是蟹攝和止攝之間都沒有清楚的界限。這是因為歷史上的移民是一波一波進入這些地方，帶來不同時期的語言，再加上每個方言之間的接觸與語音內部的調整，使得南方方言的面貌較北方雜亂。此外，開口韻和合口韻在方言的表現有明顯的差異，開口韻表現比較整齊，合口韻明顯紛亂。因為蟹、止攝合口韻的音節結構是三合元音，在漢語方言中，很大的一部分都變成二合元音，因此，可以推論，三合元音在音節上比較不穩定，其中的音素容易失落，音素失落了以後，再隨著每個方言的音系結構加以調整，或者受到其他音類的影響，所以蟹、止攝合口韻在漢語方言中的表現較開口韻複雜。

第三節　宋代韻書與韻圖對介音的措置[14]

　　本節透過討論宋代音文獻對於介音在音節中的措置，藉由材料的歸納與分析，認為宋代音文獻對於介音的安排各有不同，也具有橋梁的地位。其原因之一，在於受到等韻學說的影響。另一方面，也由於宋代學術風氣的轉變，讓文人面對聲韻學的思考時，可以跳脫以往的框架，轉趨獨立思考，重新討論其他種可能，所以會有別於《切韻》，將介音反映在聲母上。此外，古代學者對介音歸屬的主張，取決於《切韻》對他們的影響，另一方面，受到等韻學的影響，則是著眼於語音演變的過程中，音節內部各要素的影響程度。從語音學的角度來看，則是著眼於語音演變完成之後，介音在音節內的位置，有時會擔任主要元音的功能，所以介音歸類於韻母的一部分是較為妥當的。雖然古代和現代對於介音在音節中的歸屬，討論結果有一部分的結果是相同的，但是所持的理由卻是不同的。

　　漢語語音史的斷代，目前學界是將《切韻》產生以前視為上古音，以《切韻》音系為主的隋唐、五代，乃至於宋代，是中古音，元、明、清是近代音。宋代是中古音到近代音的橋梁。其意義在於，《切韻》系韻書的架構，到了宋代的音韻學著述中有所更動，這也反映了宋代相較於隋唐五代，音系架構有了大幅度的變更，例如早期等韻圖中是43轉，到了宋元等韻圖合併為16攝。既然宋代音在漢語語音史上是處於橋梁承先啟後的地位，本節探討宋代的音韻學著述中，音韻學家如何看待「介音」，是將它視作聲母的一部分，還是當作韻母的一部分。介音這個音節成分在漢語文獻的記載上，當時音韻學家如

---

14 本節曾以單篇論文的形式於中華民國聲韻學學會第三十二屆全國聲韻學研討會上宣讀（臺南：國立成功大學，2014年10月）。

何看待它在音節中所處的位置，這是本著作的研究重點之一。其次，也觀察宋代音文獻對於介音的措置方式，是否影響明清韻書，藉此也討論宋代在漢語音韻史上具有承先啟後的地位，在音韻學史上是否也有同樣的地位，也將在這一節有所討論。

一　《切韻》系韻書、韻圖對於介音的處理

「介音」是介於聲母和主要元音之間的音素，這是從語音學的分析來看，若是用已知的知識，即語音學，去解構傳統音韻學，也就是語音學的知識尚未萌芽的古代音韻學史階段，聲韻學家普遍認為，「四等」的不同，是開口度大小的區別，而開口度大小則牽涉到主要元音和介音的不同。語音學知識對於傳統聲韻學習慣以文字描述的詮釋方法給定了一套簡潔統一的符號，即國際音標，並且將漢字音節進一步解構，用國際音標和文字描述互相對話，使得主觀的文字敘述有了客觀的解釋。聲韻學上，分「等」的最早資料，是現藏於巴黎的唐寫本敦煌卷子 P2012號收有「四等輕重例」，這是分「等」的最早資料。[15]至於四個「等」的區別依據，江永（1681-1762）在《音學辨微》中說「一等洪大，二等次大，三四皆細，而四尤細。」這一段話裡面，江永指出了四等的不同就在於「洪」、「細」，由於江永的時代語音學知識尚未傳入中國，對於什麼是「洪」，什麼是「細」，他的解釋也只能到此為止。清代的聲韻學家們除了關注上古音的發展之外，對於音韻學也嘗試建立普遍性的理論，當他們回顧既存的音韻學著作時，對於當中的名詞也去探究其具體內容，其中，陳澧（1969：492-493）《切韻考》對於「等」，有所討論：

---

15 竺家寧《聲韻學》頁224。

古人之於韻之相近者分為數韻，如：東、冬、鍾是也；又於一
韻中切語下字分為數類，如東韻分二類是也。此即後來分等之
意。然古人但以韻分之，但以切語下字分之，而不以上字分
之，如：東韻分二類是也。此即後來分等之意。然古人但以韻
分之，以切語下字分之，而不以上字分之。如：東韻蒙，莫紅
切；瞢，莫中切，同用莫字是也。既有下字分類，則上字可不
拘也。等韻家則以字母分等，然古書切語二字不盡同等，不憑
下字分等，而憑上字分等，遂使同一韻同一類之字有等數參錯
者矣。[16]

此處陳澧討論「等」的區別究竟是在切語上字還是切語下字。陳澧所
說的「等韻家則以字母分等」，我們可以從等韻圖的配置可以觀察為
何陳澧會這樣說。由於聲母會與特定的韻搭配，例如，「端、透、
定、泥」只出現在一、四等韻，「知、徹、澄、娘」只出現在二、三
等韻。再者，從等韻門法來看，如《切韻指南》所附的「門法玉鑰
匙」：

窠切者，謂知等第三為切，韻逢精等、影、喻第四，並切第
三，為不離知等第三之本窠也，故曰窠切。[17]

指反切上字是舌上音「知、徹、澄」的三等字，而反切下字卻用韻圖
置於四等位的精系、影、喻四。這時，被切字仍應算作三等。

---

16 陳澧《切韻考》（臺北：臺灣學生書局，1969年1月）頁492-493。

17 《等韻五種・切韻指南》（臺北：藝文印書館，2008年10月）頁55。

> 喻下憑切者，謂單喻母下三等為覆，四等為仰，仰覆之間只憑
> 為切之等也，故日喻下憑切。[18]

如果反切上字是喻四，切出來的字必在四等，反切上字是喻三，切出
來的字必在三等，完全視反切上字來決定位置，而不管反切下字是三
等還是四等。

> 日寄憑切者，謂日字母下第三為切，韻逢一、二、四，並切第
> 三，故日四寄憑切。[19]

如果反切上字是日母，則切出來的字一律為三等，不管反切下字是第
幾等，總之，是以反切上字的等第決定被切字的等第。

　　等韻門法的製作，是為了解釋等韻圖編排的例外現象。在等韻門
法中，對於介音位置的詮釋不完全一致，也就是說，有些門法是解釋
等韻圖編排的常例，若是牽涉到介音的位置，是將介音反映在反切下
字，如「音和門」、「類隔門」都是依切語下字定其等第。以反切上字
的等第決定被切字的等第的情況，僅限於某些需要用門法解釋編排位
置的字，且依據的理由是後人歸納聲類出現位置的結果，反切下字沒
有決定被切字等第的功能，需要靠反切上字決定，都是特例不是常
例。儘管由反切上字決定被切字的等第是等韻圖的特例，但是可以看
出在等韻圖作者的心目中，認為「開合洪細」的語音特徵大部分是取
決於韻母，和聲母也有密切的關係，甚至認為，介音在一些特殊的狀
況底下，也是可以由聲母來決定的，所以才會做此權宜性的安排。

　　陳澧在《東塾集》中，對於「等」提出這樣的結論：等之云者，

18　《等韻五種・切韻指南》頁57。
19　《等韻五種・切韻指南》頁57

「當主乎韻，不當主乎聲。」羅常培在《漢語音韻學導論》中，針對
陳澧所作的結論說：「並能斬絕糾紛，燭見等韻本法。」[20]可見羅常培
認為在陳澧此之前，「等」的定義是眾說紛紜的，直到陳澧的說法一
出，才逐漸有了定論。

　　但是，若是以羅常培對於陳澧的肯定，來論斷清儒對於古代韻圖
中「等」的認知是否精確，依然有以今律古之嫌，羅常培的年代，普
通語言學已經從西方傳入，國際音標的使用也為傳統漢語音韻學的研
究開了一扇大門，他當然可以使用國際音標這項有利的工具去分析古
人對於語音的詮釋。回到我們一開始的問題，「等」的區別，究竟是
在聲母還是在韻母？古代的音韻學材料的作者，心中真的有一個明確
的概念，認為「洪」、「細」的音感是基於音節中的某一個特定的組成
成分（語音學稱之為「介音」），並且認為這個成分一定是屬於反切上
字或是反切上字的一部分嗎？從上面的討論，可以知道，等韻圖的創
作者，認為「等」雖然決定於韻母，但是在一些特殊的情況下，也是
可以由聲母來決定；而後來的研究者江永為「等」下了簡單的定義與
區別，清末的陳澧，則明確的認定，「等」是由韻母來決定的。除此
之外，我們還可以從反切來看。有一些反切的開、合、洪、細並不是
表現在反切下字，而是表現在反切上字，例如：

　　迴韻「茗，莫迴切」，被切字是開口，而開口的特徵反映在反切上
　　　　字，而不是反切下字，反切下字是合口，代表造這個反切的
　　　　人，認為開口或合口是由反切上字決定。
　　支韻「為，薳支切」，被切字是合口，而合口的特徵反映在反切上
　　　　字，而不是反切下字，反切下字是開口。

---

20 羅常培《漢語音韻學導論》（臺北：九思出版社，1978年3月）頁44。

　　梗韻「礦，古猛切」，被切字是合口，而合口的特徵反映在反切上
　　　字，而不是反切下字，反切下字是開口。

　　願韻「建，居萬切」，被切字是開口，而開口的特徵反映在反切上
　　　字，而不是反切下字，反切下字是合口。

　　送韻「鳳，馮貢切」，被切字是細音，而細音的特徵反映在反切上
　　　字，而不是反切下字，反切下字是洪音。

　　東韻「豐，敷隆切」，被切字是細音，而細音的特徵反映在反切上
　　　字，而不是反切下字，反切下字是洪音。

以上《廣韻》中的例子，竺家寧《聲韻學》[21]認為這是「錯誤的反
切」，這類錯誤的反切是反切初造之時就弄錯了，而且往往錯在「開
合洪細」。也就是說，古人還沒有具備精細的語音分析知識，雖然對
於「開合洪細」的語音特徵相當敏感（所以開合、洪細的特徵才會在
等韻圖中區分明白），大部分認為是取決於切語下字，但是因為介音
這個夾在「聲」和「韻」之間的組成份子，在口說的時候，到底它的
位子應該是歸類於前面的聲母，還是後面的韻，有時候會被忽略，在
《廣韻》中造成錯誤的反切才會總是錯在介音。

　　所以，在中國古代音韻學史的長河中，不管是記錄語音的人，也
就是韻書、韻圖的作者，或者是造反切的人，還是詮釋文獻的人，也
就是研究者，比方說清儒，他們對於處在「聲」和「韻」之間的這個
決定開合洪細的音節組成份子的歸屬，其意見是不一致的，然而，在
傳統音韻學文獻中，對於開合洪細這樣的語音特徵，他們卻又特別敏
感，所以在韻圖中，開合有別，則分兩圖；洪細不同，則分四等。若
是從語音學的角度來看，古人沒有音標，但是對於 i、u、a 卻在韻圖

---

21 竺家寧《聲韻學》頁216。

上很明顯的區別出來，是因為語言的共性，這三個音是人類語言中區別度最大的音，全世界任何一個語言的元音系統，總是有個三個元音[22]。古人對於「四等」的內涵，也總是有討論的聲音出現，最終江永提出了「一等洪大，二等次大，三四皆細，而四尤細。」這樣具有「定論」意味的看法，雖然，後來驗之於漢語方言，總是有例外出現，有些方言的四等字沒有 -i- 介音，像是廣州「雞」念「-ɐi」、客家話「廖」念「-æu」、潮州話「禮」念「-oi」，這是因為失落的緣故[23]。李榮（1983）也提出更進一步的的解釋，認為江永的說法，只適用於十八世紀的北方官話[24]。但是，這一句話，成為音韻學家研究中古音系擬定音值的框架。

西風東漸之後，西方語言學傳入中國，研究者遂以國際音標和語音學知識去解決以往單純以文字詮釋，處處有主觀與抽象用詞的漢語音韻學。江永的「一等洪大，二等次大，三四皆細，而四尤細。」研究者以語音學詮釋，認為一、二等的區別在於主要元音，一等是 ɑ，二等是 a；三四等的區別在介音，三等的介音是 j，四等介音是 i。而開合口的區別在於是否有 u 介音。凡是 a 韻類四等齊全的，主要元音的關係是：一等 ɑ，二等 a，三等 æ，四等 e。在主要元音方面，開口度逐漸變小，在介音方面，則三四等有細音介音，一二等則沒有。從現代方言來看，一、二等和三、四等的區別在於洪音或是細音，江永的說法，只能知道是開口度的大小。無法從此就論斷他認為三、四等之所以有細音，是因為在韻母的組成成分有一個 -i-。進一步來說，就是江永所說的「洪大」、「細」的概念，是否完全等同於從語音學解析音結結構之後的「洪」、「細」？在科學的發展史上，總是會看到前

---

22 竺家寧《聲韻學》頁38。

23 竺家寧《聲韻學》頁344。

24 李榮〈關於方言研究的幾點意見〉，《方言》1983年。

後時期使用相同的術語來稱呼他們各自要談的東西，而後來的研究者往往無法比較他們在準確程度上的優劣[25]，因此，術語的內涵是必須考慮的。再者，中古音擬音依據現代方言，認為四等的主要元音都有區別，從主要元音有區別這個層次來看，在分類上的標準是比較一致的，也就是說，分類「四等」的標準在於主要元音，而且這四個主要元音的開口度是由一等到四等，逐漸變小。倘若，把那麼三、四等（韻）又以介音來區別，而介音是屬於「韻」的一部分，這樣的分類方法，是否有疊床架屋的疑慮？也就是說，既然決定四等的差別是在於主要元音開口度大小，介音的存在是既定的事實，對於漢語音節的特徵也具有重要的決定性因素，是否有一種可能，即音節是否為細音的區分是在於聲母，這樣一來，漢語音節的架構是這樣：聲母（決定是否為細音，是否為合口）+韻母（決定四等，也就是開口度大小）。

當然，這樣的假設，是筆者解構江永對於「四等」的詮釋之後的嘗試分析。傳統音韻學的看法，「等」是由韻母決定，聲韻學研究者普遍認為，介音是屬於韻母的一部分。那麼，要進一步追問的是，從早期等韻圖、宋元等韻圖，以及反切觀察起來，開合洪細這些從語音學詮釋來看的區別，為什麼在傳統音韻學著作中會出現不一致的情形？在古代，憑著音感成分居多來記錄語音特徵所得出的結果，和現代有客觀的符號來詮釋語音所得出的結果，兩者之間有一些不同，原因何在呢？而趙蔭棠在《等韻源流》中也提出：

> 韻鏡派言位不言等，我很疑心南宋之初的南方音韻家，對於「等」不很注意或不很瞭然。故當時有人以三十六母之每組四母為四等的。元明人之所謂四等，卻是遵《四聲等子》之說。[26]

---

25 孔恩《科學革命的結構》（臺北：遠流出版公司，2005年9月）頁15。
26 趙蔭棠《等韻源流》（北京：商務印書館，2011年9月）頁97。

　　由此可知，古代音韻學家雖然知道把語音分析成四等，但是對於「等」的內涵依然沒有很清晰的界定。準此，我們將回歸到介音與四等的關係來討論介音歸於韻母或是歸於聲母，是基於主觀還是客觀的理由？

　　從中古以降，漢語音節的構成，輔音只會出現在音節的最前面和最後面，而且，不會有兩個輔音接連出現（上古則有複輔音聲母），但元音則不限。而元音和輔音的性質也不同。從語音學來解釋，輔音是指發音時，氣流到了口腔某點，受到阻礙，產生調節的作用，所以決定輔音的因素是發音部位和發音方法；元音則是氣流在口腔中不受什麼明顯的阻礙，只要把共鳴器——口腔的形狀稍微改變，就能產生許多不同的元音，所以決定元音的因素是發音部位的前後、舌頭位置的高低，以及嘴唇形狀的展圓。因為輔音和元音在性質上不同，在一個音節中，聽起來也就有所差異，再加上漢語音節對於輔音和元音在一個音節中數量的限制，所以，古代的音韻學者對於介音的歸屬，大部分是認為屬於反切下字，然而，它的位置介於聲和韻之間，加上古代音韻學者並沒有語音學的知識，可以對音節加以更精細的分析，所以，處在中間位置的介音有時就會被歸於反切上字。另外，還要注意一點，反切是由韻書而來，而韻書在古代絕大部分是為了士人作詩作文而製作，在反切中，開合洪細大部分是由反切下字決定；但是，等韻圖是沙門為了分析音律而作，作者有時為了權宜，把介音反映在反切上字。這兩者之間的差別，是否也是音韻學著述目的是為了詩、文服務，或者是專為研究而作之間的差別，是值得探討的問題，筆者也在接下來的部分試著分析。

　　綜上所論，介音在韻書和韻圖中，究竟是應該由反切上字決定，還是由反切下字決定，在古代，意見時有分歧；但是到了現代，普遍認為應該是屬於韻母的一部分，從古代反切的角度來看，就是由反切

下字決定。這樣的定論，和韻書中反切切語對於開合洪細大部分反映在反切下字一致。從語音學的角度來看，輔音和元音的性質不同，在漢字音節結構中也截然兩分，把組成份子認為必定是元音的介音歸於反切下字，亦不無道理。「在漢語中，介音究竟應該歸於聲還是歸於韻」這個問題，只是本論文的外圍，待核心問題處理完後，在文章末了，再作一綜合討論。

二　宋代韻書、韻圖將介音視為韻母之例

在上一個部分的討論中大致上可以知道，漢字字音的開合洪細究竟是應該反映在聲母還是反映在韻母，學者們曾經有不同的意見，這一些意見都是基於諸多文獻所提出的。宋代在漢語音韻史上，上承中古音，下啟近代音；在學術史上，也因為學風迥異於前代，音韻學的著作者處在與前代不同的學風之下，對於習以為常的音韻學定義應有所轉變。這一部分討論宋代文獻將介音的不同視為韻母的不同的例子，這樣的思考與《切韻》相同，表現出較為保守的觀念。

（一）《五音集韻》對介音在音節中所處位置的看法

到了宋代，《切韻》系韻書已經和口語嚴重脫節，過於苛細的分部，使人們運用起來極為不便，儘管在唐代就已經確定「同用」、「獨用」的規定，並開始用於科舉考試之中，但還是要靠死記硬背才能應試。所以《集韻》以後，就出現了改併韻書的要求，首先是金人韓道昭的《改併五音集韻》，簡稱為《五音集韻》。[27]

《五音集韻》的內容概要，在《四庫全書總目提要》中說：

---

27 何九盈《中國古代語言學史》（北京：北京大學出版社，2006年6月）頁135。

又《廣韻》注獨用、同用，實仍唐人之舊，封演《聞見記》言許敬宗奏定者是也。終唐之世，下迄宋景祐四年，功令之所遵用，未嘗或改，及丁度編定《集韻》，始因賈昌朝請改並窄韻十有三處。合《廣韻》各本，「儼」移「豏」、「檻」之前，「釅」移「陷」、「鑒」之前，獨用、同用之注，如通「殷」於「文」，通「隱」於「吻」，皆因《集韻》頒行後竄改致舛。是書改二百六韻為百六十，而並「忝」於「琰」、並「檻」於「豏」、並「儼」於「範」、並「㮇」於「豔」、並「鑒」於「陷」、並「釅」於「梵」。足證《廣韻》原本上、去聲末六韻之通為二，與平聲、入聲不殊。其餘如「廢」不與「隊」、「代」通，「殷」、「隱」、「焮」、「迄」不與「文」、「吻」、「問」、「物」通，尚仍《唐韻》之舊，未嘗與《集韻》錯互。故十三處犁然可考，尤足訂重刊《廣韻》之訛。其等韻之學亦深究要渺。雖用以顛倒音紐，有乖古例，然較諸不知而妄作者，則尚有間矣。[28]

《五音集韻》歸併《廣韻》韻目，所併的都是《廣韻》同用的一部分，限於開合等第相同的那些韻，至於開合等第不同，雖然《廣韻》同用，他還是不併。這是《五音集韻》對於《廣韻》所做的更動，《五音集韻》將《廣韻》同用的韻目中開合等第相同的韻歸相併，《廣韻》的206韻合併成160韻，韓道昭的堂兄韓道生在該書的序言中說：

復至泰和戊辰，有吾弟韓道昭……，又見韻中古法繁雜，取之

28 （清）永瑢，紀昀等撰《四庫全書總目提要・經部小學類（三）》卷四十二（臺北：臺灣商務印書館，1983年）頁18-19。

體計，同聲同韻，兩處安排，一母一音，方知敢併。卻想舊時，先宣一類，栘齊同音，薛雪相親，舉斯為例，只如山刪、獮銑、鹽檻、庚耕、支脂之，本是一家；怪卦夬，何分三類？開合無異，等第俱同，姓例非差，故云可併。今將幽隨尤隊，添入鹽從，臻歸真內，沉埋嚴向，凡中隱匿，覃談共住，笑嘯同居，如弟兄啟戶皆逢，若姪叔開門總見。[29]

「開合無異，等第俱同」這是合併韻目的標準。《廣韻》源於《切韻》，但是《切韻》中有些不同的韻，在《廣韻》的時代已經沒有分別了，為了文人科舉考試作詩文時免於分韻過於苛細，便根據當時實際語音，在《廣韻》韻目注上了「同用」。而《五音集韻》也在《廣韻》的基礎上，根據實際語音，進一步將《廣韻》中同用的部分合為一韻。從《廣韻》（1008）到《五音集韻》（1212），中間相隔一百多年，語音變遷在所難免，《五音集韻》因此對於這一百多年以來兩書之間的語音差異作一更改。

　　然而，以上所說的，是《五音集韻》編纂的動機，雖然這是一本韻書，卻受了等韻的影響，表現在書內的編排上，在每韻中將小韻按三十六字母排列，始見終日，同一聲類的字再分開合，並在後面注上一、二、三、四以明等第。[30]所以，在《五音集韻》的編排上，聲母和韻母的概念以概念圖來表示如下：

---

29 （金）韓道昭著，寧忌浮校訂《校訂五音集韻》（北京：中華書局，1992年9月）頁1-2。

30 李新魁、麥耘《韻學古籍述要》（西安：陝西人民出版社，1993年）頁129。

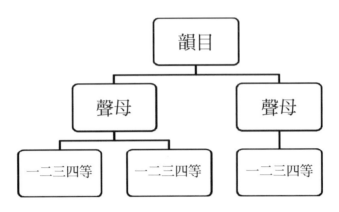

　　以一東韻為例，東韻第一個字是「一東見一」，表示「東」韻底下的「東」字是見母一等。東韻下又有小韻「三弓」，表示東韻的「弓」字是見母三等。從這樣的架構上來看，微觀言之，四等的分別在於聲母之下；宏觀言之，同一個韻目底下所轄有不同聲母，接著再區分四等。書中的反切，則是將開合洪細表現在切語下字。因此，《五音集韻》的編者認為開合洪細（介音）是由反切下字（韻母）所決定的。

(二)《皇極經世書・聲音唱和圖》對介音在音節中所處位置的看法

　　《皇極經世書》作者是（北宋）邵雍（1011-1077），其為理學家，並非音韻學家，《聲音唱和圖》是書中的一部分。《皇極經世書》第七至第十卷為「律呂聲音」，每卷分四篇，每篇上列「聲圖」，下列「音圖」，總共三十二圖。圖中所為「聲」是韻類之意；所謂「音」，是聲類之意。每篇之中，以音「和律」，以聲「唱呂」，意思是以律呂相唱和，亦即聲母、韻母相拼合以成字音的意思。圖中又取天之四象——日月星辰，以配平上去入四個聲調；取地之四象——水火土石，以配開發收閉四種發音；各篇之後，又以各種聲音和六十四卦相

配合。這些都是術數家的牽和比附，在音韻學上，沒有任何實質意義，因此，我們藉著聲音唱和圖探討當時語音，只有每篇標題的例字，才真正具有價值。

由此可知，宋代當時音韻學著作不全然是為了闡述音理或是作詩文押韻所作，當時學術主流是宋明理學（形而上的道德學說），文人會以理學為框架，去思考學術的其他領域，包括音韻學。

書中的十類韻母，稱為「一聲、二聲……十聲」，每「聲」都有「日、月、星、辰」四類，一、二類（太陽、太陰）為洪音，三、四類（少陽、少陰）為細音。洪音與細音又各分辟翕（開合）。

例如，「一聲」日月兩類相當於果、假二攝，包括歌戈麻三韻，果與假合攝，和《四聲等子》、《切韻指掌圖》的情況相同。入聲與陰聲相配，可推測北宋中期（西元11世紀）入聲已經接近陰聲。星辰兩類相當於蟹攝洪音，包括佳、皆、灰、咍、泰、夬等韻，與《切韻指掌圖》的蟹攝近似，不同之處在於灰韻在《切韻指掌圖》歸於止攝。

由《皇極經世書・聲音唱和圖》的體例可知，字音的開合洪細是和韻歸為一類。

三　宋代韻書、韻圖將介音視為聲母之例

其次，在宋代有一些韻書和韻圖中，有將介音的不同反映在聲母上的例子，這是有別於《切韻》的傳統觀點。

（一）《四聲等子》、《切韻指掌圖》對介音在音節中所處位置的看法

等韻圖是在韻書大量行世的情況下出現的，它是韻書的輔助讀物，按照韻書的反切分圖列字，把字歸列為四個「等」，代表不同的

字音。因此，也可以進一步說，韻圖就是按等分音，分析韻書反切的圖表，韻用「等」的概念來研究用反切表現出來的漢字讀音，就是等韻。[31]然而，既然分四等，那麼在等韻圖的作者觀念中，或許有「介音」的概念，但是尚未有「介音」這個名稱，當然，對於「四等」的依據，也只能概括性的由口腔開口度的大小來論定。分四等的起點，是從何而來的？李新魁在《漢語等韻學》中說：

> 「等」的觀念的需要，首先當然是來源於對語音加以分類的需要。對語音加以分析歸類，這在我國古代的語音學界中早已經常在進行，如音可分為宮商角徵羽五音，聲之可分為平上去入四調，等等。但是，在編製韻圖之時，按什麼標準來對漢語的聲母和韻母作更縝密的分類，這就使人們必須考慮使用新的標準，這新的標準結果是選中了「等」。我們認為，「等」的分劃起初是源於對聲母的分類。[32]

等韻圖對於語音的分析，是由於沙門翻譯佛經時，發現梵文與漢語的不同，在兩種不同的語言相較之下，凸顯了漢語的特殊性，進而分析漢語的音節。因此，等韻圖的製作，不同於韻書的著述，一開始是為了文人參加科舉考試，創作詩文時當作押韻的參考書。

等韻圖的製作，在《四聲等子》、《切韻指掌圖》之前就已經有《韻鏡》、《七音略》，韻圖中門法的制訂亦有前例。早期等韻圖反映的是《切韻》音系，也就是隋唐時期的語音，兩部早期等韻圖的編著者對於開合洪細該歸於聲母或是韻母，在本著作第一部分已經談過。而這裡討論宋元等韻圖的情況。

---

31 李新魁《漢語等韻學》（北京：中華書局，2004年5月）頁4。
32 李新魁《漢語等韻學》頁50。

　　如果從等韻圖每一個圖來判斷開合洪細是由字母（聲母）來判斷，還是由韻目（韻母）來判斷，是無法一眼就看出來的，因為等韻圖並不像韻書一樣有標明反切，可以藉由被切字和切語的關係，來判斷開合洪細是由反切上字或是反切下字決定。等韻圖是一個審音表，如果要判斷開合洪細究竟是由聲母還是韻母決定，首先看等韻門法，再來對照韻圖內的編排。

　　兩部產生於宋代的等韻圖——《四聲等子》、《切韻指掌圖》，只有《四聲等子》有附門法。《四聲等子》門法有「辨正音憑切寄韻門法例」：

> 照等五母下為切，切逢第二，韻逢二、三、四，並切為二，名「正音憑切門」（如鄒靴切鬖字）。切逢第一，韻逢第二，只切第一，名「互用門憑切」。切逢第三，韻逢一、三、四，並切第三，是「寄韻憑切門」。單喻母下為切，切逢第四，韻逢第三，並切第四，是「喻下憑切門」。又日母下第三為切，韻逢一、二、四，便切第三。是「日母寄韻門法」。[33]

　　「正音憑切門」是指反切上字為照系二等字，反切下字如果是三、四等字，那麼被切字在韻圖上則列為二等字。「互用憑切門」，就是《切韻指南》的「精照互用門」。精系字不會出現在二等韻，莊系字不會出現在一等韻，但是韻書中，二等字的反切上字有時候會出現精系字，同樣的，一等字的反切上字有時候會出現莊系字。在韻圖中，反切下字是一等字，雖然反切上字是莊系字，這個字的等第是依照反切下字決定，是一等字。如果反切下字是二等字，反切上字雖然是精系

字，被切字的等第也是依照切語下字，是二等字。「寄韻憑切門」，指反切上字是照系字時，不管反切下字是一等字還是四等字，被切字一律依照反切上字的等第，是三等字。「喻下憑切門」，指喻母三等字（云母）為反切上字時，不管反切下字是三等字還是四等字，被切字總是三等字。如果反切上字是欲母四等字時，不管反切下字是三等字還是四等字，被切字總是四等字。「日母寄韻門法」，指以日母為反切上字時，不管反切下字是幾等字，被切字都是三等字。

　　從門法可知，除了「互用憑切門」判斷被切字等第是依照切語下字之外，大部分判斷被切字等第的門法，都是依據反切上字來判斷。

（二）《集韻》對介音在音節中所處位置的看法

　　《集韻》的作者、時代，及內容概要，在《四庫全書總目提要》中說：

> 舊本題宋丁度等奉敕撰。前有韻例。稱景祐四年。太常博士直史館宋祁。太常丞直史館鄭戩等。建言陳彭年丘雍等所定《廣韻》。多用舊文。繁略失當。……其書凡平聲四卷。上聲去聲入聲各二卷。共五萬三千五百二十五字。視《廣韻》增二萬七千三百三十一字。（案《廣韻》凡二萬六千一百九十四字。應增二萬七千三百三十一字。於數乃合。原本誤以二萬爲一萬。今改正。）熊忠《韻會舉要》。稱舊韻但作平聲一二三四。《集韻》乃改爲上下平。今檢其篇目。乃舊韻作上下平。此書改爲平聲一二三四。忠之所言。殊爲倒置。惟《廣韻》所注通用獨用。封演《聞見記》。稱爲唐許敬宗定者。改併移易其舊部。則實自此書始。《東齋記事》。稱景祐初以崇政殿說書賈昌朝言。詔度等改定。韻窄者十三處。許令附近通用。是其事也。

今以《廣韻》互校。平聲併殷於文。併嚴於鹽添。併凡於咸
銜。上聲併隱於吻。去聲併廢於隊代。併㤡於問。入聲併迄於
物。併業於葉帖。併乏於洽狎。凡得九韻。不足十三。然《廣
韻》平聲鹽添咸銜嚴凡。與入聲葉帖洽狎業乏。皆與本書部分
相應。而與《集韻》互異。惟上聲併儼於琰忝。併范於豏檻。
去聲併釅於豔㮇併梵於陷鑑。皆與本書部分不應。而乃與《集
韻》相同。知此四韻。亦《集韻》所併。[34]

宋仁宗景祐四年，宋祁等認為陳彭年重修的《廣韻》多用舊文，未能
革新，取材也欠妥，繁略失當，因此建議重修。所以，《集韻》是在
《廣韻》的基礎上，針對《廣韻》不足之處所編的一部韻書。再者，
《集韻》的用途，也是當時文人作詩作文押韻時的韻書。

　　值得注意的是，《集韻》反切上字的安排是考慮到聲調的，反切
上字也講究開、合的區別，如「東」《廣韻》作「德紅切」，《集韻》
作「都籠切」。「東」是合口一等平聲。「德」是開口一等入聲，「東」
「德」兩字雖然都是一等字，但是調類不同，開合口也不同，因此
《集韻》將反切上字由「德」改為「都」，使得反切上字和被切字都
是合口一等平聲字。

　　再如「鍾」《廣韻》作「職容切」，《集韻》作「諸容切」。「鍾」
是合口三等平聲，「職」是開口三等入聲，兩者雖然同屬三等，但是
調類不同，開合口也不同，《集韻》將「職」改為「諸」，使得反切上
字和被切字都是合口三等平聲字。

　　由此可知，《集韻》的編纂者認為，聲調和字音的開合洪細，和
反切上字是有密切關係的。

34　（清）永瑢，紀昀等撰《四庫全書總目提要・經部小學類（三）》卷四十二，頁4-5。

（三）《古今韻會舉要》對介音在音節中所處位置的看法

《古今韻會舉要》的作者、時代，及內容概要，在《四庫全書總目提要》中提到：

> 舊本《凡例》首題「黃公紹編緝，熊忠舉要」，而第一條即云「今以《韻會》補收闕遺，增添注釋」。是《韻會》別為一書明矣。其前載劉辰翁《韻會序》，正如《廣韻》之首載陸法言、孫愐《序》耳，亦不得指《舉要》為公紹作也。自金韓道昭《五音集韻》始以七音、四等、三十六母顛倒唐宋之字紐，而韻書一變。南宋劉淵《淳祐壬子新刊禮部韻略》始合併通用之部分，而韻書又一變。忠此書字紐遵韓氏法，部分從劉氏例，兼二家所變而用之，而韻書舊第，至是盡變無遺。其《字母通考》之首，拾李涪之餘論，力排江左吳音。《洪武正韻》之鹵莽，此已胚其兆矣。又其中今韻、古韻漫無分別，如《東韻》收「窗」字、《先韻》收「西」字之類，雖舊典有徵，而施行頗駁。子注文繁例雜，亦病榛蕪。惟其援引浩博，足資考證。而一字一句，必舉所本，無臆斷偽撰之處。較後來明人韻譜，則尚有典型焉。[35]

《古今韻會舉要》，是元代熊忠依據（南宋）黃公紹的《古今韻會》改編的，反映的是宋元之間的南方音[36]。黃氏的《古今韻會》很重視訓詁，徵引的典故很豐富，後來，熊忠覺得「編帙浩瀚，四方學

---

35 （清）永瑢，紀昀等撰《四庫全書總目提要‧經部小學類（三）》卷四十二，頁20-21。

36 竺家寧《聲韻學》頁396。

士，不能徧覽……因取《禮部韻略》，增以毛、劉二韻，及經傳當收未載之字，別為《韻會舉要》一編」[37]。所以，此書的著作目的，是為了增補前人著作之不足。然而，熊忠在對於前人著作加以增補之外，《韻會舉要》受到等韻學說的影響，在編排上有別於底本《古今韻會》正如《四庫提要》中所提及的「兩變」，其一是各韻的併合，其二是韻內各字的組織化。這樣的更動，也將作者本身對於音理的認知一定程度的反映在書的內容中。《古今韻會舉要》對於聲母與開合洪細兩者之間關係的表述，例如：新三十六字母系統中的「合母」代表匣母的洪音字，「匣母」只代表匣母的細音字。這是將洪細反映在聲母上。再如云母開口韻的字變《韻會》的「疑」，合口韻的字變《韻會》的「魚」。字音的開合口有異，則分為不同的聲母。

　　但是《古今韻會舉要》並沒有全部將介音反映在聲母上，在安排韻母時，仍然依照洪細來分韻。

　　雖然，反映宋代音的文獻將有些字音的開合洪細反映在聲母，表現了有別於《切韻》看待介音的歸屬，但是在書內的態度卻又不一致。例如《古今韻會舉要》將云母的開合口分開；將匣母的洪音與細音分開，關注到匣母的顎化現象。除此之外，大部分的開合口的不同，仍然交由韻母來區別。由此可見，雖然等韻學門法將介音的不同反映在聲母上，這樣對於音理採取較為精密分析的態度已經影響到宋代文人寫作音韻學著作，但是或許因為《切韻》的影響深植文人心中，在宋代，即使學術風氣已經有異於前代，但是在音韻學著作中，一方面可以看到等韻學的影響，使文人對於音理的分析不再因襲傳統；另一方面，也看到傳統的影子不斷出現在音韻學著作中。

---

37 竺家寧《聲韻學》頁396。

四　介音位置的措置反映的學術背景

　　承上所述，介音在音節中究竟是屬於聲母還是韻母，在宋代音的文獻中莫衷一是，韻書、韻圖作者的主觀看法是重要因素。前面討論了宋代文獻將介音的位置歸屬於聲母或是韻母，接下來，要探討介音在音節中的位置，是否反映了不同的學術思考模式。

　　將介音歸類於韻母的文獻，有《五音集韻》和《皇極經世書‧聲音唱和圖》。

　　這兩部文獻，前者是韻書，為了改良《廣韻》因為時間的變遷，當中的語音漸漸和口語脫節的問題，《廣韻》是文人創作詩文時的押韻依據，《五音集韻》基於改良《廣韻》中的反切，使之切合時音，以便於文人作詩所押的韻能和當時口語一致。

　　《皇極經世書‧聲音唱和圖》則是一部韻圖，但是這部韻圖並不完全純粹是為了記錄語音或是供文人作詩押韻所作。《皇極經世書》是一部在宋代理學潮流下產生的書，書中以陰陽、八卦的觀點來闡述宇宙萬物，因此，書中不只談音韻，也記錄了其他事。其作者邵雍也不是音韻學家，而是一位思想家。就這部書談論音韻的部分來看，當中有附會的部分，也就是為了湊成整齊的「十」，而贅加上去的音。若是撇開這些成分，即能反映當時的實際語音。

　　這兩部書的作者，都認為介音是韻母的一部分。然而，再進一步追究，《五音集韻》受到字母之學的影響，所以在韻目的編排上，是依照聲母的次第來編排，但由於它仍然是押韻用的參考書，作者仍然將音節中開合洪細的對立表現在韻母中，這也將《廣韻》中對於介音的安排如實地搬到《五音集韻》中，我們可以暫且將這樣的安排視為較保守的。另外，《皇極經世書‧聲音唱和圖》對於音節中開合洪細的特徵也反映在韻母中。兩部書雖然都涉及音理，但是編纂的動機卻

是不同，我們可以再往作者的背景探討，中國文人受到科舉的影響很深，而科舉考試詩文創作的參考韻書，一直都是將音節中開合洪細的特徵表現在韻母中，因此，文人長此以往受到韻書的影響，在編纂文獻時，若是沒有自覺從以往的思考框架中跳脫出來，當然也會將這樣的影響反映在著作中。

　　《四聲等子》、《切韻指掌圖》、《集韻》、《古今韻會舉要》這幾部文獻中有將音節中開合洪細這些介音決定的特徵反映在聲母上的例子。這是受到唐代以來等韻學創立之後的影響。《四聲等子》、《切韻指掌圖》是等韻圖，自然承襲了早期等韻圖《韻鏡》、《七音略》對於字音分析的架構，在等韻門法上，也可以清楚看出作者是將音節的開合洪細由聲母來決定。而《集韻》、《古今韻會舉要》是韻書，有時也將音節的洪細反映在聲母上，洪細不同，則分成兩個不同的聲母，這可以從兩方面來思考，第一，等韻圖的製作，使得原本為詩文創作服務的韻書從附庸的性質脫離，文人用分析的方法去看待當中所呈現的語音，也使得記錄語音的著作受到等韻圖分析語音方法的影響，而注意到音節中這個詩文押韻時可以忽略的因素——開合洪細的對立，然後思考這個音素在音節中的歸屬。第二，可以從整個學術的潮流來思考。唐代中葉以來，學風漸漸轉變，啖助「不本師承，自用所學，憑私臆決」首開唐人疑傳的風氣，[38]如此獨立思考的治學方法，也開啟了宋代棄傳就經，甚至疑經改經的治學風氣。而文人對於漢字音節的分析，也很有可能因為思考模式漸趨獨立，而另闢蹊徑，使得《切韻》、《廣韻》這些傳統韻書將漢字音節中開合洪細的對立特徵由韻母決定，改由聲母來決定。

　　最後，中國音韻學著作有韻書和韻圖兩類，這兩類文獻也是研究

---

38 葉國良、夏長樸、李隆獻《經學通論》（臺北：大安出版社，2006年10月）頁548。

聲韻學的兩大支柱，韻書用反切來呈現語音的讀法，韻圖將韻書組織
化，所以，韻圖和韻書的作者在創作時思維模式應該是不同的。韻書
主要是記錄與描寫，而韻圖的作者要朝著分析的方法來編韻圖。然
而，在時代學風的影響之下，文人的思考轉趨獨立，漸漸不受既往經
驗的影響，不僅僅是韻圖，他們也從分析的角度去編纂韻書。

五　宋代音文獻對介音的措置之於明清韻書的影響

在宋代，已經有一些韻書、韻圖將介音視作聲母的一部分，這樣
的音節分析方法，也影響了明清時代的聲韻學文獻。

耿振生在《明清等韻學通論》中提及：明清時代等韻學中的聲母
體系有一種影響頗大的分類法，就是把聲母輔音和介音結合起來，按
不同的呼分成「小母」[39]。「小母」、「大母」的名稱是袁子讓提出來
的，許桂林的《說音》則用「總母」「分母」來稱呼。採用這種分類
法也有兩種不同的方式，一種方式是開、齊、合、撮四呼，每一呼即
立為一母，桑紹良《青郊雜著》、袁子讓《字學元元》、喬中和《元韻
譜》、華長忠《韻籟》等可以算是代表。桑紹良《青郊雜著》有二十
個聲母，根據四呼分為六十七個小母，例如，見母在開口呼為甘、在
齊齒呼為堅、在合口呼為工、在撮口呼為居。袁子讓《字學元元》的
「子母全編」按四呼把三十六字母分成一百一十九個小母，每個小母
用兩個代表字，例如見母在開口呼為干艮、在合口呼為官古、在齊齒
呼為巾己、在撮口呼為君居。喬中和《元韻譜》把十九個大母分為七
十二個小母，例如：見母在合口呼為光、在撮口呼為倦、在開口呼為
庚、在齊齒呼為見。華長忠《韻籟》不歸納大母，直接給不同的呼設
立不同的聲母，共有五十聲母。另一種方式只區別粗音（洪音，即開

---

39 耿振生《明清等韻學通論》（北京：語文出版社，1998年7月）頁53。

合二呼）和細音（齊撮二呼），不細分四呼，以李汝珍《音鑑》可作為代表。[40]在宋代的韻書中，音節開合洪細的特徵該由韻母還是聲母決定，文人們在韻書裡仍然有一部分是遵從傳統，也就是將開合洪細的不同視為韻母的不同，而有一部分則是認為應該由聲母來決定。到了明清時代，將介音的不同反映在聲母上，成為當時音韻學著作的一項特色，而這項特色不只是從早期等韻圖而來，在宋代，不只等韻圖，就連韻書也有這樣的作法，將介音的不同視為聲母的不同。

　　在漢語語音史上，宋代是上承中古音，下啟近代音的關鍵，從韻書和韻圖對於介音在音節中的安排，也可以看出宋代文獻的呈現與音節的分析方法，在漢語音韻學史上也可以說具有橋梁的地位。

六　介音在漢語音節中的歸屬

　　本著作所討論宋代韻書和韻圖對於介音在漢字音節中的措置，韻書、韻圖作者的主觀考量是重要的因素，此外，也可以看出學術思潮的轉向帶動文人思維模式轉趨獨立，反映在韻書、韻圖的編纂中，其中一個現象就是從客觀、分析的角度重新思考介音在音節中的歸屬，當然，有一部分也是受到了等韻學的影響。

　　然而，將視角從宋代音的文獻拉到更廣的範圍來看，介音在漢字音節中，究竟是屬於聲母，還是屬於韻母？

　　先從語音演變來說，介音會對聲母的演變產生影響，例如：輕唇音的產生條件是三等合口唇音字。顎化音也是牙喉音遇到細音而產生的。從中古音洪音變成細音，聲母也是決定的條件之一，即開口二等牙喉音。從中古音的細音變成洪音，大多是國語的捲舌聲母字，捲舌

---

40 耿振生《明清等韻學通論》（北京：語文出版社，1998年7月）頁53。

音大部分由中古三等韻（音節中有細音介音）而來。

　　而諸多學者對於這個問題也有撰文討論。如：遠藤光曉在〈介音與其他語音成分之間的配合關係〉[41]一文中，從現代北京話、《切韻》音系和由中古至現代所產生的語音變化中，歸納出介音與其他語音成分之間所存在的排斥律與和諧律，從中探測其語音學上的根據和歷史上的成因。認為與介音有密切關係的是聲母和韻尾，主要元音和聲調很少與介音發生特殊現象。王洪君在〈關於漢語介音在音節中的地位問題〉[42]一文中，從音系學和實驗語音學的角度，討論介音在漢語音節中是屬於聲還是屬於韻，認為介音屬於聲或韻，因方言的特徵而異。例如：北京話的介音與聲調的長短輕重沒有什麼關聯，因此根據音系標準，北京的介音即使是獨占一個時間格，也應該是屬於聲母部分的。福州話的一個音節除主元音外，還有兩個可承負聲調的時間格，而福州話的介音和韻尾都是可承負聲調的時間格單位，所以只能同時出現其中的兩個。也就是說，從音系標準看，福州話的介音是元音性的。鄭錦全在〈漢語方言介音的認知〉[43]一文中從介音元音化的論點出發，認為漢語押韻的基礎是音韻層次而不是語音層次。漢語裡鼻音輔音可以單獨形成音節，其他聲母不能變為主要元音，音韻層次的介音能夠變成語音層次的主要元音，因此介音應該分析成韻母的一個音段，不隸屬聲母。如此看來，即使傳統的聲韻學普遍認為介音應該是屬於韻母的一部分，但是從微觀的角度去看，仍然還有些可以討論的空間。

---

41 遠藤光曉〈介音與其他語音成分之間的配合關係〉，中華民國聲韻學學會編《聲韻論叢》第十一輯（臺北：學生書局，2001年10月）頁45-68。

42 王洪君〈關於漢語介音在音節中的地位問題〉，中華民國聲韻學學會編《聲韻論叢》第十一輯，頁37-44。

43 鄭錦全〈漢語方言介音的認知〉，中華民國聲韻學學會編《聲韻論叢》第十一輯，頁25-37。

　　雖然，「介音在漢語中究竟是屬於聲母還是韻母」這個論題並不是本著作討論的重點，將這個問題獨立成一小部分，目的在於嘗試將「古」和「今」的學術思考進行對話。宋代音的文獻中，介音隸屬聲母還是韻母，在不同的文獻中，作者的安排各有所異，如前所述，原因是受了等韻學的影響，以及宋代整個學術大環境學風的轉向，使得文人的思考漸趨獨立。然而，在古代，語音學的知識尚未萌芽，文人對於音節還不能更精密的加以分析，所以在《廣韻》中，才會有些韻是依照介音的不同而分韻，也有一些反切是把介音反映在反切上字，造成反切下字和被切字的開合洪細不同的現象。無論從音系學、實驗語音學或是整個方言宏觀的角度來看，都不能忽視漢語是一個整體的事實，因此，若是說介音在某個方言屬於聲母，在另一個則是屬於韻母，恐怕忽略了語言的整體性。另外，從漢語音節內部的語音演變來看，例如「父」中古音是 pju，是三等合口唇音字，塞音聲母 p- 會因為弱化作用，變成塞擦音 pf-，再弱化成擦音 f-，此時三等性的介音就會被排斥掉，最後演變成 fu，依然是合口字，而聲韻學上的開口與合口，是由介音來判斷的，所以 -u 既是主要元音的，也使字音有「合口」的特徵。再者，因為語言必定要有一個輔音加一個元音才能成為一個音節，也才能承擔表意的作用，漢語的音節結構，聲母必定是輔音，介音和主要元音則必定是元音，韻尾則是輔音，若是複元音結構中較為弱勢的音失落了（尤其是央元音），那麼介音就成為這個音節的主要元音，也就是韻母的一部分。所以，雖然在語音演變上，介音往往影響聲母的演變，但是在演變完成後，介音總是會擔任主要元音的功能，所以筆者認為，在漢語音節聲、韻、調三分的框架底下，介音應該歸類於韻母較妥。

　　本節討論宋代音文獻對於介音的措置，透過材料的歸納與分析，認為宋代音文獻對於介音的安排各有不同，其原因之一，在於受到等

韻學說的影響。等韻學的起源是「字母之學」,「字母」就是聲母,有
了字母,也有了「四等」的觀念,等韻圖就在這樣的學術潮流中應運
而生。聲韻學以往對於文人而言,多半是用在科舉考試作詩作文押
韻,《廣韻》就是這樣產生的,所以,在等韻學產生之前,學者的關
注焦點大抵上是放在「韻」,等韻學產生後,學者才較多的注意到
「聲」,進而關注到漢語聲母和介音之間的互動關係,使文獻的著作
者將字音的開合洪細反映在聲母上;另一方面,也由於宋代學術風氣
的轉變,讓文人面對聲韻學的思考時,可以跳脫以往的框架,轉趨獨
立思考,重新討論其他種可能,所以會有別於《切韻》,將介音反映
在聲母上。宋代音文獻對於介音在音節中的歸屬,意見似乎仍是依違
兩可,甚至在同一部文獻中,有將介音反映在聲母,也有將介音反映
在韻母的。到了明清韻書,對於介音的歸屬,文獻的作者有了更明確
的主張,這也可以說是學術演進的必然成果。由此,也可以看出宋代
音韻學史的過渡地位。

　　然而,從漢語的共性來說,介音究竟是歸屬於聲母還是歸屬於韻
母?古代音韻學者若是主張歸屬於聲母,是在等韻學的基礎之上所做
的結論;若是歸屬於韻母,則是遵從《切韻》對音節組成成分的認
識。西方語言學影響中國傳統聲韻學之後,學者從西方語言學得到了
語音分析的技巧,對漢語音節進行更精密客觀的分析,而「介音在音
節中究竟是歸屬於聲母還是歸屬於韻母」這個問題,從語音學的角度
去分析,得到了比宋代或者明清時代的音韻學家更強而有力的結論,
也就是說,雖然在語音演變上,介音往往影響聲母的演變,但是在演
變完成後,介音總是會擔任主要元音的功能,所以,在漢語音節的
聲、韻、調三分的框架底下,介音應該歸類於韻母較妥。進一步來
說,古代學者對介音歸屬的主張,取決於《切韻》對他們的影響,這
是較為保守的;另一方面,受到等韻學的影響,則是著眼於語音演變

的過程中，音節內部各要素的影響程度，因為聲母的演變的條件往往是介音，所以古代音韻學家就會將介音和聲母歸類在一起。從語音學的角度來看，則是著眼於語音演變完成之後，介音在音節內的位置，總是會擔任主要元音的功能，所以介音歸類於韻母的一部分是較為妥當的。雖然古代和現代對於介音在音節中的歸屬，討論結果有一部分的結果是相同的，但是所持的理由卻是不同的。

第四節　精系三等字在宋代語料中的措置[44]

精系字在早期等韻圖《韻鏡》、《七音略》拼一、三、四等韻。到了宋元等韻圖《切韻指掌圖》，精系三等字列為一等。本節研究動機是：精系三等字從代表隋唐音系的早期等韻圖列在三等位上，到了宋代部分文獻改列為一等，這樣的改變，所透顯的語音演變詳細情況如何；精系三等字改列一等，是否也表現在其他宋元語料中？

研究步驟是：（一）語料的呈現：比較《韻鏡》、《七音略》中的精系字所搭配的一、三等韻與《切韻指掌圖》中的精系一等字，找出《切韻指掌圖》中，精系字三等列為一等字在哪些聲類中的哪些字。（二）判斷是否為孤證：除了《切韻指掌圖》之外，本研究也觀察代表宋元之間南方音的《古今韻會舉要》與朱熹《詩集傳》諧音這兩部語料中精系三等字的音變，並與《切韻指掌圖》比較異同。（三）從現代方言中觀察：語音的歷時演變會表現在地理共時平面上，這是歷史語言學的理論，本研究探討精系三等字與一等字混而無別的現象，同時也觀察精系三等字移位一等在現代方言中的分布趨勢。

再次，研究目的是：（一）舌尖元音分布的範圍：語音演變並非

44　本節內容曾以單篇論文形式於The 2013 Annual Research Forum of the Linguistic Society of Hong Kong（香港：香港理工大學，2013年12月）。

一蹴可幾，是漸變而非突變。精系三等字與一等字混而無別，在《切韻指掌圖》、《古今韻會舉要》與朱熹《詩集傳》諧音中標示舌尖元音的產生，從音類的觀點來看，舌尖元音（ï）的產生，在宋元語料中分布在哪些音類。（二）再者，從現代方言來看，精系字從三等移到一等的這些字，表現在現代方言的地理分布上趨勢如何。

　　以下分成幾個部分討論這個問題：（一）精系三等字在《切韻指掌圖》的排列。（二）精系三等字在《古今韻會舉要》及《詩集傳》中的排列。（三）從現代方言看精、莊系三等字的分布。

一　精系三等字在《切韻指掌圖》的排列

　　在《廣韻》中，精系與一、三、四等韻相配，而在早期等韻圖《韻鏡》、《七音略》中，由於韻圖排列方法上的權宜，在措置上，精系一等放在一等位上，齒音三等位由於已經放了章系字，因此，精系三等字就借位放在四等位上。而四等韻只有齊、先、蕭、青、添五個韻，所以，若這五個韻以外的齒音四等有字，是精系三等字借位而來的。然而，精系一、三等字在《切韻指掌圖》的排列，有一部分字與早期韻圖不同。

　　早期等韻圖中，精系一等字在分布在以下幾個韻：東、冬、模、哈、灰、魂、寒、桓、豪、歌、戈、唐、侯、覃、談、登。三等字分布在在以下幾個韻：東、鍾、支、脂、之、魚、虞、祭、真、諄、仙、宵、麻、陽、清、幽、侵、鹽、蒸。到了《切韻指掌圖》，有一部分精系三等字便與一等字合流，這些字是第十八圖（止攝）的精系字，平聲的「茲（tsji）[45]、雌（tshje）、慈（dzhji）、思（dzhji）、詞

---

45 括號中是董同龢的中古音擬音。

（zji）」；上聲的「紫（tsje）、此（tshje）、死（sjei）、兕（zjei）」；去
聲的「恣（tsjei）、載（tshji）、自（dzhjei）、笥（sji）、寺（zji）」。

　　三等字從早期等韻圖到宋元等韻圖改列一等，代表由細音轉變成
洪音，細音介音消失。從語音演變的機制來看，細音介音因為發音部
位偏後，受到發音部位偏前的聲母同化，發音部位前移，成為舌尖元
音。從語音的歷時演變來看，在國語中，這些字的聲母都是 ts、tsh、
s，早期等韻圖中一部分精系三等字到了中古後期的《切韻指掌圖》
移到一等字的現象，也顯示了中古音往國語演變的軌跡，代表國語中
有一部分的舌尖元音在《切韻指掌圖》中已經形成了。

二　精系三等字在《古今韻會舉要》及《詩集傳》中的音韻地位

　　《切韻指掌圖》中的精系三等字已經有和一等合流現象，為了證
明這樣的現象是不是只存在單一語料中，或者代表的是語音演變的趨
勢，再從兩處語料觀察，一是黃公紹的《古今韻會舉要》，一是朱熹
《詩集傳》中的諧音。

　　黃公紹的《古今韻會舉要》反映了宋元之間的南方音[46]；而朱熹
《詩集傳》，是用當時的語音去讀《詩經》，遇到押韻不合的，就用自
己的語言臨時加以改讀。所以這些諧音資料可以供我們了解當時的音
讀。[47]

（一）精系三等字在《古今韻會舉要》中的呈現

　　中古精系支之脂韻三等字在《切韻指掌圖》中列於一等的位置，

46　竺家寧《聲韻學》頁396。

47　竺家寧《聲韻學》頁429。

我們再觀察這些字在《古今韻會舉要》中的措置。

《古今韻會舉要》中，在《切韻指掌圖》被列為一等位的精系字，歸類在「貲、紫、恣」三韻，[48]包括：茲雌思慈詞（以上貲韻）紫此（以上紫韻）恣自寺（以上恣韻），「貲韻」中，除了這些字以外，與它們並列的還有：咨資姿仔私絲司斯廝疵祠辭輜師獅（以上貲韻）姊子仔徙壐死似耝杞史駛使士仕俟（以上紫韻）刺次賜四駟肆伺司思字孳嗣事（以上恣韻）。

值得注意的是，《古今韻會舉要》的「貲、紫、恣」三韻，除了國語聲母是 ts（ㄗ）、tsh（ㄘ）、s（ㄙ）之外，尚有 ş-（ㄕ），包括「師獅事史駛使士仕」，從國語來看，捲舌音和非捲舌音在當時被歸納為同一類，代表有相同的主要元音和韻尾，這些與精系字並列的捲舌音中古音韻地位表列如下：

表 5-8　《古今韻會舉要》與精系字並列的捲舌音中古音韻地位

	師	獅	事	史	駛	使	士	仕
聲母	生	生	莊	生	生	生	崇	崇
韻目	脂	脂	之	之	之	之	之	之
攝	止	止	止	止	止	止	止	止
開合	開	開	開	開	開	開	開	開
等	三	三	三	三	三	三	三	三

可以發現，這些在國語念捲舌音的字都是莊系字，也就是說，在《古今韻會舉要》的「貲、紫、恣」三韻中，止攝精系字和止攝莊系字的韻母是一樣的。在《古今韻會舉要》中，這一些在國語中念捲舌音的字與非捲舌音被放在同一類，有相同的主要元音和韻尾，在這裡必須

---

48 《古今韻會舉要》依照聲調的不同而分韻，這三韻的區別是平、上、去三聲。

要先釐清的問題是，在《古今韻會舉要》的時代，這些字的韻母是非捲舌音 ɿ 還是捲舌音 ʅ 呢？釐清了這個問題，才能討論從宋代音到國語之間，這些從三等移到一等的精系字究竟發生了什麼音變，對照這些字在現代方言中的表現時，也才能解釋這些字在現代方言中所呈現的類型以及所屬的時代層次。可以從幾個方面思考，首先，在「貲、紫、恣」三韻中，與這幾個莊系字並列的精系字，在南宋的《切韻指掌圖》的時代（1176-1203）已經表現為舌尖元音 ɿ，在國語中，這幾個字是念 ɿ，而《古今韻會舉要》成書時間比《切韻指掌圖》晚，這些字在《古今韻會舉要》的時代就不會是 -i。雖然，在語音演化上，漢語方言有「回頭演變」的例子，例如墨江方言中的精系字 ts、tsh、s 和見曉系字 k、kh、x 先顎話為舌面音 tɕ、tɕ′、ɕ，然後在 -i、-iŋ 等帶 i 元音之前又舌尖化為 ts、tsh、s[49]，但是這樣的現象在漢語方言中屬於少數的例外演變，舌尖元音的產生是漢語從中古音演變到國語的普遍現象，在討論共同語時，這樣的例外演變可能性是較小的。再者，雖然莊系字的演變過程中有捲舌音的念法：

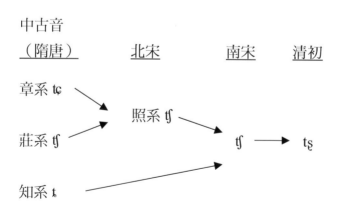

中古音

（隋唐）　　　　　北宋　　　　　南宋　　　清初

章系 tɕ

莊系 tʃ　　　　照系 tʃ　　　　tʃ　　　tʂ

知系 ʈ

---

49 何大安《規律與方向——變遷中的音韻結構》（臺北：中央研究院歷史語言研究所，1988年）頁36。

在南宋時代，莊系字是念 ʧ，不可能與搭配捲舌音聲母的 -ɻ 搭配。再次，捲舌音是在清初才產生，國語的捲舌音，在《古今韻會舉要》中並未放在同一個韻，也就是其主要元音並不是 -ɻ，代表此時捲舌音尚未產生。由此可推論，「貲、紫、恣」三韻中的莊系字是念 -ɿ。

與《切韻指掌圖》比起來，《古今韻會舉要》-ɿ 的範圍有擴大的跡象，《切韻指掌圖》的舌尖元音僅限於精系止攝開口三等字，在《古今韻會舉要》的時代（宋元之間的南方音），則擴及了莊系止攝開口三等字的一部分字。也就是說，中古止攝精系開口三等字在《古今韻會舉要》的時代不但維持舌尖元音，也將止攝莊系三等字納入了舌尖元音的讀法。

(二) 精系三等字在《詩集傳》中的呈現

根據竺家寧的研究[50]《詩集傳》中，「支脂之」諸韻的精系字，如「資、茲、雌、思、斯、祠……」等字，在朱子時代已變為舌尖前高元音韻母，因為這些字都改叶為舌面元音反切下字。例如：〈大雅·緜〉三章「尋寶於茲（叶津之反）」中，「茲」字本屬之韻，朱子之所以要改叶，是因為「茲」為精母，韻母已變為舌尖元音，不能和其他「之、脂」韻的字押韻，因而改用沒有變舌尖元音的「之」字做反切下字。

又如〈周南·麟之趾〉一章「振振公子（叶獎履反）」中，「子」為止韻，「履」為旨韻，在當時是可以押韻的，所以要改叶，也是由於精母的「子」字已變為舌尖元音。其他如〈小雅·小弁〉五章「尚求其雌（叶千西反）」、〈邶風·雄雉〉三章「悠悠我思（叶新齎反）」、〈小雅·楚茨〉五章「備言燕私（叶息夷反）」。

---

50 竺家寧〈近代音史上的舌尖韻母〉，《近代音論集》（臺北：臺灣學生書局，1994年8月）頁223-239。

再者，根據許世瑛先生的研究[51]，當時讀舌尖韻母的字有：

精母：資、茲、鼒、子、姊、梓、秭
清母：雌、刺
心母：思、絲、私、斯、師、死
邪母：嗣

原屬「支脂之」韻的精系字都變為舌尖韻母了。雖然「從母」無實例，亦可類推之。而「師」字國語念捲舌音，屬於中古生母，許世瑛先生認為朱子是讀如心母。除了這些字之外，王力《漢語史稿》也主張《詩集傳》時已有舌尖韻母，並且考訂出了「兕、俟、涘、耜、汜、似、祀、賜、四」等字。

由此可知，中古精系三等字在朱子的時代（南宋），已經讀如一等，也就是說，由細音轉變成洪音。舌尖元音 ɿ 也已經產生，範圍是止攝開口三等精系字，以及一部分的莊系字（師）。

三　從現代方言看精、莊系三等字的分布

精系三等字從早期等韻圖列於三等的位置，到了宋元等韻圖《切韻指掌圖》列為一等位，代表舌尖元音產生。觀察宋代的《古今韻會舉要》及朱熹《詩集傳》，發現也有一樣的情況。此外，在《古今韻會舉要》中，可以看到有一部分莊系字也和精系三等字一樣讀舌尖元音。為了比較國語中同樣讀舌尖元音的精系與莊系字在漢語方言中的表現有何不同，這個部分一併列出精系與莊系在現代方言中的呈現。

---

51 許世瑛〈朱熹口中已有舌尖前高元音說〉，《淡江學報》第9期，1970年。

（一）《切韻指掌圖》從三等移到一等的精系字在現代方言中的表現

表5-9　《切韻指掌圖》從三等移到一等的精系字在現代方言中的表現

	紫	子	自	雌	慈	詞	此	刺	私	絲	思	死	寺
聲母	精	精	精	精	精	精	精	精	精	精	精	精	精
韻母	紙	止	至	支	之	之	紙	寘	脂	之	之	旨	志
攝	止	止	止	止	止	止	止	止	止	止	止	止	止
開合	開	開	開	開	開	開	開	開	開	開	開	開	開
等	三	三	三	三	三	三	三	三	三	三	三	三	三
北京	tsʅ	tsʅ	tsʅ	tsʻʅ	tsʻʅ	tsʻʅ	tsʻʅ	tsʻʅ	sʅ	sʅ	sʅ	sʅ	sʅ
濟南	tsʅ	tsʅ	tsʅ	tsʻʅ	tsʻʅ	tsʻʅ	tsʻʅ	tsʻʅ	sʅ	sʅ	sʅ	sʅ	sʅ
西安	tsʅ	tsʅ	tsʅ	tsʻʅ	tsʻʅ	sʅ tsʻʅ(新)	tsʻʅ	tsʻʅ	sʅ	sʅ	sʅ	sʅ	sʅ
太原	tsʅ	tsʅ	tsʅ	tsʻʅ	tsʻʅ	sʅ tsʻʅ(新)	tsʻʅ	tsʻʅ	sʅ	sʅ	sʅ	sʅ	sʅ
武漢	tsʅ	tsʅ	tsʅ	tsʻʅ	tsʻʅ	tsʻʅ	tsʻʅ	tsʻʅ	sʅ	sʅ	sʅ	sʅ	sʅ
成都	tsʅ	tsʅ	tsʅ	tsʻʅ	tsʻʅ	tsʻʅ	tsʻʅ	tsʻʅ	sʅ	sʅ	sʅ	sʅ	sʅ
合肥	tsʅ	tsʅ	tsʅ	tsʻʅ	tsʻʅ	tsʻʅ	tsʻʅ	tsʻʅ	sʅ	sʅ	sʅ	sʅ	sʅ
揚州	tsʅ	tsʅ	tsʅ	tsʻʅ	tsʻʅ	tsʻʅ	tsʻʅ	tsʻʅ	sʅ	sʅ	sʅ	sʅ	sʅ
蘇州	tsʅ	tsʅ	zʅ	tsʻʅ	zʅ	zʅ	tsʻʅ	tsʻʅ	sʅ	sʅ	sʅ	sʅ(文) si(白)	zʅ
溫州	tsʅ	tsʅ	zʅ	tsʻʅ	zʅ	zʅ	tsʻʅ	tsʻʅ(文) tsʻei(白)	sʅ	sʅ	sʅ	sʅ	zʅ
長沙	tsʅ	tsʅ	tsʅ	tsʻʅ	tsʻʅ	tsʅ	tsʻʅ	tsʻʅ	sʅ	sʅ	sʅ	sʅ	tsʅ
雙峰	tsʅ	tsʅ	dzʅ	tsʻʅ	dzʅ	dzʅ	tsʻʅ	tsʻʅ(文) tsʅ(白)	sʅ	sʅ	sʅ	sʅ	dzʅ

	紫	子	自	雌	慈	詞	此	刺	私	絲	思	死	寺
南昌	tsɿ	tsɿ	tsʰɿ	tsʰɿ	tsʰɿ	tsʰɿ	tsʰɿ	tsʰɿ	sɿ	sɿ	sɿ	sɿ	sɿ
梅縣	tsɿ	tsɿ	tsʰɿ	tsʰɿ	tsʰɿ	tsʰɿ	tsʰɿ	tsʰɿ(文) / tsʰiuk(白)	sɿ	sɿ	sɿ	si	sɿ
廣州	tʃi	tʃi	tʃi	tʃʰi	tʃʰi	tʃʰi	tʃʰi	tʃʰi(文) / tʃʰik(白)	ʃi	ʃi	ʃi	ʃi(文) / ʃei(白)	tʃi
陽江	tʃei	tʃei	tʃei	tʃʰei	tʃʰei	tʃʰei	tʃʰei	tʃʰei(文) / tʃʰik(白)	ɬei	ɬei	ɬei	ɬei	tʃei
廈門	tsi	tsu(文) / tsi(白)	tsu	tsʰu	tsu	tsu	tsʰu	tsʰi(文) / tsʰɿ(白)	su(文) / si(白)	si	su	su(文) / si(白)	su(文) / tsʰai(白)
潮州	tsi	tsɿ	tsɿ	tsʰɿ	tsʰɿ	sɿ	tsʰɿ	tsʰɯŋ(文) / tsʰi(白)	sɿ(文) / si(白)	si	sɿ	si	sɿ
福州	tsie	tsy(文) / tsi(白)	tsøy(文) / tsei(白)	tsʰi	tsy	sy	tsʰy	tsøy(文) / tsie(白)	sy(文) / si(白)	si(文) / sɛ(白)	sysøy	søy(文) / sei(白)	søy(文) / sai(白)
建甌	tsu	tsu(文) / tsɛ(白)	tsu	tsʰu	tsu	tsu	tsʰu	tsʰu(文) / tsʰi(白)	su(文) / si(白)	si	si	si	su

　　在《切韻指掌圖》中，精系一等字改列為三等字在現代方言的分布如上表。

　　在聲母方面，絕大多數的方言都是以齒頭音呈現。包括官話方言、晉語、吳語、湘語、贛語、客語，閩語。只有粵語是讀舌尖面塞擦音 tʃ-。粵語音系中，精、莊、章、知四系聲母通常是念成一樣的，如廣州、陽江都是念 tʃ-；錦田、澳門、市橋、花山、從化、增城、佛山、大良、三水、明城等地都念 ts-。[52]本著作此處所討論的從三等移到一等的精系字在《漢語方音字彙》所收粵語區的字都讀如莊系字，

---

52 嚴棉〈中古精莊章知四系在漢語方言中的歷史音變〉，《大江東去——王士元教授80歲賀壽論文集》（香港：香港城市大學，2013年）。

也就是都讀成舌尖面塞擦音。從語音的演變來說，精系字是舌尖塞擦音與擦音，莊系字是舌尖面塞擦音與擦音。兩者的差別在於發音部位不同，精系字讀如莊系字，這是發音部位往後移的現象。而廣州、陽江精系與莊系都讀 tʃ-，也可以解釋為精系字受到莊系字的類化影響所致。

在韻母方面，絕大多數的方言都以舌尖元音呈現。包括全部的官話區、晉語、吳語、湘語、贛語、客語，閩南語的潮州話也有一部分字是念舌尖元音。而在南方方言的表現較分歧，成系統的呈現，計有以下幾個類型：-i、-u、-ai、-ei、-øy。-i 是中古韻圖併轉為攝之後，止攝的音值。董同龢在《漢語音韻學》中說：止攝包含這許多韻母，可是到現代，它們差不多都混了。從大體說，它們都顯示著原來主要元音是 i。不過這個共同的 i，無疑的只能早於宋後的韻圖時代。[53]由此可推論，這些精系字的 -i 念法，對應於中古後期的語音現象。

-u 則是閩語區文讀層為了對應共同語舌尖後元音的念法，在方言的文白系統中，文讀音總是向共同語靠攏，如果在該方言音系中沒有共同語相對應的那個音，那麼方言就會找一個音系裡面與共同語最接近的音來取代。閩南語系統沒有捲舌音 tʂ、tʂʻ、ʂ，在文讀系統中，就用 tsu、tsʻu、su 來取代，也就是說，用 -u 來取代-ʐ。

-ai 是由止攝的中古音來源由 -iə 的央元音強化而成。止攝字的中古來源有 -jəi、-juəi 的讀法，在語音演變上，央元音 ə 是極不穩定的音，有可能朝增強或失落兩方面演變，推測 -ai 是由 -əi 的央元音強化而成。-ei 也可以由止攝字的中古音音值溯源，止攝字的中古音音值之一是 -jei，但是精系字止開三轉變為洪音之後，細音介音失落，於是在粵語中就以 -ei 呈現。-y 是受了流攝 -iu 的影響，再進一步演變的結果，漢語音韻史上的 -y 都是由 -iu 演變而來，流攝的中古音值是

---

53 董同龢《漢語音韻學》（臺北：文史哲出版社，2002年10月）頁167。

-ju，在閩語中，流攝開口三等字念 -iu，現代方言中，三等與四等的介音都是 i，這裡的流攝開口三等字，應是三、四等合流之後，介音由 -j- 變成 -i-，再進一步由 -iu 演變成 -y 的結果。

（二）宋代念舌尖元音的莊系字在現代方言的分布

有一部分莊系字在《古今韻會舉要》中，以 ɿ 元音呈現，觀察這些字在現代方言中的表現如下：

表 5-10　宋代念舌尖元音的莊系字在現代方言的分布

	師	獅	事	史	馻	使	士	仕
聲母	生	生	莊	生	生	生	崇	崇
韻目	脂	脂	之	之	之	之	之	之
攝	止	止	止	止	止	止	止	止
開合	開	開	開	開	開	開	開	開
等	三	三	三	三	三	三	三	三
北京	ʅ	ʅ	ʅ	ʅ	ʅ	ʅ	ʅ	漢語方音字彙未收
濟南	ʅ	ʅ	ʅ	ʅ	ʅ	ʅ	ʅ	
西安	ɿ	ɿ	ɿ	ɿ	ɿ	ɿ	ɿ	
太原	ɿ	ɿ	ɿ	ɿ	ɿ	ɿ	ɿ	
武漢	ɿ	ɿ	ɿ	ɿ	ɿ	ɿ	ɿ	
成都	ɿ	ɿ	ɿ	ɿ	ɿ	ɿ	ɿ	
合肥	ɿ	ɿ	ɿ	ɿ	ɿ	ɿ	ɿ	
揚州	ɿ	ɿ	ɿ	ɿ	ɿ	ɿ	ɿ	
蘇州	ɿ	ɿ	z̩	ɿ	ɿ	ɿ	z̩	
溫州	ɿ	ɿ(文) / sai(白)	z̩	ɿ	ɿ(文) / sa(白)	z̩	z̩	
長沙	ʅ	ʅ	ʅ	ʅ	ʅ	ʅ	ʅ	

	師	獅	事	史	駛	使	士	仕
雙峰	ʂʅ	ʂʅ	dzʅ	ʂʅ	ʂʅ	ʂʅ	dzʅ	
南昌	sʅ	sʅ	sʅ	sʅ	sʅ	sʅ	sʅ	
梅縣	sʅ	sʅ	sʅ	sʅ	sʅ	sʅ	sʅ	
廣州	ʃi	ʃi	ʃi	ʃi	ʃɐi	ʃi	ʃi	
陽江	ʃi	ʃi	ʃi	ʃi	ʃɐi	ʃi	ʃi	
廈門	su(文) / sai(白)	su(文) / sai(白)	su(文) / tai(白)	su(文) / sai(白)	su(文) / sai(白)	su(文) / sai(白)	su	
潮州	ʂʅ(文) / sai(白)	sai	ʂʅ	su(文) / sai(白)	sai	sai	ʂʅ	
福州	sy(文) / sa(白)	sy(文) / sai(白)	søy(文) / tai(白)	sy	sy(文) / sai(白)	sy(文) / sai(白)	søy(文) / tʻai(白)	
建甌	su	su	su(文) / si(白)	su	su(文) / sɛ(白)	sɛ	su(文) / tʻi(白)	

　　在官話區，只有北京（北京官話）、濟南（冀魯官話）是讀 ʅ，代表聲母已經變成捲舌音，屬於最晚的一個層次。全漢語方言絕大部分都是讀 ʅ，與宋代語音現象對應，範圍包括中原官話、晉語、西南官話、江淮官話。至於粵語區讀 i，則是反映了止攝字的較早的讀音。董同龢在《漢語音韻學》中說：止攝包含這許多韻母，可是到現代，它們差不多都混了。從大體說，它們都顯示著原來主要元音是 i。不過這個共同的 i，無疑的只能早到宋後的韻圖時代。[54]在《切韻》時代，止攝三韻——支、脂、之微的音值分別是支（-je,-jue,-jě, -juě）、之（-i）、脂（-jei,-juei,-jěi,-juěi）[55]、微（-jəi, -juəi）。到了《古今韻會舉要》變成 -ʅ。-i 則是在《四聲等子》的時代[56]。至於閩

---

54 董同龢《漢語音韻學》頁167。

55 擬音依據竺家寧《聲韻學》頁351。

56 董同龢《漢語音韻學》頁166-167。

語（廈門、潮州、福州、建甌）的表現較為複雜。大致上有 -ai、-u、-y、øy 這幾類。

　　1.-ai：分布在廈門、潮州的白讀，以及福州一部分的白讀。先從止攝字的中古來源看，止攝字的中古來源有，-jəi、-juəi 的讀法，在語音演變上，央元音 ə 是極不穩定的音，有可能朝增強或失落兩方面演變，推測 -ai 是由 -əi 的央元音強化而成。

　　2.-u：分布在廈門、建甌的文讀，以及潮州一部分的白讀。在方言的文白系統中，文讀音總是向共同語靠攏，如果在該方言音系中沒有共同語相對應的那個音，那麼方言就會找一個音系裡面與共同語最接近的音來取代。閩南語系統沒有捲舌音 tʂɿ、tʂʻɿ、ʂɿ，在文讀系統中，就用 tsu、tsʻu、su 來取代，也就是說，用 -u 來取代 -ɿ。

　　3.-y：漢語音韻史上的 -y 都是由 -iu 演變而來，推測這裡的 y 是受到流攝的影響所致。因為流攝的中古音值是 -ju，在閩語中，流攝開口三等字念 -iu，此處的 -y 是受了 -iu 的影響，再進一步演變的結果。

（三）宋代語料中的舌尖元音在現代方言的分布趨勢

　　以精系三等字移到一等在宋代語料中的表現為觀察的起點，進一步看這些字在現代方言的分布，可以發現，舌尖元音的產生是從精系開始，在《古今韻會舉要》時擴及莊系字的一部分。

　　在現代方言的地理分布上，在莊系字方面，北京官話的層次最晚，是呈現舌尖後元音。中原官話（西安）、晉語、四川官話、江淮官話、吳語、湘語、贛語、客語呈現舌尖前元音，與精系字合流，這是宋代的層次。而粵語則是念 -i，是併轉為攝之後，止攝字的念法。至於閩語或保留了《切韻》音系的念法再就系統內部加以調整，如 -ai、-ie。或為了遷就共同語，而在音系內找到一個相對應的音，如 -u。或受到其他音類的影響，如 -y。

在精系字方面，全部官話區、晉語、吳語、湘語、贛語、客語都是呈現舌尖前元音，也就是宋代的層次。粵語則是念 -i，是併轉為攝後，止攝的念法，時代略早於舌尖前元音。而閩語同樣是保留了《切韻》音系的念法再就系統內部加以調整，如 -ai、-ei。或為了遷就共同語，而在音系內找到一個相對應的音，如 -u。或受到其他音類的影響，如 -y。

由以上討論，得到幾點結論：

（一）舌尖元音分布的範圍：語音演變並非一蹴可幾，是漸變而非突變。精系三等字與一等字混而無別，在《切韻指掌圖》、《古今韻會舉要》與朱熹《詩集傳》諧音中標示舌尖元音的產生，從音類的觀點來看，舌尖元音（ɿ）的產生，在宋元語料中，分布在止攝開口三等字的精系與一部分的莊系字。首先是由精系字開始變為舌尖前元音，在《古今韻會舉要》時，止開三莊系字才以舌尖前元音呈現。必須注意的是，此時捲舌音尚未出現，因此這一批莊系字的元音並不是舌尖後元音。

（二）現代方言和宋代音對應：從現代方言來看，精系字從三等移到一等的這些字，表現在現代方言的地理分布上，絕大部分的方言都是以舌尖前元音呈現，與宋代音對應，粵語是併轉為攝之後，止攝字的念法，閩語的表現較複雜，或保留了《切韻》音系的念法再就系統內部加以調整；或為了遷就共同語，而在音系內找到一個相對應的音；或受到其他音類的影響。而在宋代演變為舌尖元音的莊系字，在地理分布上，北京官話的層次最晚，其次是中原官話（西安）、晉語、四川官話、江淮官話、吳語、湘語、贛語、客語呈現舌尖前元音，與精系字合流，表現與宋代音相同。而閩語的表現同樣較為複雜，或保留了《切韻》音系的念法再就系統內部加以調整；或為了遷就共同語，而在音系內找到一個相對應的音；或受到其他音類的影響。

第五節　《四聲等子》內外混等現象在現代方言中的對應[57]

　　本節討論的重點聚焦在宋代音和現代方言的比較研究，宋元等韻圖的內外混等在現代方言中的對應為觀察重點。

　　無論早期等韻圖《韻鏡》、《七音略》或宋元等韻圖《四聲等子》、《切韻指掌圖》、《切韻指南》，每個圖的每一行都注明這個圖是內轉還是外轉，《四聲等子》和《切韻指掌圖》的門法都指出，凡是沒有獨立二等韻的轉，叫作「內轉」，有獨立二等韻的轉，叫作「外轉」。內轉二等齒音往往有字，那都是由三等借位在二等的假二等，不是真正的二等字。內、外轉的設立，原本就在於辨別這些二等字的真假。

　　但是，在《四聲等子》中，「宕江」、「曾梗」、「果假」各攝圖末注有「內外混等」。這是因為合攝之後，造成了內外轉同圖的局面。也就是說，莊系二等與三等混而無別，二等洪音與三等細音相混，這是宋代音演變的一個特徵。本節從《四聲等子》內外混等的現象切入，將這樣的現象與現代漢語方言比較，從中找出現代方言中，「宕江」、「曾梗」、「果假」攝的莊系二、三等字無別的分布情況。

一　《四聲等子》中的「內外混等」

　　就聲母而言，從早期等韻圖《韻鏡》、《七音略》到《四聲等子》，正齒音發生了合併的現象。中古前期，正齒音有兩系「章、昌、船、書、禪」、「莊、初、崇、生、俟」，到了中古後期，合併成

---

[57] 本節曾以單篇論文的形式於語言接觸與語言比較國際論壇2014上宣讀（上海：上海大學，2014年6月）。

「照、穿、牀、審、禪」，《四聲等子》在齒音的排列上，將「照、穿、牀、審、禪」與「精、清、從、心、邪」排在同一列。由於照系有二、三等，排在《四聲等子》齒音的二、三行，精系有一、四等，排在《四聲等子》齒音的一、四行，在韻圖上互補排列不混淆。

照系二等字是中古早期的莊系字，照系三等字是中古早期的章系字。《四聲等子》合攝的措施造成了內外轉同圖的情況，即「內外混等」，依照音節結構來看，是莊系字主要元音和介音產生了變化。

觀察《四聲等子》「宕江」、「曾梗」、「果假」各攝中的齒音二等位，當中有包含二等字與三等字。茲將詳情敘述如下：（擬音參照竺家寧《四聲等子音系蠡測》）

宕江攝

古二等字，《四聲等子》放在二等位：捉、窻、浞、雙、朔。

古三等字，《四聲等子》放在二等位：莊、壯、瘡、創、牀、狀、霜、爽、孀、聳。例外：凉、億是一等字。

宕江攝音值如下：

	一等	二等	三、四等
開口	ɑŋ	æŋ	iæŋ
合口	uɑŋ	uæŋ	iuæŋ

果假攝

古二等字，《四聲等子》放在二等位：詐、札、叉、剎、沙、厦、殺、謰、灑。

古三等字，《四聲等子》放在二等位：瘥、拙、刷（拙、刷為山攝字，《四聲等子》誤放）

果假攝音值如下：

	一等	二等	三、四等
開口	ɑ	æ	iæ
合口	uɑ	uæ	iuæ

曾梗攝

古二等字，《四聲等子》放在二等位：爭、諍、責、琤、策、崢、賾

古三等字，《四聲等子》放在二等位：睜、生、省。

曾梗攝音值如下：

	一等	二等	三、四等
開口	əŋ	əŋ	iəŋ
合口	uəŋ	uəŋ	iuəŋ

此處，曾梗攝一、二等無別。《四聲等子》凡 ə 類韻攝均無一、二等字對立的現象，本攝一等有登韻字，二等有庚、耕韻字，那麼，為何將一、二等擬為同音？竺家寧在《四聲等子音系蠡測》的推論如下：第一，由現代方言證之，一等韻母與二等韻母毫無區別之跡象。第二，由歷史事實觀之，切韻音凡具有 ə 類韻母之韻，從不發生一、二等對立之情況。第三，由《四聲等子》本身觀之，凡 a 類元音一、二等對立為普遍存在的現象，a 類韻攝共有六攝，而六攝均分別一、二等。ə 類韻攝共五攝，僅本攝一、二等字並建。語音分配常成為對稱整齊之系統，如果本攝一、二等有語音上的區別，那麼就不符合語音的對稱與整齊了。因此，此處將一、二等擬為同音。

每一攝依照開合口分兩圖，中古音二等和三等字會放在同一大格

中。宕攝內五（開口）齒音二等位中，三等字「爽」和其他二等字「捉、窓、淰、雙、朔」並列；果攝內四（合口）齒音二等位中，二等字「踜」和其他三等字「拙、刷」並列；果攝內四（開口）齒音二等位中，有二等字「詐、札、叉、剎、沙、廈、殺」和三等字「瘥、灑」並列。曾攝內八（開口）齒音二等位有二等字「爭、諍、責、諍、策、崢、賾」和三等字「睜、生、省」並列。

《四聲等子》莊系二等字和三等字並列於同等位的現象，代表此時二等和三等的界線已經漸漸模糊。從音值上來看，就是洪音與細音的界線消失了。洪音和細音的區別，在漢語音韻語料的呈現是截然兩分的，無論是早期等韻圖或是宋元等韻圖，洪細有別，必然會呈現在韻圖上。《四聲等子》莊系二等字和三等字界限消失的情況，首先，既然放在同一圖，代表主要元音和韻尾相同，就擬音來看也是如此，其次，要追問的是，二等是洪音，三等是細音，莊系二、三等置於同列，究竟是洪音轉變成細音，還是細音轉變成洪音？

從《四聲等子》時代普遍的語音演變方向來看，竺家寧在《四聲等子音系蠡測》中說：

> 《四聲等子》之一、二等韻分別甚嚴，絲毫不亂，可知其語音仍有分別；三、四等韻則異於是，其間有歸字混淆者，有注明無區別者，皆有關於音變。[58]

中古早期，三等韻介音是半元音性的 -j-，四等介音是 -i，到了《四聲等子》的時代，三、四等的介音都變成了 -i-，因此，三四等的界線模糊了。而一、二等的界線仍然存在。把眼光聚焦在齒音二等

---

58 竺家寧《四聲等子音系蠡測》（臺北：花木蘭出版社，2012年9月）頁13。

位，即照二（莊系）中的字，可以發現當中有二等字也有三等字。《四聲等子》音系中，一、二等界線分明，三、四等界線已經模糊，而當時洪音和細音的分別是很清楚的，《四聲等子》將中古早期莊系二等字和莊系三等字放在二等位上，可以推測得知，這些莊系字都變成了洪音，讀如二等字，否則，如果音節中仍有細音的介音，《四聲等子》就會將其安排在三等位，讀如照三了。

二 莊系宕江、曾梗、果假攝在現代方言方言中的表現

《四聲等子》合攝之後的，宕江、曾梗、果假三攝的音值已如上述。莊系二、三等字在內外轉同圖之後，也都變成洪音。接下來的工作，是觀察漢語方言中果假、曾梗、宕江三攝如何呈現。

1 果假攝

表 5-11 莊系果假攝在漢語方言的表現

	灑[59]	渣	詐	榨	叉	差	岔	沙	紗	傻
	假開二生母	假開二莊母	假開二莊母	假開二莊母	假開二初母	假開二初母	假開二初母	假開二生母	假開二生母	假合二生母
北京	sa	tʂa	tʂa	tʂa	tʂʻa	tʂʻa	tʂʻa	ʂa	ʂa	ʂa
濟南	sa	tʂa	tʂa	tʂa	tʂʻa	tʂʻa	tʂʻa	ʂa	ʂa	ʂa
西安	sa	tsa	tsa	tsa	tsʻa	tsʻa	tsʻa	sa	sa	sa
太原	sa	tsa	tsa	tsa	tsʻa	tsʻa	tsʻa	sa	sa	sa
武漢	sa	tsa	tsa	tsa	tsʻa	tsʻa	tsʻa	sa	sa	sa
成都	sa	tsa	tsa	tsa	tsʻa	tsʻa	tsʻa	sa	sa	sa

---

59 「灑」，生母。在《廣韻》中所收的音：a.所綺切，止開三。b.所蟹切，蟹開二。c. 砂下切，假開二。d.所寄切，止開三。此處應是假攝二等字。

	灑[59]	渣	詐	榨	叉	差	岔	沙	紗	傻
	假開二生母	假開二莊母	假開二莊母	假開二莊母	假開二初母	假開二初母	假開二初母	假開二生母	假開二生母	假合二生母
合肥	sa	tʂa	tʂa	tʂa	tʂʻa	tʂʻa	tʂʻa	ʂa	ʂa	ʂa
揚州	sa	tsa	tʂa	tsa	tsʻa	tsʻa	tsʻa	sa	sa	sa
蘇州	sɒ	tso	tso	tso	tsʻo	tsʻo	tsʻo	so	so	sɒ
溫州	sa,so	tso	tso	tso	tsʻa,tsʻo	tsʻa,tsʻo	tsʻo	so	so	sa
長沙	sai	tʂa	tsa	tsa	tsʻa	tsʻa	tsʻa	sa	sa	sa
雙峰	sua	tso	tso	tso	tsʻo	tsʻo	tsʻo	so	so	so
南昌	sa	tʂa	tsa	tsa	tsʻa	tsʻa	tsʻa	sa	sa	sa
梅縣	sa	tʂa	tsa	tsa	tsʻa	tsʻa	tsʻa	sa	sa	sɔ
廣州	ʃa	tʃa	tʃa	tʃa	tʃʻa	tʃʻa	tʃʻa	ʃa	ʃa	ʃɔ
揚江	ʃat	tʃa	tʃa	tʃa	tʃʻa	tʃʻa	tʃʻa	ʃa	ʃa	ʃɔ
廈門	sa,se	tsa(文) tse(白)	tsa(文) tse(白)	tsa(文) te(白)	tsʻa(文) tsʻe(白)	tsʻa	tsʻa,tsʻe	sa(文) sua(白)	sa(文) se(白)	sa
潮州	sai	tsa	tsa	tsa	tsʻa(文) tsʻe(白)	tsʻa	tsʻe	sa(文) sua(白)	sa(文) se(白)	sa
福州	sua	tsa	tsa(文) ta(白)	tsa(文) ta(白)	tsʻa	tsʻa	tsʻa	sa(文) sai(白)	sa	sa
建甌	sa	tsa	tsa	tsa	tsʻa	tsʻa	tsʻa	sa(文) suɛ(白)	sa	sa

在《漢語方音字彙》中，全漢語方言莊系果假攝的字都是二等洪音字。在實際音值均是洪音。對照《四聲等子》的擬音音值，也是屬於 a 類元音。

2 曾梗攝

表 5-12 莊系曾梗攝在漢語方言的表現

	側	測	齚	色	策	冊	索	爭	箏	生	甥	牲	省
	曾開三莊母	曾開三初母	曾開三生母	曾開三生母	梗開二初母	梗開二初母	梗開二生母	梗開二莊母	梗開二莊母	梗開二生母	梗開二生母	梗開二生母	梗開二生母
北京	tsʻɤ(文) / tʂai(白)	tsʻɤ	sɤ	sɤ(文) / ʂai(白)	tsʻɤ	tsʻɤ(文) / tʂʻai(白)	suo	tʂəŋ	tʂəŋ	ʂəŋ	ʂəŋ	ʂəŋ	ʂəŋ
濟南	tsʻɤ(文) / tʂei(白)	tsʻɤ(文) / tʂei(白)	sɤ(文) / ʂɤ(白)	sɤ(文) / ʂai(白)	tsʻɤ(文) / tʂʻei(白)	tsʻɤ(文) / tʂʻei(白)	suɤ	tʂəŋ	tʂəŋ	ʂəŋ, sẽ	ʂəŋ	ʂəŋ	ʂəŋ
西安	tsei, tsʻei	tsʻei	sei	sei	tsʻei	tsʻei	suo	tsəŋ	tsəŋ	ʂəŋ, sẽ	səŋ	səŋ	səŋ
太原	tsʻəʔ(文) / tsʻaʔ(白)	tsʻəʔ(文) / tsʻaʔ(白)	səʔ(文) / saʔ(白)	səʔ(文) / saʔ(白)	tsʻəʔ(文) / tsʻaʔ(白)	tsʻəʔ(文) / tsʻaʔ(白)	suəʔ(文) / suaʔ(白)	tsəŋ	tsəŋ, tsʻəŋ	səŋ	səŋ	səŋ	səŋ
武漢	tsʻɤ, tsʻɤ	tsʻɤ	sɤ	sɤ	tsʻɤ	tsʻɤ	so	tsən	tsən	sən	sən	sən	sən
成都	tsʻe, tsʻe	tsʻe	se	se	tsʻe	tsʻe	so	tsən	tsən, tsʻən	sən	sən	sən	sən
合肥	tsʻʌʔ	tsʻʌʔ	sʌʔ	sʌʔ	tsʻʌʔ	tsʻʌʔ	suʌʔ	tsən	tsən	sən	sən	sən	sən
揚州	tsʻəʔ	tsʻəʔ	səʔ	səʔ	tsʻəʔ	tsʻəʔ	saʔ	tsən	tsən	sən	sən	sən	sən
蘇州	tsʻɤ, tsʻɤ	tsʻɤʔ(文) / tsʻɒʔ(白)	sɤʔ	sɤʔ	tsʻɤʔ(文) / tsʻɒʔ(白)	tsʻɤʔ(文) / tsʻɒʔ(白)	so	tsən	tsən	sən(文) / səŋ(白)	sən(文) / saŋ(白)	sən(文) / saŋ(白)	sən(文) / saŋ(白)
溫州	tsʻe, tsʻei	tsʻe, tsʻe	se	se	tsʻa	tsʻa	tsiɛ(文) / dziɛ(白)	tsaŋ	tsaŋ	siɛ	siɛ	siɛ	siɛ
長沙	tsʻɤ	tsʻɤ	sɤ	sɤ	tsʻɤ	tsʻɤ	so	tsən	tsən	sən	sən	sən	sən
雙峰	tse(文) / tsia(白)	tsʻe, tsʻe	se(文) / sia(白)	se	tsʻe(文) / tsʻia(白)	tsʻe(文) / tsʻia(白)	su	tsæ(文) / tsɒŋ(白)	tsæ	sæ(文) / sɒŋ(白)	sæ	sæ	ɕiɛn(文) / sæ(白)
南昌	tsɛt	tsʻɛt	sɛt	sɛt	tsʻɜt	tsʻɛt	sɔk	tsʻɜn(文) / tsaŋ(白)	tsʻɜn	sɛn(文) / saŋ(白)	sɛn(文) / saŋ(白)	sɛn	sɛn(文) / saŋ(白)
梅縣	tsɛt	tsʻɛt	sɛt	sɛt	tsʻɜt	tsʻat	sɔk	tsʻɜn(文) / tsaŋ(白)	tsʻɜn	sɛn(文) / saŋ(白)	sɛn(文) / saŋ(白)	sɛn	sɛn(文) / saŋ(白)

	側	測	嗇	色	策	冊	索	爭	箏	生	甥	牲	省
	曾開三莊母	曾開三初母	曾開三生母	曾開三生母	梗開二初母	梗開二初母	梗開二生母	梗開二莊母	梗開二莊母	梗開二生母	梗開二生母	梗開二生母	梗開二生母
廣州	tʃɐk	tʃˈɛk, tʃˈak	ʃık	ʃık	tʃˈak	tʃˈak	ʃɔk / ʃak	tʃɐŋ(文) / tʃaŋ(白)	tʃɐŋ	ʃɐŋ(文) / ʃaŋ(白)	ʃɐŋ(文) / ʃaŋ(白)	ʃɐŋ(文) / ʃaŋ(白)	ʃaŋ
揚江	tʃɐk	tʃɐk	ʃık	ʃık	tʃˈak	tʃˈak	łɔk	tʃaŋ	tʃaŋ	ʃaŋ	ʃaŋ	ʃaŋ	ʃaŋ
廈門	tsˈık	tsˈık	sık	sık(文) / sat(白)	tsˈık(文) / tsˈeʔ(白)	tsˈık(文) / tsˈeʔ(白)	sık	tsıŋ(文) / tsĩ(白)	tsıŋ	sıŋ(文) / sẽ(白)	sıŋ	sıŋ(文) / sẽ(白)	sıŋ
潮州	tsˈek(文) / tsak(白)	tsˈek	sek	sek	tsˈeʔ	tsˈeʔ	sok	tsẽ	tseŋ	seiŋ(文) / sẽ(白)	seŋ	seiŋ(文) / sẽ(白)	sẽ
福州	tsˈaiʔ, tsaiʔ	tsˈaiʔ	saiʔ	saiʔ	tsˈaiʔ	tsˈaʔ	sauʔ	tseiŋ(文) / tsaŋ(白)	tseiŋ	seiŋ(文) / saŋ(白)	seiŋ	seiŋ(文) / saŋ(白)	seiŋ(文) / saŋ(白)
建甌	tsˈɛ, tsɛ	tsˈɛ	sɛ	sɛ	tsˈɛ	tsˈa	sɔ	tsaiŋ	tsaiŋ	seiŋ(文) / saŋ(白)	saŋ	seiŋ(文) / saŋ(白)	saiŋ(文) / saŋ(白)

以上是曾梗攝在現代方言中的表現。在《切韻》音系中，三等字有細音介音 -j-，二等字則是洪音，到了近代音，三、四等的界線漸漸泯滅，介音都是 -i-，一、二等仍然是洪音。《四聲等子》中的合攝現象，使得內外轉同圖，莊系字二、三等字都讀成洪音。

觀察現代方言中是否表現曾梗攝內外混等的現象，可以發現，莊系曾梗攝三等字大部分都念洪音，與《四聲等子》的語音現象對應。除了少數幾個方言點讀細音之外：雙峰（側、嗇）、廈門（側、測、嗇、色）、廣州和陽江（嗇、色）。這些地方的莊系曾梗攝三等字念細音，則是反映《切韻》音系的特徵。

曾梗攝二等字也大部分念洪音，除了以下幾個方言點念細音：雙峰（策、冊、爭、省）、溫州（爭、牲、省）、廈門（箏、爭、生、甥、省、牲）。也就是說，《四聲等子》內外混等後，《切韻》音系中二等洪音，三等細音的特徵也變得模糊，這樣的情形，從現代方言去觀察也可以窺得一二。

　　曾梗攝三等字在《切韻》音系中原本應該是細音，但是在現代方言中，莊系三等字幾乎都念成了洪音。對照《四聲等子》章系（照三）字的念法，莊系字二、三等合流後都念成洪音，現代方言中曾梗攝莊系三等字幾乎都念洪音，也符合《四聲等子》中的情況。例外的地方是，雙峰（側、齰）、廈門（側、測、齰、色）、廣州和陽江（齰、色）。念細音的曾梗攝莊系三等字，雙峰都是出現在白讀；廈門有些沒有文白之分，有些字則是出現在文讀；廣州和陽江沒有文白之分，念細音的字是生母字。

　　曾梗攝莊系二等字在現代方言中，大部分念洪音，念細音的方言是：雙峰（策、冊、爭、省）、溫州（爭、牲、省）、廈門（箏、爭、生、甥、省、牲）。《四聲等子》莊系（照二）字是洪音，現代方言大部分與《四聲等子》曾梗攝莊系二等字讀洪音的現象對應。當中呈現細音的方言，雙峰大部分是出現在白讀，溫州「爭」字文白讀都讀細音，「生、甥、牲、省」等字都讀細音；廈門文讀是細音。

　　莊系曾梗攝字，在全漢語方言表現的比較整齊的是廈門，不論是二等字或是三等字都讀細音。其餘表現例外的方言點是溫州、雙峰、廣州、陽江。

　　中古音三等字細音介音 -j-，到了中古後期，三等字和四等字的介音都變成 -i 介音，所以，此處廈門方言三等字讀細音，與中古音的讀法對應；而二等字也讀成細音，則是受到三等字類化的影響所致。溫州方言（吳語）有一部分的二等字讀細音，由於溫州鄰近閩方言區，應是受到閩語影響所致。

　　雙峰方言（湘語）有一部分二等字白讀讀細音。方言中若是存在文白異讀，文讀往往代表較晚的層次，白讀則是代表較早的層次，此處雙峰方言的白讀二、三等字都有一部分是讀細音，可以分成兩部分來看，三等字白讀讀細音，與中古音的讀法對應，是保留了較早的層

次，文讀層讀洪音，代表內外混等之後，三等讀如二等的現象，是較晚的層次。二等字白讀讀細音，應是受了三等字白讀類化所致。而廣州、陽江兩處屬於粵語，只有零星的三等字讀細音，其餘無論二等或三等，都讀作洪音，這裡讀細音的三等字，應該是中古音的殘留形式。

3 宕江攝

表 5-13　莊系宕江攝在漢語方言的表現

	朔	雙	窗	裝	壯	狀	瘡	創	床	闖	霜	爽
	江開二生母（覺韻）	江開二生母（江韻）	江開二初母（江韻）	宕開三莊母（陽韻）	宕開三莊母（漾韻）	宕開三崇母（漾韻）	宕開三初母（陽韻）	宕開三初母（陽韻）	宕開三崇母（陽韻）	宕開三初母（沁韻）	宕開三生母（陽韻）	宕開三生母（養韻）
北京	ʂuo	ʂuaŋ	tʂʰuaŋ	tʂuaŋ	tʂuaŋ	tʂuaŋ	tʂʰuaŋ	tʂʰuaŋ	tʂʰuaŋ	tʂʰuaŋ	ʂuaŋ	ʂuaŋ
濟南	ʂuɤ	ʂuaŋ	tʂʰuaŋ	tʂuaŋ	tʂuaŋ	tʂuaŋ	tʂʰuaŋ	tʂʰuaŋ	tʂʰuaŋ	tʂʰuaŋ	ʂuaŋ	ʂuaŋ
西安	fo	faŋ	pfʰaŋ	pfaŋ	pfaŋ	pfaŋ	pfʰaŋ	pfʰaŋ	pfʰaŋ	pfʰaŋ	faŋ	faŋ
太原	suaʔ(文) suaʔ(白)	suõ,tsʰua	tsuõ	tsuõ	tsuõ	tsuõ	tsuõ	tsuõ	tsuõ	tsuõ	suõ	suaŋ, saŋ
武漢	so	suaŋ	tsʰuaŋ	tsuaŋ	tsuaŋ	tsuaŋ	tsʰuaŋ	tsʰuaŋ	tsʰuaŋ	tsʰuaŋ	suaŋ	suaŋ
成都	so	suaŋ	tsʰuaŋ, tsʰaŋ	tsuaŋ	tsuaŋ	tsuaŋ	tsʰuaŋ	tsʰuaŋ	tsʰuaŋ	tsʰuaŋ	suaŋ	suaŋ
合肥	ʂuaʔ	ʂuõ	tʂʰuõ	tʂuõ	tʂuõ	tʂʰuõ	tʂʰuõ	tʂʰuõ	tʂʰuõ	tʂʰuõ	ʂuõ	ʂuõ
揚州	suaʔ	suaŋ	tsʰuaŋ	tsuaŋ	tsuaŋ	tsuaŋ	tsʰuaŋ	tsʰuaŋ	tsʰuaŋ	tsʰuaŋ	suaŋ	suaŋ
蘇州	soʔ	sɒŋ	tsʰaŋ	tsɒŋ	tsɒŋ	zɒŋ	tsʰaŋ	tsʰaŋ	zɒŋ	tsʰɒŋ	sɒŋ	sɒŋ
溫州	çyo	çyo	tçʰyo	tsuɔ(文) tçyɔ(白)	tsuɔ(文) tçyɔ(白)	dʑyɔ(文) jyɔ(白)	tsʰuɔ(文) tçʰyɔ(白)	tsʰuɔ	jyo	tçʰyo	çyo	suɔ(文) çyɔ(白)
長沙	so	çyan	tçʰyan	tçyan	tçyan	tçyan	tçʰyan	tçʰyan	tçyan	tçʰyan	çyan	‚san
雙峰	sʊ	sɒŋ	tsʰɒŋ	tsɒŋ	tsɒŋ	dzɒŋ	tsʰɒŋ	tsʰɒŋ	dzɒŋ	tsʰɒŋ	sɒŋ	sɒŋ
南昌	sok	sɔŋ	tsʰɔŋ	tsɔŋ	tsɔŋ	tsʰɔŋ	tsʰɔŋ	tsʰɔŋ	tsʰɔŋ	tɕʰɔŋ	sɔŋ	sɔŋ
梅縣	sok	sɔŋ	tsʰɔŋ	tsɔŋ	tsɔŋ	tsʰɔŋ	tsʰɔŋ	tsʰɔŋ	tsʰɔŋ	tsʰɔŋ	sɔŋ	sɔŋ
廣州	ʃok	ʃæŋ	tʃʰæŋ	tʃɔŋ	tʃɔŋ	tʃɔŋ	tʃʰɔŋ	tʃʰɔŋ	tʃʰɔŋ	tʃʰɔŋ	ʃɔŋ	ʃɔŋ

	朔	雙	窗	裝	壯	狀	瘡	創	床	闖	霜	爽
	江開二生母（覺韻）	江開二生母（江韻）	江開二初母（江韻）	宕開三莊母（陽韻）	宕開三莊母（漾韻）	宕開三崇母（漾韻）	宕開三初母（陽韻）	宕開三初母（陽韻）	宕開三崇母（陽韻）	宕開三初母（沁韻）	宕開三生母（陽韻）	宕開三生母（養韻）
揚江	ʃɔk	ʃŋ̍	tʃʻŋ̍	tʃŋ̍	tʃŋ̍	tʃŋ̍	tʃʻŋ̍	tʃʻŋ̍	ʃŋ̍	tʃʻŋ̍	ʃŋ̍	ʃŋ̍
廈門	sɔk	sɔŋ(文) sŋ̍(白)	tsʻŋ(文) tsʻŋ̍(白)	tsɔŋ		tsɔŋ(文) tsŋ̍(白)	tsʻŋ(文) tsʻŋ̍(白)	tsʻŋ(文) tsʻŋ̍(白)	tsʻŋ(文) tsʻŋ̍(白)	tsʻuan	sɔŋ(文) sŋ̍(白)	sɔŋ(文) sŋ̍(白)
潮州	suak	sɯŋ	tʻeŋ	tsuaŋ	tsaŋ	tsuaŋ(文) tsuŋ(白)	tsʻɯŋ	tsʻaŋ	tsʻɯŋ	tsʻuaŋ	sɯŋ	suaŋ(文) soŋ(白)
福州	sauʔ	souŋ	tsʻouŋ	tsouŋ	tsauŋ	tsauŋ	tsʻouŋ	tsʻouŋ	tsʻouŋ(文) sounŋ(白)	tsʻauŋ	souŋ	souŋ
建甌	sɔ	sɔŋ	tsʻɔŋ(文) tʻœyŋ(白)	tsɔŋ	tsɔŋ	tsɔŋ	tsʻɔŋ	tsʻɔŋ	tsʻɔŋ	tsʻɔŋ	sɔŋ	sɔŋ

　　莊系宕江攝在漢語方言的表現，無論是二等韻或是三等韻，絕大多數方言都呈現洪音。例外的是溫州與長沙有 y 介音。

　　y 是由 -iu- 而來，代表溫州與長沙的 y 介音念法是由合口細音演變而來。但是，這些字無論是二等或是三等，中古音都是開口音，可知從《切韻》音至《四聲等子》都是開口字。既然是開口字，為何會有合口介音呢？可以從以下幾個方面思考：

　　1. 開口字變成合口字：在幾種情況下，《切韻》音是開口字，到了國語都變成合口字。第一，果攝開口一等韻（歌韻）的舌齒音變成合口，與合口一等韻（戈）字混。第二，陽韻莊系字本來是開口，國語變成合口。第三，臻舒聲一等開口（痕韻）端系字在國語變成合口。[60]而此處討論的對象宕江攝莊系字，大部分是屬於陽韻，符合從中古音開口字，到國語變成合口的條件。另外，《切韻》音系的江韻，在中古後期是屬於江攝，陽韻和唐韻是屬於宕攝，合攝之後，

60　董同龢《漢語音韻學》（臺北：文史哲出版社，2002年10月）頁220。

江、陽、唐三韻就沒有分別了。所以，此處的江韻是在合攝之後才念成合口。再次，表中的字，雙峰都呈現開口音，潮州、福州則是有一部分字呈現開口音，則是對應陽韻尚未與江韻合流的時代。

2. 細音介音的失落：上表中，開口字變成合口字之後，三等字應該有細音介音，但是都失落了，只保留了合口的特徵。三等字由細音變成洪音，條件是國語捲舌聲母字，和細音介音排斥，於是細音介音就被排斥掉了。

3. y 介音：已知 y 是由三等合口 -iu- 演變而來，所以，這裡溫州與長沙三等韻的 y 介音是在宕江攝開口字變成合口字之後，細音介音再與 u 介音進一步演變成 y 介音。而二等字則是受到三等字同化，產生了 y 介音，念的和三等字一樣。

雖然此處解釋的是從中古音到國語的演變規律，但從上表中可以發現，這樣的規律不只發生於國語，其他漢語方言也很整齊的發生了由開口變成合口的現象。

三　莊系宕江、曾梗、果假攝在現代方言方言中的分布及類型

從莊系宕江、曾梗、果假攝在現代方言中的表現來看，可以就二等字與三等字讀洪音或是細音分成三種類型：

1. 二等字與三等字都讀洪音：莊系果假攝在整個漢語方言都是二等字，都讀作洪音。莊系曾梗攝與宕江攝在北方方言以及大部分的南方方言不論二等或三等都讀為洪音。

2. 二等字與三等字都讀細音：莊系曾梗攝在廈門方言白讀層全部都讀細音；莊系果假攝在溫州與長沙方言絕大多數都讀細音。

3. 一部分二等字讀細音，一部分三等字讀洪音：溫州及雙峰方言的莊系曾梗攝、長沙方言的莊系宕江攝一部分二等字讀細音，一部分三等字讀洪音。

　　從莊系宕江、曾梗、果假三攝在現代方言的表現來看，全漢語方言的趨勢是不論二、三等，全部讀為洪音，這也和《四聲等子》中所呈現的一樣，內外混等之後，莊系二等和三等同圖，在實際語音表現上，三等讀如二等，也就是都讀作洪音。少部分南方方言的表現較為參差，三等讀洪音，這是與中古音對應，而二等讀細音，則是受到三等字影響所致。

　　經過以上的討論之後，結論如下：

（一）莊系字合併之後音值是洪音

　　等韻圖「內外轉」的設置是為了分別真二等與假二等。中古早期《切韻》音系中，齒音莊系字出現在二等韻與三等韻，在《韻鏡》排圖時，由於齒音三等位已經放了章系字，於是《韻鏡》將莊系二等字放在齒音二等位，莊系三等字，便放在二等位上，以內轉與外轉區分真二等與假二等，內轉的二等字是莊系三等，外轉則是真二等。到了《四聲等子》，由於合攝的措施造成內外轉同圖，《四聲等子》注明「內外混等」。合攝現象反映了當時實際語音。另一方面，《四聲等子》的正齒音已經合併，莊系二等與三等合併成照系。從《四聲等子》的排列來看，莊系字合併之後，應是呈現洪音。此為本節結論之一。

（二）內外混等現象在現代方言的分布

1. 以現代方言和《四聲等子》的內外混等現象對照，可以發現，宕江、曾梗、果假三攝的莊系二、三等字在漢語方言中絕大部分都讀洪音，代表漢語方言大多都與《四聲等子》內外混等的音讀對應。

2. 一小部分方言，三等字保留細音，則是與中古早期《切韻》音系時的音讀對應。

3. 最後，二等字和三等字都讀細音，則是二等字受了三等字的影響，也讀成了細音。

本章討論宋代音文獻中的韻母演變現象，並與現代方言對照，觀察這些音變現象在現代漢語方言的範圍及分布趨勢。以下歸納影響音變現象的機制，以及在現代方言中的分布趨勢。

（一）音變機制

中古音四等的架構在宋代已經開始改變，三、四等界限模糊，主要元音都變成 -i，這是受到同化作用的影響。從現代方言和宋代音文獻中，都可以看到三、四等合流速度不一致的現象，可以用詞彙擴散理論來解釋。蟹攝和止攝合流，是發生了元音高化。《四聲等子》內外混等的現象，則是因為音素的失落所造成的。

（二）方言的分布趨勢

宋代音三、四等界線模糊的現象，大致上呈現這樣的趨勢：青韻和三等韻合流，分布在粵語和一部分的閩語。先韻和三等韻合流，分布在客、贛、閩、粵方言。蕭韻和三等韻合流，分布在閩、粵方言。添韻在現代方言中絕大多數都和三等韻沒有區別。由於現代方言中支

脂韻大部分已經變成舌尖元音，所以齊韻和三等韻仍然有分別。宋代音文獻中，蟹攝和止攝合併的情形則是反映在揚州話（江淮官話）中。宋代音文獻中，精系字三等讀如一等的現象，代表舌尖元音已經產生，反映在現代方言中，除了閩方言之外的其他方言都已經是如此。而內外混等的現象，則是表現在絕大多數的漢語方言。

（三）宋代音文獻的編輯角度

　　從宋代音文獻對於介音的措置各有差異的情況看來，當時的音韻學者在編輯音韻學文獻時，思考的態度已經轉趨獨立，可以看出他們想要擺脫《廣韻》的影響。雖然，《廣韻》中偶爾會出現將介音的不同視為聲母的不同，而反映在反切上，《廣韻》的研究一般來說將這樣的反切視為錯誤的反切，也就是造反切的人對於語音分析尚不夠精密所造成的。但是在宋代音的文獻中，將介音的不同視為聲母的不同，往往是成系統的，也就是說，文獻的編輯者經過分析之後，認為介音應該是屬於聲母（姑且不論這樣的看法是否適切），顯示了當時學者對於語音的分析能力已經漸趨精密了。

第六章
結論

　　本著作討論宋代語音及其與現代漢語方言的對應，一反過去漢語方言研究以《廣韻》等《切韻》系韻書為參照基準點，加上宋代音文獻為歷史參照框架，所使用的研究方法、理論基礎、研究範圍已如前所述，本章總結全文，並提出待研究的延伸議題。本著作有三點創見，分別是：一、從文獻及語音現象的比較中，確定宋代音在漢語語音史上的地位。二、由宋代語音現象與現代漢語方言的對應，得知宋代語音現象與現代漢語方言的相對距離，作為往後進一步深究漢語方言特定語音現象在語音史座標上的絕對位置的基礎。三、從宋代音韻學文獻對於介音在音節中位置的安排，推論當時文人創作音韻學著作時的態度已經轉趨獨立，漸漸由《廣韻》中跳脫出來，這樣的態度也影響了明、清時代音韻學著作的創作。

第一節　宋代音在漢語語音史的過渡性地位

　　所謂的「過渡性」，筆者的定義是，一個音變正在開始進行，但是並未演變完成，也就是還沒有演變成現代國語的樣貌。處在過渡性階段時，表現已經和前一個階段有所不同了。以下針對第二章所討論宋代音的「過渡性」分項做結論：

一 從音韻特徵看宋代音的過渡性地位

　　為了支持宋代音確實在漢語音韻史上有過渡性的地位的說法，本論文客觀比較宋、元、明、清的語音特徵，發現明代以後大量出現的音變現象，在宋代就已經見到開端了。

　　舌尖元音產生，在《切韻指掌圖》中，精系三等字改列一等，即是標示舌尖元音的產生。但是，在宋代舌尖元音的範圍僅止於精系字止攝開口三等韻。到了元代，擴及到其他的止攝開口三等字，例如「知」字在《切韻指掌圖》放在第十八開，之韻，到了《中原音韻》，「知」字仍放在「齊微韻」，音值是 -i。在明代的《韻略易通》，止攝開口三等字（知系）已有變為 -ʅ，與支辭韻混同的趨勢[1]。《官話新約全書》音系止攝開口三等韻以及蟹攝開口三等祭韻（知章莊日）均為 -ʅ，代表「知」、「支」同音。清代《西儒耳目資》音系止攝開口三等（日母）已經從 -ʅ 韻中分出 ɚ 韻，《正音通俗表》也反映了這一項變化[2]。由此可知，舌尖元音的形成是一個漫長的過程，而這個過程的開端是在宋代。

　　知照合流在《九經直音》中已經可以見到，如書中的注音「朝（知母），音昭（照母）」、「中（知母），音終去（照母）」，其實，《切韻》音系的照二（莊系）、照三（章系）到了宋代通行的三十六字母已經合併成一類「照、穿、牀、審、禪」，在《九經直音》中，知系與照系又進一步合併。知照合流，是宋代音普遍的現象，知照合流之後，接下來牽涉到捲舌音的產生。

1　葉寶奎《明清官話音系》（頁52）指出《韻略匯通》音系「從西撒i韻（枝春上），即來自支脂之祭（知章日）與十一支辭ʅ韻的情況來看，當時支脂之（知莊章日）正處於分化演變的重要關頭，-i、-ʅ界限尚很不分明，支辭韻（枝春上人）尚不是典型的舌尖後元音，可能只是與ʅ相近的音」。

2　葉寶奎《明清官話音系》頁301。

　　宋代之後，明代官話音知、章、莊基本上是舌尖面音塞擦音 ʧ-，到明末清初仍是兼配洪細的，清代伴隨著介音 i 的丟失，知、章、莊三等韻漸次轉為洪音，清代後期，知、章、莊三系聲母內部的差別消失，不再配細音，全部讀成捲舌音[3]。所以，在宋代產生的知、照合流，也成為國語捲舌音產生的前緣因素。

　　三、四等界限模糊，在《古今韻會舉要》以及《九經直音》中已經可以看到，如《古今韻會舉要》的「羈韻」下，有三等的「支、脂、之、微」，也有四等齊韻字。《九經直音》中的注音，如「黎（齊韻），音梨（脂韻）」。到了明代的《洪武正韻》三、四等也是混同的情況，例如「先韻」包含了《廣韻》的開口四等先韻、開口三等先、元韻、合口三等先、元（牙喉音）韻、合口四等先韻、開口四等屑韻、開口三等薛、月韻、合口三等薛、月（牙喉音）韻、合口四等屑韻[4]。中古音四等的格局在清代《音韻闡微》中已經轉變為「四呼」，由開合洪細變為開齊合撮，開口一二等變開口呼，合口一、二等變合口呼，開口三、四等變齊齒呼，合口三、四等變撮口呼。[5]因此，國語中的齊齒呼和撮口呼是在宋代三、四等合流之後，進一步發展的結果。

　　宋代通行的三十六字母「非、敷、奉、微」與「幫、滂、並、明」分列，代表已經出現輕唇音了，到了《中原音韻》，產生濁音清化，奉母與並母轉變成同部位的清音，與國語相同；微母在《韻略易通》聲母系統中音值已經是 v-，《西儒耳目資》聲母系統中，「弗」（f-）與「物」（v-）對立，但 v- 已有從濁擦音進一步變成半元音 w- 或純元音 u 的傾向，微母與喻母混讀，v- 與 u- 兩音的分別已經不是

3　葉寶奎《明清官話音系》頁295-296。
4　葉寶奎《明清官話音系》頁37。
5　葉寶奎《明清官話音系》頁194。

很清楚,《五方元音》中,微母已與影喻母完全混同,成為零聲母[6]。
唇音的分化由宋代開始,而唇音中的微母,其演變從輕唇音成為零聲
母,使得零聲母的範圍由喻母字的形成,而後影、疑兩母轉變成零聲
母,再次,微母由輕唇音失落聲母而成為零聲母,日母中的止攝開口
三等字也在十七世紀以後成為零聲母,終形成國語中的零聲母的樣貌。

入聲字在宋代,無論是在韻書中,或者是宋詞押韻中,-p、-t、
-k 都呈現了自成一類押韻或是三類入聲互相注音的情況。如《九經直
音》的注音:「櫟(-k),音立(-p)」、「緝(-p),音七(-t)」、「熠
(-p),音亦(-k)」。而宋代詩詞的押韻,依據金周生《宋詞音系入
聲韻部考》的研究,-p、-t、-k 的混用在三千一百五十個韻例中,為
數一千二百七十二,其百分比高達四十餘。[7]可見宋代 -p、-t、-k 韻尾
已經弱化,念成喉塞音韻尾了。元代《中原音韻》入聲已經消失,併
入陰聲各韻中,聲調也只有陰平、陽平、上聲、去聲四類,和國語一
樣。因此,入聲從合併到消失,宋代是一個過渡期。

若是單從宋代音文獻中觀察語音現象,也可以發現諸多國語的音
變,在宋代文獻中就可以看出端倪了。

在聲母方面,匣母字在現代方言中細音念成顎化音,例如北京
「賢」念「ɕien」、「見」念「tɕieŋ」、「形」念「ɕiŋ」;或者發生濁音
清化,例如福州「賢」念「xieŋ」、「形」念「xiŋ」;建甌「賢」念
「xiiŋ」、「形」念「xeiŋ」。在《古今韻會舉要》中的匣母細音字則是
稍帶顎化的舌根濁擦音,可以視為聲母演變成顎化音的開端。

唇音三等合口字,在國語絕大部分已經變成開口洪音,例如
「分」fən、「飛」fei、「發」fa。在《古今韻會舉要》中則大部分是合
口洪音,如「媯」字母韻(-uei)中的「陪每徘媒」、「分」字母韻

（uən）中的「分芬墳」。在現代方言中，絕大部分都已經失落了細音介音，而合口介音則多有保存在方言中，例如：

	逢	風	楓	馮	豐	峰	鋒	蒙	夢	蓬
雙峰	ɣaŋ	xaŋ	xaŋ	ɣaŋ	xaŋ	xaŋ	xaŋ	maŋ	maŋ	baŋ
南昌	fuŋ	fuŋ	fuŋ	fuŋ	fuŋ	fuŋ	fuŋ	muŋ	muŋ	p'uŋ
梅縣	p'uŋ	fuŋ	fuŋ	p'uŋ	fuŋ	fuŋ	fuŋ	muŋ	muŋ	p'uŋ
廣州	fʊŋ	fʊŋ	fʊŋ	fʊŋ	fʊŋ	fʊŋ	fʊŋ	mʊŋ	mʊŋ	p'ʊŋ fʊŋ
揚江	fʊŋ	fʊŋ	fʊŋ	fʊŋ	fʊŋ	fʊŋ	fʊŋ	mʊŋ	mʊŋ	p'ʊŋ
廈門	hɔŋ	hɔŋ	hɔŋ	hɔŋ	hɔŋ	hɔŋ	hɔŋ	bɔŋ	bɔŋ	p'ʊŋ

　　音素的失落是語音演變最普遍的方式[8]。《古今韻會舉要》的唇音三等字可以視為輕唇音產生的過程中細音已失落，但合口介音未失落的型態。

　　知、照系的合流是捲舌音形成的前端步驟，知、照系字在宋代語料如《古今韻會舉要》、《九經直音》已經合流，如《九經直音》中的注音「朝（知母），音昭（照母）」、「中（知母），音終去（照母）」，是宋代語音的演變趨勢，這樣的趨勢也延續到國語。

　　在韻母方面，三等與四等的界線在國語中大致上已經消失了，這樣的現象在宋代音文獻中就已經可以看到開端，如《古今韻會舉要》的「羈韻」下，有三等的「支、脂、之、微」，也有四等齊韻字。《九經直音》中的注音，如「黎（齊韻），音梨（脂韻）」。

　　蟹攝和止攝的合口字除了唇音之外，在國語中已經合流，這樣的現象也可見於宋代音的文獻。例如《切韻指掌圖》的第十八、十九

8　竺家寧《聲韻學》頁51。

圖，基本上相當於《四聲等子》的止攝，卻加入了蟹攝的「齊、祭、灰、泰」等韻。

《切韻指掌圖》中，精系三等字讀如一等，代表舌尖元音已經產生，但是範圍並未像現代國語那麼大，所以可以將宋代音視為舌尖元音產生的開端。

二 從漢語語音史的分期看宋代音的過渡性地位

其次，音韻學家在進行漢語史分期工作時，對於宋代音應該放在哪一期各有不同的看法。錢玄同《文字學音篇》以韻書為代表來分期，將宋代放在第四期，與隋、唐、宋並列，代表韻書是《切韻》、《唐韻》、《廣韻》、《集韻》。魏建功《古音系研究》將漢語音韻史分為七期，宋代獨立成一期。王力《漢語史稿》依據語法，兼及音韻特徵，將漢語分為四期，將宋代放在第二期（中古期），時間是西元四世紀到十二世紀，提出的音韻特徵是濁上歸去。鄭再發〈漢語音韻史的分期問題〉將漢語語音史分為上古、中古、近代三期，代表的語料分別是形聲字與《詩經》韻腳、《廣韻》、國語，宋代處於中古期。董同龢《漢語音韻學》明確以「音」來命名，將漢語史分為五期，宋代在「近古音」，以《古今韻會舉要》為代表，他並明確指出宋代音承先啟後的橋梁地位。何大安《聲韻學中的觀念和方法》從音結結構的差異將漢語分成三大時期：上古漢語、中古漢語、近代漢語。宋代處於「近代漢語」，這一時期包括宋、元、明、清，代表韻書是《中原音韻》、《古今韻會舉要》、《洪武正韻》。從本論文的討論可知，學者們注意到宋代音所表現的特徵確實是前有所承，也是下一個階段的開端。儘管宋代音在每位學者的分期中所放的位置不一樣，但他們都注意到宋代所發生的音變現象，即便分期的主要依據並不是「語音」，

而是「語法」，例如王力的分期即是。但是，宋代音透露出和中古音有所不同，且已經具備國語的面貌的語音特徵，是學者們都有注意到的現象。

第二節　宋代音與現代漢語方言的對應情況：本著作所討論的宋代音現象並未集中表現在特定方言

　　本著作所討論宋代音的現象與現代方言的對應，從宏觀來看，並沒有特定的方言區集中反映宋代音。大致上來說，北方官話的演變速度比南方方言快，而且表現較為一致，同一音類，在南方方言的表現較為紛雜。其音韻現象，在地域的分布上歸納如下，藉此也可得知現代漢語方言的演變速度和宋代語音的相對距離：

1　匣母字讀舌根濁擦音（ɣ-）：雙峰方言（湘語）

　　現代方言中，保存舌根濁擦音的，只有雙峰方言（湘語），例如「閒」讀 ₌ɣæ̃，「行」白讀 ₌ɣɒŋ，「莖」讀 ₌ɣæ̃，「銜」讀 ₌ɣæ̃，「項」讀 ɣɒŋ²，「限」讀 ɣæ̃²，「下」讀 ɣo²，「巷」讀 ɣɒŋ²。

2　唇音字讀合口音：南方方言如粵語、閩語較為符合

　　《古今韻會舉要》中唇音保存合口念法的現象，除了國語念單元音和零聲母的字，以及《古今韻會舉要》公字母韻的字以外，在現代方言中以南方方言如粵語、閩語較為符合。例如：

	陪	每	媒
廣州	pʻui	mui	mui
揚江	pʻui	mui	mui
廈門	pue	mǔi	mǔi
			bue
潮州	pue	mǔě	bue
福州	puei	muei	muei
	pʻuei		
建甌	po	mo	mo

3 知照合流，讀為舌尖面音

《古今韻會舉要》所表現的宋、元之間的南方音，在知、照合流讀為舌尖面音，和粵語是較為接近的。例如：

	廁	側	測	瑟	責
廣州	tʃʻi	tʃʻɐk	tʃʻɐk / tʃʻak	ʃɐt	tʃak
陽江	tʃʻei	tʃʻɐk	tʃɐk	ʃɐt	tʃak

4 三、四等合流：漢語方言絕大部分三、四等韻沒有區別，都是細音

漢語方言絕大部分三、四等韻沒有區別，都是細音，只有少數方言四等韻是洪音，三等韻是細音，例如粵語和閩語即是：

	雞	溪	低	題	泥	脂	居	基	之	詩	支	示	移
廣州	kɐi	kʻɐi	tɐi	tʻɐi	nɐi	tʃi	køy	kei	tʃi	ʃi	tʃi	ʃi	
揚江	kɐi	kʻɐi	tɐi	tʻɐi	nɐi	tʃi	kei	kei	tʃi	ʃi	tʃi	ʃi	
廈門	ke	kʻe	te	te	nĭ	tsi	ku	ki	tsi	si	tsi	si	
	kue	kʻue	ke	tue	le						ki		
潮州	koi	kʻoi	ti	toi	nĭ	tsĩ	ku	ki	tsๅ	si	tsĩ	si	

5　蟹、止攝合流：與北方官話、揚州話較為符合

北方官話蟹、止攝合口字絕大部分韻母是 -uei，揚州話是 -uəi，都反映了蟹攝和止攝在宋元等韻圖時代的音值。情況如下：

	雷	妹	灰	回	蛻	兌	最	水	尾	肥
北京	lei	mei	xuei	xuei	t'uei	tuei	tsuei	ʂuei	uei(文) i(白)	fei
濟南	luei	mei	xuei	xuei	t'uei	tuei	tsuei	ʂuei	uei(文) i(白)	fei
西安	luei	mei	xuei	xuei	t'uei	tuei	tsuei	fei	uei(文) i(白)	fei
太原	luei	mei mai	xuei	xuei	t'uei suei	tuei	tsuei	suei	uei(文) i(白)	fei
武漢	nei	mei	xuei	xuei	t'ei	tei	tsei	suei	uei	fei
成都	nuei	mei	xuei	xuei	t'uei	tuei	tsuei	suei	uei	fei
合肥	le	me mʅ	xue	xue	t'e	te	tse	ʂue	ue	fe
揚州	luəi	məi	xuəi	xuəi	t'uəi	tuəi	tsuəi	suəi	uəi	fəi

6　精系字讀做舌尖元音：絕大部分的方言都是以舌尖前元音呈現

精系字從三等移到一等的這些字，表現在現代方言的地理分布上，絕大部分的方言都是以舌尖前元音呈現，與宋代音現象對應。具體情況如下：

	紫	子	自	雌	慈	詞	此	刺	私	絲	思	死	寺
西安	tsɿ	tsɿ	tsɿ	tsʻɿ	tsʻɿ	sɿ / tsʻɿ(新)	tsʻɿ	tsʻɿ	sɿ	sɿ	sɿ	sɿ	sɿ
太原	tsɿ	tsɿ	tsɿ	tsʻɿ	tsʻɿ	sɿ / tsʻɿ(新)	tsʻɿ	tsʻɿ	sɿ	sɿ	sɿ	sɿ	sɿ
武漢	tsɿ	tsɿ	tsɿ	tsʻɿ	tsʻɿ	tsʻɿ	tsʻɿ	tsʻɿ	sɿ	sɿ	sɿ	sɿ	sɿ
成都	tsɿ	tsɿ	tsɿ	tsʻɿ	tsʻɿ	tsʻɿ	tsʻɿ	tsʻɿ	sɿ	sɿ	sɿ	sɿ	sɿ
合肥	tsɿ	tsɿ	tsɿ	tsʻɿ	tsʻɿ	tsʻɿ	tsʻɿ	tsʻɿ	sɿ	sɿ	sɿ	sɿ	sɿ
揚州	tsɿ	tsɿ	tsɿ	tsʻɿ	tsʻɿ	tsʻɿ	tsʻɿ	tsʻɿ	sɿ	sɿ	sɿ	sɿ	sɿ
蘇州	tsɿ	tsɿ	zɿ	tsʻɿ	zɿ	zɿ	tsʻɿ	tsʻɿ	sɿ	sɿ	sɿ	sɿ(文) / si(白)	zɿ
溫州	tsɿ	tsɿ	zɿ	tsʻɿ	zɿ	zɿ	tsʻɿ	tsʻɿ(文) / tsʻei(白)	sɿ	sɿ	sɿ	sɿ	zɿ

少數例外則是在粵語和閩語，例如：

	紫	子	自	雌	慈	詞	此
廣州	tʃi	tʃi	tʃi	tʃʻi	tʃʻi	tʃʻi	tʃʻi
陽江	tʃei	tʃei	tʃei	tʃʻei	tʃʻei	tʃʻei	tʃʻei
廈門	tsi	tsu(文) / tsi(白)	tsu	tsʻu	tsu	tsu	tsʻu
潮州	tsi	tsɿ	tsɿ	tsʻɿ	tsʻɿ	sɿ	tsʻɿ
福州	tsie	tsy(文) / tsi(白)	tsøy(文) / tsei(白)	tsʻi	tsy	sy	tsʻy

7 內外混等讀洪音：漢語方言中絕大部分都讀洪音

以現代方言和《四聲等子》的內外混等現象對照，可以發現，宕

江、曾梗、果假三攝的莊系二、三等字在漢語方言中絕大部分都讀洪音，代表漢語方言大多都可以和《四聲等子》內外混等的音讀對應。具體情況舉例如下：

	側	測	嗇	色	策	冊
北京	tsʻɤ(文) tʂaii(白)	tsʻɤ	sɤ	sɤ(文) ʂaii(白)	tsʻɤ	tsʻɤ(文) tʂʻaii(白)
濟南	tsʻɤ(文) tʂeii(白)	tsʻɤ(文) tʂeii(白)	sɤ(文) ʂɤi(白)	sɤ(文) ʂaii(白)	tsʻɤ(文) tʂʻeii(白)	tsʻɤ(文) tʂʻeii(白)
西安	tsei, tsʻei	tsʻei	sei	sei	tsʻei	tsʻei
太原	tsʻəʔ(文) tsʻaʔi(白)	tsʻə(文) tsʻaʔi(白)	səʔ(文) saʔi(白)	səʔ(文) saʔi(白)	tsʻəʔ(文) tsʻaʔi(白)	tsʻəʔ(文) tsʻaʔi(白)
武漢	tsʻɤ,tsɤ	tsʻɤ	sɤ	sɤ	tsʻɤ	tsʻɤ
成都	tsʻe,tse	tsʻe	se	se	tsʻe	tsʻe

「語言的歷時演變會表現在共時平面上」是貫穿本著作的重要理論之一，從語言變遷的進程來看，「中古音之於現代音」，宋代音是過渡階段；「漢語方言之於共同語」所呈現的過渡階段，也可以在方言中觀察而得。因此，本著作所討論的宋代語音現象，除了《古今韻會舉要》中知照合流與唇音字保留合口的念法這些現象見於閩語和粵語之外，其餘分布於大部分的漢語方言。宋代音在漢語語音史上所呈現的「音變的開端」，隨著時間，語音演變會逐漸擴散，表現在現代漢語方言上，我們只能看到某個音變現象和特定時代的相對距離，無法單就某時代的文獻和某方言所表現的語音現象是相同的，就判定此方言的音韻現象是某時代留下來的。以舌尖元音的產生為例，現代漢語方言中，精系止攝開口三等字讀舌尖元音，而舌尖元音在語音史上的

產生，首見於《切韻指掌圖》，並不能因此而論斷現代漢語方言中讀舌尖元音的精系止攝開口三等字都是在《切韻指掌圖》時代留下來的，因為並不是所有的精系止攝開口三等字同時都在《切韻指掌圖》的時代從舌面元音變成舌尖元音，我們只能說，念成舌尖元音的精系止攝開口三等字和《切韻指掌圖》的相對距離比較近。

第三節　宋代音韻學文獻編輯角度已趨向客觀分析音節

　　從宋代音文獻對於介音的措置各有差異的情況看來，當時的音韻學者在編輯音韻學文獻時，思考的態度已經轉趨獨立，可以看出他們想要擺脫《廣韻》的影響。雖然，《廣韻》中偶爾會出現將介音的不同視為聲母的不同，而反映在反切上，《廣韻》的研究一般來說將這樣的反切視為錯誤的反切，也就是造反切的人對於語音分析尚不夠精密所造成的。但是在宋代音的文獻中，將介音的不同視為聲母的不同，往往是成系統的，也就是說，文獻的編輯者經過分析之後，將介音與聲母視為一體，例如《四聲等子》、《切韻指掌圖》的門法，除了「互用憑切門」判斷被切字等第是依照切語下字之外，大部分判斷被切字等第的門法，都是依據反切上字來判斷。《集韻》反切上字的安排是考慮到聲調的，反切上字也講究開、合的區別，如「東」《廣韻》作「德紅切」，《集韻》作「都籠切」。由此可知，《集韻》的編纂者認為，聲調和字音的開合洪細，和反切上字是有密切關係的。《古今韻會舉要》將云母的開合口分開；將匣母的洪音與細音分開，關注到匣母的顎化現象。顯示了當時學者對於語音的分析能力已經漸趨精密了。

　　宋代的音韻學文獻注意到介音與聲母的關係，甚至將介音的不同

視為聲母的不同，也可以看出當時的音韻學家思考轉趨獨立，除了以
分析的態度創作等韻圖，也以分析的態度來創作韻書。而將介音與聲
母合而觀之，也影響了明、清時代的音韻學著作，例如：明清時代等
韻學中的聲母體系有一種影響頗大的分類法，就是把聲母輔音和介音
結合起來，按不同的呼分成「小母」。「小母」、「大母」的名稱是袁子
讓提出來的，許桂林的《說音》則用「總母」、「分母」來稱呼。

第四節　等韻學的思考方法使得韻書脫離為科舉考試服務的藩籬

　　本著作所討論的宋代音文獻與《切韻》系韻書所表現的中古前期
語音比起來，除了所表現的語音現象有所不同，如早期等韻圖中的43
轉，到了宋元等韻圖併為16攝；後來，《四聲等子》、《切韻指掌圖》
都只有十三攝，合併「宕江」、「曾梗」、「果假」，《切韻指南》只有十
五個攝，合併「果假」，這是宋代韻書中反映時音的部分；另外，在
韻書中也可以看到對傳統的因襲，例如《四聲等子》入聲承陽聲。如
此新舊語音現象並陳的情況，也是學術思潮由舊轉新的階段，文人在
著作中所呈現的過渡性現象。

　　學術思潮由舊轉新，在宋代的音韻學著作中，不可忽略的是等韻
學的影響。董同龢在《漢語音韻學》提到：

> 　　切語上下字的歸類，只能顯示中古聲韻系統的間架，而不是中
> 古聲韻母真正的類別。……陸法言時代的語音知識只是分聲
> 調，分韻類，以及二字拼成一字之音，至於表現的語音系統，
> 既非他那個時代的人知識所及，也不是他們的願望，因為韻書
> 只是作詩作文的參考書。

如果反切的應用是我國人知道分析字音的開始，那麼我們可以說唐代中葉以後興起的「字母」與「等韻」就是我國人成系統的講語音的發端。……所謂「等韻」，則是受佛經「轉唱」的影響，把韻書各韻比較異同，分做四個「等」，更進而依四等與四聲相配的關係，合若干韻母以為一「轉」。[9]

等韻圖在佛教輸入的影響之下產生，而等韻圖對於漢語音節的分析方法，是作為詩文創作參考書的韻書所不具備的。也因為等韻圖對漢語音節有了更精密的分析，等韻學的分析方法使得以往提供詩文創作押韻參考的韻書，轉而注意漢語音節中的聲母與介音。到了宋代，聲韻學文獻的編輯就有了這樣的特點，《集韻》反切上字顧及了洪、細的不同即是一例。

所以，從將宋代音韻學文獻放在漢語音韻學史的發展脈絡中，可以看出當時文人的思考模式確實有受到等韻學的影響，具體的表現是對於漢字音節的分析上。

第五節　待研究的延伸議題

本著作以宋代音的共同語、現代共同語（國語）、現代方言為研究主軸，在進行寫作所涉及的文獻尚有值得繼續深入研究的議題，敘述如下。

一　《廣韻》在漢語音韻學史的影響力更迭

宋代音文獻中，可以看到當時音韻學著作往往保留《廣韻》的音

9　董同龢《漢語音韻學》頁111-112。

韻框架，同時在當中又反映時音，揣測文人編輯的態度，可以發現
《廣韻》是他們厚實的基礎，卻也成為限制他們思考的藩籬。其原因
在於，科舉考試長久以來都是以《廣韻》為押韻的參考書，但是語音
隨著時間演變，儘管官方為了使文人作詩賦押韻能配合當代語音，對
於《廣韻》的內容有所修改，例如《集韻》和《五音集韻》的編纂即
是，但是在當中仍然可以很明顯看到《廣韻》的影子。準此，將視野
擴大到《廣韻》以後的每個朝代，研究當時所編纂的音韻學文獻受到
《廣韻》的影響程度，此為延伸議題之一。

二　時代思潮對於文人看待音韻學態度的影響

　　本著作的研究文獻之一是邵雍《皇極經世書・聲音唱和圖》，這
是一部邵雍用來表達象數易學思想的書，由於宋代的學術思潮是理
學，可以說是形而上的道德學，並以《大學》、《中庸》、《易傳》為研
讀重點，在這樣的學術思潮下，邵雍的《皇極經世書・聲音唱和圖》
就在音韻學中夾雜了象數易學，而有附會的成分。王松木〈《皇極經
世書・聲音唱和圖》的設計理念與音韻系統──兼論象數易學對韓國
諺文創制的影響〉一文就對《皇極經世書・聲音唱和圖》的音系重新
檢討，並且提出客觀主義與結構主義在聲韻學研究中產生的盲點，進
而提出「音韻思想史」研究的新進路。

　　筆者認為，古代文人編纂音韻學著作時，除了受到既有的知識基
礎，即《廣韻》的影響，當然也不免受到時代學術思潮的影響，但
是，不可否認的，聲韻學有別於文學和思想，它的本質就是分析的、
理性的，文人在描寫語音時，必定有所本，或者代表中古音系與他們
長久以來受其影響的《廣韻》，再者就是他們口說耳聽的活語言，然
後再以分析的態度記錄下來。準此，王先生所提出「音韻思想史」的

觀點，給筆者的啟發是可以觀察中國音韻學史中的著作，並將這些作者進行語音描寫所採取的態度與當代思潮進行比較，研究音韻學著作和學術思潮是否有關係，如此，目的在於找出折中聲韻學研究的新視角，即「音韻思想史」，以及傳統「客觀主義與結構主義」兩者之間的可能。

三　漢語語音史「邏輯過程」與「歷史過程」的整合研究

誠如第一章所言，現代漢語方言或多或少保留了古音，但是分析語音來源時，必須將「邏輯過程」與「歷史過程」分開來看，在本著作中提到漢語方言與宋代文獻中表現的語音現象時，並不直接斷言漢語方言的某現象與宋代音的某現象相同，所以漢語方言的某現象是保留了宋代音。雖然語言演變在特定的條件下有規律可循，但是，當我們看到某音類表現為某音值，不能單純就文獻與方言呈現相同的音值，就斷言方言中的形式就是在文獻的時代保存下來的，只能說，方言中音類的形態與文獻年代距離或遠或近。若是要論斷現代漢語方言的某語音現象是某朝代的語音殘留，必須從移民史通盤考量，現階段從漢語語音史以及文獻的對照，歸納「現代漢語方言語音現象」和「歷史文獻中所透露的語音現象」兩者之間的對應關係，將作為往後研究語音現象的絕對年代的基礎。

參考文獻

一　古籍

藝文印書館編印　2008　《等韻五種》臺北：藝文印書館

（金）韓道昭著，寧忌浮校訂　1992　《校訂五音集韻》北京：中華書局

（宋）陳彭年　1960　《大宋重修廣韻》臺北：廣文書局

（宋）熊　忠　《古今韻會舉要》大化書局，商務四庫珍藏本第十集

（金）韓道昭　《五音集韻》　商務四庫珍藏本七集

（宋）朱　熹　1969　《詩集傳》北京：中華書局

不著撰人姓氏　1966　《明本排字九經直音》臺北：商務印書館叢書集成簡編

（清）永　瑢，紀昀等撰　1983　《四庫全書總目提要‧經部小學類（三）》卷四十二臺北：臺灣商務印書館

（清）阮元刊　1965　《十三經注疏》臺北：藝文印書館，臺三版

（清）段玉裁　1970　《說文解字注》臺北：藝文印書館

（清）陳　澧　1969　《切韻考》臺北：臺灣學生書局

二　專書

孔　恩　2005　《科學革命的結構》臺北：遠流出版公司

王　力　1985　《漢語語音史》北京：中國社會出版社

王　力　2004　《漢語史稿》北京：中華書局

王福堂　1999　《漢語方言語音的演變和層次》北京：語文出版社

朱　熹　1969　《詩集傳》北京：中華書局

北京大學中國語言文學系　2003　《漢語方音字彙》北京：語文出版社

何九盈　2006　《中國古代語言學史》北京：北京大學出版社

何大安　1988　《規律與方向：變遷中的音韻結構》臺北：中央研究
　　　　　　　院歷史語言研究所

＿＿＿＿　1993　《聲韻學中的觀念和方法》臺北：大安出版社

葛劍雄　1997　《中國移民史第四卷：宋遼金元時期》福州：福建人
　　　　　　　民出版社

李新魁　1986　《古音概說》臺北：學海出版社

＿＿＿＿　2004　《漢語等韻學》北京：中華書局

李新魁、麥耘　1993　《韻學古籍述要》西安：陝西人民出版社

周長楫、歐陽憶耘　1988　《廈門方言研究》福州：福建人民出版社

周振鶴、游汝杰　2006　《方言與中國文化》上海：上海人民出版社

竺家寧　1980　《九經直音韻母研究》臺北：文史哲出版社

＿＿＿＿　1986　《古今韻會舉要的語音系統》臺北：臺灣學生書局

＿＿＿＿　2001　《聲韻學》臺北：五南圖書出版公司

金周生　1985　《宋詞音系入聲韻部考》臺北：文史哲出版社

徐通鏘　2008　《歷史語言學》北京：商務印書館

桂詩春、寧春岩　1998　《語言學方法論》北京：外語教學與研究出
　　　　　　　版社

耿振生　1998　《明清等韻學通論》北京：語文出版社

＿＿＿＿　2004　《20世紀漢語音韻學方法論》北京：北京大學出版社

張世祿　1986　《中國音韻學史（下）》臺北：臺灣商務印書館

張立文、祁潤興　2004　《中國學術通史宋元卷）》北京：人民出版社

張光宇　2003　《閩客方言史稿》臺北：南天書局

楊劍橋　1998　《現代漢語音韻學》上海：復旦大學出版社

葉國良、夏長樸、李隆獻　2006　《經學通論》臺北：大安出版社

葉寶奎　2001　《明清官話音系》廈門：廈門大學出版社

董同龢　1997　《上古音韻表稿》臺北：中央研究院史語所

＿＿＿＿　2002　《漢語音韻學》臺北：文史哲出版社

寧忌浮　1997　《古今韻會舉要及相關韻書》北京：中華書局

趙蔭棠　2011　《等韻源流》北京：商務印書館

錢玄同　1964　《文字學音篇》臺北：臺灣學生書局

魏建功　1996　《古音系研究》北京：中華書局

羅常培　1978　《漢語音韻學導論》臺北：九思出版社

三　學位論文

王瑩瑩　2006　《《韻鏡》與《切韻指掌圖》語音比較研究》貴州大學碩士論文

任靜海　1987　《朱希真詞韻研究》國立臺灣師範大學國文所碩士論文

何坤益　2008　《《四聲等子》與《切韻指掌圖》比較研究》國立高雄師範大學國文學系博士論文

吳文慧　2008　《《四聲等子》與《經史正音切韻指南》比較研究》國立臺灣師範大學國文學系博士論文

李　紅　2006　《《切韻指掌圖》研究》吉林大學古籍整理研究所碩士論文

竺家寧　1972　《四聲等子音系蠡測》國立臺灣師範大學國文所碩士論文

林育旻　2012　《吳潛詞用韻研究》臺北市立教育大學中國語文學系碩士論文

柯辰青　2004　國立彰化師範大學國文學系碩士論文

姜忠姬　1987　《五音集韻研究》國立臺灣師範大學國文所博士論文

耿志堅　1978　《宋代律體詩用韻之研究》國立政治大學中文研究所
　　　　　　　碩士論文

馬亞平　2008　《五音集韻研究》陝西師範大學碩士論文

國術平　2008　《五音集韻與廣韻音系比較研究》山東師範大學碩士
　　　　　　　論文

婁　育　2010　《經史正音切韻指南考——以著錄、版本、音系研究
　　　　　　　為中心》廈門大學博士論文

郭忠賢　2001　《《圓音正考》研究》國立成功大學中國文學系碩士
　　　　　　　論文

張珍華　2009　《北宋江西詞人用韻之研究》國立彰化師範大學國文
　　　　　　　學系碩士論文

陳梅香　1993　《《皇極經世解起數訣》之音學研究》國立中山大學
　　　　　　　中國文學所碩士論文

陳瑤玲　1991　《新刊韻略研究》中國文化大學中國文學所碩士論文

陳建安　2011　《周邦彥詞用韻之研究》國立臺中教育大學語文教育
　　　　　　　學系碩士論文

曾若涵　2013　《《集韻》與宋代字韻書關係研究》國立中山大學博
　　　　　　　士論文

黃金文　1995　《舌尖元音之發展及其在現代漢語中之結構》國立中
　　　　　　　正大學碩士論文

葉鍵得　1979　《通志七音略研究》中國文化大學中國文學所碩士論
　　　　　　　文

董小征　2004　《《五音集韻》與《切韻指南》音系之比較研究》福
　　　　　　　建師範大學碩士論文

劉松寶　2004　《從《韻鏡》到《四聲等子》等列的變遷與語音的演變》福建師範大學碩士論文

劉曉麗　2013　《五音集韻韻圖編纂及其研究》福建師範大學碩士論文

四　單篇論文

丁邦新（Pang-hsin Ting）　1980　〈Archaic Chinese *g,*gw,*γ,and*γw〉 *Monumenta Serica* 33（1980）：171-179

王士元　2002　〈競爭性演變是殘留的原因〉，《王士元語言學論文集》，北京：商務印書館

G. B. Dowller　1981　〈Dialect Information in the Jiyun〉中央研究院第一屆國際漢學會議論文

丁邦新　1981　〈與中原音韻相關的幾種方言現象〉，《歷史語言研究所集刊》第52卷第4期

―――　1986　〈十七世紀北方官話之演變〉，《近代中國區域史研討會論文集》臺北：中央研究院

于維杰　1973　〈宋元等韻圖研究〉，《成功大學學報》

王松木　2012　〈《皇極經世・聲音唱和圖》的設計理念與音韻系統――兼論象數易學對韓國諺文創制的影響〉，《中國語言學集刊》第6卷第1期

王洪君　2001　〈關於漢語介音在音節中的地位問題〉，中華民國聲韻學學會編《聲韻論叢》第11輯

平山久雄　1993　〈邵雍皇極經世書・聲音唱和圖の音韻體系〉，《東洋文化研究所紀要》第120輯

平田昌司　1984　〈《皇極經世書・聲音唱和圖》與《切韻指掌圖》

──試論語言神秘思想對宋代等韻學的影響〉,《東方學報》
第56期

朱曉農 2005 〈元音大轉移和元音高化鏈移〉,《民族語文》第1期

何大安 1993 〈從中國學術傳統論漢語方言研究的過去、現在與未
來〉,《中研院歷史語言研究所集刊》第63本,第4分

吳聖雄 1999 〈張麟之「韻鏡」所反映的宋代音韻現象〉,《聲韻論
叢》第8輯

李存智 2011 〈漢語音韻史中的擦音聲母〉,《臺大中文學報》第
34期

_____ 2011 〈《釋名》所反映的聲母現象研究〉,《臺大文史哲學
報》第74期

李　紅 2005 〈《九經直音》中所反映的知、章、莊、精組聲母讀
如t- 現象〉,《延邊大學學報》(社會科學版),第38卷第4期

_____ 2009 〈《切韻指掌圖》研究綜述〉,《長春師範學院學報》
(人文社會科學版)第28卷第5期

李添富 1988 〈《古今韻會舉要》反切引集韻考〉,《輔仁國文學
報》第4期

_____ 1991 〈《古今韻會舉要》疑、魚、喻三母分合研究〉,《聲
韻論叢》第3輯

_____ 1992 〈《古今韻會舉要》聲類考〉,《輔仁國文學報》第8期

_____ 1994 〈《古今韻會舉要》與〈禮部韻略七音三十六母通
考〉比較研究〉,《輔仁學誌》文學院之部第23期

_____ 1994 〈古今韻會舉要同音字志疑〉,《聲韻論叢》第二輯

_____ 1999 〈《韻會》「字母韻」的性質與分合試探〉,《輔仁國文
學報》第15期

李無未 1998 〈南宋《九經直音》俗讀「入注三聲」問題〉,《延邊
大學學報(社會科學版)》

李無未、王曉坤　1995　〈《九經直音》反切的來源及其相關問題〉，
　　《吉林大學社會科學學報》

李葆嘉　1998　〈論漢語史研究的理論模式〉，《混成與推移——中國
　　語言的文化歷史闡釋》臺北：文史哲出版社

李　榮　1956　〈皇極經世十聲十二音解〉，《切韻音系》北京：科學
　　出版社

_____　1983　〈關於方言研究的幾點意見〉，《方言》1983年

杜佳倫　2013　〈閩語古全濁聲類的層次分析〉，《語言暨語言學》

侍建國　2004　〈宋代北方官話與邵雍「天聲地音」圖〉，《中國語言
　　學論叢》第3期

周祖謨　1966　〈宋代汴洛語音考〉，《問學集》北京：中華書局

邵榮芬　1991　〈匣母字上古一分為二試析〉，《語言研究》第20期

林英津　1988　〈論《集韻》在漢語音韻史的地位〉，《漢學研究》第
　　6卷第2期

林慶勳　2012　〈唐話對應音觀察之一——岡嶋冠山標注匣母字的變
　　化〉，《漢學研究》30卷第3期

竺家寧　1980　〈九經直音聲調研究〉，《淡江學報》第17期

_____　1980　〈九經直音的聲母問題〉，《木鐸》第9期

_____　1980　〈九經直音的時代與價值〉，《孔孟月刊》第19卷第2期

_____　1981　九經直音知照系聲母的演變〉，《東方雜誌》第7卷第
　　14期

_____　1982　〈近代漢語零聲母的形成〉，《中語中文學》第4輯

_____　1983　〈論皇極經世書·聲音唱和圖之韻母系統〉，《淡江學
　　報》第20期

_____　1983　〈論皇極經世書·聲音唱和圖之韻母系統〉，《淡江學
　　報》20期

_____ 1985 〈宋代語音的類化現象〉，《淡江學報》第22期

_____ 1985 〈入聲滄桑史〉，《國文天地》第2期

_____ 1990 〈近代音史上的舌尖韻母〉，《聲韻論叢》第3輯

_____ 1991 〈宋代入聲的喉塞音韻尾〉，《淡江學報》第30期

_____ 1992 〈宋元韻圖入聲探究〉第一屆國際漢藏語言學會會議論文

_____ 1992 〈宋元韻圖入聲排列所反映的音系差異〉中國音韻學國際學術研討會會議論文

_____ 1993 宋元韻圖入聲分配及其音系研究〉，《中正大學學報》第四卷第1期

_____ 2000 〈論近代音研究的方法、現況與展望〉，《漢學研究》第18卷特刊

邱棨鐊 1974 〈集韻研究提要〉，《華學月刊》第33期

金周生 1991 〈元好問近體詩律「支脂之」三韻已二分說〉，《輔仁學誌》第20期

_____ 1991 〈朱注協韻音不一致現象初考〉，《輔仁國文學報》第7期

柯淑齡 1977 〈夢窗詞韻研究〉，《慶祝婺源潘石禪先生七秩華誕特刊》臺北：中國文化學院中文研究所中國文學系

范崇峰 2006 〈《集韻》與洛陽方言本字〉，《古漢語研究》2006年第4期

耿志堅 1992 〈全金詩近體詩用韻（陰聲韻部分）通轉之研究〉，第十屆聲韻學學術研討會論文

張光宇 2013 〈羅杰瑞教授與漢語史研究〉，《東華漢學》第18期

張渭毅 1999 〈《集韻》研究概說〉，《語言研究》1999年第2期

_____ 2001 〈《集韻》重紐的特點〉，《中國語文》2001年第3期

———— 2002 〈《集韻》的反切上字所透露的語音訊息（上）（中）（下）〉,《南陽師範學院學報》（社會科學版），第1卷第1期（2002年）、第1卷第3期（2002年）、第1卷第5期（2002年）

許世瑛 1970 〈朱熹口中已有舌尖前高元音說〉,《淡江學報》第9期

許金枝 1978 〈東坡詞韻研究〉,《臺灣師範大學國文研究所集刊》第23期

陳大為 2008 〈《皇極經世書・聲音唱和圖》中的北宋汴洛方音〉,《宿州學院學報》第23卷第2期

陳建民、陳章太 1988 〈從我國語言實際出發研究社會語言學〉,《中國語文》第2期

陳 瑤 2011 匣母在徽語中的歷史語音層次〉,《黃山學院學報》第13卷第4期

陳澤平 1999 〈從現代方言釋《韻鏡》假二等和內外轉〉,《語言研究》1999年第2期

陸志韋 1946 〈記邵雍皇極經世的天聲地音〉,《燕京學報》第31期

喬全生 2006 〈從晉方言看古見系字在細音前顎化的歷史〉,《方言》2006年第3期

蒲立本 1962 〈The Consonantal System of Old Chinese（上古漢語的輔音系統）〉, *Asia Major*

馮 蒸 1993 〈爾雅音圖音注所反映的宋初濁上變去〉《大陸雜誌》第87卷第2期

黃瑞枝 1987 〈王碧山詞韻探究〉,《屏東師院學報》第3期

楊小衛 2007 〈《集韻》《類篇》反切比較中反映的濁音清化現象〉,《語言研究》第27卷第3期

楊 軍 1995 〈《集韻》見、溪、疑、影、曉反切上字的分用〉,《貴州師範大學學報（社會科學版）》

楊雪麗　1996　〈《集韻》中的牙音聲母和喉音聲母〉,《許昌師專學報（社會科學版）》

＿＿＿＿　1996　〈從《集韻》看唇音及其分化問題〉,《鄭州大學學報（哲學社會科學版）》

＿＿＿＿　1997　〈《集韻》精組聲母之考查〉,《河南大學學報（社會科學版）》

楊徵祥　2013　〈洪興祖《楚辭補註》音注研究〉,《嘉大中文學報》第9期

潘悟云　1997　〈喉音考〉,《民族語文》1997年第5期

葉螢光　2010　〈近代合口細音的演化〉NACCL-22會議論文

董同龢　1948　〈《切韻指掌圖中的幾個問題》〉《中央研究院歷史語言研究所集刊》第17集

董建交　2009　〈《集韻》寒桓韻系開合混置的語音性質〉,《語言研究》第29卷第4期

雷　勵　2012　〈《廣韻》《集韻》反切上字的開合分布〉,《語言科學》第11卷第4期

遠藤光曉　2001　〈介音與其他語音成分之間的配合關係〉,中華民國聲韻學學會編《聲韻論叢》第11輯,臺北：臺灣學生書局

鄭再發　1966　〈漢語音韻史的分期問題〉,《中央研究院歷史語言研究所集刊》第36卷第2期

鄭　偉　2013　〈《切韻》重紐字在漢台關係詞中的反映〉,《民族語文》2013年第4期

鄭錦全　2001　〈漢語方言介音的認知〉,中華民國聲韻學學會編《聲韻論叢》第11輯

薛鳳生　1980　〈論支思韻的形成與演進〉,《書目季刊》第14卷第2期

羅常培　1939　〈經典釋文和原本玉篇反切中的匣于兩紐〉,《中央研究院歷史語言研究所集刊》第8卷第1期

嚴修鴻　2004　〈客家話匣母讀同群母的歷史層次〉,《汕頭大學學報（人文社會科學版）》第20卷第1期

嚴　棉　2013　〈中古精莊章知四系在漢語方言中的歷史音變〉,《大江東去——王士元教授80歲賀壽論文集》

龔煌城　1981　〈十二世紀末漢語的西北方音（聲母部分）〉,《中央研究院歷史語言研究所集刊》第52卷第1期

五　研究成果報告

竺家寧　〈國科會研究計畫成果報告：12世紀至19世紀漢語聲母的演化方向與規律〉,2004年～2005年

語言文字叢書 1000019

宋代語音及其與現代漢語方言的對應

作　　者	孔薇涵
責任編輯	林以邠
特約校稿	林秋芬

發 行 人　林慶彰

總 經 理　梁錦興

總 編 輯　張晏瑞

編 輯 所　萬卷樓圖書股份有限公司

　　　　　臺北市羅斯福路二段 41 號 6 樓之 3

　　　　　電話 (02)23216565

　　　　　傳真 (02)23218698

發　　行　萬卷樓圖書股份有限公司

　　　　　臺北市羅斯福路二段 41 號 6 樓之 3

　　　　　電話 (02)23216565

　　　　　傳真 (02)23218698

　　　　　電郵 SERVICE@WANJUAN.COM.TW

香港經銷　香港聯合書刊物流有限公司

　　　　　電話 (852)21502100

　　　　　傳真 (852)23560735

ISBN 978-986-478-672-5

2022 年 5 月初版一刷

定價：新臺幣 500 元

如何購買本書：

1. 劃撥購書，請透過以下郵政劃撥帳號：

　　帳號：15624015

　　戶名：萬卷樓圖書股份有限公司

2. 轉帳購書，請透過以下帳戶

　　合作金庫銀行　古亭分行

　　戶名：萬卷樓圖書股份有限公司

　　帳號：0877717092596

3. 網路購書，請透過萬卷樓網站

　　網址 WWW.WANJUAN.COM.TW

大量購書，請直接聯繫我們，將有專人為您
服務。客服：(02)23216565 分機 610

如有缺頁、破損或裝訂錯誤，請寄回更換

版權所有・翻印必究

Copyright©2022 by WanJuanLou Books CO., Ltd.

All Rights Reserved　　　　　Printed in Taiwan

國家圖書館出版品預行編目資料

宋代語音及其與現代漢語方言的對應/孔薇涵
著.-- 初版.-- 臺北市 : 萬卷樓圖書股份有限
公司, 2022.05

　　面 ；　公分.--(語言文字叢書 ; 1000019)

ISBN 978-986-478-672-5(平裝)

1.CST: 漢語　2.CST: 語音學　3.CST: 方言學

4.CST: 比較語言學

802.4　　　　　　　　　　　　111005638